Deseos ocultos del Conde

Lorraine Heath

Editado por HarperCollins Ibérica, S.A.
Núñez de Balboa, 56
28001 Madrid

© 2016 Jan Nowasky
© 2018 Harlequin Ibérica, una división de HarperCollins Ibérica, S.A.
Deseos ocultos del conde, n.º 237 - 14.3.18
Título original: The Earl Takes All
Publicado originalmente por HarperCollins Publishers LLC, New York, U.S.A.
Traductor: Amparo Sánchez Hoyos

Todos los derechos están reservados, incluidos los de reproducción total o parcial en cualquier formato o soporte.
Esta edición ha sido publicada con autorización de HarperCollins Publishers LLC, New York, U.S.A.
Esta es una obra de ficción. Nombres, caracteres, lugares, y situaciones son producto de la imaginación del autor o son utilizados ficticiamente, y cualquier parecido con persona, vivas o muertas, establecimientos de negocios (comerciales), hechos o situaciones son pura coincidencia.

® Harlequin, TOP NOVEL y logotipo Harlequin son marcas registradas por Harlequin Enterprises Limited.
® y ™ son marcas registradas por Harlequin Enterprises Limited y sus filiales, utilizadas con licencia. Las marcas que lleven ® están registradas en la Oficina Española de Patentes y Marcas y en otros países.

Imagen de cubierta: Dreamstime.com

I.S.B.N.: 978-84-9170-568-0
Depósito legal: M-34938-2017

Dedicada a la sin par Jessie Edwards

PRÓLOGO

Aquella fría y deprimente noche del quince de noviembre de 1858, la vida de Edward Alcott se volvió gris. Lo único que evitó que se volviera completamente negra fue Albert. A los siete años, era solo una hora mayor que el propio Edward, su gemelo se había convertido en el conde de Greyling la noche en que sus padres murieron en un horrible accidente de tren.

Días más tarde, Albert tomaba de la mano a Edward mientras se sentaban obedientemente frente a los ataúdes que contenían los restos mortales de sus padres. La noche que siguió al día del entierro, Albert se metió en la cama de su gemelo para que ninguno de los dos se sintiera tan perdido y solo. Durante el trayecto a Havisham Hall, donde se convertirían en los tutelados del marqués de Marsden, Albert, con su mal comportamiento, había proporcionado inadvertidamente a Edward la oportunidad para soltar su ira y frustración ante la injusticia de la vida. No pararon de empujarse y pegarse hasta que el procurador que viajaba con ellos los separó. Tras ser abandonados tan lejos de su hogar, bajo la custodia del marqués, Albert había asegurado a Edward que todo iría bien, que habían comenzado su vida juntos en el seno materno, y que por tanto siempre permanecerían juntos. Albert había sido su ancla, su solaz, su constante en todas las situaciones, en todas las cosas.

Y de repente ella se lo había robado. Ella, con sus sedosos cabellos negros e impresionantes ojos azules, y esa risa tan dulce como la tímida sonrisa. Lady Julia Kenney. Albert había quedado cegado ante tanta belleza, ante su elegancia y sus atenciones. Y le había permitido monopolizar en exceso su tiempo, impidiéndole ejercer su amor por la bebida, las fulanas, el juego y los viajes. Faltaban seis semanas para que el duque de Ashebury, el vizconde Locksley y el propio Edward partieran de viaje por Extremo Oriente. Y en opinión de Edward, Albert debería acompañarlos. Así lo había planeado, hasta que lady Julia le había pedido que no se marchara. Y sin siquiera pestañear, su hermano había accedido a los deseos de esa mujer y cancelado sus planes para viajar con ellos.

Con tan solo aletear las pestañas y agitar su abanico, ella había conseguido hábilmente engatusar a su gemelo. Aquello era intolerable. Una mujer no debería ejercer tanta influencia y control sobre la vida de un hombre.

Edward no sabía por qué la había seguido fuera del salón de baile, adentrándose en las tranquilas sombras del jardín, ni sabía por qué se había parado para observarla abandonar el sendero y desaparecer entre los macizos enrejados cubiertos de rosas. Lo único que sabía era que jamás le cedería a Albert.

Dudó tan solo unos segundos antes de lanzarse hacia una zona donde la oscuridad era mayor, una zona alejada de las luces que bordeaban el sendero. Avanzó con cautela hasta que sus ojos se acostumbraron a la penumbra y al fin la vio, con la espalda apoyada contra el muro de ladrillo. Los labios se curvaron lentamente en una atractiva sonrisa. Era evidente que se alegraba de verlo.

A pesar de la escasa luz, al acercarse vio claramente la adoración reflejada en su mirada. Ninguna otra mujer lo había mirado como si respirara únicamente para él, como si existiera solo para él y sus placeres. De inmediato sintió que se le encogía el estómago y a su cabeza afloraba una embriagadora sensación de supremacía y determinación.

—Pensaba que nunca vendrías —susurró ella con una voz que solo podía proceder de los ángeles.

Una tentación como no había conocido jamás lo desgarró por dentro, dejándolo inerme frente a los cantos de sirenas. No lo entendía. En sus veintitrés años no había conocido a ninguna mujer capaz de generar ese torbellino de emociones confusas a la par que incómodas. Debería marcharse mientras aún estaba a tiempo, pero ella lo atraía como si los dioses la hubieran creado solo para él y para nadie más.

Con una mano, Edward le sujetó el rostro y sintió el acelerado pulso bajo los dedos. Deslizó el pulgar por la suave mejilla y ella soltó un débil suspiro, la mirada volviéndose lánguida.

Sabía que estaba mal, sabía que lo lamentaría, pero parecía incapaz de pensar o actuar con sentido común. Inclinándose, tomó aquello que no tenía ningún derecho a poseer. Reclamó esos labios, esa boca, como si le pertenecieran, como si siempre le hubieran pertenecido.

Julia volvió a suspirar, pero fue más bien un suave y cálido maullido que recorrió todo el cuerpo de Edward y lo puso tan duro de deseo que casi se dobló por la cintura. Atrayéndola más hacia sí, inclinó la cabeza e intensificó el beso, deslizando la lengua por la seductora boca. La joven sabía a champán con un toque de fresas. Sus delgados brazos le rodearon el cuello, las manos enguantadas se hundieron en sus cabellos de rubios rizos. El siguiente suspiro llegó acompañado de un acogedor gemido. El tiempo pareció detenerse, como los relojes de Havisham Hall. No se oía el tictac de los segundos, ni el movimiento de las manecillas, ni el toque de las campanas.

Deseó poder permanecer allí eternamente. Deseó que aquella noche, y todas las que siguieran, les perteneciera únicamente a ellos.

Pero se apartó y la miró a los lánguidos ojos. Julia le acarició los cabellos de la frente, una caricia tan sutil que casi no lo rozó. Y sonrió con ternura.

—Te amo tanto… Albert.

El nombre de su hermano en labios de la mujer a la que acababa de besar fue como un puñetazo en el estómago que casi lo hizo caer de rodillas, pues no había sido a él a quien había acogido. Su pasión, su chispa, su deseo, nada de eso había sido para él. Qué colosal imbécil era por haberse imaginado, siquiera un segundo, que había sido para él. Y todo en el momento en que iba a revelarle cómo le hacía sentir, lo mucho que la deseaba.

Edward se obligó a dibujar una sonrisa traviesa y triunfal en su rostro.

—Si realmente lo amaras tanto, ¿no serías capaz de distinguirnos?

Ashe y Locke no tenían ningún problema para hacerlo. Incluso el desquiciado marqués de Marsden, que había ejercido como su tutor, era capaz de distinguirlos.

—¿Edward? —exclamó ella con voz ronca. La expresión de su rostro indicaba que la cena estaba a punto de hacer una segunda aparición.

La más que evidente repulsión fue un duro golpe para el orgullo de Edward, pero la expresión de su rostro permaneció inamovible mientras le obsequiaba con una exagerada reverencia.

—A su servicio.

—¡Animal! —la mano enguantada encontró la mejilla con una fuerza tan inesperada que él se tambaleó.

—Te ha gustado, Julia —recuperada la estabilidad, él inclinó la cabeza.

—Te referirás a mí como lady Julia. Cuando me case con Albert, seré lady Greyling. Insistiré en que te dirijas a mí adecuadamente. Y desde luego no me ha gustado.

—Mentirosa.

—¿Por qué has hecho algo tan horrible, aprovecharte de mí? ¿Cómo has podido ser tan cruel y embustero?

Porque nunca había sido capaz de negarse nada que deseara, y de repente había descubierto que la deseaba a ella. Desesperadamente.

—¿Qué está pasando aquí? —se oyó una voz grave.

Edward se giró bruscamente y vio a Albert a unos metros de distancia, mirándolos con una extraña expresión. No era enfado, más bien inocencia, como si jamás se le pudiera ocurrir que Edward fuera capaz de algo tan ruin como besar a su prometida.

—Te estaba esperando, tal y como habíamos acordado —explicó Julia con dulzura, acercándose a él, mirándolo con una expresión de absoluta adoración que no hizo más que añadirle sal a la herida de la autoestima de Edward—. Edward pasaba por aquí y empezó a contarme detalles del viaje a Extremo Oriente del que no para de hablar con los otros. Cualquiera diría que es la aventura de sus vidas. Le gustaría tanto que los acompañaras...

Edward no soportaba tener que agradecerle la mentira que acababa de urdir, pero sabía que su hermano jamás lo perdonaría si descubriera que se había aprovechado de Julia. Se preguntó por qué no le había contado la verdad, por qué no había aprovechado la oportunidad para abrir una brecha entre los dos hermanos, que nada ni nadie habría sido capaz de cerrar. Y no solo eso. En esos momentos, ¿lo estaba animando a acompañarlos?

—Tú eres la única aventura que yo necesito —Albert miró a Edward—. Ya te he dicho que no tengo ningún interés en viajar más. No me gusta que utilices a Julia a mis espaldas para intentar convencerme de que cambie de idea. Y ahora me gustaría que nos dejaras a solas para que mi pequeño encuentro en el jardín con Julia prosiga como estaba planeado.

—Albert...

—Lárgate, Edward.

La impaciencia reflejada en el rostro de su gemelo advirtió a Edward de que si continuaba por ese camino no ganaría nada salvo distanciarse de él. Tras una ligera reverencia, se apartó de la pareja, las rosas y las sombras.

Necesitaba una copa de whisky. Mejor una botella. Necesitaba beber hasta caer en el olvido, hasta no recordar el calor del cuerpo de Julia en sus brazos, ni la maravillosa sensación de sus labios moviéndose bajo los suyos. Necesitaba olvidar que una vez, durante unos breves instantes, la había deseado para sí.

CAPÍTULO 1

El señor Edward Alcott, hermano del conde de Greyling, falleció prematuramente durante un reciente viaje por África. Lo más triste es saber que no logró hacer nada digno de mención durante sus veintisiete años de vida.
Obituario del *Times*, noviembre de 1878.

Necesitaba una copa. Urgentemente.

Pero el deber exigía que permaneciera ante la puerta de la residencia de Evermore, la ancestral propiedad familiar en Yorkshire, para expresar su gratitud a los contados lores y ladies que habían asistido aquella tarde al entierro de su gemelo.

—Menos mal que no has sido tú, Greyling.

—Un buen bailarín, aunque solía arrimarse escandalosamente a las damas durante el vals.

—Una pena que se haya ido antes de conseguir hacer algo de provecho.

—Te aseguro que me venció en más de una borrachera de las que puedo contar.

La presentación de condolencias continuó, dibujándole una imagen de canalla y gandul. Cierto que nunca le había preocupado lo que pensaran los demás del hermano pequeño del conde, pero ese día sí le preocupaba, quizás porque los epitafios expresados eran malditamente exactos.

Sus amigos de la infancia, el duque de Ashebury y el vizconde Locksley, permanecían cerca de él, recibiendo también el pésame, ya que de todos era bien sabido que los cuatro eran como hermanos, habiendo sido criados por el padre de Locksley. Aunque apenas había tenido ocasión de hablar con ellos antes del funeral, sentía unas inmensas ganas de que se largaran cuanto antes, pero junto con Minerva, la esposa de Ashe, iban a pasar la noche en la residencia familiar. Julia los había invitado, pensando que su esposo agradecería pasar más tiempo con ellos. No podría haber estado más equivocada, pero lo había hecho con su mejor intención.

Grácilmente expresando su aprecio a aquellos que habían acudido, era la viva imagen del más puro encanto, incluso vestida de negro. Se había ocupado de casi todo, enviando las tarjetas de duelo, indicándole al vicario cómo debería desarrollarse el servicio, asegurándose de que hubiera un refrigerio a mano para que los invitados se sirvieran antes de regresar a sus casas. Él apenas había tenido ocasión de hablar con ella durante todo ese día, aunque tampoco habría sabido qué decirle. Desde su regreso habían vivido demasiados momentos de incómodo silencio. Y era muy consciente de que las cosas iban a tener que cambiar, y pronto.

Cuando al fin el último carruaje desapareció por el camino que conducía a la casa, Julia se acercó, lo tomó del brazo y le dio un apretón.

—Me alegra que todo haya terminado.

Incluso hinchada por el embarazo, era la mujer más elegante que hubiera visto jamás. Poniéndose de puntillas, ella deslizó una mano enguantada de negro por su mejilla.

—Pareces cansado.

—Ha sido una semana muy larga —hacía diez días que había regresado de su viaje.

La mayor parte del duelo la había vivido durante el largo y dificultoso trayecto a casa. Para él, el día que estaba a punto de concluir era una mera formalidad, algo por lo que pasar antes de seguir adelante.

—Me vendría bien tomar algo fuerte —anunció Ashe mientras él, su esposa y Locke se unían a la pareja.

—Y yo sé dónde encontrarlo —aseguró él a su amigo de toda la vida. Tras conducir al grupo hasta el vestíbulo, posó una mano sobre la espalda de Julia—. ¿Nos disculpáis un momento?

Ella titubeó y sus preciosos ojos azules brillaron con miles de preguntas. Su intención no había sido apartarla de su lado, pero necesitaba desesperadamente una copa y esperaba que ella confundiera ese deseo con otro, con el de estar a solas con sus amigos.

Tras intentar interpretar su rostro durante una eternidad, ella al fin asintió.

—Sí, por supuesto —se volvió hacia Minerva y sonrió con dulzura—. Pediré que nos sirvan el té.

—No tardaremos mucho —les aseguró a las mujeres antes de encaminarse por el pasillo con sus amigos pisándole los talones.

En cuanto entraron en el estudio, corrió hacia el aparador y llenó tres vasos de whisky, repartiéndolos antes de alzar el suyo.

—Por mi hermano. Que descanse en paz —de un solo trago, vació el contenido de su copa.

Ashe se limitó a tomar un pequeño sorbo antes de arquear una ceja.

—No es probable que eso vaya a suceder, ¿verdad? ¿A qué demonios estás jugando, Edward?

El aludido se quedó helado mientras su mente consideraba la posibilidad de negar la acusación. Sin embargo, había demasiado en juego. Se acercó a la ventana y contempló la aguja de la iglesia del pueblo, donde hacía tan solo unas horas se había desarrollado el funeral en su honor. Visible desde lejos, pegada a las onduladas colinas, transcurría la carretera por la que había avanzado el coche fúnebre negro acristalado que había transportado el ataúd barnizado con brillantes asideros de metal, seguido por los dolientes, hasta el mausoleo familiar.

—¿Cuándo descubristeis que yo no era Albert?

—Poco antes de que diera comienzo el funeral —contestó Locke.

—¿Le habéis dicho algo a Julia?

—No —lo tranquilizó Ashe—. Pensamos que lo mejor sería callar nuestras sospechas hasta haberlas confirmado. ¿Qué demonios está pasando aquí?

—Le prometí a Albert en su lecho de muerte que haría todo lo que estuviera en mi poder para que Julia no perdiera el bebé que espera —durante su breve matrimonio, Julia había perdido tres bebés sin que ningún embarazo llegara a término—. Me pareció que la mejor manera de lograrlo era hacerme pasar por mi hermano. Necesito saber cómo descubristeis la verdad. Si Julia sospecha…

—¿Te has vuelto loco? —gritó Ashe.

—Baja la voz —contestó él. Lo último que necesitaba era que los sirvientes lo oyeran.

—¿En serio pensabas engañar a Julia hasta convencerla de que eres Albert?

Lo cierto era que ya llevaba más de una semana haciendo precisamente eso. Los había convencido a todos, a los sirvientes, al vicario, a los escasos dolientes, a Julia. Pero no a esos dos, y eso era un problema.

—Albert no me dejó otra opción —se volvió bruscamente hacia ellos—. Debo cumplir su última voluntad.

—El embarazo está sin duda lo bastante avanzado como para que se malogre esta vez —intervino Locke, de pie, hombro con hombro con Ashe, como si juntos esperaran poder convencerle de su imprudencia, como si él no fuera ya consciente de ella.

—¿Me lo puedes garantizar? —Edward lo miró furioso—. ¿Estás seguro de ello? Ya sabes lo mucho que ella lo ama, lo mucho que él la amaba. Si descubre que fue él quien murió, ¿no crees que se vendrá abajo? ¿No enfermará de pena?

La respuesta fue un profundo suspiro de Locke que se acercó al aparador, tomó el decantador y se sirvió otro whisky. Aunque Edward sabía que había acertado con su comentario, no sintió la menor satisfacción.

—¿Tienes idea de lo que este engaño le hará a Julia, cómo se sentirá cuando averigüe la verdad? —preguntó Ashe.

No había pensado en otra cosa mientras avanzaba por la jungla, cargando con el cuerpo de su hermano, mientras navegaba por las azules aguas hacia Inglaterra, mientras viajaba en el vagón de tren que transportaba la caja de madera en cuyo interior yacía el conde de Greyling.

—Sin duda empeorará la, ya de por sí, pésima opinión que tiene de mí. Supongo que me atacará con el primer objeto lo bastante mortífero que tenga a mano. Se sentirá desolada, con el corazón destrozado, y su vida quedará sumida en la oscuridad.

—Y precisamente por eso debes contárselo ahora, antes de llevar este engaño más lejos aún.

—No.

—Pues entonces lo haré yo —afirmó Ashe mientras se dirigía hacia la puerta.

Edward le cortó el paso justo cuando estaba a punto de accionar el pestillo.

—Toca esa puerta y te dejo seco.

—Me niego a permitirte hacer esto —Ashe lo miró furioso.

—Puede que seas mayor que yo, y de rango más elevado, pero esto no es asunto tuyo.

—Por supuesto que lo es —insistió el otro hombre mientras encajaba la mandíbula—. Locke, explícale que es un idiota y que no puede hacer esto.

—Desgraciadamente, estoy de acuerdo con él.

Visiblemente estupefacto, Ashe se volvió. El hombre al que había creído erróneamente su aliado tenía una cadera apoyada en el borde de la mesa y sujetaba una copa de whisky en la mano.

—¿No opinas que se trata de una mala idea?

—Estoy convencido de que se trata de la peor idea que haya tenido un inglés desde las cruzadas. Pero tiene razón. No es asunto nuestro, y no tenemos voz ni voto en esta cuestión.

—Puede que a ti no te importe Julia, pero a mí sí.

—Pero, si Edward tiene razón, y contárselo hace que pierda el bebé, lo único que le queda de Albert, ¿cómo te sentirías?

—Yo quería a Albert como a un hermano —Ashe dio un paso atrás y dejó caer los hombros.

—Pero como a un hermano no es lo mismo que ser un hermano —insistió Locke—. Por no mencionar que ninguno de los dos estábamos allí cuando Albert expiró. No oímos sus últimas palabras, ni presenciamos la desesperación que pudo haberlas urdido.

«Hazte pasar por mí», había suplicado entre jadeos. «Hazte pasar por mí». Edward jamás habría creído que unas pocas palabras pudieran ejercer tanto poder.

—¿Siempre tienes que ser tan condenadamente lógico? —preguntó Ashe.

—Yo de ti no me quejaría —Locke alzó su copa—. Mi naturaleza lógica contribuyó a que consiguieras a tu esposa.

Ashe sacudió la cabeza y devolvió su atención a Edward.

—¿Te lo has pensado bien? ¿De cuánto está? ¿Entre siete y ocho meses? Ante ti tienes varias semanas durante las que fingir que amas a Julia cuando lo cierto es que nunca os habéis llevado bien, cuando todo Londres sabe que a duras penas soportas estar en la misma habitación que ella —continuó Ashebury, llegando al meollo de lo que sin duda creía era el desafío que Edward se había impuesto.

Si solo fuera eso. Tras el maldito y desafortunado beso en el jardín años atrás, esa mujer nunca se había mostrado amable con él, apenas tolerando su presencia. No la culpaba por ello. Durante los años que siguieron, su comportamiento había sido menos que ejemplar.

—Lo he considerado desde todos los ángulos.

—Si sigues adelante, no veo más que el desastre en el horizonte —su amigo frunció el ceño y apretó los puños.

—Ya me ocuparé del desastre en el horizonte cuando llegue. Mi actual preocupación es evitar ese desastre antes del nacimiento del bebé. Sé que no será fácil, los últimos diez días han sido horribles, intentando comportarme como lo habría hecho Albert, y sé que no lo he logrado por completo porque esa mujer me observa como si yo fuera un puzle al que le falta una pieza. Hasta ahora, supongo que Julia ha atribuido mi extraño comportamiento y deseos de soledad al dolor. Pero sé que no podré utilizar esa excusa mucho más tiempo, de modo que necesito saber qué me delató ante vosotros. ¿Cómo dedujisteis que era yo y no Albert el que andaba por ahí?

—No sé si podré ayudarte con esto —contestó Ashe—. El engaño no está en mi naturaleza.

—¿Y crees que en la mía sí? —preguntó Edward, con la voz cargada del dolor y la agonía de semanas de reflexión, culpabilidad y dudas—. Le convencí para que nos acompañara porque, egoístamente, quería que disfrutásemos juntos de un último viaje. Quería que me antepusiera a ella. Y le costó la vida. Lo único que puedo hacer ahora es intentar asegurarme de que no le costará la vida a su hijo también. Es lo único que queda de mi hermano. Habría dado lo que fuera por ser yo el que yaciera en ese ataúd esta tarde. Pero no puedo cambiarlo. De modo que lo único que puedo hacer es cumplir la promesa que le hice. Por mucho que cueste, por loca que parezca, sé que no hay otro modo de asegurar que Julia no pierda a este hijo. De manera que te pido que me ayudes. Si de verdad amabas a Albert, tal y como aseguras, entonces ayúdame.

Tras soltar un prolongado suspiro, Ashe se acercó al aparador y se sirvió una generosa cantidad de whisky.

—Os conocemos desde que teníais siete años. Y, si bien de aspecto sois idénticos, vuestro comportamiento no. Tú no te frotas la oreja derecha.

—Maldita sea, es verdad —Edward imitó el gesto de su gemelo, tirándose del lóbulo hasta que le dolió.

A los cinco años, Albert había perdido la audición de ese oído tras caerse en un estanque helado a consecuencia de un empujón de Edward. De vez en cuando solía dolerle y por eso se la frotaba, sobre todo cuando estaba sopesando alguna cuestión, normalmente intentando decidir el mejor modo de amonestar a su hermano por alguna mala conducta.

—Y tú bebes mucho más whisky, y demasiado deprisa —añadió Locke—. Supongo que no habrás dejado de hacerlo.

—No, pero solo lo hago cuando ella ya se ha acostado.

—¿No te acuestas con ella? —Ashe entornó los ojos.

—¡Por Dios! ¿Y por qué iba a hacer algo así? Desde luego no tengo intención de ponerle los cuernos a mi hermano, aunque esté muerto.

—No puedo hablar por Albert, pero aunque no le haga el amor a mi esposa, siempre duermo con ella acurrucada en mis brazos.

—Porque estáis asquerosamente enamorados.

—Y él también lo estaba.

—Tienen dormitorios separados —Edward sacudió la cabeza—. Ahí estoy a salvo.

—Nosotros también tenemos dormitorios separados —Ashebury ladeó la cabeza.

Edward soltó un juramento y se llenó el vaso hasta el borde antes de acercarse a la chimenea y dejarse caer en un cómodo sillón. Sin duda Julia habría dicho algo si hubiera esperado verlo en su cama. A no ser que atribuyera su ausencia a la necesidad de vivir su duelo a solas. ¿Cuánto tiempo pasaría antes de que empezara a preocuparse por su extraño comportamiento, de que aumentara la tensión de la situación, de que se agobiara hasta el punto de que sucediera precisamente lo que estaba intentando evitar?

Ashe y Locke se unieron a él, sentándose en sendos sillones. Ninguno parecía feliz de estar allí, pero al menos ya no lo miraban como si estuviera tan loco como el marqués de Marsden.

Edward contempló las llamas que se retorcían en la chimenea, y se imaginó dando tumbos en el infierno durante toda la eternidad.

—Se me ocurrió quedarme en África, enviarle un telegrama con alguna excusa por nuestro retraso, pero sabía que el fantasma de Albert me perseguiría si la dejaba sola cuando llegara el momento de tener el bebé. Estoy muy familiarizado con los muertos que atormentan a los vivos.

—El fantasma de mi madre aullando en los páramos no era más que el producto de la locura de mi padre —le aseguró Locke.

—Aun así, crecí con ello —Edward contempló a los dos hombres que habían sido como hermanos para él—. ¿Sabéis si Albert llamaba a Julia con algún apodo cariñoso?

Ambos parpadearon perplejos, se miraron, y no parecieron encontrar las palabras. Al fin fue Ashe quien habló.

—Es la clase de persona que haría algo así, pero nunca le oí llamarla otra cosa que Julia.

—Yo tampoco —admitió Locke—. Seguramente se lo reservaba para los momentos de intimidad.

«¡Maldita sea!». Había confiado plenamente en su capacidad para imitar a su hermano a la perfección, pero no había tenido en cuenta infinitos detalles que podrían delatarlo. A corto plazo lo estaba logrando. A largo plazo iba a exigirle más atención y esfuerzo.

—Todavía no he repasado sus efectos personales. Está todo ahí —en el dormitorio que solía utilizar cuando iba de visita a la residencia estaban los baúles de ambos. Ya los abriría en otra ocasión—. Quizás con suerte encuentre una carta que ofrezca algunas respuestas —una carta, seguramente inacabada, que lo destrozaría. La muerte dejaba muchas cosas inconclusas.

Ashe tamborileó con los dedos sobre el vaso.

—¿Has considerado el hecho de que vas a tener que abstenerte por completo de mantener relaciones sexuales? Considerando tu pasado y tus apetitos, va a suponer todo un desafío y, sinceramente, no estoy seguro de que vayas a estar a la altura. Pero, si ella se entera de que vas por ahí fornicando, mientras piensa que eres Albert, eso sí podría hacerle perder el bebé.

—Ya lo he pensado, y tengo la intención de ser casto como un monje —Edward soltó una carcajada cargada de desprecio hacia sí mismo—. Puede que no me cueste tanto como creéis. Ninguna de mis anteriores conquistas se ha dignado a aparecer hoy. Y algunas eran ladies —no le había pasado desapercibida su ausencia, ni la ausencia de lágrimas. No se había derramado ni una sola por Edward. Desde luego, asistir al funeral de uno mismo resultaba ser una experiencia de lo más humillante.

—Edward...

—Greyling —corrigió él bruscamente a Locke—. Para que mi engaño tenga la menor posibilidad de salir adelante, debéis aceptarme como conde de Greyling, podéis llamarme Greyling o Grey, como hacíais con Albert cuando no había nadie más. Salvo que conmigo lo tendréis que hacer incluso cuando estemos a solas. Así evitaremos que se os escape cuando haya alguien más.

Además de eso, él debía dejar de pensar en sí mismo como en Edward. Debía convertirse de palabra, obra y pensamiento en el conde de Greyling. Al menos hasta que Julia diera a luz al heredero.

Y, cuando ese momento llegara, tendría que hacer aquello que tan bien se le daba: proporcionarle otro motivo para odiarlo al revelarle la verdad, rompiéndole el corazón, y destrozando su vida.

CAPÍTULO 2

Al parecer, Edward Alcott estaba logrando muerto lo que no había logrado en vida. Estaba consiguiendo que Julia perdiera a Albert. Desde su regreso, Albert parecía buscar cualquier excusa para no estar con ella. Julia se despreciaba por sentir celos de un hombre muerto, porque toda la atención de su esposo estuviera puesta en él. Se odiaba por haber empezado a dudar de sí misma y cuestionar el amor de su marido.

Se arrepentía de haberlo animado a acompañar a Edward en ese último viaje, pero sabía lo mucho que había disfrutado viajando antes de conocerla a ella. Bendito fuera, pues Albert siempre había percibido su preocupación por si algo horrible sucediera mientras estaba ausente, de modo que había limitado sus aventuras, lo que a su vez había creado una brecha entre los hermanos. Había pensado que el viaje les haría mucho bien, que haría que Edward la aceptara más. Entre la aristocracia no era ningún secreto que no se soportaban. Y le entristecía que hubiera muerto sin que se hubiera producido una reconciliación.

De repente sintió una mano apretándole el muslo.

—¿En qué estabas pensando? —preguntó Minerva.

El té les había sido servido, pero se había enfriado sin que ninguna de las dos lo tocara.

—Te pido disculpas. Estoy siendo una pésima anfitriona.

—Tonterías. Dadas las circunstancias, no deberías sentirte obligada siquiera a ejercer como anfitriona. Es que parecías tan triste… Creo que te preocupa algo más que el funeral o la muerte de Edward. Y aquí estoy para escuchar si tienes ganas de hablar.

A Julia le pareció una debilidad y una traición manifestar sus dudas en voz alta, aunque quizás otra perspectiva le arrojaría algo de luz.

—Desde su regreso, Albert no es el mismo.

—Sin duda el duelo le está pasando factura —le aseguró Minerva.

—Eso me digo a mí misma. Pero se muestra tan distante, sin ofrecer ni aceptar el menor signo de afecto. Y eso no es propio de él. Y soy consciente de ser una mujer horrenda por quejarme de su falta de atención en un momento como este —pero ¿cómo iban a poder consolarse mutuamente si Albert comía en sus habitaciones y aún no había acudido a su lecho?

—No eres horrenda, pero dudo que esté de humor para la pasión, considerando las circunstancias.

—No espero que me haga el amor. Sé que en mi estado no resulto muy atractiva, hinchada por el embarazo, y como bien dices, está muy distraído, pero un tierno beso sería muy bienvenido —incluso una sonrisa, una caricia, asegurarle que le seguía importando. Tras meses de separación, cuando al fin había regresado a casa, se había limitado a mirarla como si apenas la reconociera. Había sido ella la que lo había rodeado con sus brazos, ella la que lo había abrazado. Y sus únicas palabras habían sido, «Lo siento».

Y a continuación había entrado en la residencia, como si con eso hubiera bastado.

—Ten paciencia —sugirió Minerva—. Los gemelos estaban muy unidos.

—Ya lo sé. Pero estuvimos separados cuatro meses. Se suponía que solo iban a ser tres. Sin embargo, la muerte de Edward retrasó el regreso de Albert, aunque yo no sabía que estaba muerto. El telegrama que me envió solo decía, «Retraso. Regresaré lo antes posible». Hasta que no lo vi bajar del vagón de tren, acompañando a un ataúd, no supe lo que había sucedido. Ese hecho en sí mismo ya era extraño. No compartir su pesar conmigo.

—Seguramente, en tu delicado estado, no quería preocuparte.

—Pero yo quiero estar presente en su vida. Siempre hemos disfrutado de esa clase de matrimonio en el que las alegrías se duplicaban y las penas se partían en dos. Y ese es solo un pequeño detalle que ilustra hasta qué punto cambió en su ausencia. Durante esta semana ha habido momentos en los que me he sentido como si ya no lo conociera. Y eso es absurdo. Se trata de mi Albert.

—Y eso, querida, es en lo que debes centrarte. Sin duda se siente como si hubiera perdido una mitad de sí mismo en esa selva. Los gemelos, lo sé bien, parecen compartir un nexo especial, un apego mucho más íntimo y fuerte del que se encuentra en otros hermanos.

—Sé que tienes razón. Pero es que me siento como si me mantuviera apartada de él.

—Los hombres tienen esas rarezas, empeñados en no mostrar ninguna debilidad. Sospecho que teme necesitarte, y por eso finge que no es así. Lo último que necesita es que lo agobies. Solo conseguirás que se empecine más en su comportamiento. Los hombres son así de tozudos. Lo único que te hace falta es paciencia. Ya volverá.

Julia esperaba que así fuera. No le gustaba nada esa rareza que había invadido su relación. Le hacía sentirse fuera de sí.

—¿Cómo te encuentras con el bebé?

Aliviada por el cambio de tema, Julia no pudo reprimir una sonrisa mientras juntaba las manos sobre la barriga.

—Maravillosamente. Feliz en mi estado a pesar de la tristeza por la muerte de Edward. Esta vez estoy convencida de que vivirá para jugar en su habitación —echó una ojeada al reloj situado sobre la repisa de la chimenea—. Creo que ya les hemos concedido a los caballeros tiempo suficiente con su whisky. ¿Nos reunimos con ellos?

Los caballeros se pusieron en pie cuando Minerva y ella entraron en el estudio, los tres envueltos en un halo sombrío que se cerraba cada vez más en torno a ellos.

—Aceptad nuestras disculpas por habernos demorado tanto —comenzó Albert—. Empezamos a rememorar viejos tiempos y... se nos fue el tiempo.

—Eso pensamos —contestó Julia—. La cena será servida en breve. Quizás podríamos refrescarnos todos un poco antes.

—Una idea espléndida —contestó él antes de apurar la copa de whisky que tenía en la mano.

Hizo una mueca de desagrado y apretó la mandíbula, sacudiendo casi imperceptiblemente la cabeza. Julia pensó que a Albert nunca le había gustado tanto el alcohol como a su hermano.

Tras soltar el vaso, acompañó a su esposa, ofreciéndole su brazo. Ella aprovechó para aspirar el punzante aroma a bergamota, tan característico en él. Abandonaron la estancia en silencio, seguidos de los demás, igual de solemnes. Dado que el duque y el vizconde eran más familia que amigos, Julia había dispuesto que se alojaran en el ala familiar de la residencia, al otro extremo del pasillo donde se encontraba el dormitorio principal.

Se detuvo ante la puerta y se volvió hacia sus invitados.

—¿Nos reunimos de nuevo en el estudio dentro de media hora?

—Eso debería darnos tiempo suficiente —contestó Minerva—. A fin de cuentas no vamos a quitarnos el crespón.

No. Julia iba a concederle a Edward los seis meses de luto de rigor por ser el hermano de su esposo. Tendría a su bebé vestida de negro.

—Grey —Ashebury saludó a Albert con una inclinación de cabeza antes de empujar a su esposa por el pasillo.

—Gracias, Julia, por todo —dijo Locksley antes de dirigirse a su habitación.

Albert abrió la puerta del dormitorio y siguió a su esposa al interior. Era la primera vez que pisaba esa habitación desde su regreso. Julia sintió un extraño cosquilleo en el estómago al pensar en ello.

Albert barrió la estancia con la mirada, pasando de largo la cama de cuatro postes. Se dirigió a la ventana y contempló los negros nubarrones que se acumulaban a lo lejos. Hacía un día frío y triste, pero al menos había dejado de llover.

—No te he dado las gracias por todo lo que hiciste por… mi hermano. El responso que organizaste fue precioso. Te has molestado mucho en darle una bonita despedida.

Ella se aproximó con precaución, deteniéndose antes de tocarlo. Lo cierto era que su esposo daba la impresión de estar a punto de romperse en mil pedazos.

—Siento que no acudiera más gente —le había escandalizado que asistieran tan pocas personas de la nobleza al servicio religioso. De no ser por los sirvientes, cuya presencia ella misma había requerido, la iglesia habría estado prácticamente vacía—. Supongo que la lejanía de este lugar, y la amenaza de tormenta…

—Creo que Edward no era tan apreciado como pensaba.

—Recibimos muchas cartas de condolencia. Las dejé en una caja sobre tu escritorio, para que puedas leerlas cuando tengas tiempo. Creo que hallarás consuelo en ellas.

Su esposo había estado demasiado triste, perdido en su dolor, para prestar atención a la correspondencia, de modo que se había ocupado de ello en su lugar.

—Sin duda así será —él la miró y, como de costumbre, ella se sintió caer en las oscuras profundidades—. Eres muy considerada.

—Lo dices como si te sorprendiera.

—No, es que... —él sacudió la cabeza y volvió a mirar por la ventana—, es que no consigo recuperar el equilibrio sin mi hermano.

—Ya lo harás —Julia le acarició el brazo—. Lo harás. Pero hablando de equilibrio, necesito sentarme. Los pies me están matando.

—¿Te duele? —él se volvió bruscamente—. ¿Por qué no has dicho nada?

—Solo los pies. Últimamente se me hinchan. Solo necesito apoyarlos en alto... ¡Albert!

Albert la había tomado en sus brazos como si no pesara más que una almohada de plumas, como si no fuera la criatura desgarbada que era. De repente miró a su alrededor, como si no supiera muy bien qué hacer con ella. El corazón de Julia cabalgaba alocado, las manos aferrándose a los hombros de su esposo. No la había tomado en brazos desde la noche de bodas. Y cuando la tumbó sobre la cama...

Los recuerdos de su primera unión como marido y mujer la caldearon aunque, sin duda, en esos momentos no estaban ni remotamente cerca de zambullirse en un apasionado revolcón.

Con unas pocas zancadas, largas y firmes, él se dirigió a la cama y la depositó con suma delicadeza, como si se tratara de una frágil pieza de cristal soplado a mano. Con una agilidad que no le había visto desde antes de marcharse de viaje, le ahuecó las almohadas.

—¿Estás cómoda?

—Sí, pero habría bastado con una silla.

—¿Dónde está el gancho para abotonar?

—En el cajón superior izquierda del tocador, pero si me

quito los zapatos no seré capaz de volver a calzarme para bajar a cenar.

—Puedes ir descalza. No —él volvió a sacudir la cabeza—. No vas a bajar a cenar. Haré que te traigan una bandeja.

—No puedo abandonar a nuestros invitados.

—No son invitados, son familia —Albert se detuvo bruscamente a los pies de la cama y la fulminó con la mirada—. Si no son capaces de entenderlo, tendrán que responder ante mí.

Julia no pudo evitar quedarse mirando fijamente a ese hombre, su esposo. No recordaba haberlo visto tan contundente. Tampoco acababa de entender por qué encontraba ese comportamiento, a él mismo, tan atractivo en esos momentos. Siempre le había atraído, pero lo que sentía en esos momentos era algo más. Por ejemplo, siempre había mostrado una gran deferencia hacia Ashebury, nunca le había hecho frente. Tampoco había tenido motivos para ello, pero aun así...

Albert suspiró y se revolvió los cabellos antes de acercarse a la cama y agarrarse a uno de los cuatro postes.

—No podemos correr el riesgo de que pierdas el bebé.

—Lo cierto es que estoy bastante cansada —ella asintió a regañadientes—. Los últimos días han sido agotadores. Aun así, voy a sentirme como una pésima anfitriona.

—Supongo que aprovecharán para disfrutar de un rato sin mi sombría presencia.

Las palabras sobresaltaron a Julia.

—¿No vas a reunirte con ellos?

—No pienso dejarte cenando aquí sola después del agotador día que has vivido, no cuando te sientes mal como consecuencia de las acciones de mi hermano.

—Estaré bien.

—Bien no es suficiente.

Durante un instante a Julia le pareció que su esposo se sonrojaba antes de volverse.

—Vamos a quitarte esos zapatos —insistió.

Ella lo observó mientras se acercaba al tocador al tiempo que se quitaba la chaqueta y la arrojaba sobre una silla. A través de la camisa se notaba claramente que en unos pocos meses sus hombros se habían ensanchado y su piel se había bronceado bajo el fuerte sol de África. Se sintió desconcertada por sentir esa atracción hacia él en momentos como ese. Qué egoísta había sido al desear sus atenciones cuando en ese instante le estaba dando mucho más de lo que podía esperar. Deseaba que entre ellos las cosas fueran como si nunca se hubiera marchado, pero comprendía que la familiaridad que solían compartir tardaría un poco en regresar. Sin embargo, debía creer firmemente en que regresaría.

Sentado en el borde de la cama, él manejó hábilmente el gancho para aflojar los botones de un zapato, y luego del otro. Dejándolo a un lado, tiró suavemente del zapato izquierdo. Julia hizo una mueca de dolor antes de suspirar aliviada al sentir los dedos de los pies libres.

—¡Cielo santo! —exclamó él.

—Lo sé. Están horriblemente hinchados. Me temo que los tobillos parecen más propios de un elefante.

—Deberías haber dicho algo —la reprendió Albert, descalzándola lentamente.

—No te enfades.

—No me enfado —contestó él, incapaz de apartar la mirada de los troncos en que se habían convertido los tobillos—. Me preocupas, Julia.

—La hinchazón es normal. No creo que corra peligro de perder el bebé.

—Pásame una de las almohadas que no estés utilizando —él asintió.

Con extremada ternura, la colocó bajo sus pies.

—Necesitas activar un poco la circulación de la sangre.

Albert rodeó un tobillo con ambas manos y las deslizó hacia arriba, bajo la falda y sobre la rodilla, hasta alcanzar las cintas de la media. Julia se quedó sin respiración, expectante. Sentir sus dedos tan cerca del borde de su feminidad era una dulce tortura. Lentamente él le soltó las cintas y luego, más lentamente aún, deslizó la media de seda hasta los pies, quitándosela y dejándola a un lado. Repitió la misma operación con la otra pierna, y Julia casi se derritió. Era ridículo hasta qué punto deseaba sentir sus manos sobre ella. Cuando la otra media fue arrojada a un lado, su esposo devolvió su atención a la primera pierna y empezó a masajearle la pantorrilla. Su mano ascendió hasta la corva y los dedos y trabajaron ese punto unos segundos antes de regresar hacia el tobillo.

—Dime si te hago daño.

—Es una sensación maravillosa —la piel de las manos de Albert era más rugosa de lo que ella recordaba de antes de su viaje. Sin duda habría pasado mucho tiempo sin guantes. De habérselos puesto, sus manos no estarían tan bronceadas—. Al final voy a alegrarme de estar tan hinchada. Nunca me habías frotado los pies.

—Soy un canalla —Albert se detuvo un instante antes de continuar con los suaves y fluidos movimientos, ofreciéndole una sonrisa de disculpa.

Julia rio tímidamente ante la broma. Cuánto lo había echado de menos. Cuánto había echado de menos estar con su marido, sin más, sin ninguna expectativa, sin ninguna carga.

—Tampoco habías blasfemado nunca en mi presencia.

—Al parecer, durante el viaje se me pegaron las malas costumbres de Edward.

—Los paisajes debían ser impresionantes.

—En efecto —él asintió mientras sus manos pasaban al otro tobillo.

—Ojalá hubiera podido acompañaros.

—No te habría gustado mucho que Edward cascara un huevo en el interior de tu zapato e insistiera en que caminaras con toda esa porquería pegada al pie.

—¿Me tomas el pelo?

Él alzó la mirada hasta ella. Y por primera vez, Julia no vio tristeza en esos ojos, llenándole de esperanza de que, quizás, el duelo no fuera a durar el resto de sus vidas.

—Evita las ampollas.

—¿Y cómo sabía él eso?

—Lo leería en alguna parte —él se encogió de hombros—. Siempre estaba leyendo, procurando asegurarse de que nuestros viajes se desarrollaran lo más cómodamente posible.

—Te lo pasabas muy bien en su compañía.

—Es verdad. Era estupendo... hasta que dejó de serlo.

—He pensado que podríamos ponerle su nombre a nuestro hijo —Julia deseaba alegrarle un poco esos momentos tan oscuros.

—No —él contempló la hinchada barriga antes de apartar la vista—. No pondremos al heredero Greyling el nombre de ese bastardo egoísta. Se llamará como su padre, como debe ser.

Julia no supo qué responder ante las duras palabras de su esposo hacia Edward. Nunca se había mostrado enfadado con su gemelo. No cuando regresaba a la residencia tambaleándose, completamente borracho. Ni cuando extendía la mano para pedir más dinero porque había despilfarrado su asignación. Ni cuando otros hombres llamaban a su puerta porque les debía mucho dinero perdido en el juego. Albert mimaba a su hermano, parecía pensar que su irresponsable estilo de vida era inofensivo. Nunca había pronunciado una palabra en contra de Edward. Hasta ese momento. Era tan impropio de él.

Lo percibió replegarse en sí mismo. No quería perderlo, otra vez no. Mientras él continuaba con el masaje, con las manos desapareciendo periódicamente bajo la falda, ella sintió un ramalazo de travesura.

—Eres mi esposo. Es perfectamente aceptable que me levantes la falda por encima de las rodillas.

—Intento evitar la tentación.

Por inapropiado que fuera durante el luto, ella no pudo evitar sentir cierta alegría.

—¿Te sientes tentado?

—Un hombre siempre se siente tentado cuando una mujer muestra los tobillos.

—Entonces no es porque yo te resulte especial.

—No he querido decir eso —él se detuvo y sus miradas se fundieron—. Las demás damas ya no me tientan.

—Lo sé —Julia sonrió con dulzura—. Estaba bromeando, intentaba arrancarte una risa, aliviar tu carga durante un instante.

—Al final volveremos a reír. Pero hoy no —Albert le dio una palmadita en los tobillos y se puso de pie—. Debería comunicar a los demás que no los acompañaremos durante la cena.

—Ya no tengo los pies tan hinchados. Si me siento con los pies apoyados sobre una banqueta...

—No, lo mejor será que cenemos solos. No tardaré mucho.

Antes de abandonar el dormitorio, Albert agarró la chaqueta. Julia suspiró y se acomodó contra las almohadas mientras retorcía los dedos de los pies. «que cenemos solos», las palabras no se le habían escapado. A lo mejor, enterrado Edward, su esposo al fin regresaría a ella.

Tenía los deditos de los pies más diminutos del mundo. Incluso con los pies y los tobillos hinchados era evidente que los dedos eran pequeños y delicados. ¿Por qué demonios le despertaban tanta curiosidad?

Al regresar al estudio le agradó comprobar que no había nadie aún. Se acercó al aparador y se sirvió una cantidad indecente de whisky, que engulló de un trago. Debía cuidar sus palabras, asegurarse de que ella no dudara de la devoción de Greyling por ella. No podía mencionar los tobillos de otras mujeres, ni los muslos, ni ningún otro de sus encantadores atributos. No podía dar la impresión de ser un hombre que encontraba atractivas a otras mujeres. Aunque en esos momentos tampoco se le ocurría ni una sola mujer, aparte de Julia, que le resultara atractiva. Aun así, necesitaba aplacar sus urgencias carnales para no aprovecharse de la situación. Rápidamente consumió otro trago de whisky.

Incluso esa necesidad de beber en exceso debía ser atemperada. Podría hacerse perdonar por ello un par de días, achacándolo al dolor, pero dudaba que Julia hubiera visto nunca a Albert con alguna copa de más. Y, si se emborrachara, no sería extraño que cometiera el espantoso error de revelar quién era. Aunque era probable que también sucediera estando sobrio.

Se acercó al escritorio y deslizó los dedos por la pulida caja de ébano. Ya se había fijado en ella antes, pero había asumido que siempre había estado sobre el escritorio de su hermano. En el pasado, había acudido allí con frecuencia a visitar a su hermano, pero nunca había vivido realmente en ese lugar, sobre todo después de que Albert se casara con Julia. La mansión se había cerrado tras la muerte de sus padres y, cuando Albert alcanzó la mayoría de edad, se había instalado en Evermore, contratado nuevos sirvientes y abierto la residencia. Edward conocía a unos cuantos de esos sirvientes por su nombre, pero la mayoría no le habían importado lo más mínimo. Conociendo a Albert, seguramente él sí los conocía a todos. Por Dios que se había metido en un buen atolladero. Iba a tener que caminar con pies de plomo.

Regresó junto al aparador, alargó una mano hacia el decantador y se detuvo con los dedos abrazados al delicado cristal.

Soltando un juramento lo lanzó contra la pared, pero no

obtuvo ninguna satisfacción al verlo estallar en mil pedazos, esparciendo el líquido ambarino por el oscuro revestimiento de madera.

—No te está resultando fácil hacerte pasar por tu hermano, ¿verdad?

Edward se volvió bruscamente mientras lanzaba otro juramento y se enfrentaba a Locke, agradecido de que no fuera Ashe quien estuviera allí con su esposa. Casi le soltó a bocajarro que los dedos de los pies de Julia eran diminutos, como si a Locke pudiera importarle lo más mínimo.

—Está agotada, no os vamos a acompañar durante la cena.

—Tienes miedo de que metamos la pata.

—Me da más miedo meterla yo —él se revolvió los cabellos.

—Tírate del lóbulo —apuntó Locke mientras se acercaba—. Cuando alargues la mano hacia los cabellos, tírate de la oreja.

—Es verdad —Edward lo hizo, consciente de que era demasiado tarde. Albert se tiraba de la oreja antes de hablar, no después.

—Tengo la impresión de que Julia es más fuerte de lo que tú te piensas —su amigo apoyó una cadera sobre la mesa.

Pero tenía los deditos de los pies más diminutos y delicados del mundo. Y una piel sedosa. ¿Cómo se le había ocurrido deslizar las manos por esas pantorrillas, por esas corvas?

—No puedo correr el riesgo. El bebé es lo único que queda de mi hermano.

Era incapaz de describir el agujero que habitaba en su interior, allí donde había estado Albert. Necesitaba que ese crío sobreviviera, tanto como lo había deseado Albert.

—Yo no era más que un bebé cuando murió mi madre —le explicó Locke con calma—. Crecí con un padre que lloró su pérdida eternamente. Nada puede reemplazar una pérdida como esa.

—No espero que el niño sea un sustituto, pero le debo

a Albert este pequeño sacrificio. Ya he tomado la decisión y, si bien tus argumentos están muy bien expresados, en esta cuestión nadie va a hacerme cambiar de idea.

—Puede que necesites aplacar un poco ese genio —su amigo contempló el desastre ocasionado por el decantador destrozado.

—Más que un poco, diría yo —Edward soltó una carcajada cargada de amargura. Albert nunca hacía alarde de mal carácter.

Al oír pasos se volvió hacia la puerta en el instante en que hacían su entrada el duque y la duquesa. Locke tenía razón a medias sobre los motivos de Edward para no cenar con ellos. Temía que la duquesa lo descubriera todo. Era tremendamente avispada.

—Los acontecimientos de los últimos días han agotado a Julia —les explicó—. Y no os vamos a acompañar durante la cena.

—Supongo que harás que le suban una bandeja al dormitorio —observó la duquesa—. Quizás lo mejor sería que yo la acompañara y así vosotros, caballeros, tendríais un poco más de tiempo para poneros al día.

—Te agradezco el ofrecimiento —él se tiró del lóbulo de la oreja—, pero creo que ya nos hemos puesto al día todo lo que nos hacía falta. Ya dejé a mi esposa sola durante demasiado tiempo y tengo la intención de recompensarla por ello. Nos veremos a la hora del desayuno.

De los ojos de Ashe surgió un destello de aprobación. No había buscado esa aprobación, pero al parecer había conseguido comportarse como lo hubiera hecho su hermano. Solo le quedaba conseguir hacer lo mismo, sin tropezar, en el laberinto que había sido la vida de Albert con su condesa.

CAPÍTULO 3

Los pies de Julia estaban mucho mejor. El masaje de Albert había obrado maravillas. También había ayudado el hecho de que, una vez se hubo marchado, hubiera llamado a la doncella para que la ayudara a cambiar el rígido vestido de crespón negro por un camisón mucho más suave y una toquilla. Aunque disfrutaba de la compañía de los invitados, también se alegraba de la oportunidad de relajarse con su esposo.

Sentada en un cómodo sillón junto al fuego, colocó los pies sobre un taburete y encogió los dedos. Al estirarlos, pensó en las manos encallecidas que la habían acariciado con tanta seguridad, como si Albert le hubiera frotado los pies mil veces antes, cuando lo cierto era que jamás había realizado esa acción tan íntima, todo un lujo. Se imaginó esas manos rasposas deslizándose por todo su cuerpo, lo maravilloso que resultaría sentir las diferentes texturas, lo distinta que resultaría la experiencia. Esperaba sinceramente que no les diera tiempo a recuperar la suavidad antes de que volvieran a hacer el amor.

Al oír la puerta abrirse, miró hacia atrás y vio a su esposo entrar con dos copas de vino en una mano y dos botellas de vino en la otra. Se detuvo en seco y la contempló, su mirada la recorrió de pies a cabeza, como si nunca la hubiera visto en camisón y toquilla. Quizás fuera por su estado, que en camisón no le permitía cubrirse tanto como cuando llevaba vestido. Consciente de las miradas de su esposo, tironeó de los lados de la toquilla, intentando cerrarla sobre la barriga y los pechos, pero la prenda se negaba a colaborar.

—Durante el tiempo que has estado fuera, me he puesto enorme.

—No, en absoluto —él cerró la puerta con el codo antes de acercarse a Julia con las copas y el vino, que dispuso sobre la mesita de delante del sofá. Había una botella de vino tinto y otra de blanco—. Nuestros invitados se han mostrado muy comprensivos, y los sirvientes traerán la cena en cualquier momento. Pensé que mientras tanto podríamos disfrutar de una copa de vino.

—No estoy segura de que el alcohol sea bueno para el bebé.

—Tienes razón —él la miró con expresión culpable, como si se hubiera olvidado de su estado—. No sé en qué estaría pensando.

—No hay motivo para que tú no te tomes esa copa.

Su esposo no esperó a que se lo dijera dos veces antes de servirse una copa de vino tinto, alzándola hacia ella a modo de brindis antes de tomar un sorbo y acercarse a la chimenea. Contempló el fuego y luego desvió la mirada hacia ella, y de nuevo al fuego, como si no estuviera muy seguro de qué hacer con sus ojos.

—¿Cómo te encuentras?

—Mucho mejor. Me ha ayudado cambiarme de ropa y ponerme algo menos ajustado. Dado que solo vamos a estar tú y yo aquí, pensé que las formalidades no serían necesarias.

—Por supuesto que no.

Poniéndose en pie, Julia agradeció que se le hubiera quitado la hinchazón por completo y que fuera capaz de acercarse hasta su esposo sin cojear ni sentirse incómoda. No podría asegurarlo por completo, pero tenía la impresión de que él había dejado de respirar cuando ella se había acercado.

—Tú también deberías ponerte cómodo —murmuró ella mientras tomaba la copa de esa maravillosa mano que la había acariciado tan íntimamente, colocándola después sobre la repisa de la chimenea.

A continuación metió las manos bajo la chaqueta sin desabrochar y las deslizó hasta los hombros, quitándole la chaqueta.

—Tus hombros se han ensanchado un poco mientras estuviste fuera.

—Caminar por la jungla es un buen ejercicio.

La chaqueta empezó a deslizarse y ella la atrapó antes de que cayera al suelo y la arrojó sobre la silla más cercana. Lentamente, desabrochó los botones del chaleco negro.

—Y tu piel se ha vuelto más oscura.

—El sol africano es muy fuerte.

—Siempre te distinguía de Edward porque él no era tan blanco —Julia levantó la vista—. ¿Te salieron ampollas?

—No.

Ella le quitó el chaleco y lo dejó sobre la chaqueta. Bajó la vista y empezó a deshacerle el nudo del pañuelo.

—Julia, no estoy seguro de que esto sea una buena idea.

—¿Ponerte cómodo?

—Tentarme.

A sus ojos asomó una expresión de deleite. Cierto que estaban de luto, cierto que su esposo irradiaba tristeza, pero ella aún ejercía poder sobre él. Arrojó el pañuelo a un lado y le tomó el rostro entre las manos, con los dedos moviéndose por la nuca.

—Te he echado tanto de menos...

Julia lo obligó a agachar la cabeza, se puso de puntillas y le cubrió los labios con su boca. Los brazos de su esposo la rodearon de inmediato, atrayéndola hacia sí. Su lengua se deslizó en el interior de la boca mientras inclinaba la cabeza para que el beso fuera más intenso. Ella prácticamente se derritió contra él.

Hambre. Urgencia. Una irresistible necesidad. Ahí estaba todo. En él. En ella. Como si la muerte se cerniera sobre ellos, como si pudieran ahuyentarla con suficiente pasión y deseo. Un gutural gemido vibró por el fuerte torso, se estremeció en el pecho de Julia, aplastado contra la camisa de su marido.

El calor se intensificó entre ellos. Las manos de Edward se deslizaron por la espalda de Julia, las caderas, el trasero, atrayéndola aún más hacia sí. La rígida dureza presionaba contra la hinchada barriga, volviéndola loca de deseo. Había pasado mucho tiempo, demasiado. En cuanto supieron que estaba embarazada, él había insistido en evitar las relaciones por miedo a que la pasión pudiera hacerle perder el bebé. No había limitado los besos, los abrazos, las caricias íntimas, pero nunca así. No con esa necesidad animal. No recordaba que hubiera sido tan salvaje entre ellos, como si hubiera regresado de sus viajes sin civilizar, con la necesidad de ser domesticado.

Una llamada a la puerta le hizo apartarse como si le hubieran atrapado haciendo algo que no debía. Ambos respiraban entrecortadamente. En los ojos de Edward se reflejaba el horror.

—Te pido disculpas —se excusó él con voz ronca.

Julia sintió una bofetada de desilusión ante la retirada de su esposo, ante el aparente arrepentimiento por lo que acababa de suceder entre ellos.

—No hay nada que disculpar. Eres mi esposo.

—Pero el bebé… —él posó la mirada sobre la abultada barriga—. ¿Le habré hecho daño al bebé?

—Tu hijo es bastante más fuerte de lo que crees —aun así, ella dio un paso atrás y llamó al sirviente para que entrara.

En realidad era más de un sirviente. Portaban bandejas con una selección de platos tapados. Julia se sentó y una doncella le colocó una bandeja sobre el regazo. Albert había regresado a su posición junto a la chimenea y apuraba la copa de vino mientras otra doncella dejaba su bandeja sobre la mesita.

—¿Necesitará algo más, milord? —preguntó la primera doncella.

Sin apartar la mirada del fuego, Albert se limitó a beber otro sorbo de vino.

—No, esto será todo —intervino Julia.

Los sirvientes se marcharon, cerrando la puerta tras ellos. Su esposo ni se movió.

—¿Albert? —parecía perdido—. Albert —insistió con más fuerza.

Al fin volvió el rostro hacia ella, con el ceño tan fruncido que por fuerza tenía que dolerle.

—Siéntate y come —lo invitó.

—¿Estás segura de que no te he hecho daño?

—Lo cierto es que fue muy agradable. Ha pasado mucho tiempo. Empezaba a temer que no me habías echado de menos tanto como yo a ti.

—Créeme, no pasó una sola noche sin que me durmiera pensando en ti.

—Egoístamente me alegra oírlo. ¿Te atormentaban dichos pensamientos?

—De un modo que te resultaría imposible de entender.

Julia se recriminó por la satisfacción que le producía saber que su recuerdo lo había atormentado, pero la sensación era tan agradable... Sonrió con dulzura.

—Cenemos, ¿te parece?

Él recogió las prendas que Julia había arrojado sobre la silla, las llevó al banco situado junto al tocador y luego se dejó caer en la silla, dejando la mesa entre ambos. Julia había esperado que se sentara a su lado en el sofá. Quizás no lo había hecho porque temiera que ella lo distrajera.

Se habría sentido un poco mejor de haber tenido la impresión de que a su esposo le agradaría esa distracción. Sin embargo, lo que tenía era la certeza de que la lamentaba.

«Gracias a Dios que llamaron a la puerta». Era el único pensamiento que cruzaba por la mente de Edward. «Gracias a Dios, gracias a Dios que llamaron a la puerta».

Había estado a punto de tomarla en brazos y llevarla a la cama. Por primera vez desde su regreso, no le había consumido la sensación de culpa ni el dolor. Lo cierto era que se había visto perdido en el remolino de la pasión, de un deseo tal que jamás había conocido antes. El olor de esa mujer, su calor, su suave piel. Daba igual que posiblemente fuera lo peor que podría habérsele ocurrido hacer. Durante un momento había sido una bendita distracción. El fuego de su beso…

Por Dios santo. ¿Cómo había sucedido? Sin duda había saltado una chispa en aquel jardín años atrás, pero lo que acababa de experimentar casi lo había consumido. La madurez y la experiencia habían sustituido a la inocencia y la ingenuidad. Una combinación letal que podría dinamitar sus mejores intenciones.

Con mano temblorosa, alcanzó la botella de vino y comenzó a servirse otra copa. Por el rabillo del ojo vio la expresión del rostro de Julia y optó por no llenarla. Estar a solas con ella en un dormitorio estaba demostrando ser increíblemente peligroso para su estratagema. Pero, ¿cómo evitarlo? No debía olvidar que esa mujer no sentía el menor afecto por Edward, que la amabilidad que le mostraba, las tentaciones que le ofrecía, estaban destinadas a Albert.

Esa mujer era Julia, la que lo había echado de la residencia londinense de su hermano porque regresaba a casa a altas horas de la madrugada en un estado de embriaguez que no le agradaba. Julia, la que había animado a Albert a reducir la asignación de Edward para que no pudiera sumergirse a voluntad en los placeres del vino, las mujeres y el juego. Julia, la que siempre lo miraba como si fuera algo que acabara de despegar de la suela del zapato.

Julia, la que había organizado un exquisito y elegante funeral por un hombre al que no soportaba. La que había recibido sin una sola queja a unos pocos invitados, a pesar de que le había resultado agotador. La que lo había besado como si no hubiera para ella nadie más importante en el mundo. La que había empezado el beso. Era la primera vez que una mujer le hacía algo así. Y resultaba impresionantemente embriagador.

Si lo había odiado tras el fugaz encuentro en el jardín, iba a hacerlo mucho más cuando averiguara la verdad, cada vez que recordara el beso que acababan de compartir. Tenía que evitar que sus labios se acercaran a los de ella, so pena de volver a olvidar que él no era a quien ella amaba, a quien ella deseaba, con quien ella había intercambiado votos.

Bajó la mirada al plato de comida y reprimió un juramento. Pescado con guarnición. Por supuesto, en un día como ese, el cocinero tenía que preparar la comida favorita de Albert. A Edward, en cambio, nunca le había gustado. Él prefería la carne, poco hecha, sanguinolenta.

—¿Qué estabais recordando?

Edward levantó bruscamente la cabeza y descubrió a Julia estudiándolo como si volviera a sentir dudas sobre él.

—¿Disculpa?

—En el estudio. Dijiste que estabais rememorando cosas. Sobre Edward, supongo. ¿Ayudó en algo recordar tiempos más felices?

Podría haberlo hecho, si de verdad hubieran estado haciéndolo. Si bien esperaba reducir al mínimo las mentiras, no podía eliminar las más inocentes.

—Un poco.

—Comparte algo conmigo.

«Si pudiera beber de tus labios cada vez que lo deseara, podría apañármelas sin vino».

—¿Por ejemplo?

—Algo sobre Edward. Algún recuerdo agradable. Apenas hablábamos de él, salvo cuando expresabas tu preocupación de que acabara mal, o cuando yo perdía la paciencia con sus... dudosas actividades.

¿Albert se había sentido preocupado por él? Sabía que su hermano no era feliz con la vida que llevaba su gemelo, pero nunca había sospechado que sintiera una verdadera preocupación. Cuando Albert lo llamaba al orden, siempre lo interpretaba como el hermano mayor que se sentía decepcionado, o que necesitaba controlar al hermano pequeño. Aun así, le había prometido que, si viajaba con ellos a África, a su regreso sentaría la cabeza, se casaría y buscaría un puesto en el parlamento. No estaba seguro de poder mantener su promesa, y eso le ocasionaba no poco desasosiego. Habría dicho cualquier cosa para que Albert los acompañara en la expedición. Y esa verdad era lo que más dolía en esos momentos: no haber sido completamente sincero con la única persona que siempre lo había sido con él.

Julia aguardaba expectante a que su esposo le hablara de ese hombre que tan poco le gustaba y, por primera vez desde que tenía recuerdos, quiso producirle una impresión favorable.

—A Edward no le gustaba ser el segundo.

—Sospecho que les pasa a la mayoría de los segundos hijos —contestó ella con dulzura, sin rastro de desaprobación en la voz.

Antes de partir de viaje con Albert, ella solo se dirigía a él en tono de reproche. Y no le gustaba lo mucho que disfrutaba del dulce timbre de su voz, de descubrir de repente que le acariciaba los oídos.

—Curiosamente, no tenía ningún deseo de ser conde.

—Demasiado trabajoso —contestó ella con una sonrisa.

Edward se descubrió devolviéndole la sonrisa, siquiera fugazmente, pero más de lo que había pensado que haría.

—Efectivamente. Lo conocías muy bien.

—No tanto, y ahora lo lamento. Pero estamos divagando. Te he pedido que me cuentes algo agradable.

Algo agradable. El pescado, desde luego, no encajaba en esa categoría y, si bien solo había conseguido tragar unos pocos mordiscos sin vomitar, había dejado el plato a un lado para recuperar la copa de vino mientras aún disfrutaba de una excusa para darse ese placer.

—Al principio no nos gustaba vivir en Havisham Hall. No nos llevó mucho tiempo darnos cuenta de que algo no iba bien allí. Ninguno de los relojes funcionaba, ni uno solo estaba en marcha. La mansión era tan grande como Evermore, pero solo disponía de una docena de sirvientes. Teníamos prohibido entrar en una gran parte de las habitaciones, muchas de las cuales estaban cerradas con llave. De modo que Edward empezó a planear nuestra primera expedición.

Edward sonrió al recordar la solemnidad del evento. Al menos en esa historia podía ser él mismo.

—En una ocasión me contaste que el marqués había detenido todos los relojes cuando su esposa falleció.

La sonrisa de Edward flaqueó. Maldito fuera. ¿Cómo iba a saber lo que Albert había compartido con su esposa y lo que no? Sin duda ella le daría una pista de que ya conocía la historia de ser así.

—El marqués detuvo muchas cosas a la muerte de su esposa. Sobre todo, dejó de vivir.

—Soy muy capaz de imaginármelo. No sé qué habría hecho si hubieras sido tú el que hubiera fallecido en África —Julia sacudió la cabeza—. Lo siento. No quería que llegáramos ahí. Estábamos en Havisham Hall.

Aun así, sus palabras no hicieron más que confirmar que

su decisión era la única posible para cumplir con el último deseo de Albert. Si bien anteriormente no había sido hombre de palabra, desde luego iba a serlo en esos momentos.

—No sé por qué se nos metió en la cabeza que solo se podía explorar a medianoche. De día tampoco es que hubiera mucha gente para interponerse en nuestro camino.

—Por la noche todo resulta más prohibido, cuando se suponía que debíais estar en la cama. Ese sería el momento que yo habría elegido —precisó ella con un gesto irresistiblemente travieso.

Edward se esforzó por no mirarla fijamente. Por no mirar esos tentadores y sensuales labios, el brillo de sus ojos que daba a entender que se habría apuntado la primera a la aventura, deslizándose por los oscuros pasillos, portando únicamente una vela para mostrar el camino. No le hacía mucha gracia descubrir esos aspectos desconocidos de Julia. Y mucho menos descubrir su deseo por explorarlos. Lo único que pretendía era hacerse pasar por su gemelo hasta que naciera su heredero, caminar con pies de plomo sin consecuencias. Conocer mejor a Julia no formaba parte del plan. Aun así, debía reconocer que ella tenía razón.

—Más emocionante también porque era cuando corríamos peligro de ser descubiertos, ya que el marqués solía vagar por los pasillos de noche. A menudo oía sus suaves pisadas pasar por delante de mi puerta, de modo que la emoción de regresar intactos a nuestras camas era un potente estímulo —reconoció.

—¿Y lo conseguisteis? —la sonrisa de Julia floreció en algo que oprimió el pecho de Edward.

—¿Quieres que estropee la historia contándote el final de nuestra aventura?

—Te pareces a Edward con su obsesión por contar historias —la sonrisa disminuyó levemente.

Maldito fuera. Había metido la pata. Era cierto que le

encantaba tejer historias. Albert siempre había preferido un enfoque más directo, sin tomarse el tiempo necesario para adornar los relatos.

—Se le daba tan bien... —continuó ella.

Edward parpadeó, preguntándose si lo habría oído bien.

—Nunca pensé que le prestaras atención.

—Me encantaba escuchar sus relatos. Ese era el motivo por el que siempre celebraba una velada cada vez que Edward y los otros regresaban de alguna de sus aventuras. Sabía que no iba a compartir sus hazañas conmigo, pero sí lo haría con los demás invitados, con su público. Su relato no empequeñecía por el hecho de que yo estuviera al fondo de la sala, aunque procuraba que no se me notara lo mucho que disfrutaba, so pena de que la siguiente ocasión en que lo invitara, me rechazara.

—No tenía ni idea —Edward había dado por hecho que las veladas tenían por objeto llamar la atención sobre ella. La condesa de Greyling proporcionándole a la sociedad londinense una velada de diversión, cortesía de los Bribones de Havisham, como a menudo eran conocidos los cuatro.

—Tengo unos cuantos secretos —Julia se encogió de hombros.

Y él se encontró deseando descubrir cada uno de ellos, aunque sospechaba que en su mayor parte serían inocentes, triviales, mientras que el secreto que él guardaba en esos momentos era sencillamente horrendo.

—Él creía que sus viajes no te interesaban lo más mínimo. Si se lo hubieras pedido...

—Habría dicho que no. Sabes que tengo razón. Edward no sentía ningún deseo por complacerme, por complacer a otro que no fuera él mismo. Su autoestima engordaba con un público, y yo se lo proporcionaba. A cambio, recibía algo para mí misma. Oír los relatos de sus aventuras.

En eso se equivocaba. Si tan solo se lo hubiera pedido, él

habría inventado relatos para ella, y solo para ella. ¿Cómo habían conseguido permanecer unos desconocidos cuando Albert era tan importante para ambos?

—Y ahora sigue compartiendo tus recuerdos —lo animó ella, interrumpiendo sus pensamientos.

—Si te lo cuento como lo habría hecho Edward es porque pasé dos meses escuchando su cháchara. Cómo le gustaba oír el sonido de su propia voz.

—Eso era más que evidente —Julia rio —. Desde luego no le faltaba confianza en sí mismo.

El sonido tintineante de su risa sirvió para aliviar ligeramente el manto de tristeza que lo había envuelto tras la muerte de Albert. Curioso que fuera ella, y no Ashe o Locke, quien le proporcionara un atisbo de esperanza por un futuro mejor, un futuro en el que no deseara haber sido enterrado en ese ataúd junto a su hermano. Ojalá pudiera compartir con ella los recuerdos que ambos tenían sobre Albert.

—Arrogancia, más bien —aclaró él—. Jamás se le ocurría que podría pasar desapercibido durante esas veladas.

—¿Fue vuestra primera expedición?

—Sí. Él dibujó un plano de la residencia y nuestra ruta, que por supuesto no era directa. Eso habría resultado demasiado aburrido. Incluía muchos giros y cambios de sentido. Consiguió colarse en la habitación del ama de llaves después de que se hubiera dormido, y robarle las llaves. Y era el que abría la expedición, iluminando el camino con una vela. Estábamos aterrorizados.

—Pero lo hicisteis.

—Sí. Las paredes estaban recubiertas de espejos y Ashe chilló como un ratoncillo atrapado por un gato cuando vio su reflejo. Fue espeluznante. Las luces de los candelabros estaban apagadas y cubiertas de telarañas. La única luz era la proveniente de la vela. En los jarrones había flores muertas. El polvo lo cubría todo. El aire estaba cargado de un olor mohoso. Dudo que nadie hubiera entrado en esa habitación en años. Y eso fue lo que descubrimos en cada una de nuestras sucesivas aventuras: una habitación abandonada, caída en desuso. Pero con el tiempo nos volvimos más osados y siempre encontrábamos algo que hacía que nos alegrara haber ido de expedición. Creo que por eso empezamos a explorar el mundo cuando nos hicimos mayores.

Desvió la mirada hacia el fuego.

—Edward fue el que lo empezó todo. Si no nos hubieran atrapado, habríamos empezado a considerarnos invencibles —él devolvió su atención a Julia—. Aun así, la mayoría de los recuerdos son buenos.

—Me alegra que los conserves —ella volvía a mirarlo con esa expresión, como si intentara averiguar algo.

Edward asintió, apuró la copa de vino y se levantó de la silla.

—Es tarde. Daré orden al servicio para que venga a limpiar todo para que puedas retirarte. También quiero ver a nuestros invitados.

—¿Volverás para dormir conmigo esta noche?

La mirada de Julia estaba cargada de dudas y él supo lo mucho que le había costado formular la pregunta. También era muy consciente de que no debería tener la necesidad de suplicarle nada. Albert le habría concedido cualquier deseo. Estaba fracasando estrepitosamente en la tarea que se había propuesto.

—No creo que sea buena idea, por el bebé —contestó él tras dudar un instante.

—No creo que haya ningún problema si nos limitamos a abrazarnos. Hasta que partiste en este viaje, no recordaba lo mucho que odio dormir sola.

—Sí, de acuerdo —y, aunque sabía que era una mentira, Edward se sintió obligado a continuar—. He echado de menos abrazarte.

Ella volvió a ofrecerle esa sonrisa, la que le abría un boquete en el pecho y al mismo tiempo conseguía que se la agradeciera. Antes de que todo quedara aclarado, esa mujer iba a ser su muerte.

Iba a dormir con ella. Pero antes necesitaba un trago de whisky. Con suerte, Ashe y Locke seguirían levantados y lo acompañarían, y así tendría una excusa para no regresar a su cama hasta estar completamente borracho.

Se los encontró, acompañados de Minerva, subiendo las escaleras camino de los dormitorios.

—¿Os apetece una copa antes de retiraros?

Incluso aceptaría de buen grado la compañía de la duquesa. Tenía fama de disfrutar con la bebida, con cualquier travesura, y por eso era la persona ideal para Ashe.

—Ha sido un día muy largo, Grey —contestó Ashe—. Y mañana tenemos intención de partir temprano, de manera que Minerva y yo nos retiramos.

—Pues entonces que descanséis bien.

La pareja continuó su camino. Al pasar delante de él, la duquesa apoyó una cálida mano sobre su brazo.

—En tus desvelos por cuidar de Julia, no olvides cuidar de ti mismo.

—Estoy a punto de cuidarme en el estudio —él sonrió.

Pero en cuanto las palabras abandonaron sus labios comprendió que Albert jamás las habría pronunciado. Por suerte, Minerva no había conocido tan bien a su hermano como para darse cuenta. Ashe, sin embargo, lo fulminó con la mirada y sacudió la cabeza antes de apoyar una mano en la espalda de su esposa.

—Vamos a la cama, cariño.

Edward aguardó a que hubieran desaparecido por el pasillo antes de volverse hacia Locke.

—Ashe tenía razón. Aunque Albert y Julia tienen dormitorios separados, mi hermano dormía en la cama de su esposa. Acaba de mencionar lo mucho que echa de menos tener a su esposo allí. Llevar a cabo ese hábito en particular requiere primero un buen trago. Y prefiero no beber solo.

—¿Vas a meterte en la cama de Julia apestando a whisky? —Locke cruzó los brazos sobre el pecho y se reclinó contra la barandilla.

—Al mejor escocés. Necesito atontar mis sentidos para no cometer alguna estupidez.

—Atontar tus sentidos es, precisamente, una estupidez.

Edward sintió deseos de estrellar un puño contra la pared. No soportaba que Locke tuviera razón, pero no veía ningún otro modo de hacerlo.

—Es una mujer. Si me meto en la cama con ella, mi polla va a reaccionar.

—Y eso, sin duda, es lo que ella espera. Se supone que eres su marido.

Edward se revolvió los cabellos con ambas manos y soltó un juramento antes de aceptar la verdad.

—No sé cómo dormir con ella.

—Por el amor de Dios, Edward —Locke lo miró perplejo—, Grey. Ya no eres virgen.

—No, pero ¿qué hago con las manos?

—¿Disculpa?

—¿Le acuno los pechos? —él agitó los dedos en el aire—. ¿Las poso en su trasero? No sé qué espera ella que haga.

—Limítate a abrazarla —Locke se encogió de hombros despreocupadamente.

Eso era más fácil decirlo que hacerlo. Albert nunca había compartido con él los detalles más íntimos de su relación con Julia. ¿Acaso no sospecharía si hiciera algo que su gemelo nunca había hecho o reaccionara como Albert nunca había reaccionado? La intimidad de meterse bajo las sábanas con ella, aunque sus cuerpos no estuvieran unidos, le hizo romper a sudar.

—Voy a delatarme.

—No te obsesiones. Piensa que necesita consuelo y seguridad, saber que entre su esposo y ella no cambió nada mientras estuvieron separados.

—Pero es que todo cambió. Ese es el maldito problema —Edward tironeó con fuerza de la oreja y desvió la mirada hacia el vestíbulo, que se ramificaba en numerosos pasillos, uno de los cuales conducía al estudio, a la paz. Suspiró ruidosamente y se volvió hacia los dormitorios, con Locke a su lado. Y como si estuviera escalando una empinada montaña, partió en esa dirección—. ¿Tú también te marcharás temprano mañana por la mañana? —preguntó a su amigo.

—Hay un largo camino hasta Havisham.

—Ni siquiera te he preguntado por tu padre —se le ocurrió mientras se detenía ante la puerta de su dormitorio. Antes de pasar una interminable noche junto a la esposa de su hermano, pediría que le prepararan un baño.

—Cada día se deteriora un poco más —contestó Locke—. Después de que Julia haya dado a luz, deberías venir a verlo.

—¿Vas a contarle la verdad?

—Al menos quiero asegurarle que, durante el tiempo que le quede de vida, llore la muerte adecuada —el otro hombre asintió—. Tu secreto estará a salvo. Lejos de los páramos no tiene a nadie con quien hablar.

—Salvo el fantasma de tu madre. Me pareció verla en una ocasión.

—Todo el mundo cree haberla visto —Locke sonrió lacónico—. No es más que la niebla. Los fantasmas no existen.

—Aun así, no puedo evitar pensar que, si miro hacia el mausoleo, descubriré a Albert vigilándome. No quiero defraudarlo.

—En ese caso, esta noche abraza a su viuda más estrechamente de lo que crees que deberías.

Y con ese consejo, su amigo se dio media vuelta y se dirigió a su dormitorio, con la mirada de Edward clavada en su espalda. Durante los días, horas y minutos transcurridos desde la muerte de Albert, había estado tan consumido en su propia sensación de culpa por el papel que iba a protagonizar en lo que sucediera que ni una sola vez había pensado en Julia en esos términos: viuda.

CAPÍTULO 4

El rescoldo del fuego de la chimenea brillaba suavemente y la lámpara apenas iluminaba sobre la mesilla de noche. Julia permanecía tumbada bajo las mantas, con las manos aferradas al pecho mientras oía los familiares sonidos provenientes de las habitaciones de Albert. ¿Se estaba preparando un baño? Había tanto ajetreo de idas y venidas que no podía ser otra cosa.

Le hubiera encantado salir de la cama, ir a su habitación, arrodillarse y frotarle la espalda, habría disfrutado sintiendo el temblor de su pecho ante el gemido de satisfacción. Luego continuaría por otras partes más interesantes de su cuerpo. Él la besaría, con los hábiles dedos desabrochándole los botones del camisón. Y en poco tiempo estarían tumbados en la cama de Albert, con el todavía húmedo cuerpo deslizándose sobre ella. Le encantaba imaginarse con qué desesperación la desearía.

Pero no era capaz de hacerlo. No cuando era algo que jamás había hecho, no cuando su relación parecía marcada por esa extraña tensión. Si bien no había esperado que fuera así, sentía un cosquilleo en el estómago, peor que el que había sentido en su noche de bodas. Era Albert. Sabía lo que iba a encontrar. Pero no era así. Habían pasado cuatro interminables meses desde la última vez que se había metido en su cama. Siendo sincera consigo misma, había olvidado cosas que pensaba que siempre recordaría: la sensación de su piel, su olor, su calor.

No estaban tan a gusto el uno con el otro como habían estado antes de su marcha. Era consciente de que el dolor era un factor a tener en cuenta, el trastorno surgido en sus vidas por la muerte de su gemelo. Edward estaba allí siempre, cerniéndose sobre ellos, imposibilitando que se relajaran del todo.

Y ella también había cambiado, la forma de su cuerpo, sus estados de ánimo. Un segundo reía y al siguiente se echaba a llorar. Su doncella había empezado a moverse de puntillas a su alrededor porque nunca sabía cuándo podría estallar. Resultaba inquietante en ocasiones sentir el poco control que tenía sobre sí misma.

Quizás los cambios que había sufrido ella tuvieran un mayor protagonismo en la distancia establecida entre ellos.

A medida que pasaban los minutos, Julia empezó a desear haber pedido ella también un baño, aunque ya se había bañado aquella mañana y lavado antes de ponerse el camisón.

¿Para qué prepararse con tanto esmero si no iban a hacer nada más que dormir? Aun así no pudo evitar un escalofrío de placer ante la consideración de su esposo. Albert siempre se mostraba considerado, excesivamente en ocasiones, como si temiera perder su amor por un paso en falso. Eso era imposible. Jamás amaría a nadie como lo amaba a él. Había empezado a enamorarse la primera vez que habían bailado en una velada.

La puerta que separaba sus dormitorios se abrió y las mariposas del estómago de Julia se lanzaron a un frenético vuelo del estómago al pecho. Ella contempló a su esposo entrar en la habitación, con la bata estrechamente anudada a su cintura. Sonrió tímidamente antes de acercarse a la chimenea, tomar el atizador y remover los troncos.

—¿Tienes frío? —preguntó él.

Julia fue consciente de que estaba retrasando el momento de acudir a su cama. Quizás él también se había dado cuenta de que las cosas entre ellos ya no eran como deberían ser.

—En cuanto te metas en la cama conmigo dejaré de tenerlo.

—¿Quieres que deje la luz encendida? —Albert se acercó a la cama sin apartar la mirada de la lámpara.

—No.

Así pues, apagó la llama y la habitación quedó sumergida en unas sombras que bailaban al ritmo de las llamas que jugueteaban en la chimenea. Albert desató el cinturón, se quitó la bata y la arrojó a los pies de la cama. La visión del torso desnudo hizo que a Julia se le secara la boca y las mariposas se dirigieran en masa mucho más abajo. De inmediato se censuró a sí misma por no haber pedido que dejara la luz encendida.

Deslizándose bajo las sábanas, él se tumbó de espaldas. Julia rodó de lado y apoyó una mano en su pecho, disfrutando del calor de su piel.

—Es la primera vez que te acuestas sin camisa de noche.

—En África hacía un calor insoportable —él se tensó visiblemente bajo la mano de Julia—. Me acostumbré a dormir desnudo.

Julia deslizó los dedos hacia arriba, y luego hacia abajo, hasta la cinturilla de los calzoncillos que, sin duda, llevaba puestos por respeto a ella.

—A lo mejor, cuando haya nacido el bebé, los dos podríamos dormir desnudos.

Él le agarró la mano y giró la cabeza. Incluso en la penumbra de la habitación, ella sentía la intensa mirada. Sus mejillas se sonrojaron y se obligó a sonreír.

—Creo que sería estupendo —insistió ella.

Su esposo se llevó la mano a los labios y le besó los dedos.

Las mariposas se calmaron a medida que el calor la inundaba y unas lágrimas le escocían en los ojos ante la ternura del gesto.

—Sé que no he sido yo mismo.

—Calla, no pasa nada —susurró Julia con ternura—. Nuestra separación resultó ser más desafiante de lo que podíamos haber esperado. Jamás se me habría ocurrido que podría sentir incomodidad a tu lado cuando regresaras.

—No es mi intención hacerte sentir incómoda.

No le había soltado la mano. El nexo seguía allí, siempre estaría allí.

—No pretendo insinuar que tengas alguna culpa. Son simplemente las circunstancias y el tiempo que ha pasado sin tenerte. Para serte sincera, he olvidado detalles que pensaba que nunca olvidaría, como la sensación de estar contigo. Me acostumbré a preocuparme solo de mí, de mis necesidades. Solo tenía que cuidar de mí misma. Pero ahora que has vuelto, tendré que volver a acostumbrarme a ejercer de esposa. Y no me importa, no me siento abrumada por ello. Simplemente me siento un poco extraña a veces porque no estoy muy segura de cómo comportarme o qué decir.

—Siento no ser el hombre con el que te casaste —él se tumbó de lado y apoyó la frente contra la de Julia.

—No tienes que disculparte. ¿No lo ves? Hemos cambiado, pero ahora vamos a conocernos de nuevo.

Edward se tumbó de espaldas y le acarició la mejilla.

—Eres tan... intuitiva. Pensaba que era el único que se sentía como si ya no te conociera.

—Lo único que no ha cambiado es que te amo más allá de lo imaginable —ella le retiró el cabello de la frente.

—Me has dado una lección de humildad —él le besó la frente.

Atrayéndola hacia sí la abrazó contra el ancho y maravilloso torso.

—Ha sido un día muy largo. ¿Qué tal si dormimos un poco?

Julia asintió e intentó no preocuparse por el hecho de que él no le hubiera asegurado que también la amaba. Antes, siempre que ella le proclamaba su amor, él contestaba de inmediato que sentía lo mismo por ella. Al recordarlo, deseó no haber insistido tanto en que se fuera de viaje con su hermano.

El bebé gorila se asomó por detrás del arbusto.
—*Es adorable. Mira esos enormes ojos marrones. Las damas se van a enamorar de ella.*
—*No te acerques tanto.*
—*No pasa nada. Es un amor. Mira con qué alegría vino hacia mí.*
—*Siempre tuviste el don de atraer a las damas.*
—*Deberíamos llevárnosla con nosotros. Piensa en lo famosos que nos haríamos. Y a Julia le iba a encantar.*
—*No estoy seguro de que sea una buena i…*

El terrorífico rugido traspasó el sueño, despertándolo de golpe como había sucedido cada noche desde la muerte de Albert. Estaba sentado en la cama, respirando agitadamente, empapado en sudor. No recordaba haberse incorporado, los rescoldos de la pesadilla le provocaban unos incontrolables temblores.

—¿Albert?

—Me disculpo por haberte molestado. Vuelve a dormir.

Arrojó las mantas a un lado y saltó de la cama, dirigiéndose hacia la chimenea. Las llamas estaban a punto de apagarse. Arrodillado, depositó cuidadosamente un tronco sobre los moribundos rescoldos, añadió un poco de leña menuda y observó cómo las llamas recobraban vida. Estaba malditamente helado, tanto como debía estarlo su hermano en esos momentos. Necesitaba entrar en calor, necesitaba que sus dientes dejaran de castañetear.

Necesitaba que se detuvieran las horribles pesadillas. Tenía la sensación de no poder respirar, como si el opresivo calor de la selva le estuviera asfixiando. ¿Por qué se habían alejado del campamento sin los guías? ¿Por qué tenía que ser Albert tan malditamente observador, descubriendo al bebé gorila? ¿Por qué tenía que fijarse en todo? ¿Por qué no había llevado Edward el rifle preparado, en lugar de descuidadamente colgado del hombro?

—Toma, bébete esto.

Con un gran esfuerzo, Edward contempló la pequeña mano que sostenía el vaso, y alzó la vista hasta los ojos azules cargados de preocupación.

—¿De dónde lo has sacado?

—De la habitación de Edward. Es escocés. Te ayudará a tranquilizarte.

¿Cuánto tiempo llevaba perdido en las postrimerías del sueño? ¿Y cómo demonios sabía ella dónde encontrar el escocés en la habitación de Edward? Tomó el vaso y apuró su contenido de un solo trago, agradeciendo el ardor en la garganta a medida que se deslizaba por ella, el calor extendiéndose por su pecho.

—Este es el motivo por el que no has estado durmiendo conmigo, ¿verdad? —preguntó Julia.

No lo era, pero aun así él asintió.

—¿Estabas soñando con África?

—No consigo dejar de verlo —Edward devolvió su atención al fuego—. Aquella última tarde. El sol que se filtraba entre las hojas, el zumbido de los insectos y los animales salvajes que daban por terminado el día. La selva no suele estar nunca en silencio. Todos esos detalles parecen burlarse de mí. Los recuerdo vívidamente.

—No me has contado exactamente qué sucedió. Cuéntamelo ahora.

—Julia...

—Desahógate —ella posó una mano en su hombro y apretó delicadamente.

No debería, pero lo estaba consumiendo.

—Nosotros, eh... —se aclaró la garganta—. Él, eh... era a primera hora de la tarde. Habíamos estado caminando por la selva, parando para comer, para tomar un poco de té. Oí algo, fui a investigar con el rifle colgado del hombro. Él me acompañó. Fue el primero en verlo. Siempre se le había dado bien avistar cosas, incluso cuando éramos críos.

Su voz se fue apagando y Edward se perdió en un torbellino de recuerdos que se remontaban años y años atrás. Julia le acarició dulcemente el hombro en círculos.

—¿Qué vio?

—Un bebé gorila. Era pequeño, con unos enormes ojos, condenadamente bonito.

Los dedos de Julia se crisparon y él comprendió que había vuelto a meter la pata. Su hermano jamás hubiera dicho «condenadamente», ni ningún otro improperio o vulgaridad, en su presencia.

—Se acercó al animalito, apoyó una rodilla en el suelo y empezó a jugar con él. Yo me quedé parado, mirando. Parecía feliz, sonreía, reía por lo bajo. Estaba haciéndole cosquillas. Me alegré tanto de estar allí, de haber hecho ese viaje juntos. Y, de repente, se oyó un rugido horripilante... es la única manera de describirlo. Juraría que la tierra tembló. Y entonces ese monstruoso gorila agarró a mi hermano y lo lanzó contra un árbol como si no pesara nada, como si no fuera más que un trozo de papel en el suelo. No sé cuántas veces lo estampó contra el suelo antes de que yo pudiera abatir a la bestia de un tiro en la nuca. Pero ya era demasiado tarde. Mi hermano se había ido.

Julia le rodeó los hombros con los brazos y apretó. Él temblaba y se tapó la boca con una mano.

—¡Oh, Albert! Qué horror. Cuánto lo siento. No sé qué más puedo decir.

—No hay nada que decir. Creo que murió al primer golpe —era mentira, pero no quería que ella supiera la verdad, no cuando en realidad había sido su esposo el que había yacido moribundo y destrozado—. No sufrió mucho. Quizás ni siquiera llegara a enterarse de lo que sucedió. Fue muy rápido —respiró entrecortadamente—. No debería haber compartido contigo, en tu estado, algo tan espeluznante.

—Sé que piensas así por los bebés que he perdido, pero no soy tan frágil. Debes compartirlo todo conmigo. No debes guardártelo.

Él se terminó el whisky y dejó el vaso a un lado.

—¿Mejor? —preguntó Julia.

Increíblemente, lo estaba, y no precisamente por el escocés. Edward se obligó a mirarla a los ojos.

—Sí —ya no temblaba, sus dientes ya no castañeteaban. El frío en los huesos se había esfumado—. Gracias por el whisky. Era justo lo que necesitaba.

—Intenté despertarte cuando empezaste a agitarte.

—¿Te hice daño?

¿Se había agitado?

Ella sacudió la cabeza y le apartó los húmedos cabellos de la frente. Tenía unos dedos muy suaves.

—No. Pero me partía el alma verte sufrir tanto.

No era justo que le provocara la menor angustia, que le obligara a preocuparse por él.

—Será mejor que duerma en mi cuarto hasta que cesen las pesadillas.

Sin embargo, no se sentía capaz de renunciar al consuelo que ella le proporcionaba allí, arrodillada junto a él, frotando su delicada mano en círculos sobre su hombro y la espalda. La sensación de la mano desnuda sobre su piel era malditamente buena. No se merecía sus caricias, no se merecía que lo consolara.

«Tu marido está muerto por mi culpa», quiso gritar. Tenía que seguir fingiendo un tiempo más, tenía que ser más fuerte de lo que hubiera sido jamás. Ojalá Albert estuviera allí para poder darle un puñetazo, por los viejos tiempos. Ojalá estuviera allí para poder hablarle de los confusos sentimientos que lo perturbaban. «¿Alguna vez te fijaste en lo diminutos que son los pies de tu esposa?».

—¡Por Dios cuánto lo echo de menos! —exclamó con voz ronca—. Lo echo condenadamente de menos.

—Lo sé —lo consoló ella, abrazándolo como si ella fuera un abrigo, para protegerlo del frío—. Lo sé.

Pero ¿cómo podía saberlo? Albert había sido una parte de él, conectado a él en la tragedia y el triunfo. Y había desaparecido. Era como si lo hubieran golpeado en el pecho con una maza para despertarlo a la realidad.

Un leve movimiento en la zona lumbar llamó su atención.

—¿Qué demonios es eso?

Julia se apartó, tomó la mano de su esposo y la posó sobre la barriga.

—Julia…

—Calla, espera —continuó ella en un susurro, tan flojo que apenas la oyó sobre el crepitar del fuego.

Y entonces lo sintió bajo la mano, una ligera ondulación que vació su mente de todo pensamiento salvo de uno: era un momento más que le robaba a su hermano.

—Es tu hijo —ella le ofreció una sonrisa deslumbrante.

Edward frunció el ceño. No era la primera vez que se refería al bebé como a un hijo.

—¿Cómo sabes que es niño?

—Lo sé. Las mujeres sabemos de estas cosas. También sé que este va a quedarse con nosotros. Cuando empiecen las pesadillas, piensa que pronto tendrás una nueva vida en tus brazos.

Un nudo se formó en la garganta de Edward y en su pecho sintió una opresión tan grande que temió no volver a respirar nunca más. Se agachó ligeramente y besó la barriga, junto a la mano que Julia le sujetaba contra ella. Después alzó la mirada.

—Pase lo que pase, Julia, por muy cambiado que me encuentres, quiero que sepas que no hay nada en este mundo que desee más que ver nacer a este niño sano y fuerte. No hay nada que desee más para ti y para él que estéis bien y seáis felices.

Edward apoyó la mejilla contra ella, sintió sus dedos acariciarle los cabellos. Y se le ocurrió que en su vida había dicho una mayor verdad.

Edward despertó consciente de que a su polla le importaba un bledo a quién perteneciera el delicioso trasero contra el que se apretaba, o hasta qué punto resultaba inapropiado apretarse contra una mujer a la que no debería desear.

Habían regresado a la cama de madrugada y él la había rodeado con sus brazos, deseando sentirla cerca, deseando ofrecerle el mismo consuelo que ella le había ofrecido a él. Julia aún no sabía que necesitaba que la consolaran, pero lo sabría. Quizás si le ofrecía su ternura, ella estaría más predispuesta a aceptar sus condolencias más adelante.

El resto de la noche había sido capaz de ahuyentar cualquier pesadilla recurrente centrándose en lo suave y dócil que sentía el cuerpo de Julia pegado al suyo. Olía a agua de rosas. Cada vez que a su mente acudían imágenes de esa mujer desnuda en la cama, las había apartado, aunque no dejaban de atormentarlo. Era la esposa de su hermano. Y había fracasado miserablemente en intentar recordar a las innumerables mujeres con las que había estado a lo largo de los años, pues su último pensamiento justo antes de quedarse dormido había sido el de los pequeños pies de Julia entre sus grandes manos.

Había engañado a Albert hacía años en el jardín. Y desde luego no pensaba traicionar su confianza después de que hubiera muerto. Iba a limitarse a cumplir su promesa antes de abandonarla.

Se incorporó ligeramente y contempló su perfil. Se la veía tan inocente mientras dormía, con una mano bajo la almohada y los dedos de la otra entrelazados con los de él, descansando justo debajo del pecho. Edward sentía los movimientos de los suaves pechos. Sentía los movimientos de su respiración. Y tuvo una enloquecedora urgencia de inclinarse sobre esa mujer y besarle los labios entreabiertos.

La noche anterior casi lo había hecho caer de rodillas con su cariño. No lo había esperado, no había estado preparado. Iba a tener que permanecer vigilante para no acabar sintiéndose demasiado cómodo con ella y revelarle su verdadera identidad, delatarse a sí mismo.

Julia abrió los ojos y él se sumergió en ese vasto océano en el que podría ahogarse.

—Buenos días —lo saludó ella con dulzura.

Edward quiso atraerla hacia sí, quedarse abrazado a ella durante el resto del día, pero no podía.

—Debería atender a nuestros invitados —le indicó después de aclararse la garganta.

—Deberías. Yo bajaré después de desayunar.

Y antes de que Edward pudiera asimilar el comentario, alguien llamó a la puerta.

—Ahí está —anunció ella—. Le dije a Torrie que no me dejara dormir hasta tarde.

—Entonces te veo después —Edward le besó fugazmente la sien antes de salir de la cama y dirigirse a su dormitorio.

Cerró la puerta y apoyó la espalda contra ella, suspirando profundamente mientras oía a Julia pedirle a la doncella que entrara. Había conseguido sobrevivir a la noche sin delatarse, aunque había habido momentos en los que había deseado confesarlo todo. Había tenido que recordarse una y otra vez que si Julia se mostraba tan amable con él era únicamente porque creía que era Albert.

Se apartó de la puerta y tiró de la campanilla para llamar a su ayuda de cámara. De repente se quedó inmóvil. ¿Cuándo había empezado a pensar en Marlow como en su ayuda de cámara y no el de Albert? Supuso que era bueno que estuviera entrando en su papel. Tan solo necesitaba recordarse a sí mismo que nada de eso era permanente. En cuanto naciera el heredero, se limitaría a ejercer de guardián de las posesiones de su sobrino hasta que este alcanzara la mayoría de edad. Después seguiría con su vida. No debía acomodarse en exceso allí.

Julia estaba convencida de que se trataba de un varón. Sin duda las mujeres presentían esas cosas. No se le pasaba por la mente que el bebé que naciera pudiera no ser el heredero de su hermano.

Después de que su ayuda de cámara lo hubiera preparado, Edward bajó al comedor del desayuno. Ashe y Locke ya estaban sentados a la mesa. Ambos levantaron la vista y lo escrutaron en profundidad mientras él se preguntaba si le habrían salido cuernos.

—¿Qué tal has pasado la noche? —preguntó Ashe.

—Inquieto. Julia está desayunando en la cama.

—Minerva también. Es lo que hacen las damas.

Edward se acercó al aparador. Estuvo a punto de preguntar si eso era así para todas las damas. Sus relaciones femeninas no solían proporcionarle la oportunidad de permanecer hasta la hora del desayuno. Se preguntó qué más desconocía de las mujeres.

Estuvo a punto de sentarse al lado de Ashe, antes de recordar que su puesto estaba a la cabecera de la mesa. Había evitado ese momento comiendo en sus habitaciones. Sentía la aguda mirada de sus amigos y se preguntó si se le notaría la batalla que estaba librando en su interior. Tomó la silla como si fuera la que había utilizado desde que era adulto. Evitando sus miradas, dejó el plato, arrastró la silla hacia atrás y se dejó caer en ella, de nuevo golpeado por la devastación de la pérdida. ¿Conseguiría alguna vez sentarse en ella sin sentirse un usurpador? «Solo es temporal, hasta que nazca el heredero».

—¿Y qué otra cosa hacen las damas? —preguntó casualmente mientras empezaba a cortar el jamón.

—Nos hacen esperar —contestó Ashe, aparentemente sin percibir las emociones que asaltaban a Edward, como si estuviera acostumbrado a verlo sentado a la cabeza de la mesa.

—Nos llevan a la locura —añadió Locke casi al unísono.

Edward sonrió y miró a sus dos amigos.

—Es evidente que tenemos distintos puntos de vista sobre las mujeres.

Y los sirvientes tenían oídos, aunque se suponía que mantenían la boca cerrada. Edward deseó poder despedir al mayordomo y al otro sirviente del comedor. Pero decidió beberse el té a sorbos, controlando las ganas de echarse más azúcar.

—Soy consciente de que la envergadura de tu dolor es inconmensurable —observó Locke—. Si lo deseas, podría quedarme un par de días para ayudarte con los asuntos de la propiedad, para ponerlos en orden después de tan prolongada ausencia.

—Eso es muy amable por tu parte, pero innecesario. Esta mañana tengo una reunión con el administrador —en más de una ocasión en que había acudido de visita a la residencia, Edward había permanecido en el estudio mientras Albert gestionaba los asuntos de la propiedad. Aunque siempre se había sentido impaciente por marcharse en busca de alguna diversión, sin duda algo debía habérsele quedado.

—Bueno, pero, si necesitas ayuda, no dudes en pedírmela —insistió Locke.

—Me temo que yo no puedo hacerte el mismo ofrecimiento —se excusó Ashe—. Para mí, gestionar las propiedades supone un enorme esfuerzo, a diferencia de para Locke.

—Con el tiempo se vuelve más sencillo. También ayuda haberse criado en el lugar. Si bien siento que no pudierais vivir en vuestras residencias hasta alcanzar la mayoría de edad, me alegra que ambos aliviarais mi solitaria vida en Havisham —su amigo lo miró y sonrió —. ¿Te acuerdas cuando tu hermano encontró el modo de que subiéramos al tejado?

Solo llevaban viviendo unos pocos días en Havisham.

—Habíamos decidido escapar. Y él quiso obtener una mejor vista de Evermore para saber en qué dirección correr.

—Fue mi primera aventura y estaba aterrorizado por si me resbalaba.

—No habrías llegado muy lejos. Estábamos todos atados con una cuerda a la cintura.

—Que nos habría hecho caer a todos juntos.

—Ahí estaba la gracia —precisó Ashe—. Si uno de nosotros caía, caíamos todos.

—Así me lo explicó mi hermano.

—Y era cierto —Ashebury se encogió de hombros—. Enseguida nos hicimos amigos. Bastante impresionante.

En realidad se habían convertido en más que amigos. Casi hermanos.

—¿Os acordáis cuando llegaron los gitanos? —preguntó Locke—. Tu hermano quería que nos marchásemos con ellos.

—Se enamoró de una de las chicas —admitió Edward—. Ella le dejó besarla. Durante mucho tiempo estuvo preocupado por si la había dejado embarazada.

—¿Por un beso? —preguntó Ashe.

—Teníamos diez años —Edward sonrió—. ¿Qué podíamos saber? Por fin consiguió hacer acopio del valor suficiente para preguntarle al marqués.

—¿Por eso nos llevó a la granja de uno de los arrendatarios para que viésemos aparearse a unos caballos? —Locke abrió los ojos desmesuradamente.

—Eso sospecho —Edward rio—. Recuerdo todas las preguntas que nos surgieron después de aquello. Aunque no nos atrevimos a hacérselas.

—Más le hubiera valido llevarnos a un burdel —opinó Ashe.

—Éramos unos críos, no nos habrían dejado pasar de la puerta. Además, tengo muy buenos recuerdos de los ratos que pasé con la hija del granjero años más tarde.

—Qué dulce era —asintió Ashe con una sonrisa.

—Pero solo le gustaban los vírgenes. Le dije que era mi hermano para poder disfrutarla dos veces. Pensé que iba a enfadarse conmigo por robarle el turno, pero luego descubrí que se estaba divirtiendo con una tabernera del pueblo.

—Nunca fue competitivo —observó Ashe.

—Sin embargo, cuando se lo proponía era capaz de aguantar bebiendo más que nosotros —señaló Locke.

—Y a la mañana siguiente, cuando estábamos todos malísimos, él se regodeaba por ahí como si tal cosa —Edward sonrió al recordarlo.

—Era odioso —les recordó Ashebury.

—Yo también lo hubiera sido de no haber tenido ninguna resaca después.

—¿Cómo lo conseguía? —preguntó Locke.

—No estoy seguro de que bebiera realmente —admitió Edward.

—Pero si yo le vi tragar toda esa bebida.

—Solía darle pequeños sorbos, nunca apuraba el vaso. Llenaba los vasos de los demás y hacía que se llenaba el suyo también.

—¿De verdad crees que nos engañaba?

—Sí —Edward asintió—. Mi hermano no fue siempre un parangón de virtud.

—Desde luego que no —Ashe asintió—. ¿Recordáis aquella vez que…?

Julia oyó las risas mientras se acercaba al comedor del desayuno. Sonriente, se apoyó contra la pared y absorbió la dulzura de la alegría, agradecida, contenta de que Albert tuviera a sus amigos para distraerlo de su tristeza. Curioso cómo era capaz de distinguir la risa de Albert de la de los demás. Era un poco más gutural, un poco más libre, como si disfrutara de la vida un poco más que los demás.

Despertar en sus brazos había sido maravilloso. Irían paso a paso, día a día, y al fin el dolor desaparecería, aunque empezaba a sospechar que jamás recuperaría al Albert que había tenido antes. ¿Cómo iba a hacerlo? Tras meses separados, ella tampoco era la misma. Nunca había estado sin la tutela de un hombre y, si bien había echado horriblemente de menos a Albert, también había disfrutado de la libertad de su soledad.

Oyó pasos que se acercaban y sonrió a Minerva.

—¿Nos estamos escondiendo? —preguntó Minerva.

—Estoy escuchando sus risas. Tenía miedo de que pasara mucho más tiempo sin que una carcajada resonara entre estas paredes.

—No sé qué tiene la risa masculina que hace que resulte tan agradable.

—No recuerdo a Albert tan escandaloso.

—Se comportan de otro modo cuando no hay damas delante.

—Lamento tener que interrumpirlos, pero supongo que no nos queda más remedio.

—Antes de que nos descubran aquí escuchando. No creo que les guste que nos hayamos aprovechado.

A Albert desde luego no le gustaría. Julia respiró hondo y guio a su amiga hasta el comedor. Las risas se detuvieron de golpe, sustituidas por el arrastrar de sillas cuando los hombres se pusieron en pie.

—No pretendíamos molestaros —se excusó ella mientras se acercaba a su esposo.

Parecía menos atribulado, más él mismo, y ella se sintió agradecida por la amistad que había desarrollado con esos dos hombres.

—Ya habíamos terminado —le aseguró él.

—Ha sido muy agradable oírte reír.

—Nuestra infancia nos proporcionó muchas oportunidades para ello. Estábamos recordando algunos de nuestros mejores momentos.

—Pero ahora debemos marcharnos —anunció Ashe—. Mientras el tiempo aguante.

Los carruajes fueron llevados a la entrada, el equipaje cargado y en poco tiempo estaban todos fuera, azotados por el gélido viento.

—Haznos saber si necesitas algo —se ofreció Minerva.

Lo único que ella necesitaba era tiempo a solas con su esposo. De nuevo su semblante se había vuelto sombrío mientras hablaba con el duque y el vizconde.

—Lo haré, gracias.

Mientras los invitados subían a sus respectivos carruajes, Albert se colocó a su lado.

—Hace frío aquí fuera. Deberías entrar.

Ella lo tomó del brazo y lo sintió tensarse.

—El sol asoma entre las nubes. No me vendría mal un poco de sol.

Él alzó una mano mientras los carruajes arrancaban al paso. Ella también agitó la suya mientras se preguntaba si alguna vez recuperaría la sensación de normalidad. Permanecieron allí, mirando hacia fuera, hasta que ya no se veían los coches.

—¿Y ahora qué? —preguntó ella con la esperanza de que no volviera a encerrarse en sus habitaciones.

Su esposo siguió con la mirada fija en la carretera y ella tuvo la sensación de que le habría gustado subirse a uno de esos carruajes.

—Tengo una reunión con Bocock dentro de un rato. Necesito prepararme —sin soltarle el brazo, empezó a conducirla por las escaleras hasta la casa—. Sé que ya te lo he dicho, pero nunca te agradeceré bastante lo bien que has organizado todo y manejado la situación. No sé cómo me las habría arreglado sin ti.

—Espero que nunca tengas que averiguarlo.

De nuevo lo sintió tensarse. De no haberlo acariciado la noche anterior, no lo habría reconocido. A lo largo de la madrugada había tenido la sensación de haber recuperado la conexión con su esposo, pero en esos momentos de su cuerpo emanaba un frío mucho mayor que el del viento que los azotaba.

CAPÍTULO 5

A menudo solía sentarse en el estudio de su hermano, cerca de él, bebiendo whisky escocés a sorbos y escuchando a medias, mientras leía o planeaba su siguiente aventura, a Albert discutir los temas de la propiedad con su administrador. Así pues, Edward conocía a Bocock, y estaba convencido de tener una idea bastante buena de todo lo que entraba en la esfera del conde de Greyling. Pero después de una hora de reunión con el administrador comprendió con sorprendente claridad que no tenía ni una maldita idea concerniente a todo aquello que requería la atención de un conde.

Y por eso se sintió agradecido por la interrupción cuando la puerta del estudio se abrió y Julia entró. Bocock y él se pusieron rápidamente en pie.

—Siento interrumpir —se excusó ella con dulzura y una sonrisa serena dibujada en el rostro—, pero me gustaría dar un paseo hasta el pueblo.

De no leer la esperanza tan claramente grabada en su mirada, Edward la habría animado a marcharse. Pero Albert la habría acompañado, y eso significaba que él debía hacer lo mismo, tenía que darle la impresión de que le apetecía disfrutar de su compañía.

—Una idea encantadora. Te acompañaré. Aquí no nos queda mucho tiempo.

—¿Entonces espero?

Al parecer, esa mujer era aficionada a las preguntas retóricas porque, sin darle siquiera la oportunidad de responder, se acomodó en una silla cercana y posó las manos sobre lo que le quedaba de regazo. Edward se obligó a sonreír, a parecer encantado, cuando lo cierto era que desearía que no estuviera allí para comprobar su torpeza. Quizás Bocock no se hubiera dado cuenta, pero ella sin duda conocía a la perfección cada variante de los gestos de su esposo. ¿Era habitual en ella estar presente en esas reuniones?

En cualquier caso, en esos momentos no podía preocuparse por Julia. Debía asegurarse de que las propiedades estuvieran bien gestionadas para el sobrino al que pronto ella iba a dar a luz. Solo quedaban unas pocas semanas para que pudiera dejar de fingir ser el conde. Aun así, se ocuparía de la gestión de las propiedades e ingresos hasta que el chico alcanzara la mayoría de edad. Cuanto antes se hiciera una buena idea de todo lo necesario, antes iba a poder asegurarse de que el legado de su hermano permanecía intacto. Retomó el asiento y Bocock hizo lo propio.

—Repasando estos informes, veo que ha pasado ya un tiempo desde que Rowntree hiciera el último ingreso —observó Edward.

—Sí, milord. Tal y como discutimos antes de que partiera de viaje, Rowntree opina que, dado que su familia lleva pastoreando aquí desde hace tres generaciones, las tierras son suyas y por tanto no debe pagar por el derecho de las ovejas a pastar. Usted decidió mostrarse indulgente con la esperanza de que él mismo entrara en razón. Pero no lo ha hecho. Y lo cierto es que hay otros dos arrendatarios que tampoco han pagado últimamente. Temo que pueda estar perdiendo el control.

¿Que lo pueda estar perdiendo? Lo había perdido del todo. ¿En serio Albert creía que la indulgencia era el camino a seguir? Sabía que su gemelo evitaba la confrontación siempre que fuera posible, pero en ese caso no lo era. Así de sencillo.

—¿Está reconsiderando su postura, señor? —preguntó Bocock.

Edward percibió claramente la falta de respeto en su voz.

—Cuidado con ese tono, Bocock. No es el único administrador por estas tierras.

—Le pido disculpas, milord. No pretendía cuestionar...

—No tengo ningún problema con que me cuestiones. Te pago para gestionar los asuntos, para mantenerme informado, y para aconsejarme. Pero no toleraré réplicas sarcásticas —golpeó el libro de cuentas con la palma de la mano—. Ni toleraré que ningún hombre deje de pagar sus deudas.

—Hablaré con Rowntree —Bocock se irguió como si Edward le hubiera metido un palo por la columna.

—Yo me ocuparé de Rowntree. Tú hablarás con los demás. Espero sus pagos. Los espero puntuales o, en su defecto, se me informará del motivo por el que no se han producido. Y, si los motivos no son condenadamente buenos, les ayudaré personalmente a recoger sus cosas para que se marchen a otra parte. Al igual que tú no eres el único administrador, ellos tampoco son los únicos granjeros.

—Con todos mis respetos, milord, los arrendatarios son más difíciles de convencer. Las fábricas y demás ofrecen a un hombre una vida mejor.

—Entonces la tierra puede quedar en barbecho, aunque sospecho que hay algunas almas hacendosas que aceptarían de buen grado la oportunidad de trabajar al aire libre y no en una sala abarrotada. De no ser así, puede que me ponga a trabajar las tierras con mis propias manos.

—Usted es un lord —Bocock parpadeó y frunció el ceño.

Como si eso lo explicara todo.

—Tengo la intención de asegurarme de que el próximo conde de Greyling reciba una buena herencia. Haré lo que haga falta para asegurar su futuro.

—Por supuesto, milord.

Edward cerró el libro de cuentas y lo empujó hacia el otro hombre.

—Creo que ya hemos terminado.

—¿Entonces hablará con Rowntree?

—Esta misma tarde.

—No deja que la hierba crezca bajo sus pies —el administrador sonrió.

—He aprendido, demasiado tarde, que la vida es un bien precario. Lo mejor es solucionar los asuntos cuanto antes —Edward se puso en pie.

Bocock hizo lo mismo. Abría y cerraba continuamente las manos sobre el sombrero.

—Una vez más, milord, le transmito mis condolencias por su pérdida. No es fácil perder a un hermano.

—No, no lo es —pero ya había llorado bastante. Había llegado el momento de pensar en el futuro del hijo de ese hermano—. Nos veremos de nuevo en quince días para repasar cómo van las cosas.

—De acuerdo, milord —el administrador se volvió para marcharse, no sin antes dedicarle a Julia una inclinación de cabeza—. Buenos días, lady Greyling.

Ella se levantó de la silla en un movimiento nada elegante que a Edward no debería haberle resultado tan enternecedor.

—Transmítale mis saludos a su esposa, señor Bocock.

—Así lo haré, milady.

El hombre abandonó la habitación. Edward debería haber respirado aliviado, pero Julia se acercó de inmediato a él, de modo que no le quedó más remedio que mantener el gesto mientras rezaba a Dios que se pareciera al de su hermano.

—Nunca había asistido a algo tan rotundo —observó ella con la admiración reflejada en su mirada.

—Soy muy indulgente hasta que alguien se aprovecha. Entonces aparece mi naturaleza más enérgica.

—Pues a mí me ha gustado —Julia soltó una pequeña carcajada.

Y Edward no pudo negar que sus elogios le habían agradado.

—No puedo consentir que los arrendatarios crean que son ellos los que mandan. Sin embargo, quiero ocuparme de este asunto con Rowntree cuanto antes. Quizás deberías ir al pueblo sin mí.

—Te acompañaré a visitar a Rowntree. Podemos dar un paseo desde aquí.

Cada poro de su piel gritaba que era una mala idea. Pero no podía seguir inventando excusas para no disfrutar de su compañía.

—Estupendo. Supongo que, en tu estado, no es buena idea que vayas a caballo.

—En efecto. No he vuelto a montar desde que descubrí que estaba embarazada. Necesitaremos un coche.

—Haré que nos preparen uno. ¿Te parece bien salir dentro de media hora?

—Perfecto.

Edward esperó a que ella abandonara la habitación antes de acercarse al aparador y servirse un trago de whisky. Lo justo para darse fuerzas.

Una tarde en compañía de Julia. ¿Qué podía ir mal?

Apuró la copa de un trago mientras enumeraba mentalmente todo lo que podría salir mal.

Julia se esforzó por ahogar la decepción que le produjo la elección que había hecho su esposo de un cabriolé para ella con un mozo de cuadra, que hacía las veces de conductor, sentado a su lado mientras Albert los acompañaba montado a caballo. ¿Por qué la rechazaba? Cada vez que tenía la sensación de estar recuperando la cercanía que habían compartido tiempo atrás, él se replegaba en sí mismo. Si bien era consciente de lo ridículo que era, empezaba a preguntarse si Edward no la habría menospreciado hasta tal extremo durante el viaje que Albert había dejado de estar enamorado de ella.

La capota del cabriolé estaba levantada, protegiéndola del viento, de modo que no podía echarle la culpa por las lágrimas que le aguijoneaban los ojos. Se había hecho tantas ilusiones con el paseo...Y en esos momentos hubiera preferido haber ido sola. Por otra parte, la estampa de Albert montado a caballo era espléndida y, cuando no se mostraba irracionalmente disgustada, porque sin duda estaba siendo irracional, no le quedaba más remedio que admitir que le encantaba ver con qué confianza montaba a caballo.

A ella siempre le había gustado montar, pero estando embarazada no se atrevía. Deseaba a ese hijo más allá de la razón, pero empezaba a hartarse de tantos mimos, sobre todo cuando servían para poner distancia entre su esposo y ella.

Tenía ganas de gritar. A lo mejor se estaba volviendo loca, imaginándose ofensas que no existían realmente.

Su esposo giró por una carretera y ellos lo siguieron. A lo lejos se veía una pequeña casa y las colinas salpicadas de ovejas. Conocía a Rowntree y a su familia, pues cada Navidad obsequiaba a los arrendatarios con cestas de comida.

Albert alzó una mano y el mozo detuvo el carruaje. Su esposo dio la vuelta y se reunió con ellos.

—Quedaos aquí —ordenó antes de bajarse del caballo y entregarle las riendas al mozo.

Echó a andar hacia la cabaña de la que salió Rowntree. Aunque era casi tan alto como Albert, era bastante más corpulento, pero comparando a ambos hombres, ella percibía claramente que Albert era todo músculo y vigor, fuerza y firmeza, mientras que Rowntree había empezado a adquirir un aspecto obeso.

A sus oídos llegaba el sonido de sus voces, pero no las palabras. Y cuando resultó evidente que la actitud de Rowntree empezaba a ser beligerante, Julia estuvo a punto de tomar la mano del mozo. De repente, Albert agarró a Rowntree por las solapas del abrigo y lo lanzó contra la fachada de la casa. Al verlo inclinarse sobre él, los ojos del arrendatario se abrieron desmesuradamente. El tono de voz de su esposo era tan bajo que Julia apenas lo oía, pero no por ello evitó que sintiera un ramalazo de inquietud. A Rowntree debió producirle el mismo efecto, pues empezó a asentir frenéticamente con la cabeza. Albert lo soltó, dio un paso atrás, le colocó el abrigo y terminó con una palmadita en el rechoncho hombro. Todavía intercambiaron unas cuantas palabras más antes de que el conde se diera media vuelta, regresara hasta el carruaje y recuperara las riendas del caballo.

Sus miradas se fundieron, marrón sobre azul y ella de repente fue consciente de que nunca la había mirado con esa intensidad, como si necesitara calibrar su reacción para asegurarse de que él resultaba de su agrado.

—¿Aún tienes ganas de acercarte al pueblo?

—Estaba pensando que una taza de té y unas pastas sería un modo agradable de terminar la tarde —ella asintió.

—A mí me vendría bien un poco de distracción —él sonrió tímidamente—. Vamos, entonces.

Saltó sobre el caballo en un ágil movimiento y Julia sintió que el corazón se le aceleraba. Él echó a andar y el mozo urgió al caballo para que lo siguiera. Desde que lo conocía debía haber visto a su esposo subirse al caballo unas cien veces, quizás doscientas, pero no supo desde cuándo se había convertido en uno de los gestos más sensuales que hubiera visto en su vida. Quizás porque durante su ausencia había llevado una vida inmensamente casta. Desde luego no miraba a otros hombres ni buscaba ningún sustituto. Jamás se sentiría atraída hacia otro hombre como se sentía atraída hacia Albert. Desde el instante en que habían sido presentados, había atrapado por completo su interés.

Solo en una ocasión se había dirigido su interés en otra dirección, y únicamente el tiempo de un beso en un jardín. Un beso que jamás deberían haber intercambiado.

Cuando entraron en el pueblo, él detuvo el caballo frente a un salón de té, desmontó y regresó hasta el cabriolé tirando de las riendas del caballo y entregándoselas al mozo.

—Puedes regresar a Evermore con el caballo. Yo conduciré el carruaje de regreso.

—Sí, milord —el cabriolé se balanceó cuando el mozo se bajó de él.

Albert se acercó a Julia y le ofreció una mano. Ella la posó sobre su palma y sintió la fuerza y la seguridad de los grandes dedos que se cerraban en torno a los suyos.

—Pensaba que…

Julia se interrumpió, harta de sentirse como una niña caprichosa.

—¿Qué pensabas? —él ladeó la cabeza y enarcó una ceja.

—Pensaba que habías optado por montar porque no te apetecía realmente salir conmigo —Julia estudió el amado rostro y se preguntó por qué sentía tantas dudas.

—Lo siento, Julia —él le tomó la mano y le besó los nudillos enguantados—. No se me ocurrió que… quería proyectar una imagen de autoridad. Pensé que si llegaba montado a caballo lo conseguiría más que si iba en carruaje.

—Tenías un aspecto magnífico —le acarició la barbilla—. Pero me asusté cuando lo agarraste de las solapas del abrigo.

—No me estaba escuchando. Tuve que ser más insistente. Y, para serte sincero, me enfureció cuando me dijo que yo no era el hombre que había sido mi padre.

—¿Y qué le contestaste?

—Que las tierras en las que vivía pertenecían a la corona y que hacía siglos que habían sido confiadas al cuidado del conde de Greyling. Que él estaba allí única y exclusivamente por mi gracia. Que si no pagaba lo que debía, yo personalmente recogería sus cosas, junto con su familia y los echaría de allí. Me aseguró que en quince días me lo habrá pagado todo y que no volverá a molestarme.

—¿Y te lo has creído?

—Le he concedido el beneficio de la duda. Si me ha mentido, dentro de quince días se marchará. Y nada en el mundo conseguirá que le vuelva a conceder mi gracia. No soy vengativo, pero tampoco perdono con facilidad cuando me contrarían.

Julia nunca había visto a su esposo tan decidido, tan poderoso. Era un aspecto suyo que le resultaba nuevo. Y que le fascinaba.

—Nunca te había visto ocuparte de tus negocios.

—Y quizás lo mejor sea que no vuelvas a hacerlo. No me gustaría que pensaras de mí que soy un tirano.

—Al contrario, te respeto por cómo cuidas lo tuyo. Y yo soy tuya.

De repente su esposo pareció incómodo y, ¿se había sonrojado? A lo mejor era el frío que le había coloreado las mejillas.

—Deberíamos tomar un poco de té —anunció él mientras la ayudaba a bajarse del coche.

Le ofreció un brazo y la condujo hasta el salón. Sobre sus cabezas, una campanilla sonó al abrirse la puerta.

—¡Oh, lord Greyling! —una mujer con aspecto de matrona corrió a su encuentro y los saludó con una reverencia—. Siento mucho su pérdida.

—Gracias, señora Potts. A la condesa y a mí nos vendría bien una taza de té.

—Por supuesto, milord. Les acompañaré a su mesa favorita —la señora Potts agitó una mano y una joven sentada a una mesa en un rincón junto a la ventana recogió apresuradamente su taza y se levantó.

Albert le sujetó la silla a Julia y la ayudó a sentarse antes de hacer lo propio enfrente de ella ante la mesita cubierta con un mantel a cuadros. El aire estaba impregnado del olor a canela, mantequilla y vainilla.

—¿Tomará la tarta de limón, como de costumbre, milord? —quiso saber la señora Potts.

—No, en realidad, y como homenaje a mi hermano, tomaré su preferida: tartaleta de fresa.

—¿Y milady?

—Tomaré lo mismo.

—¿Qué clase de té desean tomar?

—Darjeeling.

—¿Y milord?

—Lo mismo.

—Enseguida vuelvo —la mujer se marchó apresuradamente.

Julia empezó a quitarse los guantes.

—No hacía falta que tomaras tú también la tartaleta de fresa —observó Albert.

—Es mi preferida. Adoro las fresas. En verano, cuando no miras, me atiborro de ellas. Me pregunto qué más teníamos Edward y yo en común.

—No mucho más, sospecho —él se quitó los guantes y los guardó en el bolsillo.

La señora Potts regresó con la tetera y las tartaletas. Después de que la dueña del salón se marchara, Julia sirvió el té para su esposo y para ella misma.

—Adoro los olores de este lugar.

—A mí siempre me abren el apetito —aseguró Albert.

—Supongo que en África no tomaríais muchas tartaletas.

—Mejor no hablemos de África —él sacudió la cabeza—. ¿Qué hiciste mientras yo estuve fuera?

—Ni siquiera sé por dónde empezar —había tantos momentos que Julia se moría por compartir con su esposo, pero de repente no encontraba las palabras. Tomó un sorbo de té y ordenó sus pensamientos—. He cambiado, Albert.

—¿Disculpa? —él ladeó ligeramente la cabeza.

—Me preocupaba que te hubieras dado cuenta de que ya no soy la misma que era cuando te marchaste, y que eso explicara en parte esta… incomodidad entre nosotros.

—Mi distracción no tiene nada que ver contigo.

—Eso es lo que dices, no tengo ningún motivo para no creerte, ya que nunca me has mentido, pero yo tampoco soy la misma. Durante tu ausencia hice cosas…

—¿Qué clase de cosas? —él la miró con los ojos entornados.

La voz de Albert destilaba una ligera irritación, y Julia tuvo la sensación de que se estaba controlando para contener su ira.

—Por primera vez en mi vida solo tenía que responder ante mí misma. Primero fueron mis padres, a los que tuve que obedecer sin hacer preguntas. Después, cuando murieron a causa de la gripe, mi primo tomó el control y dictó cada aspecto de mi vida, y mi puesta de largo. Lo que se esperaba de mí.

—¿Qué se esperaba de ti?

—Que me casara al finalizar la temporada de baile. Gracias a Dios que te conocí. Te adoro, y lo sabes. Me consideré la muchacha más afortunada del mundo porque pude casarme por amor. Pero pasé directamente de la casa de mi primo a la tuya.

—¿Y descubriste que tu esposo era un dictador?

—No, claro que no, pero todo lo que hice fue con la intención de agradarte, de hacerte sentir orgulloso, de asegurar que te alegraras de tenerme como esposa. De repente, cuando te marchaste, ya no tenía a nadie ante quien responder. A nadie le importaba si dormía hasta pasado el mediodía. Me ayudaban a vestirme por las mañana y eso era todo. No me cambiaba para cenar ni para dar un paseo por el jardín, ni para tomar el té. Resultó liberador.

—¡Madre mía! Estuviste viviendo la vida loca.

—Te estás burlando de mí —ella se sonrojó.

—No —las comisuras de los labios de Edward se alzaron ligeramente—. Bueno, puede que un poco. Sin duda tuviste que hacer algo más atrevido que no cambiarte de ropa.

—Leí *Madame Bovary* —Julia probó un bocado de la tartaleta.

—¿Y te gustó? —Él la miró como si no la conociera.

—¿Te decepcionaría si te digo que sí?

Él soltó una sonora carcajada que hizo vibrar el alma de Julia. Después, alargó una mano y le acarició la comisura de la boca. Cuando retiró la mano, en el pulgar tenía pegado un poco de la mermelada de fresa que la señora Potts empleaba para las tartaletas cuando no había fresas frescas. Sin apartar la mirada de sus ojos, Él se lamió el dedo.

—No, no me decepcionarías en absoluto.

—¿Lo has leído tú? —el estómago de Julia se encogió, tanto por el gesto como por la respuesta.

—Sí.

—¿Y te gustó?

—Lo encontré… provocativo.

—¿Has leído todos los libros y revistas que hay en la habitación de Edward?

—¿Cómo sabes lo que hay en la habitación de Edward? —él volvió a entornar los ojos.

—Una tarde me aburría. Las doncellas se habían dejado la puerta abierta y pensé que si echaba un vistazo a lo mejor conseguía entenderlo un poco mejor. Yo solo quería que nos llevásemos bien.

—¿Y así descubriste que guardaba una botella de whisky en su habitación?

—La tenía escondida en un pequeño armario —ella asintió—. Sé que debería haber respetado su privacidad...

—La habitación está en tu residencia. No era de su propiedad. Tenías todo el derecho del mundo a entrar en esa habitación. Para serte sincero, sospecho que le hubiera encantado saber que te había escandalizado.

—Pero no lo hizo. No me sorprendió encontrar bebidas alcohólicas. Y casi esperaba encontrarme una mujer escondida en el armario, aguardando su regreso.

—¿En serio? —él sonrió.

—Parecía tener una cohorte de admiradoras, pero tú también. Me sigue sorprendiendo que te olvidaras de todas por mí.

—No me resultó tan difícil como esperaba —él devolvió su atención a la ventana antes de volver a posarla sobre ella intensamente. ¿Desde cuándo tenía la habilidad de inmovilizarla con una mirada?—. ¿Y sus gustos literarios no te dieron ganas de llamarlo al orden?

Julia sacudió la cabeza lentamente. Con Albert podía ser sincera, siempre lo habían sido el uno con el otro.

—Como bien dices sobre *Madame Bovary,* los encontré todos bastante provocativos.

—¿Los leíste todos?

—Tuve mucho tiempo a solas. Tenía que llenar las horas con algo.

—Cuando decidí hacer este viaje, no tuve en cuenta lo sola que te quedarías —él la miró con expresión de remordimiento.

—En realidad, no me sentía sola. Te echaba muchísimo de menos, pero, al mismo tiempo, me sentía como si me hubiese encontrado a mí misma. Tomaba todas las decisiones sin pedirte consejo. Gané en confianza.

—Nunca me pareció que te faltara confianza.

—A veces sentía dudas, pero no decía nada, ya que no quería parecer débil. Tú eres tan fuerte… Te mereces una esposa que esté a tu altura.

Él la miraba como si se tratara de un raro espécimen de algún insecto que hubiera encontrado debajo de una roca.

—Me abrumas.

De nuevo él desvió la atención a lo que sucedía al otro lado de la ventana, como si se sintiera incómodo por la revelación.

—El sol empieza a ponerse. Deberíamos marcharnos.

Tras instalarla en el carruaje, él se quitó el abrigo y se lo echó por encima de los hombros.

—Te vas a poner enfermo —protestó Julia.

—He pasado más frío en otras ocasiones —él remetió el abrigo bajo el asiento.

—Albert, tengo la sensación de que he dicho algo que te ha ofendido.

Él levantó la vista y le tomó el rostro con una mano enguantada mientras ella deseaba desesperadamente que no se hubiera puesto los guantes de cuero. Deseaba sentir la cálida piel contra la suya.

—No tienes culpa ninguna. Me siento un poco melancólico. Pensé que lo sabía todo sobre ti. Y ahora descubro que no sé nada.

—Sí lo sabes todo —ella rio—. Puede que haya cambiado un poco, pero sigo siendo la misma mujer con la que te casaste.

—Si tan solo yo fuera el mismo hombre con el que te casaste tú —él apoyó la frente contra la de ella.

Julia le tomó el rostro entre las manos enguantadas y lo obligó a alzarlo para poder mirarlo a los ojos.

—El tiempo que estuvimos separados ha tenido un mayor efecto sobre nuestra relación que el que había anticipado.

Pero solo necesitamos volver a conocernos. Lo de anoche, y esta tarde, es un comienzo. En poco tiempo será como si nunca nos hubiésemos separado.

—Esta noche no te vistas de negro para cenar.

—Quiero honrar la memoria de tu hermano como se merece.

—Confía en mí, a Edward le encantaría que vistieras de otro color que no fuera el negro. Es tan lúgubre… Él preferiría que no le guardaras luto, al menos en casa.

—¿La cena de esta noche es formal?

—Sí. Puede que tengas razón. Cuanto antes dejemos atrás nuestra pena, antes encontraremos el camino que nos conducirá el uno al otro.

Él le acarició la mejilla antes de rodear el carruaje y subirse de un salto, y con bastante más elegancia que el mozo que había estado sentado allí en el camino de ida. Tomó las riendas y dio una sacudida para que los caballos iniciaran el trote.

Julia le rodeó un brazo con ambas manos y disfrutó de la sensación de fuerza. Era consciente de que las cosas no volverían a ser iguales entre ellos, pero diferente no significaba forzosamente peor.

CAPÍTULO 6

Había disfrutado leyendo el material que había encontrado en su habitación. De pie junto a la ventana del estudio, mientras bebía a sorbos un buen escocés, Edward sonrió al saber que Julia Alcott, condesa de Greyling, no era tan recatada como aparentaba ser. Sus ojos se habían oscurecido de deseo cuando lo había visto llevarse a los labios el pulgar impregnado de mermelada de fresa que le había quitado de la comisura de la boca y, si bien sabía que era imposible, habría jurado que el sabor era mucho más dulce tras haber estado en contacto con su piel.

Desde el instante en que se había casado con su hermano, se había mostrado tan desagradable y aborrecible como le había resultado posible, deseando, necesitando, poner distancia entre ellos para no sentirse tentado a hacer algo que no debería. No se le habría ocurrido que ella rompería sus votos, pero tras ver el deseo reflejado en los ojos azules en el salón de té había sentido como si una lanza le atravesara el pecho. Ojalá ese deseo estuviera destinado a él, pero era muy consciente de que no hacía más que representar a su hermano, y todo lo que Julia sentía, todo lo que decía, todo lo que hacía, lo sentía, decía y hacía porque creía que estaba en compañía de su esposo. Cuando averiguara la verdad, no solo se le iba a romper el corazón ante la noticia, el odio que sentía por él se multiplicaría por diez. Debería inventarse una excusa para evitarla aquella noche. Algo como que la tartaleta no le había sentado bien. Estaba cansado, agotado. Estaba celoso de un hombre muerto.

Había sido un estúpido al pensar que podía convivir con Julia sin que tuviera ningún efecto en su cordura.

Oyó pasos y miró hacia atrás para verla entrar en el estudio. Qué error animarla a no vestir de negro. Lo mejor hubiera sido tener ese constante recordatorio de que no hacía más que representar un papel, uno que no le proporcionaría aplausos ni ovaciones cuando cayera el telón. Pero estaba condenadamente harto de tanta tristeza.

Julia había elegido un vestido de terciopelo de un color violeta oscuro, y un gran escote que revelaba su clavícula y el abultado comienzo de los pechos. Aunque llevaba el cabello recogido, unos mechones sueltos enmarcaban su adorable rostro. Siempre la había encontrado hermosa, pero los años le habían borrado la chispa de la juventud, sustituyéndola por el resplandor de la madurez. Serenidad. Confianza.

—No recuerdo haberte visto nunca beber antes de cenar —observó ella.

—Otra mala costumbre adquirida durante mis viajes. ¿Te apetece tomar algo?

—No creo que sea bueno para el bebé.

¿Significaba eso que, de no ser por el bebé, habría aceptado? Nunca se le había ocurrido que pudiera gustarle el alcohol.

—Un sorbito.

Ella estaba lo bastante cerca para tomar el vaso de su mano. Lo bastante cerca para que él aspirara su perfume. Rosas. Desgraciadamente, ese dulce olor siempre le recordaría aquella noche en el jardín donde había tomado sus labios sin ninguna consideración. La observó atentamente mientras ella se llevaba la copa a los labios entreabiertos y la inclinaba ligeramente para que el líquido ambarino entrara en su boca. ¿Por qué razón le resultaba ese lento movimiento tan fascinante y sensual? Los delicados músculos del cuello de Julia se movieron sutilmente al tragar. Sonriente, le devolvió el vaso.

No había tosido ni escupido. Se limitó a mirar por la ventana.

—No me habías invitado a acompañarte nunca.

—Y te pido encarecidamente disculpas por ello. No pensé que te gustaría, pero me atrevería a aventurar que no es la primera vez que lo haces.

—De vez en cuando. Es mi pequeño secreto —ella lo miró con ojos chispeantes—. Una condesa debería conducirse irreprochablemente.

—Al contrario. Una condesa debería poder hacer lo que le apeteciera. Al menos la mía.

Julia se rio y volvió a mirar por la ventana.

—Me encanta el invierno.

—Yo creía que preferirías el verano —Edward apoyó un hombro contra la pared.

—Me gusta el verano, pero prefiero el sombrío invierno. Te permite sumergirte en la contemplación.

—Entonces eres más aficionada a tus pensamientos que yo a los míos.

Ella se volvió bruscamente y Edward temió haberse delatado. Procuraba mantenerse ocupado con vino, mujeres, apuestas y viajes para no tener que analizar en exceso su vida. Nunca había tenido ambiciones de poseer muchas cosas, solo ambición de divertirse y vivir sin lamentarlo. Aun así sentía remordimientos, y muchos la afectaban a ella.

—Milord, la cena está servida —anunció el mayordomo.

Edward ni siquiera había oído entrar a Rigdon.

—Me parece que no te he mencionado lo encantadora que estás esta noche —dejó el vaso a un lado y le ofreció un brazo a Julia, disfrutando de la sensación de los delicados dedos descansando en su brazo.

—Resulta agradable dejar de vestir de negro, aunque no he querido ponerme nada excesivamente chillón.

—Un encomiable punto medio.

—Te estás burlando de mí.

Julia apoyó una mejilla contra el brazo y el aroma de rosas ascendió, obligando a Edward a hacer acopio de toda su fuerza de voluntad para mantener la compostura y no besarla. En su estado no podrían hacer nada más. Además, si ella hubiera sentido lo mismo que él aquella noche en el jardín, no se habría casado con su hermano.

Al entrar en el comedor, la silla que presidía la mesa no le pareció tan enorme como había temido. Sin duda había ayudado el hecho de que aquella mañana había desayunado en el comedor del desayuno y había ocupado ese puesto de honor en la mesa. Así no le resultaría tan incómodo hacerlo para cenar.

Y porque había cenado más de una vez con su hermano, sabía que Julia prefería sentarse a su derecha y no en el otro extremo de la mesa, de modo que la acompañó a ese lugar, le sujetó la silla y la ayudó a sentarse, conteniendo el impulso de sentarse frente a ella, y optando en su lugar por la silla que marcaba el lugar de su hermano. Desde allí solo veía el perfil de Julia. Prefería con diferencia la vista desde la otra silla.

Se sirvió el vino y el primer plato. Para no meter la pata, Edward debía controlar la conversación.

—Supongo que hiciste algo más que leer mientras yo estuve fuera.

Ella se sonrojó delicadamente y él se preguntó si había hecho lo mismo la leer *Madame Bovary*, o alguna de sus revistas con historias comprometidas.

—¿A qué dedicabas tus días?

—Practicaba con las acuarelas —Julia se dio unos delicados toques en la boca con la servilleta—. He mejorado mucho, y he estado trabajando en algo especial.

—Me gustaría que me lo enseñaras.

La respuesta la agradó visiblemente. Sin embargo, era peligroso agradarla en exceso, hacerse acreedor de esa sonrisa.

—Preferiría esperar a que estuviera más avanzado.

—Cuando tú quieras —Edward tomó un sorbo de vino, lo saboreó e intentó no recordar el sabor del beso que ella le había dado la noche anterior. Besarla no le iba a hacer perder el bebé. Por tanto iba a tener que pensar en otra excusa para evitar esos labios, un motivo para que no le hiciera dudar de sí misma.

Edward hizo girar la copa de vino en la mano, le hubiera gustado vaciar la botella entera, pero debía limitarse, no perder el control. Se mostraba demasiado rígido, demasiado formal con ella. Para relajarse necesitaba dejar de pensar en que debería relajarse.

—¿Crees que Locksley se casará alguna vez? —preguntó ella.

Edward agradeció el cambio de tema por otro que no tuviera nada que ver con ellos.

—Si quiere un heredero, tendrá que casarse.

—Qué motivo tan poco romántico para casarse.

—Aun así es el motivo para muchos lores. ¿Quieres jugar a casamentera?

—No —ella frunció los labios y sacudió la cabeza—. Por mucho que me agrade, no le desearía a otra mujer la vida que él le ofrecería. Cuando me llevaste a Havisham a conocer a su padre, creí que me volvería loca. No me imagino cómo será vivir allí todo el tiempo. Parece un lugar abandonado.

—No es tan malo.

—Porque erais jóvenes. Unos niños. Siempre capaces de encontrar una oportunidad para la aventura. Pero para una mujer, opino, sería un lugar muy solitario.

—¿Te pareció solitario Evermore?

—No, tuve la sensación de pertenecer aquí. Es mi hogar. Me gusta. Pero no veo cómo una mujer podría llegar a considerar Havisham un hogar.

—Haría falta una mujer especial —él tamborileó con los dedos contra la copa de vino. Pero, si te soy sincero, tampoco esperaba ver casado a Ashe.

—¿Crees que Edward habría terminado por casarse? —Julia tomó la copa de vino, aspiró el aroma y la dejó a un lado.

—No —él sacudió la cabeza lentamente.

—Qué triste que muriera sin haberse llegado a enamorar siquiera.

—Yo no he dicho que no se enamorara nunca.

—¿De quién? —ella lo miró con ojos desmesurados.

—De alguien que no podía tener.

—Una mujer casada.

—También podría haber sido una sirvienta.

—No, de haber sido una sirvienta, se habría casado con ella, aunque solo fuera por escandalizar a la sociedad londinense.

—Conocías a Edward mejor de lo que yo creía —él sonrió.

—No me hubiera extrañado en él que se casara con una mujer de dudosa reputación o, por lo menos, una que hubiera protagonizado algún escándalo —Julia sonreía como si la idea le divirtiera.

—No sabía yo que le dedicaras tantos pensamientos.

—No lo hacía —ella se sonrojó—. Pero me ocurrió una cosa una vez. A él no le importaba lo que pensaran los demás.

«Me importaba lo que pensaras tú». Y, temiendo que pensara lo peor de él, se había comportado de un modo que le asegurara que así fuera.

—Supongo que disfrutaba haciendo cosas que no debía.

—Por eso deduzco que la mujer que amaba estaba casada. De lo contrario se habría casado con ella.

—«Amor» es una palabra demasiado rotunda.

—Tú has sido el primero en pronunciarla.

—Me expresé mal. Más bien debería haber dicho que se encaprichó. Además, una buena esposa no debería cuestionar a su marido.

—Ya dejamos claro que no siempre he sido una buena esposa —ella hizo girar la copa de vino, volvió a aspirar el aroma, y la dejó sobre la mesa.

Edward sospechaba que echaba de menos el vino, pero no pudo por menos que admirar la fuerza de voluntad al no ceder. De repente sintió sobre él su mirada, como un puñetazo.

—Tú no te casaste conmigo solo por tener un heredero. Tú me amas.

¿Eso que había en su voz era duda? Él no la amaba, pero tampoco iba a mentirle.

—Todos los condes de Greyling se casan por amor.

—¿Cómo lo sabes? —Julia frunció el ceño.

—Nos lo contó Marsden.

—¿Y cómo surgió el tema? —la voz de Julia estaba cargada de escepticismo.

—Cuando murieron nuestros padres perdimos una parte de nuestra historia. Es algo de lo que no te das cuenta realmente, de lo mucho que aprendes de las historias compartidas. A Edward le preocupaban las cosas que no sabíamos. ¿Cómo se conocieron nuestros padres? ¿Qué tal estudiante era nuestro padre? Cada noche, antes de acostarnos, Edward insistía en que compartiéramos algo que nos hubieran contado nuestros padres y él lo escribía en un diario. Cuando se nos acabaron las historias, empezamos a pedirle a Marsden que compartiera con nosotros lo que supiera. Creo que ahí fue cuando Edward empezó a disfrutar con la creación de una buena historia. No le gustaba la idea de que una historia no pudiera pasar de una persona a otra. Seguramente habría sido un buen trovador.

—¿Y qué fue del diario?

—No lo sé —él sacudió la cabeza—. Hacía años que no pensaba en él.

—Puede que lo encuentres cuando revises las cosas de Edward.

No era probable, pues se lo había entregado a Albert para que se lo guardara, para que lo pasara a su heredero. A lo mejor si revisaba las cosas de Albert...

—Puede.

—Y hablando de las cosas de Edward. Me encantaría, bueno no, «encantaría», no es la palabra adecuada. Ojalá no hubiera que hacerlo, pero yo podría revisar las cosas de Edward, ahorrarte esa tristeza.

Resultaba extraño comprobar lo implicada que estaba Julia, lo decidida a aligerar su pesar. El pesar de su esposo. No podía olvidar a quién estaba ayudando en realidad, quién creía que era. Aun así, de todas las mujeres que Edward había conocido a lo largo de los años, a ninguna parecía haberle preocupado cualquier pesar que pudiera sufrir. Solo les interesaba lo que podrían sacar de él. Aunque las circunstancias fueran otras, él no habría sabido cómo aceptar su generosa oferta. Además, no eran las pertenencias de Edward las que habría que revisar. Y sabía que al final sería ella también la que las revisara. A lo mejor podrían hacerlo juntos.

Suponiendo que para entonces no lo odiara a muerte.

—Te lo agradezco, pero yo me ocuparé de ello.

—¿Y qué pasa con su residencia de Londres? Sospecho que querrás sacar todas sus posesiones de allí lo antes posible.

—No corre prisa.

—Pero estás malgastando dinero en un alquiler que ya no es necesario.

—Me lo puedo permitir —las palabras surgieron demasiado bruscas y optó por suavizar el tono—. No tengo ninguna intención de dejarte sola antes de que nazca el bebé. Y, desde luego, tú no tienes nada que hacer en Londres en tu estado.

—Podrías enviarles un mensaje a los sirvientes para que lo recogieran todo…

—¡No! —necesitaba mantener su residencia de Londres, ya que su intención era que ella viviera con el niño en las tierras del conde—. Puede esperar. He terminado de cenar, si me disculpas…

Ella posó una mano sobre la suya, haciendo que el resto de la frase muriera en su garganta.

—Lo siento, no pretendía agobiarte. Sé que revisar sus cosas solo te confirmará que se ha marchado para siempre. Ya te ocuparás de eso cuando estés preparado para enfrentarte a ello.

—Cuando vayamos a Londres para la temporada de baile, creo que podría ser el momento.

Ella asintió y sonrió con dulzura. ¿Por qué tenía que ser tan malditamente comprensiva?

—Voy al estudio a tomarme una copa —le anunció.

—Te acompaño.

No era lo que más le apetecía. Necesitaba recuperar el equilibrio. Pero no podía decírselo.

—Tú no bebes.

—Sé que te gusta aprovechar el rato después de cenar para reflexionar tranquilamente. Leeré —antes de soltarle la mano, ella se la apretó levemente—. He pasado demasiadas noches sin ti. Prometo no entrometerme.

Edward se preguntó cómo sería posible que ella no se entrometiera. Estaban sentados frente a la chimenea en el estudio, él con su vaso de whisky escocés, la mitad de la cantidad que se habría servido en otras circunstancias, y ella leyendo… ¿*Cumbres borrascosas*? Mientras contemplaba las llamas que irradiaban su calor, aspiró el olor a rosas y oyó la tranquila respiración. Era, sencillamente, tan consciente de su presencia que muy bien podría tenerla sentada sobre el regazo. Aunque, en ese caso, desde luego no estaría leyendo. Habría posado sus labios sobre los suyos, obligándola a entreabrirlos, y habría deslizado las manos sobre su espalda y hombros. Sus dedos le desatarían el vestido, lo deslizarían hasta que...

—Creo que deberías dejar registradas tus reflexiones.

Edward sintió una punzada de terror por si sus divagaciones se habían revelado en su rostro y desvió la atención hacia Julia, que lo observaba con una expresión tremendamente serena. Sin asomos de sospecha.

—¿Disculpa?

—Antes has mencionado toda la historia que se perdió con la muerte de tus padres. Aunque tus recuerdos de Edward siguen muy vivos, creo que deberías escribir todo lo que recuerdas a modo de legado para tu heredero y los que le sigan. De lo contrario, ¿cómo podrían llegar a conocerlo?

—No estoy seguro de que necesiten conocerlo.

—Sé que era un poco sinvergüenza, pero basándome en las historias que contaba, tuvo una vida fascinante.

—Adornaba sus historias.

—Lo dices como si fuera algo malo.

—Hay otra palabra que podría utilizarse en lugar de adornar. Mentir.

—Todas las historias encierran mentiras —ella sostuvo el libro en alto—, pero también algo de verdad.

—Eres la última persona que esperaría que lo defendiera.

Esa mujer lo había echado de la residencia de Londres, por el amor de Dios. Aunque tenía que admitir que le había hecho un favor, ya que prefería vivir en su propia casa y hacer lo que le apeteciera cuando le apeteciera.

—No lo estoy defendiendo, pero creo que tu hijo debería saber de su existencia. Deberías escribir todo lo que recuerdes sobre él mientras aún lo recuerdes con claridad. La memoria se desvanece, aunque creamos que no lo hará. Hay momentos en los que apenas recuerdo qué aspecto tenían mis padres.

—Puede que tengas razón. Debería anotar todo lo que recuerde sobre él. A lo mejor tú podrías añadir tus propios recuerdos. Revelar qué pasó realmente aquella noche cuando os descubrí en el jardín.

Julia parpadeó, pero le sostuvo la mirada.

—Ya te lo conté. Hablábamos del viaje —ella ladeó la cabeza—. ¿Qué pensabas que había sucedido?

—Pensaba que, a lo mejor, te había besado —contestó él tras reflexionar durante unos segundos y tomar un sorbo de whisky.

La expresión de Julia no varió ni una pizca y su mirada permaneció clavada en la de él.

—¿Y por qué iba a permitir que fuera el primer hombre que me besara cuando ese honor te estaba reservado a ti?

El efecto de sus palabras habría sido el mismo si le hubiera arrojado el atizador contra el pecho. ¿Nunca había besado a un hombre? ¿Nunca había disfrutado de una cita secreta en el jardín con Albert? Su gemelo la había estado cortejando durante semanas y Edward había dado por hecho que ya se habría aprovechado de ella, que Julia lo habría animado a…

Pero no. Su relación había sido casta. Ni siquiera habían intercambiado un beso hasta aquella noche. Era normal que lo odiara. Él había robado lo que tenía intención de entregar a otro. ¿Había sido su hermano un santo, o un imbécil? Por otra parte, supuso que un caballero de verdad no comprometería a una dama con la que tuviera intención de casarse. Edward no estaba seguro de haber sido capaz de resistirse a ella. Le estaba costando endemoniadamente hacerlo en esos momentos.

—Acepta mis disculpas, Julia. No estaba cuestionando tu moralidad, pero mi hermano no era persona que se resistiera a las tentaciones.

—Pero te aseguro que nunca se sintió tentado por mí.

—Todos los hombres de Londres se sentían tentados por ti.

—Me adulas —las mejillas de Julia se incendiaron y bajó la vista hacia el libro.

¿De verdad no sabía lo atractiva que era?

—Tú eres el único que me ha tentado jamás —ella levantó la vista.

Por Dios santo cómo le gustaría que esas palabras fueran dirigidas realmente a él.

—Un tipo afortunado, el conde de Greyling.

—Mi atracción no tiene nada que ver con tu título. Y lo sabes.

—Aun así —él apuró lo que quedaba de whisky en el vaso—, el hombre es su título, suponiendo que tenga uno.

—Aunque hubieras sido un mendigo, me habría casado contigo.

—De haber sido un mendigo —él sonrió—, dudo que hubiera podido permitirme casarme.

—Ya habrías encontrado el modo —Julia sonrió—. Eres demasiado listo para dejarme marchar.

Pero no era tan listo como había creído ser. De serlo, la habría valorado más, se habría dado cuenta de que era mucho más que el pedernal que hacía saltar la chispa de su pasión.

—Cuánto he echado esto de menos —observó ella con nostalgia—. Estas veladas en las que compartíamos cualquier pensamiento que nos pasara por la cabeza. Durante tu ausencia, a menudo me sentaba aquí sola. Creo que porque esta habitación, más que cualquier otra, era la que más me recordaba a ti, la que más te pertenece. Siempre he sentido tu presencia aquí más que en cualquier otro sitio.

Interesante. Edward se preguntó cómo se habría sentido Albert al oír eso. En cuanto a él, hubiera preferido que su presencia se hiciera sentir en el dormitorio, en la cama, cada vez que se acostara y apoyara la cabeza sobre la almohada.

—Es una habitación diseñada para un conde —reconoció él. Y, si ella estaba en lo cierto, algún día pertenecería a su hijo.

—Sospecho que cada conde la hizo suya.

Edward se preguntó qué estancia habría convertido ella en suya. El salón de lectura, sin duda. Aunque casi lo había hecho caer de rodillas con su beso en el dormitorio la noche anterior.

—Bueno —Julia suspiró—. Tú has terminado tu copa y yo mi capítulo. Creo que deberíamos retirarnos.

A Edward no le gustó la sensación de anticipación que lo atravesó al oír la sugerencia. Había localizado las camisas de dormir de su hermano, había contemplado, quizás durante unos treinta segundos, ponerse una para irse a la cama, pero ya le había explicado por qué había dejado de utilizarlas. Y prefería que su piel estuviera al alcance de los dedos de Julia. Lamentaba que seguramente no fuera a pasar con ella una noche en la que no llevara puesto el camisón, una noche que ella misma había insinuado podría producirse cuando ya no estuviera embarazada. Pero, cuando naciera el bebé, él le revelaría la verdad y de ninguna manera iba Julia a permitirle el acceso a su cama, con ropa o sin ella.

Debería inventarse una excusa. Decirle que tenía que volver a revisar los libros de cuentas, o que aún no tenía sueño. Pero él siempre se había inclinado por no hacer lo que debería. Dejó el vaso a un lado y se puso de pie. Le ofreció una mano y sintió un escalofrío de deseo recorrerle el cuerpo cuando la delicada manita rozó la suya. Piel con piel. Si todo el cuerpo de Julia tocara el suyo, era muy probable que se prendiera fuego. Una vez más se recordó a sí mismo que era Julia, la esposa de su hermano, no alguien a quien deseaba. Su reacción se debía únicamente al tiempo que llevaba sin una mujer. Unas pocas semanas más y podría tener todas las mujeres que quisiera.

Salvo aquella que deseaba.

La rodeó con el otro brazo para ayudarla a ponerse en pie. Y, cuando ella lo rodeó con su brazo, en un movimiento suave y espontáneo, supo que no tenía elección salvo la de acompañarla hasta el dormitorio. Era demasiado tarde para excusas. Demasiado tarde para evitar pasar otra noche en sus brazos.

No debería haber controlado la cantidad de whisky. Los sentidos adormecidos le facilitarían la situación. Pero también era demasiado tarde para eso.

CAPÍTULO 7

Lo único en lo que Julia le había mentido a su esposo era en lo referente al maldito beso en el jardín. ¿Por qué había sacado a relucir el tema precisamente esa noche? ¿Se lo había confesado Edward mientras estuvieron de viaje por la selva?

Mientras Torrie le trenzaba los cabellos, evitó mirarse al espejo y desestimó esa idea. Si bien habría abierto una brecha entre ella y Albert, la brecha lo habría sido aún más entre Albert y Edward. Sin duda su cuñado era consciente de ello. Por eso no había hecho ningún comentario aquella horrible noche ante la excusa que ella le había ofrecido a Albert.

No le gustaba pensar en ese beso. Había sido el primero, y la había pillado por sorpresa, dejándola hambrienta, deseosa de más. Después, cuando Albert la hubo besado por primera vez, le había decepcionado que sus labios no parecían tan hambrientos, tan exigentes, tan cargados de deseo. Porque era una dama, y su caballero siempre se controlaba. Gracias a Dios todo eso había cambiado tras la boda y los besos habían crecido en pasión.

Pero jamás iba a poder olvidar ese beso. Ni perdonar a Edward por engañarla, por ser él quien le ofreciera el regalo de saborear su primera pasión. Ese privilegio le debería haber correspondido al hombre que amaba, a Albert. Eran perfectos el uno para el otro. Y un beso furtivo desde luego no lo iba a cambiar.

—¿Desea algo más, milady? —preguntó Torrie.

—Nada más, gracias.

Solo cuando la doncella hubo salido de la habitación, se atrevió a mirarse al espejo. No estaba bien pensar mal de los muertos. Al menos estaba segura de que Albert jamás conocería su traición. Siempre le había preocupado que Edward, bajo los efectos de una de sus borracheras, le hubiera contado lo sucedido entre los rosales. Pocas veces se había sentido tan agradecida como cuando se había trasladado a su propia residencia en Londres.

—No hiciste nada malo —le aseguró a su reflejo en el espejo.

Nada, salvo no distinguir a un hermano del otro. Desde aquella noche no había vuelto a cometer ese error. Y ya había dejado de ser una posibilidad. Lo que le sorprendía era lo mucho que le entristecía la muerte de Edward. No creía que sus intenciones hubieran sido malas aquella noche, era simplemente su manera traviesa de conducirse. Pero a ella le había herido en el orgullo, le había avergonzado y, desde luego, no quería que su esposo lo averiguara jamás. Quizás accedería a compartir con él algunos recuerdos sobre su hermano para que quedaran registrados, pero el episodio en el jardín no sería uno de ellos.

Se puso en pie y posó la mirada sobre la puerta que conducía al dormitorio de Albert. «Te veré dentro de un rato», le había dicho tras acompañarla a su dormitorio y dejarla para que se preparara para dormir.

Aquella mañana casi le había dado instrucciones al ayuda de cámara para que se deshiciera de todas las camisas de dormir, para así asegurarse de que su esposo no volviera a ponerse una en la cama. Era una delicia tener a su disposición tanta piel para acariciar. Se acercó a la cama y utilizó los pequeños escalones para subirse antes de tumbarse bajo las mantas. Posó la mirada sobre el dosel y se mantuvo atenta a los ruidos, más bien al silencio, proveniente de la habitación contigua. Al poco rato oyó abrirse la puerta y giró la cabeza a un lado. La visión de su cuerpo, que dejaba al descubierto el escote en «V», de la bata le hizo sonreír.

—¿Tienes frío? —preguntó él mientras echaba un vistazo a la moribunda hoguera de la chimenea.

—Dentro de un rato dejaré de tenerlo —contestó ella mientras daba una palmadita sobre el colchón.

Edward apagó la lámpara antes de acomodarse junto a Julia, tumbado sobre la espalda, contemplando el dosel que instantes antes había disfrutado de la atención de los ojos azules.

—Es bastante aburrido.

Él volvió la cabeza y, de nuevo, Julia casi deseó que no hubiera apagado la llama de la lámpara. Había demasiadas sombras y no conseguía ver los ojos de su esposo con la claridad que le habría gustado, no conseguía imaginarse qué estaría pensando. Por otro lado, las sombras grises la ayudaban a pronunciar palabras que le hacían sentirse vulnerable.

—No me has besado desde tu regreso a casa.

—Te besé anoche —la escasa luz fue suficiente para ver el ceño fruncido de Edward.

—No, te besé yo a ti. Por supuesto me correspondiste con fervor, pero aún no has sido tú el que dé el primer paso.

—El bebé...

—Un beso no va a hacerle daño. Y, en cambio, no besarme me hace dudar, temer que durante tu ausencia haya cambiado algo más de lo que yo creo. Antes nos besábamos a menudo. Y hoy no nos hemos besado en todo el día.

Él se apoyó sobre un codo y le acarició la mejilla con el pulgar.

—No podemos permitir que dudes de la devoción que te profesa tu esposo.

Edward agachó la cabeza.

Julia cerró los ojos para recibir encantada los cálidos labios que se deslizaron sobre los suyos antes de posarse sobre su boca y comenzar el saqueo. Era la única manera de describir la fuerza y firmeza con la que su lengua se hundió en su boca, reclamando cada rincón, protuberancia y oquedad. El beso de la noche anterior le había dejado las rodillas temblorosas. Pero en esos instantes lo que le temblaba era todo el cuerpo que se le había inundado de calor. Se volvió hacia él y deslizó una rodilla entre sus muslos, deleitándose con el sonido del gemido que le arrancó.

Julia deslizó las manos sobre el torso desnudo, los hombros, la espalda. Tan firme, tan duro, aunque no tanto como esa parte de su anatomía que presionaba contra su barriga. Ella le acarició el estómago, la cadera y continuó hasta tomarlo.

—No vamos a seguir —él alzó la cabeza bruscamente y le agarró con fuerza la muñeca—. Ya estoy en la cuerda floja.

—Quiero tocarte entero.

—No.

Él le tomó la mano y la sujetó sobre el centro de su torso, manteniéndola quieta.

—Solo puedes tocar lo que no esté tapado.

—Eso no es justo cuando yo estoy dispuesta a dejarte tocar lo que tú quieras.

Julia sintió la respiración entrecortada de su esposo, sintió cómo se expandían las costillas bajo su mano.

—Jugaré con las mismas reglas —él cerró los ojos con fuerza y apoyó la frente contra la suya.

A Julia no le pasó desapercibido el tono ronco y salvaje de su voz, como si sus palabras hubieran surgido de las plantas de sus pies. La deseaba. De eso no había duda.

—Aguafiestas —ella le mordisqueó la barbilla.

—Me estoy esforzando por ser un buen esposo —él se

rio—. Considerado. Pendiente de tu delicado estado —se apartó ligeramente—. Además, imagina cómo nos vamos a desquitar cuando nazca el bebé.

—Quiero desquitarme ahora mismo.

Tras soltar otro gemido, él volvió a tomar sus labios, besándola con tanto abandono que ella se sintió mareada. Su esposo se mantuvo fiel a la promesa de tocarla únicamente allí donde no estuviera tapada con ningún tejido. Gracias a Dios el camisón se le había subido hasta los muslos. Le acarició la pantorrilla y la zona sensible detrás de la rodilla. Y ni un solo instante apartó los labios de los suyos, como si de ello dependiera su voluntad de vivir.

Julia empezó a sentir calor, tanto que quiso apartar las mantas, deseosa de recibir más mientras sus terminaciones nerviosas vibraban con un deseo desbocado. Fue consciente de la humedad que se acumulaba entre sus muslos, del dolor en sus pechos. El poder de ese beso, todas las sensaciones que había despertado, la había impresionado. Durante la etapa del cortejo habían intercambiado algunos castos besos. Los más sensuales habían acompañado sus relaciones sexuales, formando parte del todo, y siempre había estado tan sumida en el momento que nunca se había fijado en lo que era capaz de despertar un beso.

Todo.

Su esposo sabía a whisky, olía a bergamota. Sus gemidos le arrancaban oleadas de placer. Julia sentía un cosquilleo por el cuerpo, más calor, un letargo que, al mismo tiempo, la llenaba de energía. Quiso desabrocharse el camisón para que las manos de Albert se deslizaran por debajo y le acariciaran los pechos. Pero teniendo en cuenta adónde les llevaría sin duda esa acción, no le quedó más opción que reconocer la sabiduría de la norma que había impuesto. Solo se podía tocar lo que no estuviera cubierto por algún tejido.

Él le deslizó los labios por la barbilla y el cuello. Tenía una boca ardiente, muy ardiente. Era increíble que no le hubiera quemado la piel. Su mano abandonó la pierna y se dirigió a la nuca, apoyándole la cabeza contra el hombro, allí donde la piel se le había humedecido. Julia sintió el fuerte latido de su corazón contra la mejilla.

—Deberíamos dormir —murmuró él con voz ronca.

Ella asintió y apoyó un brazo sobre el costado de su esposo, dibujando círculos con los dedos sobre la espalda. De haber sabido que un viaje a África iba a inculcarle el hábito de dormir sin camisa, quizás lo habría animado antes a que se fuera.

La norma concerniente al tejido ya no pareció aplicarse cuando los labios de Albert abandonaron los suyos. La rodeó con los brazos y la atrajo hacia sí. Y ella se durmió aspirando la dulce fragancia, enriquecida por la calidez de su piel.

Considerando la pereza que sentía, debería haber dormido bien. Sin embargo, unos sueños en los que la besaban en un jardín habían despertado a Julia cada vez que se dormía profundamente. Cuando Albert había empezado a moverse, fingió no estar despierta, y tampoco se movió cuando abandonó su cama y se dirigió a su cuarto.

En esos momentos estaba sentada ante el tocador, contemplando su reflejo en el espejo, atormentada por los sueños. Hacía años que no pensaba en ese primer beso, que había arrinconado todas las reacciones inapropiadas que despertaba en ella. Si había reaccionado con tanto deseo a esos labios apretados contra los suyos era únicamente porque pensaba que pertenecían a Albert. Las sombras no le habían permitido ver con claridad, la habían confundido...

La llamada en la puerta la apartó de los locos pensamientos que inundaban su mente.

—Adelante.

El hombre entró. No había sombras. Conocía esos rasgos. La mandíbula cuadrada, la afilada nariz, los ojos marrones, los cabellos de un color rubio oscuro.

—Torrie me ha comunicado que no has pedido el desayuno. Quería asegurarme de que estabas bien.

El tono ronco de su voz.

—Me ha costado un poco levantarme esta mañana.

—¿No te encuentras bien? —él se acercó un poco más.

El ceño fruncido, la preocupación reflejada en su mirada. Conocía esos detalles como conocía la palma de su propia mano. Lo conocía tan bien como se conocía a sí misma. Aunque ambos admitían haber cambiado durante la separación, en esencia no debería haberlo hecho. Y, sin embargo, algo había despertado su obsesión por evitarla, algo que no tenía nada que ver con la tristeza por la muerte de Edward. ¿Remordimiento causado por un mal comportamiento? ¿Ojos que no ven, corazón que no siente, y todo eso?

—¿Practicaste en tu ausencia?

—¿Disculpa? —él enarcó las cejas y el ceño fruncido se hizo aún más profundo.

—¿Besaste a otras mujeres mientras estabas lejos de aquí? —mortificada por sus sospechas, Julia tragó nerviosamente—. Estuvimos separados mucho tiempo, y los hombres tienen necesidades...

—Julia.

Antes de que ella pudiera pronunciar las horribles palabras del resto de la frase, él se arrodilló ante ella y le tomó una mano. Era la misma postura en la que le había pedido que se casara con él.

—Tu esposo jamás te sería infiel.

—Tú eres mi esposo. ¿Por qué hablas de ti mismo en tercera persona?

—Solo quería decir que cualquier hombre lo bastante afortunado como para ser tu esposo te adoraría hasta la locura y jamás te engañaría. Cualquier hombre. Incluyéndome a mí —le apretó una mano—. ¿Por qué piensas que iba a querer besar a otras mujeres?

Julia contempló esas manos oscurecidas tras semanas bajo el sol y que parecían haber adquirido renovadas fuerzas, las venas y músculos resaltando en un escarpado relieve.

—El beso de anoche me trajo recuerdos… —la memoria era traicionera, Julia lo sabía bien. Los recuerdos de sus padres se habían vuelto borrosos. Ese beso en el jardín no había sido como los de la noche anterior, y al mismo tiempo encontraba algo familiar en ellos— de deseo.

—Estuvimos separados mucho tiempo. Un poco de deseo es de esperar, creo yo.

—Pero la noche anterior…

—Estuvo atemperada por el dolor —él alzó una mano y le tomó el rostro, levantándole la barbilla hasta que sus miradas se fundieron—. Julia, te juro sobre el cadáver de mi hermano que no besé a ninguna mujer mientras estuve ausente. No me acosté con ninguna mujer.

—Me siento como una estúpida —ella buscó sus expresivos ojos, y no vio nada más que sinceridad y verdad.

—Pues no deberías. Deberías poder compartir tus preocupaciones conmigo. Es mi deber asegurarte que todo va bien.

—No sé en qué estaría pensando —ella soltó una carcajada y apoyó la frente contra la de su esposo.

Edward la sujetó por las muñecas y tiró de los brazos para poder deslizar los labios sobre los suyos.

—Tendré que esforzarme por refrenar mejor mis pasiones.

—¡No, no hagas eso! —él abrió los ojos desmesuradamente, provocando el sonrojo de Julia. Qué descarada era esa mujer—. Me encanta tu pasión. Y que parezca mayor que antes… quizás la ausencia hace que los corazones se sientan más próximos.

—Eso parece, sí. Deberías bajar a desayunar.

Edward se puso en pie y se dirigió hacia la puerta, parándose en el descansillo y echando la cabeza atrás.

—Nada permanece eternamente, Julia, por mucho que nos gustaría que así fuera.

Dicho lo cual se marchó, dejándola a ella con mil preguntas sobre qué había querido decir.

Los besos iban a ser su perdición. La inquietante conversación mantenida con Julia aún resonaba en su mente mientras echaba un vistazo a los cajones del aparador del despacho de su hermano en busca de cualquier cosa que se pareciera a un testamento. Temía que sus besos le recordaran a aquel de años atrás, el beso robado en el jardín. Un beso no era más que un beso…

Pero Edward había recibido los suficientes para saber que cada uno era diferente. También sabía que cambiaban con el tiempo, a medida que la pareja ganaba en confianza. Por lo menos en su caso, los besos que daba al comienzo de la noche parecían diferentes a los del final. Sus relaciones con las mujeres eran breves, ya que no tenía ningún interés por nada permanente. Se sentía agradecido de haber podido hablar con total sinceridad al confesar que no había besado a una mujer, ni estado con una mujer, durante el tiempo que había estado de viaje. Aun así, comprendía las sospechas de Julia, pues no se comportaba como un hombre en un terreno familiar, sino más bien como uno que explorara nuevos caminos.

Soltó un juramento y cerró el cajón de golpe, frustrado ante su fracaso por encontrar algo escrito por Albert donde hubiera especificado cómo debería procederse tras su muerte, frustrado ante su incapacidad para meterse en el engañoso papel de falso conde. Temía la llegada de la noche. Cenarían, se sentarían en el estudio, conversarían. Maldito fuera Albert por amar a su esposa. Todo sería mucho más sencillo si hubieran mantenido una relación platónica en la que hubieran disfrutado de no estar juntos.

Tras darse otra vuelta más por el despacho en busca de cualquier rincón o grieta oculta, decidió escribirle una carta al administrador. Podría hacerlo allí mismo, pero prefería hacerlo en el estudio. Una vez allí se sirvió una copa de whisky, que apuró de un solo trago para sacudirse lo que aún le quedaba de frustración. Había tantas cosas que Albert debería haberle contado, pero no había hecho. ¿Por qué nunca habían hablado de cómo deseaba Albert que se ocuparan de Julia en el caso de que él falleciera antes?

Sentado ante el escritorio, Edward tamborileó con los dedos sobre la mesa de caoba mientras intentaba decidir qué palabras utilizar en su carta al administrador para no delatarse. Su mirada se posó sobre la caja de caoba. Estaba casi seguro de que Julia había agradecido por carta a todos quienes habían ofrecido sus condolencias. La idea de leer las misivas no le atraía lo más mínimo, incluso le parecía una traición, dado que esas personas rendían homenaje a un hombre que seguía vivo. Tras empujar la caja hasta el mismo borde de la mesa, se reclinó en el asiento y contempló el techo artesonado.

Julia tenía razón. Esa estancia, más que ninguna otra, era la que más le recordaba a Albert. Para poder reclamarla como suya tendría que ser una sala de billar. Se preguntó cómo sería la habitación que Julia reclamaría para sí. Cuando pensaba en ella siempre la veía en el dormitorio, y eso conjuraba peligrosas imágenes de la mujer tumbada en la cama, mirándolo con ojos adormilados.

¡Cómo necesitaba una mujer! Y Julia era la única que jamás podría tener. El hecho de que no consiguiera dejar de pensar en ella era una prueba de las necesidades de su cuerpo más que del deseo que ella despertaba. Su barriga estaba hinchada por el bebé que llevaba dentro. ¡Por el amor de Dios! No había nada atractivo en ello.

Salvo por unas manos sedosas y cálidas que se deslizaban por su torso y su espalda. Por una boca salvaje y ansiosa. Y por sus gemidos, suaves y guturales.

Edward empujó la silla hacia atrás y se puso en pie antes de correr hacia la ventana. Estaba tan caliente que le sorprendía no haber entrado en combustión. Debería acercarse al mausoleo, recordar allí el deber que había adquirido para con su hermano. Apoyó la frente contra el frío cristal y comprendió que necesitaba sustituir las imágenes de esa mujer en el dormitorio por otras imágenes suyas, en cualquier otra parte.

En el comedor, quizás. Mientras cerraba la boca sobre el tenedor y en su rostro aparecía una sensual expresión de placer. Mientras esa lengua se lamía fugazmente las comisuras de los labios. No, el comedor no. Si se daba una vuelta por la residencia a lo mejor encontraría un lugar en el que podría verla como un ser aburrido y carente de atractivo. Su propia cordura bien merecía el intento.

La mansión era grande y estaba compuesta por dos alas. Uno podría merodear durante días por los pasillos sin cruzarse con nadie. Durante sus visitas a aquel lugar no le había resultado difícil evitar a Julia, pero de repente se había convertido en alguien que debería añorar su compañía. Si se cruzaba con ella, siempre podría asegurar que la estaba buscando. Por supuesto sería mentira, pues no estaba recorriendo la residencia, asomándose a cada habitación, porque deseara verla. La decepción que sentía como un puñetazo en el estómago no se debía a que encontrara las estancias vacías. Más bien, decidió, se debía a que esas estancias no servían a su propósito.

Pues ni una sola le recordaba a ella. Le resultaban demasiado severas, imponentes, nada acogedoras.

Debería sugerirle que reformara la residencia entera a su gusto, para que reflejara su personalidad más que la de cualquiera de las condesas que la habían precedido. A fin de cuentas, Edward no sentía ningún apego sentimental hacia nada de lo que hubiera allí. Ni siquiera sabía qué habitaciones había decorado su madre, en caso de que hubiera decorado alguna. Cuando era niño pasaba la mayor parte del tiempo en el cuarto de los niños, el de día y el de noche, salvo cuando Albert y él eran llamados para ser inspeccionados por sus padres durante unos minutos por la tarde o la noche. Lo cierto era que tenía muchos más recuerdos de la niñera que de sus padres.

Y sentía mucho más aprecio por Havisham que por Evermore. A pesar de que la mayoría de las habitaciones estaban cerradas, los niños habían sido libres para recorrerla a placer. Si bien Albert y él habían estado en todas las estancias de su residencia, le seguían resultando en su mayoría ajenas. Se sentía mucho más en casa en su residencia de Londres.

Pero necesitaba sentirse más en su hogar allí. Albert sin duda querría que su hijo creciera entre esos muros, y eso implicaba dejar atrás, en gran medida, sus juergas. Iba a tener que ser un buen ejemplo, enseñarle al chico cómo ser un lord aceptable. Nunca había tenido idea de casarse, de tener hijos, pero allí estaba, a punto de criar a un muchacho sin disfrutar de ninguno de sus beneficios maritales. No habría ninguna mujer en su cama por las noches. No sería él quien disfrutara del cálido cuerpo de Julia acurrucado contra el suyo. No sería él quien echara de menos el sonido de su respiración cuando ya no fuera necesario mantener su estratagema. No sería él quien encontrara cierto consuelo en contemplarla dormir plácidamente.

Al final de un largo pasillo, Edward se asomó a una habitación cuyas paredes estaban empapeladas con un diseño de flores amarillas. Las ventanas de una de las paredes, ventanas que iban del suelo al techo, proporcionaban una bonita vista de las colinas. La estancia estaba despejada y casi no tenía muebles. Ante la chimenea había un pequeño canapé con una mesa a su espalda, decorada con una serie de dibujos. Y cerca de una de las ventanas estaba Julia, sentada sobre un banco acolchado, con un caballete delante y un pequeño soporte con acuarelas a su lado.

Edward solo alcanzaba a ver una pequeña parte de su perfil, pero la apariencia era de total serenidad, calma, en directo contraste con el viento que azotaba los árboles y los negros nubarrones que surcaban inquietantemente el cielo. Le hubiera gustado verla bañada por la luz del sol, y sospechaba que había elegido esa habitación por los días soleados que le proporcionarían calor.

Estaba cantando, una dulce y melodiosa canción acerca de unos ángeles que vigilaban a un pequeñín mientras dormía. Edward se la imaginó con ese bebé en brazos, meciéndolo y cantándole esa misma canción. Dudaba que fuera a contemplar esa escena alguna vez. Porque Julia sin duda iba a echarlo de su vida en cuanto supiera la verdad. No comprendía por qué de repente sentía ese profundo dolor en el pecho.

Estaba decidido a insistir en formar parte de la vida de ese crío, pero no podía forzar su presencia en la de su madre. El tiempo que estarían juntos sería fugaz, momentos únicamente compartidos hasta el parto, solo hasta que ya no existiera razón para seguir manteniendo el engaño.

Pero hasta ese momento iba a ser su esposo, si no realmente, al menos de mentira, en aras de un bien mayor. Para honrar un juramento que había hecho sin considerar las consecuencias.

Intentó imaginarse qué haría Albert en ese momento, pero, por otra parte, ¿qué más daba? Ambos habían admitido que, durante su separación, habían sufrido cambios. Tenía que dejar de tener tanto cuidado, de preocuparse por imitar a Albert. Dentro de unos límites razonables podía ser él mismo. De modo que decidió ceder a la tentación.

Tan silenciosamente como fue capaz, caminó sobre la

gruesa alfombra Aubusson hasta situarse justo detrás de Julia. Delicadamente, posó ambas manos en su cintura y le besó la nuca. Julia dio un pequeño respingo antes de echar la cabeza hacia atrás.

—No te oí entrar.

—Quería darte una sorpresa —él deslizó los labios hasta el sensible punto bajo la oreja.

—Me alegra —Julia se puso de pie y se volvió. Sus ojos brillaban como dos zafiros—. Te echaba de menos.

Poniéndose de puntillas, ella se volvió al mismo tiempo que Edward agachaba la cabeza y tomaba posesión de sus labios como haría cualquier esposo devoto, con deseo y necesidad. Su respuesta debería haber sido forzada, el resultado de una pantomima. Sin embargo la sensación era tan natural y real como la mujer que tenía entre sus brazos.

Si no conseguía distraerse iba a terminar por empujarla hacia el canapé y aprovecharse de su disponibilidad. Quizás fuera un bribón, pero no tenía ninguna intención de ser un completo canalla en lo que a esa mujer respectaba. Julia le había sido encomendada y, si bien eso requería una aproximación poco convencional, en sus planes no entraba traicionar la confianza que su hermano había depositado en él.

—Tienes una manera encantadora de demostrarle a un hombre que te alegras de que te haya encontrado —él se apartó y sonrió antes de bajar la mirada y teñir las siguientes palabras de un tono de lamento—. Pero debemos comportarnos.

—Me muero de ganas de que llegue el momento de poder ser una traviesa —Julia enarcó las cejas repetidamente y se mordió el labio inferior.

Bombardeado con imágenes de esa mujer retorciéndose bajo las mantas, con los ardientes cuerpos entrelazados, sudorosos, los pulmones de Edward dejaron de funcionar. Con un supremo esfuerzo, desvió la mirada hacia el lienzo, esperando ver una diosa desnuda.

Pero lo que vio fue un ratoncillo vestido con pantalones, camisa, chaleco, chaqueta y un pañuelo perfectamente anudado al cuello. Una imagen que, afortunadamente, atemperó su deseo cabalgante.

—Interesante. Pensaba que a las damas no os gustaban los ratones.

Y esperaba sinceramente que no hubiera compartido a esa pequeña criatura con Albert en alguna ocasión.

—Ya sé que estás acostumbrado a mis paisajes —ella rio—, pero últimamente estas criaturitas han aparecido sin cesar en mi mente.

Edward se acercó a la mesa en la que estaban expuestos los demás dibujos. Julia había creado toda una colección de animales vestidos con ropa.

—Son muy buenos.

—¿Lo dices en serio? —ella le acarició el brazo—. ¿No te parecen tontos?

—Creo que son maravillosos.

Tan maravillosos como el rubor que tiñó sus mejillas.

—Había pensado en unirlos —la mirada de Julia se tiñó de tristeza—, pedirle a Edward que elaborara una historia que acompañara estas imágenes.

—Eso le habría gustado.

Y cuando se alzara de entre los muertos lo haría. Por ella, por su hermano, por el hijo de su hermano. Miró a su alrededor. Esa era la habitación de Julia. Aunque fuera hiciera mal tiempo, allí dentro siempre había sol. Edward se alegró de que tuviera esa estancia para ella, y esperó que le procurara consuelo en los días que se avecinaban.

CAPÍTULO 8

Una semana después, mientras galopaba a caballo bajo una gélida lluvia, Edward ignoró el aguanieve que se le clavaba en el rostro y soltó un juramento ante el tiempo que tan rápidamente había empeorado. También soltó un juramento contra el granjero que había necesitado ayuda para sacar el carro del barro, otro juramento contra la necesidad de manejar activamente las propiedades, vigilar a los arrendatarios, asegurarse de que todo fuera bien.

Durante un fugaz instante consideró la posibilidad de regresar a la granja y pedir cobijo hasta que pasara la tormenta, pero sabía que Julia estaría preocupada y todo el propósito de la estratagema que había montado en torno a ella tenía como objetivo que no se preocupara.

Y, maldito fuera, no quería dejar pasar ni un minuto más sin verla. Deseaba disfrutar de una velada en su compañía. Cena y conversación. Cama…

El hecho de que se conformara simplemente con dormir abrazado a ella había supuesto toda una revelación. Le gustaba oír su respiración, disfrutaba respirando su aroma cuando se entremezclaba con el olor del sueño. Era sutilmente diferente a cuando estaba despierta.

En ocasiones roncaba, aunque se parecía más a un resoplido.

Ya estuviera de frente o de espaldas a él, los pies de Julia siempre parecían lograr abrirse paso entre sus pantorrillas. Y cuando lo conseguían estaban condenadamente helados. De no ser por el temor a ofenderla, pues le encantaba sentir su cuerpo entrelazado con el suyo, gritaría.

Hasta qué punto disfrutaba de su compañía era peligroso, muy peligroso. Poco importaba su motivo para estar con él. Lo único que importaba era que ella...

El caballo relinchó. Edward fue consciente de que estaba en el aire y, de repente, sintió un fuerte dolor en el hombro y junto a las costillas. El aire se negaba a entrar en sus pulmones. Los ojos se le llenaron de lágrimas. Rodó sobre la espalda, corriendo el peligro de ahogarse bajo la lluvia. «Relájate, no luches contra el dolor. Respira un poco. Solo un poco».

No era la primera vez en su vida que se caía del caballo. Y dudaba que fuera la última, pero desde luego no podría haber sucedido en peor momento. La oscuridad se cernía sobre él. Y tenía muchísimo frío.

Pensó en el cálido fuego de la chimenea que lo aguardaba, en la calidez de una copa de brandy, en la cálida mujer.

Obligándose a sentarse, descubrió aliviado que los pulmones parecían volver a funcionar. Y el alivio fue aún mayor al ver que su montura estaba en pie, aunque parecía resentirse de la pata izquierda. Maldita fuera. Se levantó con esfuerzo, se acercó con precaución y se arrodilló ante el corcel. Suavemente, deslizó una mano por la pata.

—No parece rota. Eso es bueno, pero tengo la sensación de que cojeas —Edward tomó las riendas y guio al caballo hacia adelante. El animal cojeaba, pero al menos no se quejaba de dolor.

Echó un vistazo a su alrededor e intentó ubicarse, calcular la distancia hasta la residencia. Albert y él habían regresado a Evermore al cumplir la mayoría de edad, y su primera ocupación había sido recorrer cada centímetro de sus tierras, presentarse a los arrendatarios, comprender exactamente qué había heredado Albert. Edward no había sentido celos, ni envidia, ni deseo de poseer lo que había sido entregado a su gemelo. Se alegraba de ser el segundo, de recibir una asignación, libre de responsabilidades. Incluso en ese momento solo era el presunto heredero, hasta que Julia diera a luz a su hijo, con suerte, al heredero de su hermano.

Aunque ya no podría volver a vivir sin ninguna responsabilidad. Iba a tener que supervisar la educación del hijo de su hermano. Algún día se llevaría al muchacho a recorrer sus tierras, le presentaría a los arrendatarios, le hablaría de su padre. Y esperaría que, con el tiempo, fuera capaz de olvidar lo bien que le había parecido todo mientras Julia dormía en sus brazos.

Con un suspiro de frustración, Edward comprendió que seguramente estaba tan cerca de la residencia como de la casa de cualquiera de los arrendatarios, donde podría dejar su caballo y tomar otro prestado. No le seducía la perspectiva de las dos horas que tenía por delante, pero no había otra opción.

—Vamos a tener que caminar mucho, viejo amigo. Será mejor ponernos a ello.

En más de una ocasión, cuando ya empezaba a perder la sensibilidad de manos y pies, pensó en detenerse. Pero temía que, si dejaba de moverse, siquiera unos pocos minutos, ya no sería capaz de reanudar la marcha. Y eso no le serviría. No con Julia esperándolo. En realidad, esperando a su esposo.

Se la imaginó ocupada con las acuarelas, mirando de vez en cuando por la ventana en dirección a las colinas, intentando atisbar su gallarda figura a lomos del caballo mientras descendía por la ladera. Había elegido esa dirección a propósito, para que ella pudiera verlo regresar. Pero eso ya no iba a ser posible. La oscuridad casi absoluta se cernía sobre él.

De haberse criado allí, de haber conocido sus tierras tan

bien como conocía cada colina y valle que rodeaba Havisham, quizás estaría más seguro de ir en la buena dirección. La nieve y el aguanieve tapaban las estrellas. La brújula que siempre llevaba encima de nada servía sin luz, y dudaba mucho que, si prendía una cerilla, consiguiera mantener la llama encendida contra el viento el tiempo suficiente para echar un vistazo a la brújula.

Aun así estaba decidido a regresar junto a Julia, de una manera u otra. No iba a darle motivos para vivir el duelo por un esposo que ya había perdido.

Julia apenas había hecho otra cosa en toda la tarde que permanecer junto a la ventana y aguardar el regreso de su esposo. No debería haberle dejado salir. De habérselo pedido, él se habría quedado. Estaba segura. Se había vuelto mucho más atento de lo que había sido jamás, prestándole más atención que nunca. No podía afirmar que no hubiera sido atento y considerado antes, pero había una devoción en él que no habría creído posible.

Sus caricias eran más numerosas, su interés por ella más intenso. Parecía estar interesado en cada aspecto suyo. Y ella, que creía amarlo tanto como era posible amar a un hombre, experimentaba un poco más de amor por él cada día.

Antes de que partiera de safari, su amor se había estancado, como si ya no hubiera nada más que ninguno de los dos pudiera ofrecer al otro. Pero en esos momentos comprendía lo equivocada que había estado. Siempre habría más, algo nuevo por descubrir, por desvelar. Un motivo para reactivar sus sentimientos con una pasión que sobrepasaba lo que había sido hasta entonces.

De modo que en esos momentos se estaba esforzando por no preocuparse porque el sol ya hubiera desaparecido y su esposo aún no hubiera reaparecido por la cima de la colina.

Nunca se había dado cuenta de lo espectacular que era su estampa mientras se alejaba de ella montado a caballo. Y esperaba que su aspecto de frente, regresando hacia ella con una sonrisa en los labios al verla, fuera aún más impresionante. Sin embargo, empezaba a estar demasiado oscuro para poder ver nada.

Tras llamar al mayordomo, Julia regresó a su puesto junto a la ventana. De no haber concluido su último viaje de manera tan trágica no se habría preocupado tanto. Podría haber sido él el atacado por el gorila en lugar de Edward. La vida era frágil. Oyó abrirse la puerta y a continuación las pisadas de Rigdon.

—¿Deseaba alguna cosa, milady? —preguntó el hombre.

—El señor se marchó por esa colina esta mañana. Aún no ha regresado y temo que haya podido sufrir algún contratiempo.

—El señor es un excelente jinete. El tiempo sin duda lo está retrasando, o quizás haya decidido cobijarse en algún lugar para pasar la noche.

Él jamás haría tal cosa. No la dejaría allí preocupándose. Julia se apartó de la ventana.

—Reúne a algunos sirvientes y que salgan a buscarlo.

La sorpresa se reflejó en el rostro del mayordomo antes de que pudiera contenerla, pero rápidamente recuperó su estoica compostura.

—Hace un tiempo bastante horrible, milady.

—Y por eso precisamente necesitamos encontrarlo.

Aunque Rigdon seguía sin mover un músculo, ella estaba bastante segura de que por dentro estaba basculando el peso del cuerpo de un pie al otro, incluso arrastrando esos pies.

—No estoy seguro de que el conde aprobara esa decisión.

No lo haría. No le gustaría que los sirvientes corrieran ningún riesgo. No le gustaría en absoluto.

—Pues que hubiera regresado antes. Envíalos a buscarlo.

—Como desee, milady.

El mayordomo se marchó y ella volvió a concentrarse en la penumbra. Hacía un tiempo espantoso y estaba siendo muy egoísta al pensar únicamente en su propia felicidad. A Albert no le iba a gustar su decisión, ni siquiera aunque se hubiera caído y estuviera herido. Pero no soportaba la idea de que permaneciera...

Una forma a lo lejos, una extraña silueta, llamó su atención. No se trataba de un hombre montado a caballo, pero no le cabía la menor duda de que se trataba de un hombre, y quizás de un caballo.

—¡Rigdon! —gritó con el corazón acelerado mientras salía corriendo de la habitación y casi tropezaba con un lacayo—. Encuentra a Rigdon, dile que alguien baja desde la colina. Podría ser el señor.

—Sí, milady.

El chico se marchó, con las largas piernas alejándolo rápidamente de ella. Julia se sintió de repente agradecida por la existencia de lacayos de elevada estatura. Corría hacia la entrada cuando la puerta al fin se abrió y una figura familiar entró en la residencia.

—¡Albert! —al instante se arrojó en sus brazos, consciente de los temblores de su esposo, de la fría piel de su mejilla apretada contra su cabeza.

—No deberías tocarme —protestó él—. Estoy muy sucio.

Sin embargo, la abrazaba con tanta fuerza que ella no creía ser capaz de apartarse aunque hubiera querido. Que no era el caso.

—Estaba tan preocupada...

—Lo siento, cariño. Ayudé a un granjero cuyo carro se había quedado atascado en el barro. De regreso a casa, mi caballo sufrió una lesión y quedó cojo. Ha sido un día de infortunios.

—Tenía miedo de que te hubieras perdido.

Él le empujó delicadamente el rostro hacia arriba con la mano enguantada.

—No teniéndote a ti como mi norte.

Y al instante sus labios se habían fundido como si llevaran años separados, en lugar de unas horas, o como si estuvieran a punto de despedirse sin remedio. Julia era muy consciente de que a Albert le preocupaba que se pusiera de parto. Pero en esos momentos parecía haber algo más, algo entretejido con una urgencia, con una necesidad. Se preguntó si habría temido no poder regresar a ella, si la tormenta le había hecho dudar de que volvería a abrazarla, a besarla.

—Das más calor que el mejor de los fuegos —él se apartó y la miró a los ojos.

—Eso espero —Julia sonrió—. Rigdon, prepara un baño para el señor.

—Ya lo he dispuesto, milady.

—Pues no seré yo quien desperdicie esa oportunidad —Albert asintió mientras soltaba a su esposa.

—Te acompañaré para ayudarte a...

—No será necesario. No tardaré mucho. Tengo tanta hambre como frío —apoyó una mano sobre el hombro de Julia—. Me reuniré contigo para la cena dentro de un rato.

—Te esperaré —siempre lo esperaría.

Sin apartar la mirada de su esposo, que subía las escaleras, ella no lograba alejar de su mente el pensamiento de que podría haberlo perdido esa noche, que la tragedia parecía haberse aficionado a visitar a esa familia.

Estremeciéndose de placer, Edward se sumergió en el agua caliente. Hubiera preferido sumergirse en el interior de Julia, y esa era la razón por la que se había visto forzado a rechazar su ofrecimiento de ayuda. Sus pasiones estaban sujetas con pinzas.

Con cada extenuante paso que había dado, a su mente había acudido la imagen de su rostro, su sonrisa, su dulce voz urgiéndolo a no detenerse. Al abrir la puerta y verla allí de pie, el alivio, la felicidad, dibujados en su rostro, todo lo que sentía por ella y que se había estado negando durante años, enterrándolo bajo comentarios sarcásticos y un comportamiento necio, ahogado en alcohol, salió propulsado como un volcán escupiendo lava y cenizas. Y al igual que el magma incandescente cubría todo lo que le rodeaba, él había deseado envolverla con su cuerpo, tomar posesión de ella, una posesión total.

Julia no lo habría rechazado, le habría dado todo lo que él le hubiera pedido. Lo había visto en el brillo de su mirada. Pero a quien creería dárselo sería a Albert. La felicidad que sentía por su regreso no era por él. Y esa certeza lo había enfriado más que el gélido viento y la nieve que soplaba al otro lado de los muros. Sin embargo, no disminuyó el deseo que sentía por ella, y ese era el condenado problema.

Oyó abrirse la puerta.

—Todavía no estoy preparado para que entres, Marlow.

—Pues entonces qué suerte tienes de que no sea Marlow.

Edward se sentó bruscamente, salpicando el suelo de agua y miró hacia atrás, a Julia, de pie junto a la puerta, con una copa en la mano.

—Pensé que te apetecería un whisky —ella sonrió con dulzura.

—Eres una enviada de los dioses —él alargó una mano, convencido de que le entregaría la copa y luego se marcharía.

Sin embargo, Julia se arrodilló junto a la bañera antes de ofrecerle la copa. Edward tomó un buen trago, deleitándose en el calor que lo inundaba.

—No tardaré mucho —le indicó, mirándola de reojo.

—Me gustaría frotarte la espalda.

—No será necesario.

Ella tomó un paño y el jabón de un estante cercano, humedeciéndolos en el agua y empezó a frotar el paño contra el jabón.

—Pero es que quiero hacerlo.

—Julia...

—Sabes muy bien que no merece la pena discutir conmigo cuando me he decidido a hacer algo —Julia enarcó una ceja.

Edward no sabía nada, salvo que no era aconsejable que ella lo tocara cuando su mente había estado cargada de pensamientos lascivos mientras avanzaba penosamente en la nieve, siendo la única manera de mantener sus piernas en movimiento. Tras tomar otro trago de whisky, más grande que el primero, apoyó los codos sobre las rodillas, curvando la espalda ligeramente.

—Haz lo que quieras.

Las campanillas de la risa de Julia resonaron por la habitación mientras ella se colocaba detrás de él.

—Hace mucho tiempo que me apetecía hacer esto —admitió mientras colocaba las manos a ambos lados de la columna de su esposo.

¿Qué había pasado con el maldito paño?

De repente a Edward se le ocurrió otra idea. Nunca había hecho algo así con su hermano. Apuró lo que quedaba del whisky, agarró con fuerza la copa para no alargar las manos hacia ella, para no agarrarla y atraerla hacia sí, para no sujetarle el rostro, para no besarla. Tenía que hacer algo para distraerse de la ligera presión de esas manitas que se deslizaban por la espalda, subiendo hasta los hombros. ¡Dios qué sensación tan maravillosa!

—¿De quién era el carro que quedó atascado en el barro? —preguntó ella.

—Creo que era Beckett —¿cómo demonios iba a recordarlo con esos dedos acariciándolo?—. Sí, Beckett.

¿Por qué sonaba su voz tan ahogada? Quizás porque le costaba endemoniadamente respirar.

—¿Te estoy haciendo daño? —preguntó.

—No, por Dios.

—¿Quieres que pare?

«Sí, sí, por favor, en nombre de todo lo sagrado...».

—No —Edward cerró los ojos con fuerza—. A no ser que tú quieras.

—No quiero. Resulta tan agradable como pensé que sería, el agua y el jabón crean una esponjosidad mientras mis manos se deslizan por tu piel.

El vaso corría serio riesgo de romperse bajo la presión de su mano. Por arriesgado que fuera, tenía que formular una pregunta.

—Si tantas ganas tenías de hacer esto, ¿por qué no lo hiciste antes?

—Porque pensé que no aprobarías mi atrevimiento. Pero esta noche tuve miedo de que algo te hubiera sucedido, de perderte, y comprendí que había sido una estúpida por no hacerlo.

—Julia, a mí siempre me han gustado las mujeres atrevidas —él se volvió ligeramente para poder verla.

—Pues yo creía que te gustaba recatada —ella frunció ligeramente el ceño—. Una condesa irreprochable.

—Quiero que seas tú misma. Conmigo no necesitas fingir —no se le escapó la ironía de las palabras, pues él estaba fingiendo con ella. Y lo odiaba.

Odiaba no poder decirle la verdad. Faltaban solo unas pocas semanas. Podría mantener el engaño un poco más, pero no había motivo para que ella fuera otra cosa que ella misma. No le gustaba la idea de que, quizás, su hermano la hubiera obligado a mantener a raya su pasión. Sin duda no lo habría hecho a propósito, pero, de todos los bribones, Albert siempre había sido el más formal, evitando la censura de la sociedad, mientras que los demás buscaban precisamente eso.

Julia se movió hasta que él pudo verla con más claridad. Con las palmas de las manos le había dibujado círculos sobre los hombros, descendiendo por los brazos y de vuelta hacia los hombros, y todo sin apartar la mirada de su trabajo, sin mirarlo a él.

—He echado de menos esta intimidad —murmuró ella en un tono tan suave que Edward casi no lo oyó.

—Habíamos acordado que por el bien del bebé…

—Sí, lo sé —lo interrumpió Julia, mirándolo a los ojos—, pero eso no apaga el deseo, ¿verdad que no? —era más una afirmación que una pregunta.

Era el momento de pedirle que se fuera, de anunciar que iba a vestirse. Pero la mirada de Julia, su voz, encerraba tanto deseo que no podía ignorar sus palabras, del mismo modo que ya no podía ignorarla a ella.

—No, no lo apaga.

Esas palabras encerraban una verdad excesiva.

Julia deslizó una mano por debajo del agua y la cerró en torno a su masculinidad. Una sonrisa curvó lentamente sus labios, sin duda por encontrarlo duro y dispuesto. Él la agarró por la muñeca, deteniéndola.

—Julia…

—Por favor, déjame hacer esto por ti —suplicó ella con voz ronca, y tanto deseo que él se tensó ante la insoportable necesidad.

—No estoy acostumbrado a recibir sin dar.

Las palabras, por Dios santo, escaparon de sus labios antes de pensarlas. ¿Cómo iba a pensar cuando esa mujer lo tentaba así? Tan solo podía rezar para no haberse descubierto, para que ella no respondiera que era un mentiroso.

—Una de tus normas sin enunciar, sin duda, pero las normas están hechas para romperlas. Y me proporcionaría un inmenso placer romper esta.

—El placer sería todo para mí, Julia.

—No, todo no —ella sacudió la cabeza—. Te aseguro que recibiré el mismo placer viéndote a ti. Ha pasado tanto tiempo. Permíteme aliviarte. Por favor.

Esa mujer iba a odiarlo cuando descubriera la verdad, pero ¿cómo negarle lo que tan evidentemente deseaba sin hacerle dudar de la atracción, del amor que sentía su esposo por ella? al compararlo con lo que el futuro les tenía reservado, lo único que importaba era ese momento, asegurándole que fuera feliz, que se sintiera segura con respecto a la devoción de su marido hacia ella.

Lentamente, Edward aflojó la mano y la llevó hasta la mejilla de Julia sin importarle que el agua goteara sobre su vestido. Después la atrajo más hacia sí, cubriendo sus labios con los suyos. Ella entreabrió la boca con un suave suspiro y permitió que la lengua de su esposo acariciara la suya con la misma determinación con la que ella le acariciaba a él. Con la otra mano le sujetó el rostro, sin molestarse en controlar sus pasiones, dejándose llevar por las sensaciones que ella generaba con maestría.

Y tenía razón. Había pasado mucho tiempo, demasiado. Si bien deseaba verla libre del maldito vestido, deseaba deslizar sus manos por cada centímetro de su cuerpo, las mantuvo en el sitio, consciente de que era necesario primero aliviar los remordimientos. Pero qué difícil resultaba cuando esa mujer suspiraba con tanta dulzura, cuando su cuerpo lo estaba traicionando, cuando ella era tan hábil…

Él deslizó los labios por el cuello de Julia y hundió la lengua en el hueco de la garganta.

—Jules, por Dios santo, Jules.

—¿Debería parar? —la voz de Julia parecía llegar desde un lugar lejano, desde otro mundo, otro planeta.

—No, a no ser que quieras verme morir.

Ella le mordisqueó la barbilla y luego el lóbulo de la oreja derecha, hizo una breve pausa y apretó. Edward experimentó un intenso calor, la humedad.

—Me encanta sentir tu ardiente polla tensa en mi mano —murmuró ella con voz gutural.

¡Jesús! Eso estuvo a punto de hacerle reaccionar, de hacerle explotar allí mismo, pero se contuvo justo a tiempo, recordando la sordera de Albert en uno de los oídos. El derecho era el oído sordo. Julia creía que él no estaba oyendo sus palabras. ¿Cómo podía un hombre contenerse ante una frase así? Sin duda era un maldito santo.

Con avaricia, él tomó sus labios, imprimiéndoles de toda la intimidad posible sin que la culpa lo devorara. Acabaría por suceder. Lo sabía. Sin embargo, de momento decidió perderse en las sensaciones que ella despertaba con sus hábiles dedos y traviesas palmas, y con sus sucias observaciones. La otra mano de Julia se movía por todo su cuerpo como si se tratara de un explorador en pleno descubrimiento de un continente perdido y necesitara cartografiar cada sendero, cada valle, cada colina.

Edward arqueó el cuerpo con la fuerza del orgasmo que lo arrolló. Su grito fue salvaje y profundo, a pesar de que sus labios seguían pegados a los de ella, tragándose el dulce suspiro de Julia, su grito de triunfo. Poco faltó para que la arrastrara hasta la bañera de cobre.

Pero lo que hizo, con la respiración dificultosa y entrecortada, fue apoyar la frente contra la de ella.

—Maldita seas.

La risa de Julia fue el sonido más dulce que Edward hubiera oído jamás. Echándose hacia atrás, ella le tomó el rostro entre las manos. ¿Cómo conseguía tener ese aspecto tan condenadamente inocente, tan dulce, después de pronunciar esas palabras tan indecorosas sobre su polla? Y él tenía que fingir no haberlas oído cuando la realidad era que se le habían quedado grabadas a fuego en el cerebro y se repetían una y otra vez como una cantinela.

—Ya sabía yo que me iba a proporcionar el mismo placer que a ti —le aseguró Julia.

Y era evidente que había disfrutado, pues se reflejaba en el brillo de su mirada.

—Deberías ser más egoísta.

—Te amo muchísimo —ella sonrió con ternura mientras sacudía la cabeza.

La realidad lo golpeó de frente con una violencia que casi le hizo doblarse por la cintura. Pues él no era el hombre al que ella amaba. Se había aprovechado de las mentiras, y en esos momentos todas las razones para hacerlo parecían estar burlándose de él.

—Julia...

Ella se inclinó y lo besó apasionadamente antes de levantarse.

—Se nos hará tarde para la cena.

Echó a andar hacia la puerta mientras Edward se sumergía en el agua de la bañera, consciente de que algún día esa mujer lo odiaría por lo que acababa de suceder. Menudo bastardo estaba hecho, pues no conseguía lamentarlo.

Había disfrutado de encuentros íntimos con infinidad de mujeres, pero cada instante con ellas palidecía al lado de lo que acababa de experimentar. Maldito fuera, pues con Julia deseaba una unión plena y completa, una rendición plena y completa. Con ella quería lo que nunca podría tener.

CAPÍTULO 9

—¿Vas a pasar toda la noche con esa expresión petulante dibujada en tu rostro?

Sentada junto a su esposo en el pequeño comedor, Julia no podía ocultar la inmensa satisfacción que seguía invadiéndola.

—Me gusta saber que, después de todo este tiempo, aún conservo la capacidad para sorprenderte.

—Desde luego lo hiciste —Albert bebió un sorbo de vino.

—Y disfruté enormemente haciéndolo.

—Sospecho que yo disfruté más —él la miró con ternura.

Julia alargó un brazo y posó la mano sobre la de su esposo.

—Después de haber perdido tres bebés, comprendo la necesidad de tener cuidado y de hacer todo lo posible para asegurar que no perdamos este, pero he echado muchísimo de menos la intimidad.

Él lanzó una ojeada al lacayo antes de posar la mirada nuevamente sobre ella.

—Quizás deberíamos hablar de esto después.

—No lo sé —Julia se mordió el labio—. Me siento traviesa.

Él entrelazó los dedos de la mano con los suyos, se los llevó a los labios y le besó los nudillos sin apartar la mirada de sus ojos.

—Me encanta cuando te pones traviesa. Y si bien pagamos a los sirvientes por ser discretos, sospecho que sería mejor no darles motivos para cotillear.

Su voz no encerraba censura alguna, pero sí había mucha sabiduría en sus palabras. Aunque conversaban en voz baja y el viento aullaba al otro lado de las ventanas, la discreción era obligada. Julia asintió y, tras liberar su mano, devolvió la atención al pollo glaseado.

—Nunca me habías llamado Jules.

—¿Disculpa? —Edward frunció el ceño con una expresión de auténtica perplejidad dibujada en el rostro.

—Durante tu… baño, me llamaste Jules.

—No soy responsable de nada que pueda haber dicho durante mi… baño.

—Me gustó.

—¿El baño? —recuperada la compostura, él bromeó. Su mirada tenía un brillo travieso, a pesar de que había sido él quien había reclamado discreción.

—Jules —Julia sonrió—. Resulta menos formal.

—El momento era bastante informal.

—Lo era.

La conversación derivó en cómo había pasado ella el día, y Julia evitó admitir que la mayor parte lo había pasado preocupada por su regreso. Le habló de su última acuarela, un conejo con bastón. Él no se rio, ni se burló de ella, más bien parecía encontrar perfectamente normal que dotara a sus criaturas imaginarias de cualidades humanas.

—Es un tipo más bien solitario —le explicó.

—Locke, entonces —él se limitó a asentir.

—Sí, supongo que sí —ella pareció sorprendida antes de sopesar la importancia de la observación de su esposo—. No lo había considerado realmente desde esa perspectiva.

—Todas tus criaturas representan a alguien.

—¿En serio? —Julia tomó otro bocado de pollo y se obligó a acompañarlo de guisantes, por el bien del bebé.

Él la miró con solemnidad.

—El tejón es Ashe. Decidido y tozudo. Edward es la comadreja, siempre buscando el modo de escabullirse de sus deberes, de librarse.

Julia abrió la boca con la intención de protestar, pero volvió a cerrarla.

—Fue el primero que pinté, poco después de vuestra partida. Supongo que estaba un poco enfadada con él por llevarte con ellos. Debería romperlo.

—Tonterías. A mi hermano le habría encantado sobremanera ver cómo lo habías retratado.

—Pero ahora me resulta más bien mezquino.

—La creatividad a menudo imita a la vida. Él habría aplaudido tus esfuerzos.

Julia no estaba tan segura como su esposo de que a Edward le hubiera encantado su retrato.

—¿Y cuál de ellos crees que eres tú? —lo desafió ella.

—Tú, desde luego, eres el zorro —contestó él—. Listo —enarcó una ceja—. Bastante bonito. Aunque el color está mal.

—Es que los zorros son rojizos.

—No todos. En una ocasión vi un zorro negro en los páramos de Havisham. Son raros, y eso encaja todavía más contigo, pues tú también eres un raro espécimen.

Julia sintió que las mejillas le ardían. Hacía mucho tiempo que su esposo no flirteaba con ella. Se sintió nuevamente como una jovencita, inocente, esperando nerviosa su primer baile. ¿Quién habría dicho que ese primer baile iba a ser con él y que acabaría eternamente en sus brazos?

—Nunca he oído hablar de ningún zorro negro.

—Entonces tendrás que aceptar mi palabra.

—Preferiría fingir que tengo el pelo rojo.

—Me gusta tu pelo como es. Hace resaltar el azul de tus ojos.

—A mí siempre me pareció aburrido.

—Nada en ti es aburrido.

—¿Me está cortejando, lord Greyling? —Julia ladeó la cabeza y entornó los ojos.

—Un hombre no corteja a su esposa —se mofó él.

—Entonces lo que estás haciendo es evitar contestar a mi pregunta. ¿Cuál de los animales te representa a ti?

Él respiró hondo y tamborileó con un dedo sobre la copa de vino mientras parecía reflexionar.

—La rata no. Al principio pensé que sería Edward, hurgando entre la basura, pero luego descubrí la comadreja, con sus ojillos brillantes.

—No tienes ni idea de cuál eres tú —declaró Julia un poco sorprendida de que no lo hubiera visto.

—El caballo. Noble. Fuerte. Un animal en el que se puede confiar. No muy buen compañero de risas, pero nunca te decepcionará.

—Y sin embargo el tuyo lo hizo esta noche.

—La culpa fue mía —Edward sacudió la cabeza—. Lo estaba forzando demasiado para llegar antes a casa. La nieve empezaba a cubrir el suelo. Tengo suerte de que no metiera la pata en un hoyo y se la rompiera.

—Seguramente deberías haber buscado refugio en alguna casa para pasar la noche.

—No quería que te preocuparas —él apuró el vino como si no se sintiera del todo a gusto con la confesión. Era extraño, pues nunca había tenido problemas para expresar sus sentimientos, pero desde hacía unas semanas se veía sometido a todo el espectro de emociones.

Cada vez que Julia creía saber qué esperar de su esposo, descubría que no sabía nada de nada.

Terminada la cena se retiraron al estudio. Mientras ella leía un libro sentada junto al fuego, Edward se acomodó en un sillón frente al suyo mientras tamborileaba sobre una copa de oporto. Julia había parecido sorprendida ante su habilidad para descubrir a quién correspondía cada animal de sus acuarelas. Personalmente, habría preferido ser una ardilla, algo alegre y divertido. Incluso un promiscuo conejo. Pero por otra parte las comadrejas eran conocidas por robar cosas, y él le había robado un beso, un marido. Y le estaba robando los momentos que pasaban juntos.

Debería haberse excusado. Necesitaba trabajar, repasar los libros de cuentas, analizar los números. En cambio, allí estaba sentado mientras disfrutaba de cada curva de su cuello cuando agachaba la cabeza sobre el libro, mientras disfrutaba viendo esa sonrisa petulante que seguía luciendo.

Y motivos no le faltaban. Edward no recordaba haber reaccionado tan visceralmente a las caricias de una mujer. Quiso culpar a su abstinencia de la intensidad de su respuesta, pero sospechaba que, si ella se levantaba, se acercaba a él y le ponía una mano sobre la mejilla, él la sentaría sobre su regazo y reclamaría sus labios con una pasión que haría que la mayoría de las damas huyeran de allí. Sin embargo, Julia no huiría. Le correspondería al mismo nivel.

Tal y como había hecho aquella noche en el jardín, tal y como hacía cada vez que se besaban.

Porque creía, entonces y siempre, que él era Albert.

¿Tan parecidos eran que no era capaz de distinguirlos? Durante todo el trayecto de regreso a Inglaterra en el barco, Edward había rezado a Dios para que así fuera.

«No permitas que descubra que soy yo, el astuto bastardo que toma lo que no es suyo. No permitas que ella se dé cuenta de que no soy su esposo».

Lo había repetido como un mantra miles de veces mientras permanecía sentado y concentrado en la sencilla caja de pino, acompañando a su hermano. Había esperado que le resultara difícil no delatarse, fingir ser Albert.

Pero no había esperado que fuera un infierno.

Julia levantó la vista y frunció el ceño como si hubiera comprendido por qué derroteros discurrían los pensamientos de su esposo. Una parte de él quería que le anunciara que acababa de descubrir quién era. Otra parte de él empezaba a desear que no lo descubriera nunca. ¿Cómo iba a poder destruir a una mujer tan extraordinaria?

—El servicio quiere saber si debería decorar la residencia por Navidad.

—Cuesta creer que ya estemos en época navideña —contestó Edward con la mirada fija en el oporto que quedaba en la copa.

—Es verdad que diciembre parece haber llegado sin que nos hayamos dado cuenta. Dado que estamos oficialmente de luto, no supe qué contestar.

—Déjales que alegren este lugar.

—No pretendía ser insensible —ella cerró el libro—. Soy consciente de que no debes tener muchas ganas de fiestas.

—Tuve dos meses para llorarle antes de regresar. Estaré muy alegre en Navidad. ¿Qué te gustaría recibir como regalo?

—Ya sabes lo que quiero —los labios de Julia se fruncieron en un mohín de decepción.

«¡Maldita sea!». ¿Habían hablado de los regalos de Navidad antes de la partida de Albert? ¿Cómo demonios iba Edward a adivinar lo que había pedido? ¿Se lo había comprado ya Albert? Iba a tener que revisar cada hueco y grieta en el dormitorio y el estudio. Pero si no encontraba nada...

La miró atentamente, allí sentada, contemplándolo como si no le cupiera la menor duda de que él sabía lo que quería. ¿Qué podría desear? ¿Qué desearía cualquier mujer?

Joyas.

¿Un collar? ¿Pendientes? ¿Pulsera? Las tres cosas.

Rubíes. No. Zafiros que hicieran juego con sus ojos. No.

Ónice. Perlas negras. Solo las había visto en una isla de los mares del Sur. Eran tan raras como ella. Amable, considerada, pero con un toque salvaje que le encantaría explorar más a fondo. Sin embargo, esa era una aventura que le estaba prohibida. A cambio tendría que contentarse con memorizar su risa, su sonrisa, el modo en que brillaban sus ojos con travesura, cómo se oscurecían de pasión, cómo se dulcificaban cuando se frotaba la barriga… como hacía en esos momentos.

—Un niño sano —murmuró con convicción. Ni joyas, ni baratijas ni chucherías—. Eso es lo que quieres para Navidad.

La sonrisa que recibió a cambio podría borrar la oscuridad, detener el viento helado, proporcionar cobijo de la lluvia.

—Es lo que acordamos regalarnos el uno al otro. Puede que hayamos calculado mal pues, según el médico, no llegará hasta principios de año. Pero no tardará mucho más. Espero que tenga tu pelo.

—Y yo que tenga el tuyo —Edward no tuvo la sensación de traicionar a su hermano, ya que era él a quien veía cada vez que se miraba al espejo.

—Ojos marrones.

—Azules.

—¿Vas a mostrarte en desacuerdo conmigo sobre todo?

—Lo cierto, Julia, es que me importa un bledo qué aspecto tenga. Me basta con que esté fuerte y sano —y que sea niño. Un niño aseguraría a Julia un puesto en la sociedad, le aseguraría no tener que depender de la generosidad de Edward.

—Es una tontería preocuparse por cualquier otro aspecto —ella asintió—, pero es divertido especular. En mi mente lo veo claramente. Supongo que será intuición de madre.

—Creo que vas a ser una madre maravillosa.

—Haré todo lo posible por serlo. Será una tarea abrumadora.

—No tengo la menor duda de que triunfarás.

Julia se llevó una mano al corazón.

—Nunca habías verbalizado tan abiertamente tu fe en mí. No es que necesite las palabras. Ya me lo has demostrado a menudo, pero sigue resultando agradable oírlo.

Edward amaba a Albert, pero su hermano siempre había sido más callado, menos abierto. El hecho de que Julia recibiera de tan buen grado palabras que habían quedado sin pronunciar entre ellos lo hizo sufrir, y no supo por qué. Los gestos estaban muy bien, pero esa mujer se merecía tanto los gestos como las palabras. Era importante no olvidar que Julia solo iba a disfrutar de su compañía de manera temporal. Terminado el oporto, se levantó del sillón.

—Deberíamos retirarnos. Ha sido un día muy largo y estoy bastante cansado.

Julia se levantó también y apoyó una mano sobre el brazo de Edward, quien se esforzó por no recordar dónde había estado esa mano unas horas antes, cómo sus dedos habían bailado sobre él. Ceder a sus súplicas había sido un error, aunque le estaba costando muchísimo esfuerzo sentir remordimientos.

En silencio cruzaron pasillos y subieron escaleras. Al llegar a la puerta del dormitorio de Julia, él le tomó la mano y le besó los nudillos.

—Te veré dentro de un rato.

—Desnúdame.

Edward se quedó helado, tenso, con los ojos fijos en la incitadora sonrisa y la ardiente mirada.

—Es tarde —añadió ella—. No quiero molestar a la doncella.

—Se la paga para ser molestada —la voz de Edward surgió ronca y brusca, muy distinta a la suya habitual.

Julia apoyó una mano sobre su torso y él se preguntó si notaría el salvaje galope de su corazón. Lo cierto era que nada le apetecería más que despojarla de su ropa, pero ese era un camino muy peligroso.

—Preferiría que lo hicieras tú.

—No sé si será buena idea. Estoy al límite de mi autocontrol.

Ella alzó la barbilla mientras deslizaba la mano hacia abajo. En sus ojos color zafiro brillaba el desafío.

—Me parece que lo único que te pasa es que te estás comportando como un mojigato.

¿Mojigato? ¿Él? Había desnudado a miles de mujeres. Bueno, a una docena sí. No supo por qué, pero, de repente, sus hazañas sexuales lo avergonzaron, le hicieron desear haber sido un poco más selectivo, más digno de ella. Como si alguna vez pudiera soñar con merecerla. Pero antes muerto que no aceptar un desafío, sobre todo si provenía de Julia.

Sería fuerte, aunque ello significara ser más fuerte de lo que había necesitado ser jamás. Podría resistirse a ella, podría asegurar que nada sucedería que pusiera al bebé en peligro. Y mientras soltaba para sus adentros un juramento por la promesa hecha a Albert, alargó una mano, giró el pomo de la puerta, la abrió y, tras tomar la mano de Julia, la condujo al interior del dormitorio.

El portazo que sonó a sus espaldas debería haber hecho que Julia se preguntase si había forzado la situación en exceso. Pero lo cierto era que, mientras aguardaba de pie en el centro de la habitación, de espaldas a él, su cuerpo vibraba de anticipación.

Sintió el tirón de los lazos del vestido y cómo se abría la prenda poco a poco, lentamente. Albert deslizó un dedo por su hombro y espalda, deteniéndose en la columna antes de descender por un lado y subir por el otro. Al besarle la nuca ella sintió un húmedo círculo dibujado por la boca abierta.

Todo su ser se derritió y deseó que esa humedad cubriera cada centímetro de su cuerpo.

Él la ayudó a salir del vestido que se deslizó hasta el suelo.

—El resto te lo dejaré a ti —anunció él.

Julia sintió la bofetada de la decepción. Al girarse lo vio en el vestidor, colgando el vestido, cuando ella hubiera preferido cien veces que lo dejara tirado en el suelo, demasiado impaciente por desnudarla por completo. Qué estúpida había sido al pensar que la encontraría siquiera mínimamente atractiva en su estado. Hacía ya un tiempo que había dejado de llevar corsés o cualquier otra prenda que la comprimiera, de modo que quedaba muy poco por quitar, la camisa y las bragas. La doncella había dejado un camisón a los pies de la cama y Julia se sintió enormemente tentada de ignorarlo, de obligar a Albert a contemplar su desnudez, a aceptar todos los cambios sufridos por su cuerpo.

Saber el riesgo que corría el bebé no disminuyó el deseo que sentía por su esposo. Si acaso, desde su regreso, lo deseaba más que nunca. Lo notaba más comunicativo con respecto a sus sentimientos, a sus elogios. Y ese modo en que a veces lo descubría mirándola, como si estuviera a punto de devorarla, le hacía desearlo aún más.

De modo que no era su cuerpo hinchado lo que había hecho que su esposo le diera la espalda. Era el deseo que sentía hacia ella. Deleitándose con ese pensamiento, Julia se puso el camisón y se volvió hacia él. Albert seguía en el vestidor, inmóvil, como si intentara descubrirle algún sentido a los vestidos que veía.

—Puedes desnudarte aquí dentro —sugirió ella mientras se sentaba en el banco acolchado. Alzó las manos y se dispuso a quitarse las horquillas del cabello.

—Ya lo hago yo.

Mirando al espejo, Julia lo vio acercarse por detrás. Se había quitado la chaqueta, el pañuelo del cuello y el chaleco. Los puños de la camisa y dos botones del cuello estaban desabrochados, dándole un aspecto muy poco civilizado. Había sido mucho más rápido desnudándose él mismo de lo que había sido desnudándola a ella.

—Nunca habías hecho esto por mí —le recordó mientras posaba las manos sobre el regazo.

—He pensado en hacerlo miles de veces —sus miradas se fundieron en el espejo.

—¿Y por qué no lo hiciste? —Julia frunció el ceño.

—No estaba seguro de que te fuera a gustar.

—Nunca te mostraste inseguro.

—Quizás no me conoces tan bien como crees.

Hundiendo las manos en sus cabellos, él procedió a retirar las horquillas, colocándolas cuidadosamente en el platito de porcelana que se hallaba sobre el tocador.

—¿No te parece curioso que, después de tanto tiempo, aún sigamos descubriendo cosas el uno del otro? —preguntó ella.

Los cabellos cayeron en cascada y él hundió las manos entre los mechones y le masajeó el cuero cabelludo.

—Sospecho que una vida entera no bastaría para descubrir todas tus facetas.

—No encierro tantos misterios.

—Para un hombre que quiere saberlo todo, sí —las comisuras de los labios de él ascendieron fugazmente.

—No oculto ningún secreto.

La mirada de él era demasiado astuta, su expresión la de un hombre que descubriría detalles ocultos que ni ella misma sabía que poseía.

—Todas las damas tienen al menos uno.

Julia tragó nerviosamente e intentó que no se le notara lo nerviosa que le ponía la exactitud de la afirmación de su esposo, mientras la escena acaecida en ese jardín, con Edward, aparecía en su mente. Nunca se había permitido reflexionar en profundidad sobre lo sucedido, temerosa de lo que podría averiguar de sí misma.

Él alargó un brazo y tomó el cepillo.

—Cien pasadas, ¿verdad?

—Esta noche me conformaría con una docena.

—Puede que yo no acepte menos de doscientas.

—Creía que estabas cansado.

—Para esto no. Lo cierto es que resulta bastante relajante.

Albert se mostraba sumamente delicado, tierno. De no haber sido por el hecho de que no estaba dispuesta a perderse ni un instante de sus atenciones, Julia podría perfectamente haberse quedado dormida allí mismo. ¿Cómo podía sentir tanta ansia por sus caricias, por su proximidad? Quizás no vendría mal que, de vez en cuando, pasaran unos cuantos meses separados.

—Eres tremendamente hábil. ¿Solías ofrecer tus talentos con el cepillo a otras damas cuando eras soltero?

—Un poco tarde para sentir celos.

—No siento celos. Solo curiosidad.

—Nunca había hecho esto por otra dama. Nunca sentí deseos de hacerlo.

Sus palabras reflejaban tal convicción que ella no dudó de él, como nunca había hecho. Pero todos los cambios sufridos en su cuerpo parecían haber hecho mella en su mente, en sus pensamientos. Algunos días lloraba sin motivo. Algunas noches dudaba de su capacidad para mantener el interés de su esposo. Y en otras ocasiones se sentía completamente confiada. Sin embargo, en esos momentos, lo que ansiaba era recibir afecto a raudales.

Disfrutaba viendo las manos de su esposo deslizarse por sus cabellos, observando la concentración de su rostro, como si estuviera tan perdido en las sensaciones como lo estaba ella. No recordaba haberlo visto nunca tan concentrado en una tarea. Había regresado a ella como un hombre que parecía no dar nada por supuesto. Y le gustaba ese nuevo aspecto suyo.

Él le recogió los cabellos y los dejó sobre un hombro antes de agacharse y besarle el cuello, justo detrás de la oreja. También parecía haber desarrollado un gusto por su cuello.

—No lo trences —le pidió él en un susurro que despertó en Julia un escalofrío de deseo.

Tras dejar el cepillo a un lado, él se sentó en una silla y empezó a quitarse las botas.

La masculinidad del acto pilló a Julia por sorpresa, así como la certeza de que nunca había visto vestirse o desvestirse a su esposo. Siempre se había presentado ante ella perfectamente ataviado para enfrentarse al día o disfrutar de la noche. Siempre se aseaba en su propio dormitorio con la asistencia de su ayuda de cámara.

Levantándose del banco, ella se acercó a la cama sin dejar de dirigir miradas furtivas en dirección a su esposo. La segunda bota estaba siendo colocada junto a la primera. Julia pisó el escalón que utilizaba para subirse a la cama. Los calcetines se habían encontrado con las botas.

Mientras ella se subía al colchón, él se puso de pie y se sacó la camisa por la cabeza. Poco a poco, su piel se hizo visible. ¿Había algo más sensual que la revelación del torso masculino, incluso uno con el que estaba completamente familiarizada? Sintió que la boca se le secaba.

Julia se tapó con las mantas como si con ello pudiera protegerse de lo que estaba sintiendo. Era imposible viajar allí donde su mente la llevaba sin poner en peligro la vida del bebé. No tenía ninguna duda sobre eso. Solo faltaban unas pocas semanas para el alumbramiento, unas pocas semanas para recuperarse y luego podría ceder a ese glorioso esplendor. Se tumbaría debajo de él, separaría las piernas, y le daría la bienvenida a casa.

Albert deslizó los pantalones por los muslos y se los quitó, arrojándolos descuidadamente sobre el montón de ropa que descansaba sobre el canapé.

«No te detengas ahí», gritó la mente de Julia, haciendo un verdadero esfuerzo por no pronunciar las palabras en voz alta. ¿Qué diría su esposo ante semejante descaro? Sin duda se escandalizaría ante algunas de las impúdicas imágenes que poblaban su imaginación. Una condesa adecuada no deseaba una relación en el jardín, más allá de un beso. Una condesa adecuada no fijaba la mirada sobre el trasero de un hombre mientras este se agachaba para atizar el fuego de la chimenea, deseando estar lo bastante cerca para posar sus manos sobre las nalgas. No pensaba en deslizar las manos por debajo de su ropa y liberar su masculinidad, tumbarlo de espaldas, acercar la boca a...

Él se acercaba. Temerosa de que sus lujuriosos pensamientos resultaran visibles en su rostro, ella rodó de lado, ofreciéndole la espalda. Por su mente discurrían mil fantasías. Las objeciones de Albert en la bañera habían sido, en el mejor de los casos, dóciles. Quizás, después del nacimiento del bebé, se mostraría más abierto a experimentar nuevas aventuras.

La habitación quedó sumida en la oscuridad cuando él apagó la llama de la lámpara. La cama crujió y se hundió cuando el fuerte torso contactó con la delicada espalda. Echó los largos cabellos a un lado y, de nuevo, sus labios se posaron en el cuello, junto al hombro. Una de las manos le acarició un costado, la cadera. Arriba. Abajo. Las caricias resultaban tan relajantes que Julia tardó un rato en darse cuenta de que cada una descendía un poco más que la anterior.

Justo por encima de la rodilla. La rodilla. Ligeramente por debajo. La pantorrilla. Allí donde se le había subido el bajo del camisón.

Y, cuando la mano volvió a subir, lo hizo por debajo de la ropa, acariciándole la rodilla, el muslo.

—¿Qué haces?

—Calla —susurró él, haciéndole cosquillas en la oreja con el aliento—. Ya te dije que nunca recibo placer sin darlo.

—Pero el bebé...

—Seré delicado. Muy delicado, Jules —él ahuecó la mano entre sus muslos—. Solo voy a dar. Lentamente. Ociosamente —sus dedos separaron los pliegues—. Hasta que suspires de placer.

¿Suspirar? Lo más probable era que gritara. Había pasado mucho tiempo, demasiado, desde que la había tocado tan íntimamente, con tanta ternura. El rotundo deseo de su esposo presionaba contra su espalda y servía para aumentar la fuerza de las sensaciones que la recorrían mientras los dedos la provocaban con la magia que tan hábilmente tejía. Sintió que le mordisqueaba el lóbulo de la oreja y un inmenso calor la inundó.

De algún modo consiguió deslizar el camisón lo justo para que sus ardientes labios se posaran sobre el hombro desnudo. Julia encogió los dedos de los pies, los estiró. Sentía un cosquilleo en esos dedos. Albert siempre se había mostrado delicado con ella, respetuoso, pero aquella noche había algo diferente, una necesidad casi salvaje que lo atravesaba y que ella percibía en el rincón más apartado de su conciencia.

Al igual que el humo, aparecía y desaparecía. Era incapaz de atraparlo, no cuando casi toda su consciencia estaba centrada en su propio cuerpo, en esa mano que se movía entre sus muslos, en esa boca sobre su hombro. Casi podría decirse que su esposo estaba tejiendo una tela de placer entre los dos puntos. Solo que las sensaciones se extendían más allá, hasta abarcarlo todo. Profundamente, poderosamente. Hasta que la consumieron, la desbordaron. Con la espalda arqueada, Julia gritó, liberando el deseo tanto tiempo contenido.

Los dedos se pararon y él la atrajo hacia sí, abrazándola, casi rodeándola.

Y unas inesperadas lágrimas, acompañadas de profundos sollozos, entraron en escena sin que ella fuera capaz de controlarlas.

—¿Julia? —él se apoyó sobre un codo.

—Lo siento —ella se cubrió la boca con dedos temblorosos y sacudió la cabeza—. Es que… hacía tanto tiempo que no disfrutábamos de esta intimidad.

Concretamente, desde que el médico les había confirmado el embarazo. Albert había tenido tanto miedo de hacerle daño que había refrenado todas sus pasiones. Ella había intentado hacer lo mismo con las suyas, pero no paraban de alzarse hasta la superficie, atormentándola continuamente con deseo y necesidad.

—No pasa nada, Jules —la reconfortó él en tono bajo mientras la giraba delicadamente hasta apoyar su rostro sobre el fuerte torso. La rodeó con sus brazos y le acarició la espalda con una mano—. No pasa nada.

—Me he puesto tan gorda que temía que ya no me desearas.

—Siempre te he deseado.

La sinceridad que impregnaba su voz le arrancó otro odioso sollozo.

—Estoy comportándome como una tonta. Esta repentina y dolorosa soledad… no sé de dónde ha venido.

—Lo siento —él posó los labios sobre su coronilla—. No me di cuenta de…

Julia pestañeó con fuerza.

—Por favor, no vuelvas a marcharte.

—No lo haré —el abrazo se hizo más fuerte—. Nunca.

Ella se secó las lágrimas con las manos y soltó un ahogado suspiro, mezcla de gratitud y consternación.

—Últimamente me cuesta controlar las lágrimas.

—Temía haberte hecho daño.

—Ha sido maravilloso —Julia echó la cabeza hacia atrás y, en la penumbra, lo miró a los ojos—. Muy intenso. Me pilló por sorpresa —de nuevo hundió el rostro en su pecho—. Pero la sensación fue gloriosa —tragó nerviosamente y dibujó con un dedo un círculo alrededor del pezón de su esposo—. ¿También fue así de agradable para ti hace un rato?

—Casi me mata —la risa de él fue breve, casi de desprecio hacia sí mismo.

—Yo también tuve la sensación de morir —ella rio tímidamente—, y luego me sentí más viva de lo que me he sentido jamás.

—Considerando nuestras reacciones, quizás lo mejor será evitar darnos placer de momento.

Julia asintió y se acurrucó contra él. Albert tenía razón, pero se alegraba de lo vivido esa noche. Atesoraría su recuerdo durante las siguientes semanas, hasta que pudieran volver a hacer el amor locamente.

C A P Í T U L O 10

«Por favor, no vuelvas a marcharte».
«No lo haré. Nunca».
¿Cómo demonios se le había ocurrido hacer una promesa así? Una promesa que le había hecho permanecer despierto casi toda la noche con Julia acurrucada, tranquila y serena, contra él. Sin embargo su mente no paraba de dar vueltas mientras sopesaba las implicaciones de sus palabras. Había hecho una promesa que le iba a resultar imposible mantener.

Y en esos momentos estaba de pie ante la ventana, contemplando la tormenta que seguía arrojando nieve sobre la tierra y que se asemejaba mucho al torbellino que se había desatado en su propio interior. Se había despertado hacía un rato y, tras ponerse los pantalones y la camisa, se resistía a irse a su dormitorio hasta que ella no hubiese despertado. El estallido de placer de Julia en sus brazos había sido el momento más satisfactorio que hubiera experimentado nunca. Las pasiones de esa mujer se encendían con mucha facilidad y su respuesta resultaba de lo más gratificante.

Se moría por sentir esos femeninos músculos cerrarse sobre él mientras se hundía profundamente en su interior. Algo que tampoco sucedería jamás.

—¿Vas a salir? —preguntó ella con voz ronca de sueño,

provocándole a Edward una tensión inmediata en la entrepierna.

Maldito fuera, pues lo que más deseaba era volver a esa cama. No obstante, se limitó a contemplar la cama, a contemplarla a ella, con sus cabellos cayendo en una desordenada cascada.

—No. Apenas se ve nada ahí fuera. Hoy trabajaré en casa.

Julia se sentó y, sonriente, apoyó la espalda contra las almohadas. Edward comprendió de inmediato el motivo por el que le había hecho la promesa de no dejarla nunca. Adoraba cómo se le curvaban las comisuras de los labios, el modo en que sus ojos se caldeaban de placer. Y deseó poder honrar cada promesa que le había hecho desde su regreso.

Apenas fue consciente de acercarse a la cama hasta que se topó con ella y se sentó en el borde del colchón. Julia olía a sueño y, sutilmente, a sexo, un perfume seductor. Con la mano retiró unos mechones de cabellos negros de su rostro.

—Debería cepillarte el pelo.

—Y yo debería permitírtelo, pero eso podría llevarnos a otras cosas.

Él la besó brevemente en la frente y luego en los labios.

—No me cabe la menor duda de que así sería.

—Vamos a tener que comportarnos.

—Qué pena.

Julia soltó una risita nerviosa, reflejo de una mujer joven desbordante de felicidad. Edward no recordaba haberle oído reír así nunca.

—No sé por qué dudé. Estar embarazada ha revuelto todas mis emociones.

—No tienes motivo de duda —él le tomó el rostro entre las manos y luego posó los labios sobre su boca con la mayor ternura de que fue capaz mientras controlaba sus deseos. Los dedos de Julia se hundieron en sus cabellos. La tentación de simplemente pegarse a ella era enorme.

Y, sin embargo, se apartó y se puso en pie.

—Debería ponerme a trabajar. Te veré durante la cena.

—O puede que antes —Julia le dedicó una mirada pícara, provocativa.

¿Por qué motivo desayunaban las damas en la cama?

Edward había reflexionado sobre ello mientras desayunaba en el comedor pequeño y leía un artículo en el periódico que Rigdon había planchado diligentemente. Era de hacía un par de días y había llegado, junto con unos cuantos más, el día anterior. Después, sentado ante el escritorio del estudio, contemplando nevar al otro lado de la ventana, dudó que le fuera realizada ninguna entrega ese día.

Por fin había empezado a controlar las tierras, los inquilinos, los potenciales ingresos. Al menos en lo referente a su residencia. En primavera iba a tener que visitar las otras dos residencias, temporalmente a su cargo hasta que el heredero alcanzara la mayoría de edad. Se preguntó si debería invitar a Julia a acompañarlo para que viera lo que iba a heredar su hijo. Sin duda su hermano ya se lo había mostrado. Además, en primavera lo más probable era que estuviera muy enfadada con él.

Reclinándose en el asiento, tamborileó sobre la mesa de caoba, consciente de que los agradables momentos en compañía de Julia pronto tocarían a su fin. Entonces, ¿por qué demonios estaba allí sentado repasando libros de cuentas, calculando cifras e intentando encontrar el modo de que la propiedad diera más beneficios? Ya tendría tiempo de sobra para hacer todo eso cuando sus días y noches estuvieran ocupados únicamente con su propia compañía. Lo raro era que no se imaginaba ocupando sus noches con mujeres y bebida.

Pasar tanto tiempo con Julia lo estaba echando a perder. Con lo cual, supuso, era justo que en su futuro más inmediato solo hubiera sufrimiento. Sin embargo, aún no había llegado el momento de quitarse los zapatos de su hermano. Desde luego, todo eso podía esperar. De momento aprovecharía para abastecerse de recuerdos.

Y sabía exactamente por dónde empezar, dónde podría encontrarla.

Solo que no estaba en la habitación donde solía pintar sus acuarelas. No la culpaba por no buscar solaz allí cuando al otro lado de la ventana apenas se divisaba el paisaje. ¿Cuándo iba a calmarse el maldito temporal?

Por otra parte, hacía un tiempo perfecto para quedarse sentado ante una rugiente hoguera con una copa de brandy en la mano. Quizás podría pedirle que le leyera en voz alta algo de *Madame Bovary*. Sonrió al imaginarse el momento en que ella había encontrado el libro en su habitación.

De repente se quedó helado. No era posible que estuviera allí, buscando algo provocativo para leer. Todavía no había repasado el contenido de su baúl, ni el de Albert. No era una tarea que se le antojara atractiva. Cada día se decía a sí mismo que ya lo haría a la mañana siguiente. Pero ya habían pasado muchas mañanas y seguía sin ocuparse de ello.

No, Julia no estaría en la habitación de Edward. La residencia era tan grande que podría estar en cualquiera de las cien habitaciones.

Avanzó por el pasillo. ¿Para qué necesitaban una residencia tan grande? Por lo que él sabía, desde la reina Isabel, ningún miembro de la realeza había acudido allí de visita. ¿No fue eso lo que les había contado Marsden una noche? ¿No les había relatado la historia de uno de los condes anteriores que había sido el favorito de la reina? ¿Y qué importancia tenía ya? No la tenía. Lo único importante era encontrar a Julia.

—¡Eh, tú! —gritó a un lacayo que pasaba junto a él y que se detuvo bruscamente—. ¿Sabes dónde puedo encontrar a lady Greyling?

—No, milord. No la he visto hoy.

¿Podría ser que aún estuviera en la cama? Desde luego, con ese tiempo, no la culparía. Reunirse allí con ella podría conducir a otras cosas. Al parecer, ninguno de los dos mostraba mucha fuerza de voluntad a la hora de evitar recibir placer. Agitó una mano en el aire frente al lacayo.

—Puedes irte.

Haciendo lo propio, Edward miró en todas las habitaciones, sin encontrarla. Ni siquiera encontró la estela de su aroma. No estaba siguiendo el rastro adecuado.

Al llegar al vestíbulo corrió escaleras arriba hasta el ala donde se encontraban los dormitorios. Llamó a su puerta. Nada. La abrió. Vacía.

De vuelta al pasillo se dirigió hacia el dormitorio situado en un extremo, y que le había sido asignado para sus visitas a la residencia. La puerta estaba abierta. Mala señal. Había dado instrucciones al servicio de que nadie entrara allí. Pero a Julia no le había dado instrucción alguna.

Cruzó el umbral y se paró en seco al verla allí sentada en el suelo, la tapa del baúl levantada, la cabeza inclinada, un diario de cuero en el regazo.

—Ya te dije que me ocuparía yo de todo esto —le espetó él, lamentando de inmediato la brusquedad de su tono.

—Dijiste que te ocuparías de las cosas de Edward —ella levantó la vista—. Pero esto es tuyo —sostuvo el diario en alto—. Todas tus anotaciones en el diario empiezan por «Mi queridísima». Me escribiste cada día que estuviste lejos de mí. ¿Por qué no me lo habías mostrado?

«Porque no tenía maldita idea de su existencia».

—Lo estaba guardando para dártelo en Navidad —menudo mentiroso. Por Dios que le gustaría arrancarse la lengua a mordiscos ante la expresión compungida de Julia.

—Te he arruinado la sorpresa.

—Da igual —Edward se acercó a ella, se agachó y apoyó

los codos sobre los muslos—. No deberías estar revolviendo entre todo esto. Ya lo haré yo en algún momento.

—Ya lo sé, pero has estado tan ocupado, y sabía que aún no habías sacado tus cosas del baúl. Por eso decidí ayudarte —ella lo agarró por las muñecas—. Me siento rara. Tengo la sensación de que necesito hacer algo, pero no estoy segura de qué. ¿Sabías que me he hecho la cama esta mañana? La pobre doncella no supo qué decir. Luego ordené la habitación del bebé, aunque no había nada que ordenar. Solo quería hacer algo un poco más productivo. Y lo único que he hecho es disgustarte.

—No estoy disgustado. Es que no quiero que te canses. Podríamos hacerlo los dos juntos —sugirió, a pesar de que quería hacerlo él solo.

No tenía ni idea de lo que podría encontrar en el baúl de su hermano. Nada que revelara la verdad, eso sin duda, pero aun así iba a revivir muchos recuerdos. Y prefería hacerlo a solas.

Julia sacudió la cabeza y apoyó las manos en la zona lumbar mientras arqueaba la espalda.

—Estoy perdiendo el interés. La espalda me lleva doliendo toda la mañana. Debo haber dormido en mala postura.

—Entonces deberías meterte en la cama.

—No tengo ganas de tumbarme. Quizás podría dar un paseo.

—¿Eres consciente de la tormenta que hay ahí fuera?

—Puedo caminar por la residencia —ella sonrió—. Tenemos muchos pasillos que podrían servir.

Edward la rodeó con sus brazos y frotó la zona lumbar con delicadeza.

—Qué gusto —Julia gimió.

—Vayamos a tu dormitorio. Puedes tumbarte de lado mientras yo te doy un masaje en la espalda.

—Creía que tenías asuntos que atender.

—Ningún asunto puede ser más importante que tu comodidad.

—Me has convencido —ella se mordisqueó el labio—. ¿Puedo quedarme el diario?

¿Qué mal podría haber en ello? Era evidente que Albert lo había escrito con la intención de que ella lo leyera, dado que se trataba de una serie de cartas destinadas a ella.

—Por supuesto. Y ahora, levántate.

Poco a poco, proporcionándole todo el apoyo que podía, la ayudó a ponerse en pie. Julia dio un paso, soltó un grito, se inclinó y se llevó una mano a la barriga.

—¡Oh Dios mío!

—¿Qué sucede? —preguntó él mientras le rodeaba los hombros con un brazo e intentaba no entrar en pánico, no pensar en que podría estar sucediendo algo terriblemente malo.

—Me ha entrado un dolor muy fuerte —ella lo miró con el horror reflejado en sus ojos—. Algo está bajando por el interior de mis piernas. ¡Cielo santo!

—No pasa nada —él la tomó en sus brazos—. Todo va a salir bien.

—Es demasiado pronto —Julia casi sollozaba, con la voz cargada de pánico.

—Puede que no sea lo que creemos —Edward confiaba con todas sus fuerzas en que no lo fuera. Caminando a largas zancadas la llevó en brazos hasta su dormitorio, y la depositó delicadamente sobre la cama—. Voy a echar un vistazo, ¿de acuerdo?

Ella asintió, pero el miedo que se reflejaba en su mirada lo desgarraba. No le hizo falta subirle mucho las faldas antes de ver la mancha de humedad teñida de sangre. Antes de poder decir una palabra más, ella soltó un grito y se agarró a las mantas mientras cerraba los ojos con fuerza.

Cuando volvió a abrirlos estaban llenos de lágrimas y respiraba entrecortadamente.

—Ya viene. El bebé viene. Es demasiado pronto. Demasiado pronto.

Julia dejó caer la cabeza sobre la almohada y empezó a llorar desconsoladamente, con las lágrimas corriendo a raudales por las mejillas.

—Mírame, Julia, mírame.

Ella giraba la cabeza de lado a lado, cerrando de nuevo los ojos con fuera.

—Tengo miedo, tengo mucho miedo.

Y él estaba aterrorizado, pero no podía permitir que ella se diera cuenta. No podía dejar traslucir ni una pizca de miedo. Solo serviría para reafirmar los temores de Julia, hacer que entrara en pánico.

—Julia —le sujetó el rostro con ambas manos—. Mírame. Mírame a los ojos.

Y ella al fin lo hizo. Y él jamás estuvo tan seguro de algo en su vida.

—No vas a perder este bebé. Y yo no voy a perderte a ti. No lo permitiré.

—No puedes controlar el destino.

—El destino me debe una. No permitiré que suceda nada que me haga perderos a ninguno de los dos.

Julia parpadeó repetidamente y asintió mientras cerraba la boca con fuerza, con una determinación igual a la suya.

—Sí, de acuerdo. Pero aún no había llegado la hora.

—Al parecer este pequeñín opina que sí. De modo que tengamos un poco de fe. Relájate. Sé fuerte. Sé valiente. Hay que traer a un niño al mundo.

CAPÍTULO 11

¿Cómo no confiar en él cuando sus palabras sonaban tan certeras? Una calma invadió a Julia mientras veía a su esposo tirar del cordón para llamar a la doncella.

—¿Crees que puede ser por lo que hicimos anoche? —preguntó ella.

—Desde luego que no —él la miró, sus ojos reflejaban una absoluta convicción.

—¿Cómo lo sabes?

—Porque entonces habría sucedido anoche.

Julia quería creerlo, así al menos se disiparía la sensación de culpa.

—Se ha adelantado un mes.

—A lo mejor no —él se sentó en el borde de la cama y le tomó una mano—. ¿Cómo puede saber el médico con exactitud la fecha del alumbramiento cuando no conoce la de la concepción?

—Supongo que ahí tienes razón.

—Confía en mí, Jules, no vas a perderlo.

De nuevo, ella quiso creerlo con cada fibra de su ser.

—De acuerdo —Julia asintió.

Una nueva contracción la asaltó y apretó la mano de su esposo, casi segura de haber oído crujir algún hueso. Sin embargo, dado que él no había gritado, limitándose a posar la otra mano sobre su hombro, sin duda debía haberse equivocado.

El dolor cedió un poco y pudo respirar hondo. La puerta se abrió y Torrie entró.

—Que alguien vaya al pueblo a buscar al médico —rugió Albert.

—¿Con este tiempo?

—Con este tiempo. Y busca a algún sirviente que sepa algo de alumbramientos. Y después vuelve aquí y ayuda a la señora a cambiarse.

—¡Cielo santo! —Torrie se llevó una mano a la boca—. Está...

—Sí, y ahora márchate.

Torrie salió corriendo de la habitación, sus fuertes pisadas resonaron en las escaleras.

—Cómo me gusta cuando te muestras dominante —observó Julia.

Él soltó una carcajada y le besó la frente.

—Después hablaremos sobre algún modo menos escandaloso para que me animes a mostrarme dominante. De momento vamos a ponerte el camisón, ¿de acuerdo?

Para cuando Torrie regresó, él ya se había encargado de desatarle todos los lazos del vestido. Haciéndose a un lado, dejó a la doncella para que ayudara a Julia con lo demás y se acercó a la chimenea para atizar el fuego.

Julia se estaba acomodando bajo las mantas cuando llegó la señora Bedell, el ama de llaves.

—Ha pasado mucho tiempo desde la última vez que ayudé a mi madre a alumbrar a su último bebé, pero era lo bastante mayor para que se me quedara grabado —se volvió hacia Albert—. Ya puede marcharse, milord. Ya nos ocupamos nosotras de lady Greyling y el pequeñín.

—Ni lo sueñes, mujer.

Julia oyó las palabras de su esposo y lo vio acercar una silla al otro lado de la cama. Dejándose caer en ella, le tomó una mano.

—No está bien que esté presente, milord.

—¿Está bien que un esposo le haga un hijo a su mujer, pero no que la asista en el alumbramiento? Tonterías —él retiró los cabellos del rostro de Julia—. A no ser que tú quieras que me vaya.

Albert no había estado con ella cuando había perdido a los otros tres. Julia no sabía qué iba a suceder con ese, pero necesitaba su seguridad, su fuerza.

—No. Quiero que te quedes. Eres mi fuerza.

—Saldremos de esta —él le besó los nudillos.

Poco después, Julia pensó en lo fácil que le había resultado a su esposo pronunciar esas palabras, ya que no era él el que se sentía desgarrarse por dentro. Pero bendito fuera, pues no dio ni un respingo, por mucho que ella le apretara la mano. Se limitó a repetirle palabras de ánimo y a ponerle un trapo frío sobre la frente. Y le contó historias, sobre su infancia, sobre sus viajes. Le hizo reír cuando lo hubiera creído imposible. Le hizo creer que antes de que terminara el día tendría en sus brazos a un bebé llorando a pleno pulmón.

—¿Dónde está el doctor? —preguntó cuando vio que al otro lado de la ventana empezaba a oscurecer.

—Sin duda le ha retrasado la tormenta —la tranquilizó su esposo—. No hace falta que lo esperes.

—Como si pudiera hacerlo —Julia soltó una risa forzada.

—Estás siendo muy valiente —él le volvió a retirar los cabellos del rostro.

—Solo porque estás aquí. No quiero ser mala, pero me alegro tanto de que no fueras tú quien murió en África... No sé cómo conseguiría pasar por esto de no ser por ti.

—No eres mala. No podrías serlo aunque lo intentaras. La primera vez que te vi, supe que eras especial.

—Y yo me enamoré de ti casi de inmediato.

—¿Casi de inmediato? ¿Y por qué tardaste tanto?

—Solo fueron unos minutos. El tiempo que transcurrió desde que nos presentaron hasta que bailamos por primera vez. Me pareciste muy serio y pensé que no ibas a ser nada divertido. Pero entonces me sonreíste y ya no pensé en nada más.

—De modo que bastó con algo tan sencillo como una sonrisa para ganarte.

—Tienes una sonrisa encantadora. Espero que tu hijo la tenga también.

—Y yo espero que tenga tu fuerte carácter.

Otra contracción la atravesó. Él se puso de pie, inclinándose sobre ella. Estaba cada vez más cansada, agotada.

—Si muero...

—No vas a morir —insistió él.

—Pero, si muero, prométeme que no abandonarás a nuestro hijo del mismo modo que Marsden abandonó al suyo. No culparás a este niño de mi muerte.

—Julia...

—Prométemelo.

—Te prometo que el niño que vas a traer al mundo jamás experimentará falta de amor.

Ella asintió. Sabía que aún no podía ceder al cansancio. No hasta que su hijo estuviera en el mundo, no hasta darle a Albert un heredero.

—Creo que ya casi está aquí, milady —anunció la señora Bedell, dándole ánimos—. Veo su cabeza. Negro es su pelo, sí lo es.

—Pelo negro —Julia sonrió a su esposo.

—Va a parecerse a ti —él presionó el paño húmedo sobre su frente.

—No, va a parecerse a ti —ella sacudió la cabeza, agotada—. Solo que con pelo negro. ¿Te agradará?

—Cualquier niño que traigas al mundo me agradará.
—Creo que la próxima vez que sienta el dolor, va a tener ganas de empujar, milady —intervino la señora Bedell.
—Sí, de acuerdo.
Las fuertes pisadas que resonaron en la escalera llamaron su atención. De repente, el doctor Warren hizo su aparición.
—Le pido disculpas por el retraso —anunció—. El tiempo es infernal. Veamos qué tenemos aquí.
Las sirvientas se apartaron. Julia no podría sentirse más agradecida de que Albert, su centinela, se quedara. El doctor Warren empezó a levantarle el camisón.
—Debería irse, milord.
Albert suspiró ruidosamente sin disimular su irritación.
—Ya he pasado por esto con las sirvientas. No me voy.
—Es mejor que algunas cosas permanezcan un misterio entre un esposo y su mujer.
—Y mejor aún si un hombre al que puedo dejar seco de un puñetazo se concentra en mi hijo y en mi esposa.
—Sí, por supuesto. Milady, va a tener que empujar...
No hacía falta que se lo dijera. Su cuerpo estaba haciendo un magnífico trabajo en ese sentido. Entre la señora Bedell y Albert la sujetaron por los hombros para que tuviera más fuerza cuando el dolor la asaltaba. No pudo evitar gritar, pero al menos no lo hacía a pleno pulmón, aunque ganas no le faltaban.
—Mi niña valiente —le susurró Albert al oído, de pie y sin soltarle la mano.
—Ya casi estamos —anunció el doctor Warren—. Con el siguiente empujón saldrán los hombros y todo habrá acabado.
Julia encajó la mandíbula con fuerza y gruñó un poco más fuerte mientras apretaba la mano de su esposo y empujaba con todas sus fuerzas.
—Ya está —la animó el doctor Warren—. Aquí la tenemos.
—¿La? —preguntó Julia antes de dejarse caer sobre la almohada respirando trabajosamente.

—Tienen una hija.

¿Una hija? Pero se suponía que debía ser un niño, el heredero de Greyling. Aun así, curiosamente, Julia no experimentó ninguna desilusión ni lo lamentó. Miró a Albert, segura de que nunca había visto tanto amor reflejado en sus ojos.

—Es una niña.

—En efecto, lo es.

—¿La ves?

—Ahora mismo solo te veo a ti. Estás hermosísima, Jules.

Eso era de todo punto imposible.

—¿Por qué no llora? —le preguntó angustiosa a Albert, como si él fuera el depositario de los secretos de la vida y la muerte—. Debería estar llorando.

Y en ese momento comenzaron los aullidos, y Julia jamás había oído un sonido tan hermoso en toda su vida. Empezó a reír y a llorar de felicidad, gratitud y amor. Esa diminuta criatura estaba dejando bien claro su punto de vista.

—Quiero verla.

—Aquí está —la señora Bedell puso al bebé, envuelto en pañales, en los brazos de Albert.

Él se agachó ligeramente para que ella pudiera ver a su hija, su pequeña que gritaba a pleno pulmón. Julia miró a Albert a los ojos.

—Siento no haberte dado un heredero.

Los ojos de él se empañaron de lágrimas mientras acariciaba el puñito del bebé. Y entonces su hija abrió la mano y agarró el dedo de su padre.

—Te aseguro, Julia, que tu esposo no podría estar más encantado. Es idéntica a ti. ¿Qué padre podría quejarse de algo así?

Una niña. La esposa de su hermano había alumbrado a una niña. No un niño. No un heredero. Y eso significaba que el título pasaba a manos de Edward. Toda la pantomima que llevaba representando desde hacía varias semanas ya no lo era, era la absoluta verdad, la realidad de su vida. Era, y seguiría siendo, el conde de Greyling.

Agarró una botella de whisky escocés y, sin molestarse en ponerse abrigo, sombrero o bufanda, salió por la puerta de la terraza del estudio a la nieve, el viento y el hielo. Salió al devastador frío. Apenas notaba el hielo que se pegaba a su piel, o los copos de nieve que se amontonaban en sus pestañas.

Era el conde. No lo deseaba, no lo había deseado jamás.

Aun así, ¿cómo iba a molestarle su recién adquirida posición cuando ese bultito de vida le había agarrado el dedo con su diminuta manita? ¿Cómo, con esos cabellos negros, rollizas mejillas y esa carita que se arrugaba entera cuando se ponía a berrear? ¿Cómo había podido una criatura tan pequeña, tan inocente, robarle el corazón con tal facilidad?

Caminó sobre la manta de nieve y tomó un buen trago de whisky, agradeciendo el calor que se extendía por su pecho, un calor que palidecía comparado con el que había sentido al tener en sus brazos a la hija de su hermano. La hija de Julia.

No se había molestado en llevar una lámpara, pero en el cielo brillaba la luna creciente. A pesar de ser casi medianoche, la nieve reflejaba la luz e iluminaba su camino. Casi veía tan bien como si fuera pleno día. El viento lo empujaba de frente con fuerza, pero él empujaba más. Nada iba a impedirle llegar a su destino. Julia y el bebé dormían. Necesitaban descansar, y él necesitaba estar en otra parte.

El mausoleo se alzó ante sus ojos, un siniestro faro en medio de la noche. Empujó la pesada puerta y entró, agradecido de que el viento enmudeciera cuando volvió a cerrar la puerta de madera. Una antorcha, siempre encendida, iluminó su camino hacia la tumba más reciente. Apoyando la espalda contra el gélido mármol, se deslizó hasta el suelo.

—Es preciosa, Albert, tu hija, y tu esposa también —alzó

la botella en el aire—. Bien hecho en ambos casos, hermano —al tomar otro trago, se golpeó la cabeza contra el mármol—. Por Dios, Albert, ojalá hubieras podido verla. Al principio un poco nerviosa, pero a la hora de la verdad, valiente y fuerte. Entiendo perfectamente por qué la amabas tanto.

Sus palabras fueron subrayadas por otro trago.

—Entre los dos habéis creado una maravilla. La vamos a llamar Alberta, por ti —cerró los ojos con fuerza. «Vamos». La manera de expresarlo hacía que pareciera que estaban juntos, que Julia le pertenecía, cuando lo cierto era que jamás lo haría, jamás podría. Las leyes inglesas se asegurarían de ello—. Tu hija tiene los cabellos más negros, y los ojos más azules, y las mejillas más regordetas del mundo. Se parece a su madre, pero también veo algo de ti en su rostro.

Y eso solo podía significar que también veía algo de sí mismo. ¿Por qué le provocaba semejante punzada de dolor en el corazón y le hacía desear haber sido él quien hubiera aportado la semilla? Sería un padre para ella, aunque ese privilegio perteneciera por derecho a su hermano.

—Si estuvieras aquí, te habrías hinchado como un pavo hasta hacer saltar los botones del chaleco. No me cabe la menor duda. Quiero hacer un brindis por su salud y su felicidad.

Y mientras, él haría lo que estaba haciendo en esos momentos. Beber para intentar olvidar. Olvidar que no eran suyas. Que todas las emociones que le oprimían el pecho: orgullo, afecto, felicidad, quedaban amortiguadas por el hecho de que era cuñado y tío. No era ni esposo ni padre.

Pero al infierno con todo, pues se había sentido como esposo y padre mientras Julia le apretaba la mano cada vez que el dolor se hacía insoportable, cuando el ama de llaves le había colocado al bebé en sus brazos y él se lo había presentado a Julia, dejándolo sobre su seno. Acciones que jamás había creído que fuera a realizar.

Lo habían conmovido profundamente.

Había cumplido su promesa, sido fiel a su juramento, asegurándose de que Julia alumbrara al bebé. Ya no había motivo para más secretos.

Pero sí había miles de motivos para emborracharse.

—¡Salud, hermano!

Vació el contenido de la botella hasta la última gota, hasta olvidar qué hacía allí, hasta que consiguió convencerse de que no debería contarle la verdad a Julia antes de que se recuperara plenamente del parto.

Despertó helado, dolorido y rígido. La cabeza le daba vueltas en medio de un intenso martilleo. Al menos había conseguido regresar al estudio antes de derrumbarse. De lo contrario podría haberse reunido ya con su hermano. Aunque no, pues Albert estaba en el cielo, mientras que él sin duda se dirigiría en dirección contraria. Deseó haber alcanzado el sofá en lugar de caerse en el suelo. Se puso de pie y soltó un juramento ante la protesta de su cabeza.

Costaba creer que hasta hacía poco ese había sido su ritual por las mañanas, despertarse con una horrible sensación, el estómago revuelto y todo dándole vueltas. Qué idiota había sido, aunque en su momento tenía perfecto sentido, ya que no tenía otra alternativa.

En su momento esa había sido la respuesta, pero ya no lo era. Ya no era el único que sufría y no debía olvidarlo.

Su intención no había sido abandonar a Julia por completo, y sospechaba que se pasaría una semana entera durmiendo después del parto. Su hija sin duda no dormiría tanto. No podía decirse que supiera nada sobre los hábitos de sueño de los bebés. Hasta ese momento había conseguido evitarlos.

Pero el día anterior se había convertido en tío, y estaba seriamente empeñado en hacerlo bien.

También era conde. Oficialmente, inequívocamente.

De repente, todo el trabajo que había hecho para supervisar las propiedades de su hermano, lo había hecho para él mismo. Todas las responsabilidades que conllevaba el título se habían convertido en su carga, incluyendo proporcionar un heredero. ¡Por todos los infiernos! Casarse nunca había formado parte de sus planes. Pero ya no tenía elección.

Decidió pensar en ello otro día, quizás otra década. De momento tenía que ocuparse de Julia, asegurarse de que se recuperara. No era inhabitual que las mujeres enfermaran al poco de dar a luz, de manera que su decisión de posponer la confesión era por el bien de su salud. Y también tenía que ocuparse de un bebé.

Pero lo primero sería darse un baño y desayunar.

Cuando terminó de hacer ambas cosas, se sintió más él mismo y más capaz de enfrentarse al día, de enfrentarse a Julia. Al entrar en el dormitorio la encontró sentada en la cama con Alberta en sus brazos. Eran la pura imagen de la perfección, tanto la madre como la hija. Torrie se levantó de la silla que ocupaba junto a la cama, hizo una breve reverencia y se marchó discretamente.

—Tienes un aspecto horrible —observó Julia con el ceño fruncido—. ¿Estás bien?

Quizás no hubiera vuelto a ser él mismo tanto como creía. La culpabilidad por haberla preocupado lo asaltó.

—Me llevé una botella de whisky al mausoleo para celebrar con mi hermano el nacimiento de Alberta. Siempre habíamos planeado tomar una copa en esta ocasión tan propicia. Y me dejé llevar —se agachó y besó a Julia en los labios—. Siento haberte preocupado.

—Y yo siento que no esté aquí para celebrarlo. Debería haber comprendido lo difícil que iba a resultar para ti...

—No te preocupes. Ya tenías bastantes cosas en las que pensar —él se sentó en el borde de la cama—. ¿Cómo está tu hija esta mañana?

—También es tuya.

¡Mierda! La niebla de su mente aún no se había disipado del todo.

—Nuestra hija. Cuesta creer que ya la tenemos aquí.

—¿Te gustaría tenerla en brazos?

La respuesta correcta era «no», porque, si se enamoraba siquiera un poquito más de esa criatura y, si Julia se negaba a compartirla con él tras averiguar la verdad, su corazón podría muy bien partirse en dos. Pero de momento seguía fingiendo ser su padre, no su tío, y, ¿qué padre se negaría? Y siendo sincero, ¿qué tío que se preciara mínimamente se negaría? Además, lo cierto era que se moría de ganas de sentirla de nuevo en sus brazos.

—Me gustaría. Sí.

Alberta se limitó a soltar un tímido gemido cuando Julia la pasó a brazos de su padre. De pie, él empezó a mecerla.

—Hola, lady Allie.

—¿Allie?

—Alberta suena muy formal para alguien tan pequeño, ¿no crees?

—Supongo que tienes razón —Julia sonrió con dulzura—. ¿Seguro que no te sientes decepcionado porque no sea un chico?

—Te aseguro de todo corazón que no estoy nada decepcionado.

—Estaba tan segura, pero claro, supongo que nunca se puede saber. La próxima vez.

—La próxima vez, sí —él tragó nerviosamente.

Si había una próxima vez sería porque ella volviera a casarse y le daría un heredero a otro lord. Ni siquiera quería pensar en Allie viviendo en otra propiedad, creciendo a la sombra de otra residencia. Pertenecía a ese lugar. El hogar de su padre.

Tanto él como Albert deberían haberse criado allí, pero

el destino les había negado ese privilegio, esos recuerdos. No quería que a Allie le robaran su infancia allí. Y Albert tampoco lo querría.

—¿Qué sucede? —preguntó Julia—. Tienes una expresión atormentada.

—Lo siento —él se sacudió de encima los lúgubres pensamientos—. Estaba pensando en lo importante que es que tenga la oportunidad de criarse aquí, y cómo a mi hermano y a mí nos negaron ese privilegio.

—Este nacimiento sin duda te habrá despertado sensaciones agridulces. Seguro que te ha removido recuerdos de infancia, la ausencia de Edward...

—Son sensaciones más dulces que agrias, te lo aseguro. Y aún no te he preguntado cómo te sientes tú.

—Un poco dolorida, pero feliz. El doctor Warren me ordenó quedarme en cama dos meses, pero ya me he levantado para asearme, y me encuentro bien.

—Deberías hacer caso al médico.

—No creo que sea bueno guardar cama. No voy a ser imprudente, pero no veo qué mal hay en estar sentada en una silla. Y en Navidad quiero estar lo bastante fuerte como para bajar. Serán nuestras primeras fiestas navideñas como familia. Quiero que todo sea perfecto.

Una Navidad perfecta. Ese sería su regalo. Y después le contaría la verdad.

CAPÍTULO 12

Sentada en el salón, observando a los sirvientes terminar de adornar el árbol, Julia apenas podía creerse que fuera Nochebuena, que hubieran pasado tan rápidamente tres semanas. Allie dormía cerca de ella, en una cuna decorada con acebo y lazos de terciopelo rojo.

Era un encanto, pero muy pequeña. El doctor Warren había decidido que necesitaba tomar biberón en lugar de la leche materna.

—Me siento como si la estuviera fallando —le había confesado Julia a Albert.

—Solo la fallarás si no sigues el consejo del médico —le había asegurado él.

Julia no había esperado que su esposo fuera tan atento, o que pasara tanto tiempo con su hija en brazos. Siendo invierno, había poca necesidad de que fuera a visitar a los arrendatarios, pero aun así no había creído que pasaría la mayor parte del tiempo cuidándola. Jugaban a las cartas. Y en ocasiones Albert leía para ella.

Sin embargo, cada vez que ella sugería dar un paseo, dentro de la residencia, se mostraba bastante contrariado.

—Si el médico insistió en que guardaras cama, tendría sus buenos motivos para ello.

—Pues a mí no se me ocurre ninguno cuando me siento mucho mejor después de dar un paseo.

En esas ocasiones él siempre la acompañaba, ofreciéndole su brazo y sin insistir en su contrariedad. Los paseos eran los momentos preferidos de Julia. A veces caminaban en silencio. A veces compartían recuerdos de juventud y hablaban de sus planes para Allie, de todas las cosas que le mostrarían, que le enseñarían. Siguiendo los pasos de su padre, viajaría por todo el mundo. Su hija sin duda iba a ser criada de una manera singular.

Julia siempre había creído amar a Albert tanto como era posible amar a un hombre. Y le resultaba extraño comprobar que a cada día que pasaba, lo amaba más y más.

En esos momentos estaba de pie junto a la chimenea decorada con ramas de abetos. El codo descansaba sobre la repisa mientras lentamente bebía un whisky a sorbos, con la mirada fija en la actividad que se desarrollaba sobre el árbol. Era impresionantemente atractivo y masculino, y cada centímetro de su ser despertaba la lascivia de Julia. De vez en cuando posaba la mirada sobre ella y sonreía, y luego su mirada se clavaba en la cuna y se volvía más tierna. Formaban una familia e iban a compartir muchos momentos como ese. Toda una vida.

—¿Le agrada así, milady? —preguntó la señora Bedell cuando los sirvientes que la habían ayudado se apartaron, esperando con miradas cargadas de expectación.

—Sí, gracias, está precioso.

El ama de llaves urgió a los sirvientes a que se marcharan. Albert se acercó y se sentó en un sillón junto al de ella.

—Me sorprende que no estuvieras allí metida, participando en la decoración.

—Lo cierto es que colgué un par de bolas cuando te fuiste a buscar el whisky.

—Eres una cabezota —él rio.

—No pienso pasar más tiempo en cama.

—Julia... —él se volvió para verla mejor.

—Estoy bien, Albert.

—No quiero que te suceda nada malo —él le tomó una mano, con la expresión mortalmente seria.

—Me siento mejor cuando me levanto y me muevo un poco. Y ahora que ya no le doy el pecho, mi cuerpo no necesita tanto descanso.

—Supongo que en el fondo no hay nada malo en ello. En una ocasión, en África, vi a una mujer alumbrar a su bebé y de inmediato reanudar su tarea de despellejar piezas.

—¿Y no te pareció importante mencionarlo antes?

—No pienso alimentar tus argumentos

Julia le dio una palmada en el brazo, feliz de ver brillar el humor en la mirada de su esposo.

—Debería estar enfadada contigo.

—En Nochebuena no.

—No, en Nochebuena, no.

—¿Y bien? —él se inclinó hacia Julia—. ¿Qué regalo me vas a hacer?

—No te lo voy a decir —ella arrugó la nariz—, pero debería llegar en cualquier momento.

—¿Has pedido que se realice hoy una entrega para mí? —frunció el ceño.

—En cierto modo, sí.

—¿Qué es? —él frunció los labios.

—Paciencia, esposo mío. Llevo un tiempo planeando esto. No voy a arruinar la sorpresa contándote lo que es antes de tiempo —Julia le tomó una mano y se reclinó en el sillón mientras Albert apuraba el whisky y dejaba el vaso a un lado para estudiar más atentamente el árbol.

—Cuánta tranquilidad —anunció con solemnidad.

—Sé que lo echas de menos.

—Más de lo que puedo expresar. De no ser por Allie, serían unas Navidades complicadas.

—Entonces me alegra que se adelantara, aunque sea un poco pequeña.

—Está creciendo. Cada vez la noto más pesada cuando la tomo en brazos. El año que viene, tal día como hoy, estará trepando por ese árbol.

Julia oyó abrirse la puerta principal, oyó voces en la entrada, y se esforzó por no mudar el gesto, por no delatarse.

—¿Quién es? —preguntó Albert mientras se ponía en pie—. ¿Cantantes de villancicos?

—Podría ser —Julia también se levantó del sillón—. Deberías ir a comprobarlo.

Él le ofreció un brazo. No habían dado más que dos pasos cuando el duque y la duquesa de Ashebury, acompañados del vizconde Locksley cruzaron el vestíbulo.

—¡Feliz Navidad! —gritaron los tres a coro.

—¿Qué demonios hacéis aquí? —preguntó Albert.

—Hemos recibido una invitación —anunció Ashebury.

Claramente perplejo, Albert miró a Julia, que sonreía.

—Al fin ha llegado tu regalo. Feliz Navidad, amor mío.

—No podrías haberme regalado nada mejor.

Tomándola en brazos, la levantó del suelo y la besó en los labios.

No la había vuelto a besar desde el día que se había puesto de parto, y era consciente de no poder haber elegido peor momento, con público. Pero la proximidad de las fiestas lo había estado aterrorizando, saber que volvería a sentir el mazazo de la ausencia de su hermano. Y estaba realmente emocionado por el regalo que ella le había hecho.

Y por eso había agradecido la excusa para mostrarle su aprecio con un beso. Cada noche sufría la agonía de abrazarla, con suma castidad, rodeándole la menguante cintura con los brazos. Día a día se borraban las evidencias del alumbramiento. Y cada día la deseaba más y más, y debía controlar sus deseos.

En esos momentos la lucha era descarnada... de nuevo con público.

—Qué sorpresa tan maravillosa —interrumpió el beso y se acercó a sus invitados.

Abrazó a la duquesa y le dio un beso en cada mejilla. Estrechó la mano de Ashe, acompañando el gesto con una palmada en la espalda, y repitió el mismo gesto con Locke.

—¿Qué tal está tu padre? —preguntó al vizconde.

—Nunca le ha gustado la Navidad —contestó Locke—. Ya lo sabes. Dudo que se dé cuenta siquiera de que me he marchado.

—Pues me alegro de teneros aquí. Permitidme presentaros a lady Alberta.

Minerva no había esperado la invitación y ya estaba junto a Julia, haciendo cucamonas al bebé que su madre acunaba amorosamente en los brazos. Él nunca había sido consciente de lo mucho que una madre podría llegar a amar a un hijo, nunca había sido consciente de lo que él y los demás se habían perdido al no tener a sus madres junto a ellos mientras se convertían en hombres.

—Es preciosa —afirmó Minerva.

—Eso creemos nosotros —admitió Julia—. Y Albert es un padre maravilloso, siempre dispuesto a acunarla cuando se despierta en medio de la noche.

Sentía las miradas de Ashe y Locke fijas en él, y sabía muy bien lo que estaban pensando, sabía que lo estaban juzgando. No podía culparlos. Tras dedicarles unos momentos a Julia y al bebé, les sugirió retirarse al estudio para tomar una copa de brandy antes de la cena.

La puerta apenas se había cerrado a sus espaldas cuando Ashe comenzó a hablar.

—Aún no se lo has dicho.

La afirmación era rotunda, desprovista de toda duda. Edward se acercó al aparador y sirvió tres copas de brandy, entregándole después una a cada uno de ellos.

—Quería celebrar una Navidad perfecta. Y se me ocurrió que saberse viuda no le iba a ayudar mucho. Se lo diré pasadas las fiestas.

—Esto está yendo por unos derroteros muy imprudentes.

Y no era el primero de los que había recorrido. Ignorando la censura y la necesidad de responder, Edward alzó la copa.

—Por la salud de lady Alberta y Julia.

Los caballeros bebieron, Edward más que los otros. Necesitaba pensar en otro brindis, necesitaba darles algún motivo para seguir bebiendo, para que dejaran de hacer preguntas.

—¿Y ese beso? —insistió Ashe.

Edward se esforzó por no mostrar su irritación ante la actitud de carabina de Ashe. No quería que ninguno de los dos interpretara su malestar por otra cosa salvo por lo que era: irritación ante el hecho de que cuestionaran todas sus acciones.

—Un marido besa a su esposa cuando ella hace algo para agradarlo, ¿no?

—Pero no siempre con tanto entusiasmo —intervino Locke—. Vosotros dos habéis generado más calor que los troncos que se quemaban en la chimenea.

—Que os den a los dos.

—Ha acabado por gustarte —opinó Ashe, claramente aturdido.

—Puede que la aprecie más de lo que lo hacía antes —no había mal alguno en admitirlo. A sus amigos siempre les había gustado Julia y opinaban que él era un imbécil por no sentir lo mismo.

—Cuanto más esperes...

—Maldito seas, Ashe, ¿no crees que soy perfectamente consciente de que nunca será el momento perfecto de romperle el corazón? Pero me pareció que durante las fiestas sería un momento especialmente cruel. En Año Nuevo. Para entonces ya estará recuperada plenamente del suplicio del parto y podrá aguantar mejor el dolor. Se lo diré entonces.

—O lo haces tú o lo hago yo —Ashe asintió, entornó los ojos y tomó un sorbo de brandy.

—No es asunto tuyo.

—Como amigo de Albert, no estoy de acuerdo contigo. Él no querría que nadie se aprovechara de su esposa.

—¿Y cómo se supone que me estoy aprovechando de ella? No me acuesto con ella. Un beso ocasional no hace daño a nadie. Desde el principio mi única intención ha sido protegerla. Yo no gano nada continuando con el engaño.

—En eso tiene razón —observó Locke mientras tamborileaba con un dedo sobre la copa—. Él es ahora el conde de Greyling. Su papel temporal se ha convertido en permanente.

Edward asintió y miró a sus amigos a los ojos en un intento de confirmar la veracidad de sus sentimientos.

—Ojalá hubiese tenido un varón. Así el título pasaría al hijo de Albert, no a su hermano, pero esa pequeñaja me ha robado el corazón.

—Es la viva imagen de su madre —apuntó Locke.

—Lo es. Albert habría estado encantado.

—Debemos brindar por el nuevo conde de Greyling —sugirió Ashe mientras alzaba la copa—. Bienvenido a nuestro club, milord.

Todos alzaron sus copas antes de apurar el contenido de cada una. Edward sirvió otra ronda.

—Serás un buen conde —afirmó Locke.

—Al menos lo voy a intentar —él rio—. No puedo creer que Julia os haya invitado sin decirme nada.

—Temía que estuvieras triste.

—Pero vosotros dos vais a impedir que eso suceda.

—Desde luego. ¿Para qué si no son los amigos? Para guardar secretos.

—¿De verdad te ha gustado la sorpresa? —preguntó Julia cuando Albert se reunió con ella en la zona de estar de los aposentos.

La cena había resultado un rotundo éxito, con más risa y alegría de la que Julia había vivido en mucho tiempo. Su corazón se había henchido de felicidad al ver cómo se divertía su esposo.

—No podrías haberme hecho un regalo mejor —contestó él mientras se sentaba a su lado en el sofá.

Ella ya se había puesto el camisón, mientras que él seguía vestido para la velada. Podría haber sospechado que los caballeros iban a jugar al billar, de no ser porque los invitados ya se habían retirado.

—Me temo que mi regalo palidece en comparación con el tuyo.

—Ya me has dado el diario, aunque he decidido no leerlo hasta pasadas las fiestas. De lo contrario sería como si hubiera rebuscado por los rincones en busca del regalo antes de tiempo.

—Te mereces mucho más que un diario.

Antes de que Julia pudiera asegurarle que era el mejor regalo que podría ofrecerle, él sacó un estuche de terciopelo del bolsillo interior de la chaqueta y lo dejó sobre su regazo.

—¿No debería estar debajo del árbol para que pudiera abrirlo por la mañana?

—Entonces quizás pensarías que te lo había dejado Papá Noel. Prefiero que lo abras ahora, estando solo nosotros dos.

Ella levantó la tapa y descubrió una pulsera de plata vieja con rosas entrelazadas.

—¡Qué preciosidad!

—Cada vez que veo una rosa, me acuerdo de ti —le explicó él.

—Es mi flor preferida —Julia volvió a sonreír—, y mi perfume preferido.

—Y se convirtieron en mis preferidas la primera vez que te besé —él apoyó una mano sobre su mejilla.

A continuación tomó posesión de sus labios, con tal ternura y delicadeza que ella estuvo a punto de llorar. Dado que aún se estaba recuperando del parto, él se había mostrado increíblemente paciente, maravillosamente solícito, sin presionarla ni insistir en disfrutar de sus derechos conyugales. Tampoco le hubiera hecho falta insistir. De estar completamente recuperada habría sido ella la que lo hubiera arrastrado a la cama en ese mismo instante.

Él soltó un gemido y la rodeó con sus brazos. De repente, Julia se encontró sentada a horcajadas sobre el regazo de su esposo, cuya lengua le lamía el cuello, la clavícula, el escote, antes de deslizarse por los senos. El calor la inundó y la humedad se instaló entre sus muslos. Sin pensar, Julia comenzó a desabrocharse el camisón. Deseaba sentir su boca en todo el pecho, primero uno y luego el otro.

—No podré parar —él le sujetó la mano y alzó la cabeza para mirarla a los ojos.

Julia se dejó caer sobre él. Seguía sangrando, no se parecía en nada a una tentadora bruja. Hundió los dedos en los cabellos de su esposo e intentó controlar su errático corazón.

—Te deseo desesperadamente. Unas pocas semanas más me van a parecer toda una eternidad —deslizó la mano hasta la barbilla y sintió el galopante pulso—. Al menos permíteme proporcionarte una feliz Navidad.

Él sacudió la cabeza lentamente.

—Ya conoces mis reglas de caballero. Además, cuando al fin nos unamos, será mucho mejor por haber esperado.

Los deliciosos labios volvieron a tomar posesión de la boca

de Julia, con un poco menos de delicadeza que antes, con un poco más de pasión. Él consiguió controlar las manos, acariciándole únicamente la espalda, las caderas, la columna. Pero sus labios, la lengua, actuaban con un total abandono, acariciando cada centímetro de su boca, arrancándole gemidos y suspiros, llenándola de calor hasta que se volvió loca por él.

Julia se esforzó por mantener las manos quietas, castas, sobre los fornidos hombros, el torso y la espalda. Le aflojó el pañuelo del cuello y le desabrochó los botones, pero no se aventuró más abajo de la cintura, no se dirigió al corazón de su masculinidad, aunque la sentía presionando contra su cuerpo, contra los pantalones.

Lentamente, tanto que ella apenas fue consciente, Albert cambió de posición hasta que estuvieron tumbados sobre el sofá, las piernas de ella entrelazadas con las de él, los fuertes brazos sujetándola, impidiendo que cayera al suelo.

Arrancando su boca de la de ella, él soltó una carcajada cargada de masculina satisfacción.

—¿Por qué demonios estamos aquí encogidos en el sofá cuando deberíamos estar tumbados en la cama?

—Porque así parece mucho más prohibido lo que estamos haciendo.

—Y a ti te gusta lo prohibido —sin apartar la mirada de sus ojos, él le acarició lentamente la mejilla, el cuello.

Julia se sonrojó al recordar las cosas tan indecorosas que le había murmurado al oído, al oído sordo, palabras que una dama ni siquiera debería conocer, mucho menos pronunciar. Poderosamente excitantes, era su pequeño secreto. ¿Qué pensaría de ella Albert si las hubiera oído?

—No tienes que ocultarme nada, Jules —murmuró él en un susurro que retumbó dentro de ella, que aumentó su deseo de oírle susurrar frases sugerentes e inapropiadas—. Conmigo siempre puedes ser tú misma.

Pero no era verdad, no en ese tema. En cuanto pronunciara las palabras para que él pudiera oírlas, ya no habría modo alguno de retirarlas. ¿Qué pasaría si se sentía ofendido, escandalizado, si perdía su respeto por ella? ¿Y si no era así? El encanto de susurrarle cosas sucias al oído desaparecería. Y a Julia le gustaba hacerlo porque no debería.

—Contigo siempre soy yo misma —le aseguró ella.

Y parte de ser ella misma consistía en guardar algunos secretos deliciosos.

Julia agachó la cabeza hasta que sus bocas volvieron a juntarse y sus lenguas bailaron mientras sus gemidos resonaban a su alrededor. Hasta que la pasión creció, y el deseo les hizo rodar del sofá al suelo. Cómo consiguió Albert darse la vuelta para caer el primero era todo un misterio para ella.

Lo deseaba desesperadamente, allí mismo, esa noche. Deseaba sentirlo moverse en su interior.

—¡Ya basta!

Él se apartó bruscamente de ella hasta quedar sentado con la espalda apoyada contra la pared, una pierna estirada ante él, la otra levantada con la rodilla flexionada. Respiraba trabajosamente mientras se revolvía los cabellos y se tiraba de la oreja de ese modo tan entrañable, y le lanzaba una tórrida mirada que avergonzaría al calor de la chimenea.

—Eres una bruja.

Julia soltó una carcajada cargada de satisfacción y se incorporó hasta apoyar la espalda contra el sofá. Llevándose las rodillas al pecho, escondió los pies bajo el camisón.

—Me deseas.

—Pues claro que te deseo. Con cada bocanada de aire que respiro.

Ella rio como una adolescente. Albert lucía un aspecto completamente desaliñado, con la camisa medio colgando por fuera. Y todo era obra suya. Nunca se habían puesto a ello fuera de la cama. Él se mostraba correcto. Era ella la que hacía todas las cosas prohibidas.

—Demuestras un impresionante autocontrol, milord.

Julia desearía ponerse a cuatro patas y gatear hasta él como un gato acechando a su presa, pero hasta que pudieran dar rienda suelta por completo a sus pasiones físicas, sería cruel calentarlo tanto.

—No tienes ni idea.

—Yo creo que sí —ella parpadeó repetidamente con coquetería.

—Vas a matarme —él echó la cabeza hacia atrás y soltó una carcajada.

—Lo llaman la pequeña muerte, ¿no? —insinuó ella sintiendo una timidez que no debería sentir.

Últimamente se había mostrado más osada con él de lo que había sido nunca. Quizás el parto le había hecho sentirse cómoda con las necesidades de su cuerpo. Y con las del suyo.

—Me refiero a ese momento en el que el mundo parece caerse a pedazos.

—¿Es así como lo sientes tú?

Ella asintió, consciente de que se estaba sonrojando. Si compartía con él las palabras que se atrevía a susurrarle al oído sordo, sin duda entraría en combustión.

—¿Y tú?

—Hace que me sienta capaz de conquistar el mundo —contestó él tras soltar un prolongado suspiro—. Y es una sensación condenadamente maravillosa.

—Sí, condenadamente maravillosa —ella rio ante su atrevimiento.

—Vamos, mi pequeña bruja —él se puso de pie y le tendió una mano—. A la cama. Tenemos invitados a los que atender mañana, una fiesta que celebrar, y un día que disfrutar.

Muy complacida por el tratamiento de bruja, Julia aceptó la mano.

—Y un día menos para poder unirnos por completo —observó ella mientras se levantaba.

—Un día menos —repitió él mientras la conducía hasta la cama.

A Julia le resultó extraña la nota de tristeza que le había parecido percibir en las palabras de su esposo. Guardándose el comentario para sí misma, se tumbó bajo las mantas y pronto estuvo acurrucada en sus brazos. No quería que nada arruinara esa maravillosa Nochebuena.

—Ustedes, caballeros, son malísimos en este juego —anunció Julia mientras cruzaba los brazos sobre el pecho y fingía un mohín que no resultó muy convincente. Intentaba no enfadarse porque no se lo tomaban en serio.

Tras una Navidad repleta de muchas conversaciones y risas, en lugar de permitir que los hombres se retiraran a la sala de fumar para beber oporto y fumar puros, ella había insistido en que se reunieran con Minerva y ella en el salón para hacer algunos juegos.

En ese instante estaban todos sentados en círculo. El objetivo era no sonreír. Normalmente, a la gente le resultaba muy difícil no hacerlo, incluso no reír, cuando se suponía que no debían. Pero no para esos caballeros. De momento, Minerva y ella se habían alternado perdiendo rondas, mientras que los hombres se limitaban a quedarse estoicamente sentados, con los labios ni siquiera temblando ante la necesidad de moverse.

Y para empeorarlo todo, contemplar la hermosa boca de Albert, esperando ver su sonrisa, solo servía para que recordara los apasionados besos de la noche anterior. Y eso, a su vez, le despertaba deseos de levantarse, sentarse sobre su regazo y fundir los labios con los suyos hasta que la sacara de esa habitación en brazos.

—Lo cierto es que somos buenísimos —contestó él con una expresión engreída que ella borraría gustosamente con un beso—. Todavía no hemos sonreído.

—¡Pero es que se supone que debéis hacerlo! —exclamó ella frustrada.

—Pero es que nos dijiste que no lo hiciésemos.

Minerva se echó a reír y Julia la fulminó con la mirada.

—Y tú ayúdame.

—Quizás deberíamos jugar mejor a las adivinanzas.

—No somos número par —Julia señaló al vizconde—. Si Locksley se dignara a casarse...

—Hablas como mi padre —el aludido tosió como si se estuviera ahogando.

—¿Te ha dado la lata para que te cases? —preguntó Minerva.

—Lo hace sin parar. Esperaba disfrutar aquí de un respiro de su molesta insistencia.

—Solo lo lograrás con el matrimonio —le aseguró Julia—. Esta temporada, Minerva y yo intentaremos encontrarte una mujer a la que amar.

—Yo jamás me casaría con una mujer a la que pudiera amar. Si algo he aprendido de mi padre es que ese camino solo te conduce a la locura.

—Solo si ella muere joven —Julia se estremeció.

—Lo cual no deja de ser una posibilidad.

—Qué manera tan morbosa de vivir la vida. No me extraña que este juego se te dé fatal.

—Tal y como ha señalado Grey, vamos ganando.

A falta de palabras, ella soltó un profundo suspiro de frustración.

—Debes comprender, Julia, que nosotros no jugábamos a juegos de salón en Navidad —señaló Albert con dulzura.

En el pasado, solo solían reunirse Albert, Edward y ella para las fiestas, y ese era el motivo por el que había invitado a sus amigos. Ese año iba a ser diferente de los anteriores. Pero no había pretendido que la diferencia resultara melancólica.

—¿Qué solíais hacer?

—Sobre todo el salvaje —él se encogió de hombros—. Nada de juegos de salón, ni árbol, ni ramas de abetos ni lazos. Nada de fiestas. No había Papá Noel. Para nosotros era un día como otro cualquiera.

—Los niños del pueblo que cantaban villancicos nunca se acercaban a Havisham —puntualizó Ashebury.

—Eso me entristece —Julia posó la mirada en su esposo—. Y tú sabías que lo haría. Supongo que por eso nunca me hablaste de ello.

—No deberías sentirte triste. Nosotros no lo estábamos.

—Pero debes conservar algún recuerdo de Navidad junto a tus padres.

—Y así es. Eran mágicas, especiales. Marsden no pudo ofrecernos nada para reemplazarlas. En cierto modo fue un regalo.

—¿Viviste tu primera Navidad siendo ya mayor? —ella se volvió hacia Locksley.

Con evidente incomodidad, el aludido se removió en el asiento.

—Lo cierto es que esta es mi primera oportunidad de participar en las tradiciones navideñas y, para serte sincero, no soy muy aficionado a los juegos de salón.

—¡Largaos todos de aquí! —Julia agitó una mano en el aire—. Disfrutad de vuestro oporto y vuestros puros mientras Minerva y yo…

—Nos acompañáis —Albert concluyó la frase por ella mientras le ofrecía una mano—. Es Navidad. Inauguremos una nueva tradición.

Como anfitriona, ella debía asegurarse de que sus invitados estuvieran cómodos. Por tanto miró a Minerva.

—¿Estás conforme?

—Desde luego. Y cara al futuro, ¿podría sugerir una partida de póquer en lugar de los juegos de salón?

—Solo si prometes no hacer trampas —Ashe se apresuró a ayudarla a levantarse.

—Mi querido esposo, jamás me atrevería… a no ser que hubiera algo en juego.

Ashebury soltó una carcajada y condujo a su esposa fuera de la habitación. Locksley los siguió.

Julia tomó la mano de Albert y dejó que él la ayudara a levantarse hasta quedar dentro del círculo de sus fuertes brazos y con los deliciosos labios moviéndose insistentemente sobre los suyos. Rodeándole el cuello con los brazos, correspondió al beso con igual fervor.

Un sonido de carraspeo les hizo separarse de un salto, como dos jóvenes amantes sorprendidos haciendo algo indebido. En el umbral de la puerta aguardaba Ashe, mirándolos con las cejas enarcadas.

—¿Pensáis reuniros con nosotros?

—Qué irritante puedes llegar a ser, Ashe —espetó Albert mientras le ofrecía un brazo a su esposa.

—Créeme, puedo serlo mucho más —Ashebury se dio media vuelta y echó a andar hacia su esposa, que lo esperaba en el pasillo.

—¿Qué ha querido decir con eso? —preguntó Julia, que había percibido en su esposo una tensión que no había estado allí antes.

—Siendo el mayor, y el de rango más elevado, siempre ha creído que tiene derecho a mandar sobre nosotros. Simplemente se comporta como Ashe.

—Pero tú te alegras de que esté aquí.

—Mucho. Hoy me has hecho un regalo maravilloso.

Al llegar al salón de fumadores, Locksley ya repartía las copas de brandy que había servido mientras los esperaban. Al verlos, alzó su copa.

—Por unos nuevos recuerdos navideños.

—¡No, esperad! —exclamó Julia antes de que ninguno pudiera tomar un sorbo—. Eso ha sido encantador, pero me gustaría que dedicásemos unos momentos a recordar a Edward.

—Julia...

—Albert, no pretendo entristecer el ambiente, pero se me ocurre que estaría bien que todos reflexionásemos en silencio sobre una ocasión en que nos hiciera sonreír.

—¿Alguna vez te hizo sonreír?

—Más a menudo de lo que él creía, lo cual, sin duda le habría resultado irritante, y eso me hace sonreír aún más. No es ningún secreto que teníamos nuestras diferencias, pero espero que esté en paz —Julia alzó la copa—. Así pues, por Edward.

—Por Edward, repitieron los demás con mayor solemnidad de la que ella hubiera deseado.

—Y ahora —anunció Minerva—, me gustaría fumarme un puro.

Mientras Ashe y Locke se volvían hacia la caja de madera que contenía los puros, Julia se volvió hacia su marido, le tomó el rostro entre las manos ahuecadas, se puso de puntillas y lo besó dulcemente, con ternura.

—Feliz Navidad.

—Feliz Navidad, Jules.

—Y que el año que viene solo nos traiga felicidad —tras el nuevo brindis, ella apuró la copa de oporto y observó a su esposo hacer lo mismo mientras se preguntaba por qué parecía tan enormemente triste.

CAPÍTULO 13

Esa noche. Esa noche le contaría la verdad. Mientras la observaba beber vino a sorbos y esperar a que se sirviera el segundo plato, Edward supo que tenía que contárselo. Ya lo había postergado demasiado tiempo.

Habían pasado algo más de tres semanas desde Navidad, desde que sus invitados se habían marchado. Las noches habían estado repletas de apasionados besos y manos inquisitivas. Las noches de Edward también habían estado repletas de frustración. La deseaba con una desesperación jamás sufrida anteriormente. Quería desvelar a esa mujer por completo, quería adorarla de pies a cabeza.

Lo que hizo en cambio fue hundir el tenedor en la carne de cerdo e intentar desviar sus pensamientos hacia otros derroteros.

—He pensado salir a montar a caballo mañana, suponiendo que deje de llover.

Había empezado a caer al amanecer. Una lluvia fuerte, intensa y helada.

—¿Vas a ver a los arrendatarios?

—No, por placer. Quizás te gustaría acompañarme.

Ese sería un buen momento para contárselo. No, tenía que ser esa misma noche. Debía acabar con ello. Acabar de una vez.

—Me encantaría. No he montado a caballo desde hace casi un año. ¿Podríamos parar en la tienda de té del pueblo y comprar unas tartaletas de fresa?

Edward recordó la última vez que las habían comido, cuando le había limpiado la mermelada de sus labios. Podría limpiársela a besos.

—No veo por qué no. Dedicaremos el día a hacer lo que nos apetezca.

—Ojalá hiciera calor suficiente para un pícnic.

Él se la imaginó tumbada sobre una manta, desabrochándose lentamente el corpiño, apartándose la ropa para que el sol pudiera besar su piel allí donde él no lo había hecho. Soltó un juramento para sus adentros, agarró la copa de vino y la apuró de un trago.

—Eso será cuando haga más calor.

Últimamente daba igual de qué estuvieran hablando, siempre la veía tumbada ante él, atrayéndolo, tentándolo. Si no tenía cuidado iba a volverse tan loco como el marqués de Marsden.

—Me han entrado ganas de jugar al billar —de repente él empujó la silla hacia atrás y se puso de pie—. ¿Te apetece acompañarme?

—Aún no hemos terminado de cenar —ella lo miró perpleja.

—Ya no puedo más —y, además, tenía que hacer algo para apartar la mirada de esos labios que se cerraban provocadores sobre los cubiertos. Julia poseía la boca más sensualmente adictiva que hubiera visto jamás.

Si conseguía apartarla del comedor, apartarla de los sirvientes, le revelaría su identidad. Su reacción, sin duda, haría que dejara de pensar en lo que le gustaría hacer con esos labios.

—Nunca me lo habías propuesto.

—Pues ya era hora, ¿no crees? —él ayudó a Julia a levantarse de la silla.

—¿Te avergonzarías de mí si te dijera que, en tu ausencia, en ocasiones iba a la sala de billar y golpeaba algunas bolas?

—¿Y por qué iba a avergonzarme de ti porque disfrutes con el juego?

—Esa sala siempre ha sido tu santuario.

—Pues ahora será el nuestro —él le ofreció su brazo.

—No estoy segura de que lo hiciera correctamente —confesó ella mientras salían del comedor—. Me refiero a golpear la bola.

—¿Entraban en las troneras?

—¿Qué troneras?

—Los agujeros que hay a lo largo del borde de la mesa.

—Ah, sí, a veces. ¿Por qué se llaman troneras?

—Es una palabra más elegante que agujero, ¿no crees?

—Supongo que sí. Siempre me impresiona la masculinidad de esta estancia —observó Julia al entrar en la sala de billar—. La decoración a base de maderas oscuras y tonos borgoña, el olor a tabaco. Nunca me pareció justo que los hombres puedan fumar, jugar y beber mientras las damas se dedican a clavar una aguja en un trozo de tela y atravesarla con un hilo.

A él siempre le había parecido un gesto bastante anticuado no invitar a las damas a acudir a su santuario. Por eso había invitado a Minerva y a Julia a acompañar a los caballeros en Navidad. Apartándose de ella, se acercó al aparador y se sirvió una copa de whisky antes de mirar hacia atrás.

—¿Te apetece tomar algo?

—Sí, creo que sí. Me gustaría probar el brandy.

Él le pasó la copa y la observó tomar un sorbo. Iba vestida en un tono borgoña, que encajaba con la habitación, y que dejaba al descubierto los hombros y el comienzo del escote, y eso encajaba con él.

—No está mal —opinó ella.

—Puede resultar engañoso. No lo bebas demasiado deprisa o se te subirá a la cabeza.

—¿Y qué sucedería entonces?

—Perderías todas tus inhibiciones.

—Estamos casados. Da igual si perdemos las inhibiciones el uno con el otro, ¿no?

—Eso depende de qué estén protegiendo esas inhibiciones —él se acercó a los tacos de billar, colgados de la pared, y tomó dos antes de ofrecerle uno—. Este debería irte bien. Veamos qué has aprendido en mi ausencia.

Apartándose a un lado, la observó sujetar el taco y comprendió que Julia no tenía ni idea de lo peligroso que sería que él perdiera sus inhibiciones, que derribara los muros que le impedían pasarse de la raya.

Necesitaba distraerse antes de hacer algo indebido. Julia se concentraba al máximo, tenía el ceño tan fruncido que debía dolerle.

—Espera —le advirtió.

Ella levantó la vista. Por Dios, ¿por qué tenía que mirarlo como si él tuviera la respuesta a todo? ¿Por qué tenía que hacerle desear que así fuera?

—No estás agarrando bien el taco —dejó la copa a un lado y se acercó a Julia—. Tienes que hacerlo así —le hizo una demostración con su propio taco.

—Ya entiendo —y en efecto, lo había entendido. Aprendía rápido.

—Después te inclinas para tener una mejor visión e imaginarte el ángulo del golpe.

Y lo hizo, con el trasero apuntando seductoramente hacia fuera. Él no era más que un hombre, ningún santo. No debería mirar, pero lo hizo, llenándose la vista con la deliciosa forma.

—Desliza el taco entre los dedos. Así —continuó él.

—Esto resulta bastante erótico, ¿no? Sobre todo si te imaginas que los dedos representan a la mujer y el taco al hombre.

—¡Jesús, Julia! —él se apartó de la mesa.
Esa mujer decía unas cosas a veces…
—Lo siento. Es el brandy.
—Solo has tomado un sorbo —él se volvió y la miró incrédulo.
—¿Crees que debería tomar otro?
—No si tiene la capacidad de soltarte la lengua así —él soltó una carcajada.

Julia apoyó la espalda contra la mesa de billar, con las manos atrás, arqueándose lo justo para ofrecerle otra atractiva imagen.

—¿Por qué no te acercas y compruebas lo suelta que tengo la lengua?

Descarada, osada, malditamente tentadora, pero Edward también vio en sus ojos un ligero atisbo de duda, un fugaz temor al rechazo. No podía dejarla tirada, permitir que esa semilla de duda floreciera, no cuando la deseaba, a ella y todo lo que le ofrecía, tan desesperadamente. No lo tomaría todo, pero sí un beso, y se aseguraría de que ella jamás lo olvidaría.

Antes de poder cambiar de idea, antes de poder pensárselo mejor, la tomó en sus brazos y tomó posesión de sus labios, gimiendo profundamente cuando ella abrió la boca y su lengua asomó para unirse a la de él. Se agarró a él con una desesperación a la que aún no había dado rienda suelta por completo, con una urgencia que implicaba que dependía de ese beso para seguir viva.

Él la levantó en vilo y la sentó sobre la mesa de billar, sujetándole la espalda con las manos mientras la tumbaba sobre el tapete verde. Después deslizó los labios por su cuello, por sus hombros, los deliciosos pechos, mientras ella le revolvía los cabellos y le retorcía el pañuelo del cuello.

Edward se colocó entre sus piernas, allí donde llevaba tanto tiempo deseando estar, donde no tenía ningún derecho a estar. Se irguió y la miró. Julia estaba sofocada de deseo, su pecho se alzaba con cada respiración que realizaba con dificultad.

—Te deseo —exclamó ella con voz ronca—. Tómame. Por el amor de Dios, por favor, tómame.

—Julia...

—Ya estoy recuperada. Del todo, completamente. Tómame aquí mismo.

Podría levantarle la falda, desabrocharse los pantalones...

Tenía que contarle la verdad, pero no allí.

—No después de haber esperado tanto —gruñó él mientras la levantaba para tomarla en sus brazos y llevársela de la habitación.

Ella posó una mano sobre un hombro mientras que con la otra tironeaba del pañuelo del cuello y le mordisqueaba la oreja. Edward subió los escalones de dos en dos mientras ella reía por lo bajo.

Entraron en el dormitorio de Julia, cerrando la puerta de golpe a sus espaldas. La cama se mostraba ante ellos enorme y atractiva, lo llamaba. Él apretó los dientes, ignoró la llamada y dejó a Julia sobre la gruesa alfombra.

—Julia...

—Te deseo tanto... Llevo mucho tiempo haciéndolo.

Él le sujetó el rostro entre las manos y se hundió en los ojos azules. Tenía que contarle la verdad. Sin esperar más. Antes de llegar más lejos. Antes de que ella lo despreciara por completo. Antes de que él se despreciara a sí mismo. Tenía que confesar sus pecados, su suplantación. Tenía que ser sincero con ella.

Tenía que perderla para siempre.

O podría contenerse. Continuar con la pantomima durante el resto de su vida. Ser Albert hasta el día de su muerte. Mantener su promesa de no volver a abandonarla jamás. Era la única manera de cumplir esa promesa.

Nunca oírle pronunciar su nombre verdadero al gritar de pasión.

Nunca ser el hombre con el que ella se había casado.
Nunca ser el hombre al que ella amaba realmente.
Vivir el resto de su vida con las sobras de su hermano.
Pero al menos así la tendría. Siempre la tendría.
Cualquier sacrificio que tuviera que realizar valdría la pena con tal de verla feliz, de evitar romperle el corazón.
Era muy consciente de que sus motivos no eran enteramente altruistas, pero nunca había pretendido no ser egoísta. Porque al final su silencio la mantendría a su lado, y él la deseaba más de lo que había deseado nada en su vida.
Tomó posesión de sus labios. Y esa fue su perdición.

La ferocidad del beso no la asustó. Simplemente encendió cada gramo de pasión que poseía. Su esposo tenía razón. Contenerse, limitarse a excitarse el uno al otro con muestras de lo que faltaba por llegar, convertía cada caricia, cada suspiro, cada gemido, en algo mucho más dulce.
Las ropas desaparecieron en un frenesí de botones arrancados y costuras desgarradas. Nunca antes se habían mostrado así de salvajes, de descontrolados. África parecía haberlo cambiado, haberle arrancado su pátina de civilización.
Los cabellos de Julia cayeron sobre sus hombros, y solo entonces se tomaron un instante para apreciar lo que habían desvelado.
—¡Por Dios, qué hermosa eres! —exclamó él con voz ronca y la mirada ardiente de pasión, de deseo.
El cuerpo de él era fibroso y atlético. Todo fuerza y determinación. Familiar, y a la vez no tanto. A lo largo de una cadera tenía una gruesa cicatriz. Julia la acarició con el dedo.
—África no fue amable contigo —se agachó y la besó.
Él soltó un gemido y volvió a tomarla en brazos para llevarla hasta la cama. Una vez allí, la tumbó sobre el colchón y la acompañó, cubriéndole la mitad del cuerpo con el suyo,

deslizando sus manos por todo el cuerpo como si Julia fuera un territorio inexplorado. En un abrir y cerrar de ojos se encontró deslizando la lengua por ese cuerpo, saboreándolo, excitándolo. Ella hundió los dedos en los cabellos de su esposo, los deslizó por los anchos hombros. Él jugueteó con sus pechos, vio cómo se tensaban los pezones y cerró la boca sobre uno de ellos, tirando con suavidad mientras Julia casi despegaba de la cama.

—¡Oh, Dios! —exclamó con voz temblorosa mientras el placer inundaba todo su ser.

Él continuó besándola por debajo de un pecho, y luego del otro, antes de ofrecerle el mismo tratamiento a cada una de las costillas, deslizándose hacia abajo centímetro a glorioso centímetro. Con la lengua describió un círculo alrededor del ombligo y siguió hacia abajo, hasta apoyar los muslos de Julia sobre sus hombros y sujetarle las nalgas con las manos ahuecadas.

—¿Qué...?

—Calla —la miró con ojos cargados de pasión—. Quiero adorarte entera.

De nuevo volvió a agachar la cabeza, la boca. Su lengua lamió hasta su misma esencia, terciopelo contra seda, calor tórrido contra calor tórrido. Aferrándose a sus cabellos, Julia arqueó la espalda, ofreciéndole más. Y él lo tomó.

Lo tomó con caricias lentas, pequeños mordiscos y excitantes pellizcos. Se deslizó lentamente hacia arriba, y aún más lentamente hacia abajo. El cuerpo de Julia se tensó contra el suyo, suplicándole alcanzar la liberación. Y él aumentó la presión. Y justo en el instante en que ella estaba a punto de alcanzar el clímax...

Él se retiró, húmedo, tierno y dulce. Julia gritó de frustración, pero él se limitó a reír con una risa gutural llena de promesas. Se lo haría pagar, se dijo a sí misma. Cuando le tocara a ella, se lo haría pagar.

De nuevo él la llevó a la cima. Y de nuevo se retiró. Temblando de deseo, Julia jadeaba.

—Basta ya —suplicó—. Basta ya.

—Una vez más —él le sujetó las caderas y las alzó ligeramente, como si fuera una ofrenda a los dioses de la decadencia y el deseo.

Sus labios hicieron magia, chupando, mordisqueando, retorciéndose hasta que ella sintió que su mundo se caía a pedazos, hasta que no hubo nada más que la sensación, nada más allá de sensibilidad y deseo. El placer irrumpió con tal fuerza que sus hombros se despegaron de la cama y tuvo que hundir los dedos en los hombros de él, bajando la vista para verlo mirarla con tranquila satisfacción y la ardiente necesidad de su propio deseo.

Julia jadeó, el cuerpo estremeciéndose, y se dejó caer de espaldas, tragando con dificultad, luchando por recuperar el control. Él se deslizó hacia arriba sobre su cuerpo, hasta hundir el rostro entre el cuello y el hombro de Julia, que adoraba la sensación de la húmeda piel deslizándose sobre ella.

—Me muero de ganas de sentir tu polla hundida dentro de mí —le susurró al oído sordo.

—Qué niña más traviesa —gruñó él.

Julia se quedó helada, rígida. Y Edward también. Y ella le empujó los hombros con todas sus fuerzas hasta que se hubo erguido lo suficiente para poder mirarlo a los ojos. Unos ojos que instantes antes habían emitido fuego y que de repente la miraban prudentes, expectantes.

—Lo has oído.

No era una pregunta, sino una afirmación cargada de pánico.

—Pronunciaste las palabras en voz alta, ¿no?

—Las susurré junto a tu oído malo.

—Pues debiste hablar en un tono más elevado del que crees.

—No —Julia sacudió la cabeza—. Me has oído.

El corazón le galopaba desbocado. El estómago se le encogió y pensó que iba a vomitar.

—Me has oído —empujándolo con fuerza, ella reculó hasta casi caerse de la cama.

Recuperó el equilibrio en el momento en que los pies alcanzaron el suelo. Agarrando el camisón, que seguía tirado a los pies de la cama, se lo sujetó contra el cuerpo. No podía ser, y al mismo tiempo sabía que era verdad.

—Tú no eres Albert, eres Edward.

—Julia... —él alargó una mano, implorante.

No hubo negación, ninguna carcajada ante lo absurdo de la afirmación. «Siento no ser el hombre con el que te casaste». ¿Cuántas veces se lo había repetido?

—¡Oh, Dios mío! ¡Dios santo!

Le costaba respirar y creyó que podría ahogarse. Allí mismo. En ese mismo instante. Todo el aire había abandonado la habitación. Toda vida había abandonado sus extremidades.

—Julia... —Edward se sentó.

—Estoy en lo cierto, ¿verdad?

Él no contestó, limitándose a contemplarla, la culpa arrancaba la verdad de la expresión de su rostro.

—¡Dios mío! ¡Albert! ¡Albert!

Julia salió corriendo, descalza, de la habitación. Huía de la verdad, huía de los recuerdos de todo lo que había sucedido entre Edward y ella desde su regreso de África. Corrió escaleras abajo y fuera de la casa, bajo la lluvia helada, a la oscura noche, a la horrible certeza de que Albert había muerto.

CAPÍTULO 14

«¡Maldita sea!».

Se había dejado perder en el deseo, perder en el calor de esa mujer, tanto que había olvidado que se suponía que era sordo de un oído. No conocía a ninguna otra mujer capaz de despertar sus pasiones como hacía ella. Cuando le había susurrado las traviesas palabras al oído, se había puesto tan duro que había quedado incapacitado para pensar con claridad.

Y ya sabía la verdad. Qué idiota había sido al creer que podría ocultársela para siempre. Pero desde luego no había sido su intención que lo descubriera de ese modo. Rodó fuera de la cama y recuperó su ropa tirada por el suelo, poniéndose los pantalones, la camisa y las botas. Corrió hacia su dormitorio y agarró el abrigo, poniéndoselo también antes de echar a correr fuera de la casa. Estaba bastante seguro de adónde había ido Julia.

Bajo la lluvia y en la gélida noche. Estúpida mujer. No, estúpida no. Afligida. Sin duda su corazón estaría roto, destrozado, no solo por la muerte de su esposo, sino también por la traición de su hermano. Corriendo bajo la lluvia, se censuró por haberse olvidado el sombrero, pero su incomodidad no importaba en absoluto.

Lo único que importaba era Julia. Encontrarla y hacer lo

necesario para mitigar su dolor. Aunque dudaba poder hacer algo que lograra ese objetivo. Había visto la expresión de horror de su cara, la repulsión. Tantas cosas se habían comunicado en esos instantes, cosas que deberían haber permanecido en secreto. Se despreció a sí mismo por su debilidad en lo referente a Julia. Y se imaginaba que ella lo despreciaba en igual medida.

La encontró en el mausoleo, tirada sobre la tumba de Albert, los sollozos resonando por toda la cripta. Edward nunca se había sentido tan indefenso, tan perdido, sin saber qué hacer. Desolado la observó caída en el suelo, los sollozos iban perdiendo intensidad, aunque no por ello resultaban menos desgarradores. Nunca antes había deseado tan desesperadamente cambiarse por su hermano.

—Julia —susurró mientras se agachaba a su lado.

—No —exclamó ella con voz ronca—. No. No puede haberse ido. No puede.

Pero lo había hecho. Para siempre jamás.

—No puedes quedarte aquí fuera —él la cubrió con su abrigo—. Estás empapada. Vas a enfermar. Piensa en Allie —con ternura deslizó los brazos bajo su cuerpo y la atrajo hacia sí mientras se levantaba.

—Te odio —le aseguró Julia con la misma voz ronca, cargada del dolor de la pérdida y la traición.

—Lo sé —aunque no podía odiarlo más de lo que se odiaba a sí mismo.

La lluvia lo empapaba mientras se esforzaba por protegerla a ella del gélido viento y del agua, consciente de que el abrigo no ofrecía mucha protección. Julia tiritaba de frío, por la humedad, por el dolor. ¿Por qué no se lo había contado antes? ¿Cómo había pensado que podría vivir una mentira durante al menos cincuenta años?

De vuelta al dormitorio, Edward se detuvo en seco al ver a Torrie de pie junto a la cama, frotándose inquieta las manos.

—Vi a milady correr fuera de la casa y a usted tras ella. Pensé que quizás sería necesaria cuando regresaran.

No se daban explicaciones a los sirvientes. Por tanto, tras poco más que un gesto de asentimiento hacia Torrie, Edward ayudó a Julia a sentarse en el sofá, se agachó frente a la chimenea, removió las ascuas y añadió un tronco. Cuando el fuego recuperó su fuerza, se puso en pie y se volvió hacia ella. Julia temblaba, muy pálida, con la mirada fija en el fuego.

—Necesito un baño caliente —anunció tajantemente, inexpresiva.

—Sí, milady —contestó Torrie.

—Y cambia las sábanas. Apestan al conde.

La doncella desvió bruscamente la mirada hacia Edward. Resultaba evidente que intentaba encontrar el mejor modo de responder a la petición de su señora sin insultar al señor y perder su puesto en la casa. Al final optó por una rápida inclinación de cabeza, una reverencia, y salir corriendo de la habitación.

Edward se arrodilló sobre una pierna. Deseaba abrazarla, ofrecerle el mismo consuelo que ella le había ofrecido a él, pero sabía que no aceptaría su contacto, sus palabras, su consuelo.

—Julia, te suplico que no digas nada a los sirvientes hasta que decidamos cuál es el mejor modo de ocuparnos de esta situación.

—Vete —los ojos azules, cargados de tristeza, seguían fijos en el fuego.

Los sirvientes servían al conde, sin importar quién era el conde, Albert o Edward. Para ellos no habría ninguna transición. Todo seguiría igual. «El conde ha muerto. Larga vida al conde».

—Julia…

Lentamente, ella posó su mirada en él. Edward no recordaba haber visto tanto odio en su vida.

—Lady Greyling para ti. Márchate.

Sentía demasiado dolor para comprender plenamente todas las implicaciones, pero debía confiar en su discreción. Si Julia hablaba, tendrían que ocuparse de ello. Edward se puso en pie.

—Nunca quise hacerte daño.

Salió de la habitación, consciente de que las cosas jamás volverían a ser igual entre ellos.

Julia esperó hasta oír cerrarse la puerta tras él y entonces se acurrucó en el sofá y permitió que las lágrimas fluyeran. Albert había muerto. Su querido, dulce, maravilloso Albert estaba muerto. Se había ido. Y ella no lo había sabido.

Le dolía el pecho, tenía un nudo en la garganta. ¿Cómo era posible que estuviera muerto? ¿Cómo era posible que ella no lo hubiera sabido?

Albert estaba muerto.

Llevaba más de seis meses fuera de su vida, y durante dos de ellos había reído, seducido y deseado a un hombre que había fingido ser su esposo. Una falsificación. Una imitación. Una impostura.

«Pero por Dios que lo había hecho de maravilla».

Y eso era lo que menos podría perdonarle. Durante las últimas semanas, su amor se había hecho más profundo, se había sentido más feliz de lo que se había sentido jamás. Y todo había sido mentira.

Pero lo que lo convertía en verdaderamente horrible era que, en ese mismo instante, lo deseaba a su lado, abrazándola, consolándola, prometiéndole que todo saldría bien. Le había creído cuando los dolores del parto habían comenzado demasiado pronto. Había confiado en él.

Edward. ¿Cómo había podido ser tan estúpida? Tan ciega. ¿Cómo no se había dado cuenta?

Bebía whisky, aunque no en exceso. Lo cierto era que no

lo había visto borracho, aunque sospechaba que sí se había emborrachado la noche que Allie...

Alberta. Llamada así por su padre. Él había insistido en ello. ¿Qué era lo que había dicho?

«No le pondremos al heredero Greyling el nombre de ese bastardo egoísta. Deberá llamarse como su padre, como debe ser».

«Bastardo egoísta». Se había referido a sí mismo.

De repente, todo cobraba sentido. La profundidad de su dolor, la culpabilidad que debía haber sentido por haber sido él quien insistiera en que Albert los acompañara en ese viaje. Todas las ocasiones en que se había referido a sí mismo como su esposo o el conde, cuando ella le había hecho alguna pregunta.

«No podemos permitir que dudes de la devoción que te profesa tu esposo».

«Te aseguro, Julia, que tu esposo no podría estar más encantado. Es idéntica a ti. ¿Qué padre podría quejarse de algo así?».

Le había parecido extraño, pero no había pensado más en ello.

Enterró el rostro entre las manos. Cada vez que ella le había hecho algún avance, cada vez que le había susurrado travesuras pensando que no la oía. Menudo bastardo. ¿Cómo iba a poder mirarlo a los ojos otra vez?

Bajó las manos, consciente de que lo haría con todo el odio, con toda la rabiosa indignación que la inundaba ante el engaño. Jamás lo perdonaría. Por haberse burlado de ella, por aprovecharse de la situación.

Encontraría el modo de hacérselo pagar, de hacerle sufrir. ¿Le preocupaba que se enteraran los sirvientes?

Pues su intención era contárselo a todo Londres.

«No permitas que pierda al bebé».
«Hazte pasar por mí. Hazte pasar por mí. Cuida de ella».

«Llévala a Suiza».

Habían sido las últimas palabras de su moribundo hermano. Extrañas, como si llevar a su esposa de vacaciones fuera de vital importancia. Quizás lamentara no haberla llevado allí jamás. Era un país hermoso.

Edward se arrodilló ante la tumba de Albert. Habían pasado tres días desde que Julia descubriera la verdad, y aún no había hablado con ella. Julia comía en su habitación. Él no estaba seguro de que abandonara siquiera esa estancia. En dos ocasiones había entrado, y en dos ocasiones ella le había dado la espalda y le había pedido que se marchara.

Los sirvientes sabían que algo pasaba, ya que él se había trasladado a la otra ala. No podía estar seguro de que ella no lo apuñalara en medio de la noche. Aunque tampoco podía negar que se lo merecía. Eso y mucho más.

—La he fastidiado, Albert. A lo grande. Estúpidamente.

Debería habérselo contado justo después de Navidad. No, justo después de que naciera Allie. Mejor aún, a su llegada a Evermore. Julia era más fuerte de lo que había supuesto Albert. Cierto que había perdido tres bebés, pero Edward estaba convencido de que la causa había sido el capricho de la naturaleza. Ni Julia ni nadie podría haber hecho nada para cambiarlo. Sin duda habría llorado la muerte de su esposo, pero no hasta el punto de poner en peligro la vida de su bebé. Ella jamás lo habría permitido. Era una mujer lista, sabia y... estaba furiosa con él.

La puerta crujió al abrirse y él se volvió para verla en el umbral, vestida como la perfecta viuda. Vestido negro, guantes negros, sombrero negro, velo negro, abrigo negro.

Pero incluso a través del velo negro se percibía claramente la mirada asesina. Edward se extrañó de que no lo hubiera convertido aún en una bola de fuego. Lentamente, se puso de pie y echó a andar tranquilamente hacia la puerta. Ella se hizo a un lado, como si fuera un leproso.

Él se detuvo y reflexionó durante unos instantes.

—Cuando regreses a la residencia, acude al estudio. Tenemos que hablar.

—No tengo nada que decirte.

—Puede ser, pero debemos considerar el mejor modo de seguir adelante, de proteger tu reputación y hacer lo que sea mejor para Allie.

—Lady Alberta.

Por Dios santo, qué difícil se lo iba a poner esa mujer. Aunque tampoco podía culparla por ello.

—Lady Greyling, tú y yo hemos estado viviendo como marido y mujer durante más de dos meses. Debemos inventarnos una historia, y coordinar nuestras versiones. Te espero en el estudio.

Mientras se marchaba hacia la residencia, Edward sintió claramente el odio de Julia clavado en su espalda. Debía hacerle comprender, al menos explicarle, cómo había comenzado toda esa pantomima. Por qué no la había dado por concluida antes era otra cuestión. No esperaba recibir su perdón. Tampoco se lo iba a pedir.

Julia esperó hasta que la puerta se cerró tras Edward para arrodillarse ante la tumba y apoyar la frente contra el frío mármol. Era lo más cerca que iba a poder estar de su esposo. ¡Dios, cómo dolía!

El corazón, el alma, el cuerpo. El dolor resultaba casi insoportable.

—¿Por qué tuviste que morir? —susurró—. ¿Por qué? ¡Oh, Albert! Te echo muchísimo de menos. Cuando pienso en todo el tiempo que llevas muerto, me siento estafada. Existe un abismo que parezco incapaz de cruzar. Un abismo amenazador. ¿Por qué no puedo dejar de pensar que lo habría soportado mejor de haberlo sabido antes?

Llevo viuda más de cuatro meses. Y ni siquiera vestía ya de negro.

De repente entendía muchas cosas. Entendía por qué el hombre que había creído su esposo había acudido a la cripta la noche del nacimiento de Alberta.

—Sé que te habló de tu hija, pero debería haber sido yo quien lo hiciera. Y lo odio por ello. Lo odio por todo. Ya sé que te digo lo mismo cada vez que vengo aquí, pero me está carcomiendo. No tienes ni idea de cuánto te echo de menos.

Julia sacudió la cabeza y apoyó una mano sobre la lápida de mármol.

—Solo pido poderte abrazar una vez más. Que tú me abraces. Que me digas lo que debo hacer, cómo seguir adelante.

El dolor resultaba devastador, y la traición de Edward lo empeoraba todo. No sabía cómo iba a poder sobrevivir, pero sabía que lo haría.

Porque únicamente sobreviviendo se aseguraba la venganza.

Sentado ante el escritorio, Edward empezó a idear una estrategia para explicar a la nobleza británica la inconcebible situación. Esa era la clave, la cuestión. Había que encontrar un delicado equilibrio. Expresaría su pesar por el engaño, pero no podía mostrarse demasiado pesaroso. A fin de cuentas, sus acciones habían sido dictadas por su hermano. Dejaría bien claro que no había sucedido nada inapropiado. Que, dado el delicado estado de su cuñada, su relación había sido casta. No creía que fuera difícil convencer a nadie de ese punto. No era un secreto que apenas soportaba a Julia. Y ella jamás había fingido que le resultara otra cosa que no fuera aborrecible. Todo eso podría ser utilizado a su favor, para salvar la reputación de Julia, su posición en la sociedad.

Se reclinó en el asiento y comprendió que quizás saldría

de esa situación convertido en un héroe. Las damas se morirían por un caballero tan considerado como para dedicar su tiempo a acompañar a una mujer a la que no soportaba. Su altruismo, su consideración, la devoción demostrada hacia su hermano y su cuñada recibiría aplausos. Las damas lo encontrarían galante, cantarían sus alabanzas, organizarían citas en rincones oscuros de jardines para saborear sus besos. Recibiría más atención de la que hubiera soñado jamás.

Y, sin embargo, no deseaba nada de eso.

Julia entró en el estudio, con los puños apretados a los costados, el rostro la viva imagen del rencor, y Edward supo en ese instante que ella jamás lo vería como a un héroe. Jamás lo vería como otra cosa que no fuera una astuta comadreja que la había engañado.

Él se levantó de la silla, preparado para enfrentarse a la tigresa.

—¿Te importaría cerrar la puerta?

Ella no se movió.

De acuerdo. Había dejado claro que no iba a hacer ninguna concesión, ningún favor. Sin haber comenzado, la conversación no auguraba un final feliz. Él pasó a su lado, se dirigió a la puerta y la cerró. Lo que tenían que decirse el uno al otro debía ser dicho a resguardo de los oídos de los sirvientes. Hacía un rato había despedido al lacayo que se encargaba de abrir y cerrar las puertas a su paso. Edward se dio media vuelta.

—¿Por qué? —exigió saber Julia, lanzando la primera andanada del combate—. ¿Por qué lo hiciste?

—Albert me lo pidió.

—¿Te pidió que me engañaras?

—Me pidió que me asegurara de que no perdieras el bebé. «Hazte pasar por mí», me pidió. «Cuida de ella». Temía, al igual que yo, que el dolor por su muerte te provocaría un aborto. De modo que me hice pasar por él.

—No te creo.

Y él no tenía modo alguno de convencerla, salvo con palabras.

—¿Para qué iba a hacerlo si no me lo hubiera pedido él? ¿Para qué iba a fingir ser Albert durante todas estas semanas?

—Porque temías que llevara un varón en mis entrañas. Querías el título, las tierras, el poder, el prestigio. Por eso no te sentiste defraudado cuando alumbré a una niña.

—Yo no deseo el título.

—Y luego seguiste adelante con el engaño —ella sacudió la cabeza con fuerza—. Solo puede haber una razón para eso: para humillarme, para burlarte de mí, para obtener lo que te fue negado en el jardín, para hacerme pagar esa bofetada.

—¿Tan ruin me crees? ¿Me crees capaz de aprovecharme de ese modo de la muerte de mi hermano?

—No puedo pensar otra cosa cuando tuviste sobradas oportunidades para contármelo, y aun así seguiste adelante con la pantomima. Las cosas que te dije, las cosas que te hice. ¡Cómo debes haberte reído!

Julia no escuchaba lo que Edward intentaba explicarle.

—Te juro, Julia, que no me he reído ni un poco.

Ella se llevó una mano a la boca.

—Las cosas que me hiciste. ¿Cómo has podido?

—Intentaba hacerme pasar por tu esposo. No veía qué bien podría surgir de mi rechazo. Temía que tu tristeza provocara precisamente lo que intentaba evitar.

Julia le golpeó el hombro con los puños, casi haciéndole tambalearse. Cargada de furia, su fuerza había crecido.

—¡Tonterías! Disfrutaste. Disfrutaste engañándome.

—No.

—Siempre has estado celoso de Albert. Querías el título. Si yo tenía un varón, jamás lo tendrías, de modo que tomaste medidas preventivas para asegurar tu posición.

—No. Tal y como te he explicado, Albert me pidió…

—Mentiroso. Todo esto fue idea tuya desde el principio. Querías quedarte con todo. Su título, sus tierras, incluso su esposa y su bebé…

—¡No! Yo nunca planeé tomar nada. Mi intención era contártelo todo en cuanto naciera el bebé.

—¿En cuanto naciera el bebé? ¡Han pasado seis semanas ya! ¿A qué demonios estabas esperando?

—A dejar de estar enamorado de ti.

CAPÍTULO 15

Aturdida tras la confesión de Edward, Julia dio un paso tambaleante hacia atrás y lo miró incrédula. Esperaba que en cualquier momento soltara una carcajada, pero él permanecía en silencio, estoico. Sin duda era una estratagema para engañarla, para ganarse su simpatía o su perdón, o algo vil que ni siquiera se le ocurría.

—Pero yo nunca te gusté.

—Por Dios santo, ojalá fuera cierto.

En un intento de encontrarle algún sentido a todo aquello, Julia continuó mirándolo fijamente mientras Edward se dirigía hacia el aparador, se servía un whisky y le ofrecía a ella un vaso con brandy. Era otro detalle que diferenciaba por completo a los dos hermanos. Albert jamás le habría ofrecido una copa. ¿Cómo había podido pensar que un viaje a África le haría cambiar de filosofía?

No podía aceptar el vaso, no era capaz de conseguir que sus pies se movieran. Nada tenía sentido ya.

Edward dejó el vaso a un lado y se acercó a la ventana.

—Es fundamental que Allie, lady Alberta, crezca aquí —anunció con calma.

Julia parpadeó, intentando centrarse en las palabras que acababa de oír. Había esperado que elaborara un poco más su declaración, necesitaba que le ofreciera una explicación. Aquella noche en el jardín, ese hombre le había hecho sentirse como una estúpida. ¿Intentaba volver a hacerlo?

—Esa experiencia nos fue negada a Albert y a mí. Jamás me perdonaría si también se le negara a ella. Me he trasladado a la otra ala. Dios sabe que la residencia es lo bastante espaciosa para vivir aquí durante años sin siquiera vernos. Yo, por supuesto, pasaré tanto tiempo como sea posible en las otras propiedades o en Londres para que mi presencia no te resulte opresiva.

Una hora antes, cinco minutos antes, ella habría esperado que dijera, «para que no me oprimas con tu presencia», pero acababa de asegurar que la amaba.

Reticentemente, Julia se acercó un poco, aunque se mantuvo lo bastante alejada como para no poder percibir el familiar olor a bergamota, pero lo bastante cerca como para ver cada arruguita que el peso de sus cargas le había esculpido en el rostro.

—Apenas me dirigías la palabra.

—Julia...

—Cuando yo entraba en una habitación, tú salías.

Él agachó la cabeza y encajó la mandíbula.

—Nunca tuviste una palabra amable para mí. Aunque, para ser justa, tampoco tuviste una palabra que no lo fuera. Pero todas sonaban tan... cumplidas, como si salieran de ti porque eso era lo esperado.

—Así resultaba más fácil —Edward se volvió y apoyó la espalda contra el marco de la ventana, como si necesitara sentir algo afilado. Dobló una rodilla y apoyó la planta del pie contra la pared. Era la viva imagen de la masculinidad en estado puro, y ella se odió a sí misma por percibirlo—. Era más fácil si me mirabas con desprecio porque, ¿qué clase de hombre podría desear a una mujer cuya mirada desprendía repugnancia cada vez que lo miraba? Y, cuando eso no fue suficiente, me harté a beber para adormecer el deseo, para resultar tan odioso que la esposa de mi hermano se negara a recibirme en su casa porque, que Dios me perdone, Albert nunca se dio cuenta del deseo que sentía por la mujer que él amaba, la mujer con la que se había casado.

¿Tanto tiempo? ¿La había amado desde hacía tanto tiempo? ¿Cómo era posible que no se hubiera dado cuenta? ¿Cómo era posible que Albert no se hubiera dado cuenta? Julia apoyó la espalda contra el marco de la ventana. Necesitaba un apoyo, ya que las rodillas amenazaban con ceder ante la inesperada revelación. Nada de aquello le parecía real.

—¿Cuándo empezaste a sentirte así?

Edward levantó la copa y apuró su contenido de un trago antes de apartar la mirada de la ventana.

—Estuvo ahí agazapado un tiempo —contestó con los ojos entornados—. Aquella noche en el jardín se manifestó. Pensé que solo me interesabas porque me estabas vedada. Pensé que, si te besaba, si te disfrutaba, podría acabar contigo. Sin embargo, ese maldito beso solo me hizo desearte aún más.

—Aquella noche en el jardín, yo creía que eras Albert —anunció Julia con voz ronca y los ojos cerrados.

—Lo sé. No me di cuenta hasta después del beso. Llegué a convencerme de que me estabas esperando a mí. Menudo estúpido fui. Y, cuando me llamaste Albert, fue como si me dieran un puñetazo en el estómago, pero no por ello disminuyó la agitación que habías sembrado en mí.

Julia abrió los ojos y lo descubrió mirándola fijamente una vez más, su expresión era una máscara impasible y aun así en la profundidad de los ojos marrones se reflejaba claramente el deseo, la necesidad. ¿Cómo había podido estar tan ciega? Pues porque él se había mostrado tan impresionantemente desagradable que ella ni siquiera se había molestado en mirar más allá de la superficie.

—Dado que en el jardín me confundiste, pensé que después de cuatro meses de separación podrías volver a confundirme con Albert, y así yo podría cumplir la promesa que me había arrancado.

Desde el instante en que había entrado en el estudio, Julia habría jurado que Edward se había mostrado más sincero con ella de lo que había sido jamás, pero parte de su historia no tenía ningún sentido. ¿Intentaba escapar de la situación en la que se había metido? ¿Era todo una mentira destinada a ganarse su favor, su perdón? ¿Cómo podía confiar en él después de lo que le había hecho?

—¿Cuándo te pidió Albert que hicieras lo necesario para que no perdiera el bebé? —preguntó con el ceño fruncido.

—¿Disculpa? —él parpadeó.

—Asumo que el relato de la muerte de Edward es, en realidad, el de la muerte de Albert, que murió de inmediato. ¿Es así?

Él asintió solemnemente.

—Entonces, ¿cómo tuvo tiempo de pedirte algo, lo que fuera? ¿Cómo es posible que todo esto que has estado haciendo fuera por deseo suyo? —Julia sacudió un brazo en el aire para abarcar todas esas semanas de traición.

Edward se llevó el vaso a los labios y frunció el ceño al comprobar que estaba vacío.

—Una noche, sentados ante el fuego, me pidió que, si algo le sucediera, yo no debía permitir que te enteraras hasta después del nacimiento del bebé. Temía que la noticia pudiera provocarte un aborto. Supongo que tuvo una especie de premonición.

—Una vez más no te creo —resultaba demasiado rebuscado. O bien mentía sobre el deseo de Albert o mentía sobre el modo en que había muerto. Sintió ganas de vomitar—. No murió inmediatamente, ¿verdad?

Edward no mudó el gesto, no apartó la mirada. Ella quería creer que la muerte de Albert había sido rápida, que no había sufrido dolor, pero parecía poco probable que hubiera sido así.

—De modo que, una noche cualquiera, mientras charlabais de cualquier cosa, él va y te pide que te hagas pasar por él si algo le sucediera.

—Dos noches antes de encontrarnos con ese bebé gorila.

La historia de la premonición era absurda. Aun así ella quería que fuera verdad, quería creer que Albert no había sufrido. Y Edward sería muy consciente de ello, ¿no? Si, tal y como aseguraba, la amaba, querría aliviarle el dolor.

Julia no sabía qué pensar de su declaración, su confesión. La confundía, le hacía sentirse más traidora que traicionada. No le gustaba ese torbellino que se estaba formando en su interior.

—Yo amaba a Albert. Todavía lo amo.

—Lo sé. No te estoy pidiendo que me ames, Julia. Ni siquiera te pido que sientas cariño por mí ni que perdones mi suplantación. Entiendo que estés enfadada, furiosa. Tienes todo el derecho del mundo a estarlo. Yo solo te pido que no hagas nada drástico que pueda tener un efecto negativo sobre el futuro de Alberta.

Maldito fuera, maldito su engaño. Al principio había querido hacerle daño de algún modo, humillarlo públicamente, pero debía tener cuidado para no arruinar las posibilidades de su hija de hacer un buen matrimonio.

—No sé qué decir —admitió. No estaba segura de poder fiarse de sus propios sentimientos, fiarse de él. Las heridas de la traición todavía supuraban. Su dolor, perder a Albert, parecía haberle quitado toda la energía.

—¿Adónde irás? ¿A casa de tu primo? ¿Proveerá por ti mejor que yo?

Julia odiaba el hecho de que él comprendiera tan bien la realidad de su situación, y la utilizara para conservarla a ella, y a Alberta, cerca. Sus padres habían muerto. No tenía hermanos. El primo que había heredado los títulos y las tierras de su padre se había mostrado más que encantado de verla casada a los diecinueve años.

—Albert sin duda habrá previsto algo para mí.

—Qué ironía, pues me temo que ese «algo», soy yo. He sido incapaz de encontrar ningún testamento.

Al parecer, todas las horas que había pasado en el estudio no las había dedicado enteras a gestionar los asuntos de la propiedad.

—Sin duda el abogado tendrá una copia.

—Le escribí para preguntarle si Edward había hecho testamento y si podría aconsejarme sobre el mío. Lo expuse de manera que no resultara evidente que el conde no tenía ni idea de si había hecho testamento o no. Su respuesta fue que Edward no había dejado testamento, lo cual, evidentemente, yo ya sabía al ser yo Edward. En cuanto a su consejo sobre el testamento del conde seguía siendo el mismo desde hacía ya un tiempo: uno debía prepararse sin perder tiempo.

Julia se apoyó contra la pared y luego se irguió. Se negaba a mostrar desilusión o debilidad.

—Al parecer, dependo enteramente de tu amabilidad.

—Y seré más que generoso con tu asignación. También me aseguraré de que a lady Alberta nunca le falte de nada —Edward pareció dudar antes de suspirar—. Hay una casa de campo en Cotswolds. Según las notas que he leído, creo que nuestro padre tenía la intención de cederle la propiedad a nuestra madre. Al parecer, a ella le gustaba aquello. No forma parte de tu asignación, te la podría regalar, pero, tal y como te he dicho ya, creo sinceramente que Albert querría que su hija creciera aquí.

Desgraciadamente, ella opinaba lo mismo. Albert había mencionado a menudo lo mucho que le gustaría que sus hijos crecieran a la sombra de Evermore, cómo había lamentado siempre que a él se le hubiera negado ese derecho.

—Tengo muchas cosas en que pensar y no puedo tomar ninguna decisión de momento, pero sí estoy de acuerdo en que debemos tener cuidado en cómo manejamos esta situación, por el bien de Alberta. ¿Qué vas a decirles a los sirvientes?

—Ellos sirven al conde de Greyling. Yo soy el conde de Greyling. No voy a decirles una maldita cosa.

—Van a sospechar cuando te vean vivir en otra zona de la residencia.

La sonrisa de Edward estaba cargada de desprecio contra sí mismo.

—Pensarán que nos hemos peleado, y que, si quieren mantener su puesto aquí, deberán guardarse sus sospechas para ellos mismos.

—¿Y la sociedad?

—Creo que lo mejor sería esperar un poco antes de admitir nada, hasta que todos los lores y ladies estén en Londres para la temporada de baile. Yo también estaré allí y podré ocuparme personalmente de cualquier repercusión que pueda surgir tras la revelación de mi suplantación. Eso nos dará tiempo para decidir exactamente qué queremos contarles.

Ella asintió y desvió su atención hacia los jardines invernales al otro lado de la ventana.

—Tu esposa no se mostrará muy complacida de que Alberta y yo vivamos aquí.

—¿Mi esposa?

—Como bien has dicho, tú eres el conde de Greyling. Debes procurar un heredero.

—Todavía faltan años para que eso suceda, décadas, suponiendo que suceda alguna vez. No será hasta que lady Alberta esté bien situada. Ella es lo primero.

Julia posó una mano en la ventana. Estaba tan fría como su alma y se preguntó si alguna vez volvería a sentir calor.

—De momento nos quedaremos aquí. No comeré contigo, ni pasaré tiempo en tu compañía por las noches. Si necesitas comunicarte conmigo, por favor, hazlo a través de algún sirviente.

—Y si tú necesitas hablar conmigo…

—No lo haré —Julia lo miró a los ojos.

Y sin más se dio media vuelta y echó a andar hacia la puerta del estudio mientras se preguntaba cómo era posible que dos hermanos le hubieran roto el corazón de maneras tan distintas, mientras se preguntaba por qué el corazón le dolía en igual medida por la pérdida de uno y del otro.

De pie junto a la ventana, saboreando su copa, Edward observaba caer la noche. No iba a permitirse más de una copa. No quería anular el dolor de las palabras de despedida de Julia que tanto se había merecido, ni el dolor que le había abierto en el pecho confesarle su amor. Una diminuta parte de él había esperado, rezado, deseado que ella admitiera que también lo amaba, a pesar de que la mayor parte de su ser sabía que era una estupidez intentar avanzar por ese camino.

Edward ni siquiera estaba seguro de haber comprendido del todo la profundidad de sus propios sentimientos hasta que las palabras habían surgido a borbotones de sus labios. Tampoco estaba seguro del momento exacto en que se había enamorado de ella. Lo único que sabía era que estaba enamorado. Sin lugar a dudas. Y temía seriamente que Julia fuera a ocupar ese lugar en su corazón durante el resto de su vida. En cambio, para ella no sería más que un roedor intentando hacerse con las migajas de algo sobre lo que no tenía derecho.

—La cena está servida, milord —anunció Rigdon.

Edward se había bañado, afeitado y vestido de gala, por si acaso la ira de Julia disminuía lo suficiente, por si se apiadaba de él lo suficiente, como para cenar con él. Le daba igual que no le dirigiera la palabra. Le bastaría con tenerla cerca. Vestida de viuda podría sentarse en el extremo opuesto de la mesa, a varios metros de él. Sospechaba que, si hubiera comprendido la agonía que eso le provocaría, ella sin duda acudiría a cenar al comedor.

—La condesa… —si esperaba un poquito más, a lo mejor aparecía.

—Informó a Torrie de su deseo de cenar en sus habitaciones. Tengo entendido que se siente algo destemplada.

Al menos había que reconocer el intento del mayordomo por fingir que todo iba bien entre los señores de la casa.

—Enseguida voy.

Por Dios qué patético resultaba como conde, lloriqueando por las esquinas. Había disfrutado de algo más de dos meses con ella. Iba a tener que conformarse con eso durante el resto de su vida. Edward suspiró, apuró la copa y se dirigió al pequeño comedor.

Ignoraba por qué había esperado verla allí, por qué sintió como si alguien le hubiera dado un puñetazo en el estómago al comprobar que los únicos que lo esperaban eran el mayordomo y un lacayo. El corazón era una amante cruel, siempre dando esperanzas.

Tomó asiento y contempló las llamas que bailaban en el candelabro sobre la mesa, mientras le servían el vino y una sopa. La habitación estaba tan condenadamente silenciosa, siendo el único sonido el proveniente de la cuchara de plata que periódicamente golpeaba la porcelana. Nunca habría creído que echaría de menos los aullantes vientos de Havisham Hall, pero en esos momentos cualquier cosa era mejor que estar rodeado del silencio de la ausencia de Julia.

CAPÍTULO 16

Queridísima mía,

Cómo me gustaría que estuvieras aquí para disfrutar con nosotros de esta aventura. Edward se porta como todo un tirano, constantemente empujándonos a avanzar. Parece encontrarse en su elemento como exitoso líder de nuestra pequeña expedición. Ya no bebe tanto. Todavía no lo he visto ebrio. Quizás sea debido a lo a gusto que está aquí. O quizás porque es consciente de que en cuanto se terminen nuestras reservas de alcohol no podrá conseguir más aquí en la jungla. En caso de que sea lo segundo, está demostrando poseer una impresionante capacidad de control.

Aunque hemos hecho muchos viajes juntos, y él siempre era el que daba las órdenes, no sé por qué hasta ahora no me había fijado en el modo en que toma el mando. Observándolo, no puedo evitar pensar que sería más adecuado que yo para ser conde. A mí siempre me ha parecido que ser responsable de otros es una carga, mientras que él disfruta con ello. Se me ocurre que a la hora de decidir quién hereda el título habría que considerar algo más que quién salió el primero del seno materno.

Julia cerró el diario de su esposo, lo depositó cuidadosamente sobre el regazo y miró por la ventana del dormitorio. Llevaba leídas una docena de cartas, correspondientes a sendos días del viaje. No le interesaba leer cómo Edward le hacía reír, ni cómo le enseñaba a evitar las ampollas, o cómo se preocupaba de que en medio de la naturaleza salvaje se sirviera un té decente. Quería leer sobre lo mucho que Albert la echaba de menos. Quería leer algún pasaje que dijera, «Anoche tuve una premonición. Te ruego que perdones a Edward por lo que estoy a punto de pedirle que haga. Quiero que sepas que lo hago por amor hacia ti y hacia ese bebé aún no nacido».

Sin embargo, de momento no había descubierto nada parecido. No había escrito palabras de consuelo, nada que confirmara que sabía que iba a morir. Ningún mensaje de despedida en el que reafirmara su amor por ella, ninguna dulce despedida. Todo resultaba intrascendente, nada importante. Daba la sensación de que esperaba seguir escribiendo en ese diario mil días más.

Aunque se moría por leer la última carta, se negó a leerlas desordenadamente. Quería experimentar sus últimas semanas tal y como él las había vivido. Si bien viajar nunca le había interesado especialmente, de repente se encontró deseando haber estado a su lado durante la duración del viaje, como si su presencia hubiera bastado para evitar el horror de lo sucedido.

Era viuda, en realidad llevaba siéndolo más de cuatro meses. Sin embargo, el tiempo vivido en compañía de Edward había atemperado su tristeza. Debería odiarlo especialmente por ese motivo. En un momento en que debería haber estado pensando en su esposo, en realidad había estado pensando en su hermano. En la manera en que le hacía reír, el modo en que la abrazaba, cómo no la había abandonado mientras traía a su hija al mundo. La admisión de que se había enamorado de ella.

Si era verdad que la amaba, ¿por qué le había permitido

vivir una mentira, ¿por qué le había omitido la verdad? Quizás podría llegar a perdonarle por las semanas previas al nacimiento de Alberta, pero las semanas que siguieron...

La llamada a la puerta apenas le hizo moverse.

—Adelante.

Torrie entró con pasos vacilantes, la mirada precavida, y le entregó una nota.

—De milord.

Julia la tomó, la desdobló y leyó las palabras escritas con una letra cuidada, precisa, casi idéntica a la de Albert, aunque no del todo. Desde hacía poco buscaba cualquier diferencia entre los hermanos, soltando un juramento para sus adentros cada vez que descubría una, preguntándose cómo le había pasado desapercibida antes.

Estaré en el cuarto del bebé de dos a dos y media.
Greyling

No le sorprendió. Cada día, desde hacía una semana, le hacía llegar el mismo mensaje. Y ella sabía que él sabía que ella no le impediría ver a lady Alberta sin despertar sospechas y chismorreos entre los sirvientes sobre los motivos que la habían llevado a no permitir que el «padre» de su hija pasara tiempo con ella. Si bien se suponía que los empleados no hablaban de lo que sucedía en las plantas superiores, Julia no era tan estúpida como para pensar que se lo callaban todo. Tras soltar un juramento muy poco digno de una dama, había roto en pedazos la primera nota. La segunda la había partido en dos. Hecho una pelota con la tercera. Y a partir de la cuarta se había limitado poco más que a suspirar y volver a doblarlas por la mitad.

Al menos tenía el detalle de avisarla acerca de sus intenciones para evitar que se cruzaran en el pasillo o el cuarto del bebé, y obligarla a soportar su presencia.

—¿Desea que le transmita algún mensaje? —preguntó Torrie.

«Vete al infierno», pensó ella. Seguramente no era el mensaje que su doncella tenía en mente.

—No, que la niñera prepare a lady Alberta para la visita de las dos del conde.

—Sí, milady. ¿Desea que le planche algún vestido para la cena?

La pregunta también se había convertido en parte del ritual diario.

—No. Cenaré en mis habitaciones.

—Sí, milady —la voz de Torrie estaba cargada de tristeza y decepción.

Su doncella sabía que algo iba mal. Sin duda todos los sirvientes sabían que algo iba mal. Pero ni por asomo se imaginarían la verdad. ¿Cómo iban a hacerlo? ¿Cómo podía alguien imaginar una verdad tan absurda y tan incomprensible?

—No es la niñera, milady —soltó Torrie de repente.

Julia contempló a la joven que se frotaba nerviosa las manos, preocupada por haber dicho algo que no debía.

—¿Disculpa?

—Todo el mundo sabe que acude al cuarto del bebé todas las tardes. La fregona, un poco lerda, dice que al conde le gusta la niñera y que por eso va allí, que ningún padre se interesa tanto por un bebé. Pero cada vez que acude a visitar a lady Alberta, manda a la niñera a la cocina a tomarse una taza de té. Solo pasa el rato con la niña. No le está siendo infiel a usted.

Julia jamás había considerado esa posibilidad, aunque quizás debería haberlo hecho. Era un hombre joven, viril…

¿En qué estaba pensando? Ese hombre no le debía ninguna fidelidad. ¿Por qué le molestaba esa idea? ¿Qué podía importarle con quién se acostaba? Volvió a mirar por la ventana. Deseó que llegara la primavera, que el aire se volviera más cálido. Deseó poder salir a montar a caballo.

—Le gusta sentarse en su zona de descanso.

En la habitación donde ella pintaba sus acuarelas. En una ocasión le había contado a Torrie que le relajaba, y la doncella había empezado a llamarlo su zona de descanso. Y de repente le estaba contando esa tontería como si con ello pudiera redimir a su señor a ojos de Julia, cuando la pobre mujer ni siquiera sabía de qué necesitaba él redimirse.

—¿Cuándo?

—No tiene una hora fija, pero va allí al menos una vez al día.

¿Esperaba encontrarla allí, tropezar con ella? bueno, pues ya se encargaría ella de que eso no sucediera. Julia se puso bruscamente en pie. Haría que la doncella entregara una nota indicándole a Edward que se mantuviera alejado de su habitación...

Solo que ya no era su habitación. Era la de él. Toda la residencia era suya, cada estancia, cada acuarela, cada chisme, cada baratija, cada estatua. No podía darle órdenes. Se reiría sin más. Vivía allí gracias a la benevolencia del conde. Todo lo que le daba, ella lo tenía solamente porque él consideraba que merecía tenerlo. Se dejó caer de nuevo en el asiento. De repente necesitaba desesperadamente pintar con acuarelas. Desde que había averiguado la verdad de su viudedad, solo había salido de sus habitaciones para acudir al mausoleo y para ver a Alberta. El resto del tiempo permanecía recluida, llorando una pérdida que a menudo le dificultaba el mero hecho de levantarse de la cama. Y de repente descubría que existía el riesgo de tropezarse con él en su preciado santuario, si decidiera ir allí. Con qué facilidad le arrebataba ese hombre todo.

—Gracias, Torrie. Puedes marcharte.

—Ojalá supiera por qué está tan triste, milady.

—He descubierto que el conde no era quien yo creía que era —Julia ofreció a su doncella una tímida sonrisa.

Sincera, aunque enigmática. Las palabras sin duda no dejaron satisfecha a la joven, pero sí la empujaron a retirarse apresuradamente. Julia se levantó y se acercó al espejo de cuerpo entero para observar su reflejo. El color negro le daba una apariencia sombría. Los empleados sin duda se preguntaban por su cambio en el vestuario. Casi no había vestido de luto mientras se suponía que era Edward el que descansaba en el mausoleo, pero de repente solo vestía de ese color. Afortunadamente no había que explicar nada a los sirvientes. Ya era bastante difícil explicárselo a sí misma, sobre todo cuando el reloj situado sobre la repisa de la chimenea daba las dos y ella corría a pegar la oreja a la puerta.

Edward era siempre tan puntual. Julia no sabía de dónde surgía esa insana necesidad de escuchar sus pasos. Unos pasos amortiguados por la gruesa alfombra, pero que ella seguía oyendo mientras marcaban sus largas zancadas. De repente los pasos se detuvieron y Julia supo que él se había parado ante su puerta. Siempre lo hacía. Era una locura, pero sentía su mirada sobre la madera, oía su respiración. Era una locura percibir su aroma, que había traspasado la puerta y flotaba alrededor de su nariz.

No queriendo que él supiera que estaba allí mismo, Julia contuvo la respiración, temiendo no obstante que Edward hubiera notado su presencia a ese lado de la puerta, tanto como notaba ella la suya al otro lado. Se preguntó si tendría tentaciones de llamar con los nudillos, de llamarla, de apoyar una mano contra la madera, en el mismo punto en el que ella tenía su mano apoyada.

Oyó el inconfundible sonido de la marcha reanudada, de los pasos rápidos y decididos. Julia dejó escapar el aire contenido, junto con un pequeño estremecimiento, apoyó la frente contra la puerta y esperó. Esperó hasta oír a la niñera bajar apresuradamente por las escaleras traseras. Sí, sabía que la niñera siempre se marchaba.

Lentamente, con cautela, abrió la puerta y se asomó al

pasillo desierto. Aparentando mucha más confianza de la que sentía, se cuadró de hombros y salió de la habitación. Tras mirar una vez más a su alrededor, se levantó la falda y caminó descalza sobre el pasillo enmoquetado, hasta el cuarto del bebé. La puerta estaba abierta. Siempre permanecía abierta.

Se acercó todo lo que pudo sin ser vista y apoyó la espalda contra la pared. El crujido de la mecedora llegó hasta sus oídos y Julia se lo imaginó con su hija en brazos, meciéndose adelante y atrás. Cerró los ojos y escuchó.

La media hora que pasaba con Allie en sus brazos era el momento preferido del día para Edward, y no solo porque su sobrina lo mirara con esos enormes ojos azules. Los ojos azules de su madre, sino porque al mismo tiempo estaba recibiendo la atención de su madre. Se veía claramente un fragmento de falda negra al otro lado del marco de la puerta y sabía que pronto se vería un poco más, a medida que Julia se acercaba para oírle. Se había dado cuenta de su presencia el tercer día. Hasta entonces toda su atención había estado centrada en Allie, pero esa tarde en particular, el bebé se había dormido. Edward había levantado la vista, viendo el fragmento de seda antes de proseguir con su relato.

—Veamos, Allie, ¿por dónde íbamos?

Estuvo tentado de preguntarle a Julia dónde se habían quedado el día anterior, pero la conocía lo bastante bien como para saber que no le gustaría la broma. Sin duda también dejaría de aventurarse por el pasillo para unirse a ellos en secreto mientras él tejía su cuento. Su presencia le daba esperanzas de que, quizás en algún momento, pudieran empezar a mantener un contacto civilizado. Necesitaban hacerlo, por el bien de Allie.

—Ah, sí. El grande y magnífico corcel que vigila a todos los animales ha descubierto que se está tramando algo. Creo que deberíamos ponerle un nombre. ¿Lo llamamos Greymane, Grey en honor a tu padre? Creo que le gustaría. Tejón, que por cierto es un tejón y viste un chaleco verde, le cuenta a Greymane que ha visto a Apestoso, la comadreja, de ojitos saltones y dientes afilados y torcidos, y esa naricilla puntiaguda, merodear detrás de los árboles. No creen que esté tramando nada bueno, sino planeando arruinar el pícnic que la princesa Allie ha pensado organizar para todos sus amigos del bosque en el claro de las flores silvestres de color amarillo.

Edward continuó inventándose el relato de la hermosa princesa y sus nobles amigos. Y también de la celosa y egoísta comadreja que quería arruinarlo todo. No paró de mecer al bebé hasta que vio aparecer el pedazo de falda negra. Ojalá fuera roja, azul o verde. Pero lo cierto era que Julia estaba realmente de luto, plenamente consciente de ser viuda.

Cada mañana, una hora antes del amanecer, sin que ella lo supiera, la seguía en silencio hasta el mausoleo. Oculto tras los árboles, montaba guardia. Para cuando ella regresaba, el cielo empezaba a clarear, de modo que no podía seguirla tan de cerca. Al menos hacía siempre el recorrido cuando los sirvientes estaban demasiado ocupados para darse cuenta. En caso contrario, seguramente se preguntarían por qué se había aficionado a los tempranos paseos matutinos y a pasar un buen rato en el panteón familiar.

Aparte de eso, solo la veía cuando asomaba el pedacito de falda por el umbral de la puerta de la habitación del bebé mientras él mecía a Allie. Qué idiota era al contentarse con un trozo de tela solo porque le pertenecía a ella. Seguía comiendo solo. Pasaba solo el tiempo en el estudio. Jugaba al billar solo. A última hora de la noche, cuando era incapaz de conciliar el sueño, trabajaba en el cuento sobre las criaturas fantásticas que vestían ropa, hablaban y se comportaban de un modo muy humano, que estaba escribiendo para Allie.

Contempló el rostro de la niña dormida en sus brazos y

supo que iba a escribirle una librería entera de cuentos. Por el rabillo del ojo vio desaparecer la falda. Tres segundos más tarde se oyeron los pasos rápidos de la niñera entrar en el pasillo.

Levantándose de la mecedora, Edward llevó a Allie a la cuna y la tumbó con mucha delicadeza. La pequeña abrió los ojos y agitó sus bracitos y sus piernas.

—Hasta mañana, pequeñina.

Tras darle unas últimas instrucciones a la niñera, Edward salió al pasillo. Allí se percibía con mayor claridad el aroma de Julia. Como un hombre desesperado, inhaló una gran bocanada de aire y continuó haciéndolo hasta llegar a la puerta de su habitación. Allí se detuvo y apoyó una mano contra la madera. No sabía por qué ese gesto le hacía sentirse más cerca de ella. Era un gesto estúpido, pero no era capaz de contenerse.

Después se dirigió escaleras abajo, hacia el solitario vacío en que se había convertido su vida.

Con el corazón acelerado, Julia despertó al oír el llanto. Durante un instante se le ocurrió que quizás fueran sus propios sollozos los que habían interrumpido su sueño, porque tenía las mejillas húmedas y a su alrededor no había más que silencio, de modo que debían haber sido sus propias lágrimas las que le habían arrancado de la profunda somnolencia.

Tumbada en la oscuridad, en medio del silencio, contempló el dosel mientras intentaba decidir qué iba mal. Durante la última semana había dormido mal. Estaba harta de tanta tristeza, del dolor en el pecho que sentía como una herida física, de las dudas, de la sensación de culpa. Esa noche, harta ya, se había dirigido al dormitorio antes asignado a Edward y se había hecho con una botella de brandy del pequeño armario donde guardaba las bebidas. Lo había bebido a sorbos hasta casi no poder mantener los ojos abiertos. Entonces se había subido a la cama, sucumbiendo al atractivo del más que bienvenido olvido.

Pero ya no dormía, y tenía la sensación de que algo importante la había despertado del mismo sueño recurrente en el que corría hacia Albert, pero Edward se interponía constantemente en su camino, bloqueándole el paso. ¿O acaso corría hacia Edward? En su sueño no conseguía distinguirlos.

Sentándose, apoyó los codos sobre las rodillas y la frente en la mano. Se sentía aturdida, como si intentara abrirse paso a través de una bola de telarañas. En su sueño había oído un llanto a lo lejos. Había empezado a correr hacia el sonido, pero cuanto más deprisa corría, más se alejaba de ella, hasta desaparecer. Y luego el silencio, augurio de malas noticias, que le aterrorizaba.

Alberta. En el sueño era Alberta la que aullaba. ¿En el sueño? No, fuera del sueño. Llorando hasta que sus gritos habían traspasado el sueño. De no haber sido por el brandy que la atontaba, se habría despertado antes, se habría dado cuenta de dónde provenía el llanto. Julia arrojó las mantas a un lado y saltó de la cama. Estaba segura de que la niñera ya habría calmado a la niña, pero aun así sentía una fuerte necesidad de tomar a su hija en brazos, llevársela al pecho, consolarla, hacerle saber que no le iba a pasar nada malo.

Salió corriendo del dormitorio, pasillo abajo, hasta la habitación del bebé. La niñera estaba sentada en una silla con la lámpara encendida y un libro en las manos. No era Alberta. No tenía a Alberta en brazos.

Quien la tenía era Edward. Tumbado en la cama de la niñera con los ojos cerrados y Alberta tumbada sobre su pecho, con las rodillas encogidas y el culillo apuntando hacia arriba. A ambos lados del cuerpo de Edward había una barrera de almohadas para que, en caso de que la niña rodara, no llegara muy lejos. Aunque Julia no temía que fuera a moverse gran cosa, pues una de las enormes manos de Edward le sujetaba la espalda, manteniéndola inmóvil.

La niñera dejó el libro a un lado y, poniéndose de pie, se acercó de puntillas a Julia.

—Lloraba una barbaridad y yo era incapaz de calmarla. El conde apareció bastante contrariado. Dijo que la oía aullar desde el estudio. Pensaba que iba a golpearme allí mismo. Pero lo que hizo fue tomarla en brazos, tumbarla sobre su pecho y, de inmediato, ella se calmó.

Había acudido al rescate, comprendió Julia, mientras ella sufría las consecuencias del exceso de bebida y solo había sido capaz de despertarse perezosamente. ¿Cómo había conseguido Edward vivir así durante años, emborrachándose cada noche? Aunque lo más desagradable era el despertar.

—Busca una cama en alguna otra habitación y duerme un poco —le ordenó ella a la niñera.

—No debería abandonarla.

—Estará bien.

—Gracias, milady.

Julia esperó a que la niñera se hubo marchado para sentarse en una silla cerca de la cama. La visión del corpulento y fuerte hombre tumbado sobre la pequeña cama con su hija durmiendo junto al corazón hizo que le entraran ganas de llorar. No le gustaba ser tan emotiva. Maldita fuera la comadreja por acudir al rescate de la princesa. Maldito su propio corazón por la alegría que había sentido al verlo, tanta alegría que había pensado que se le podría salir del pecho, después de no haber visto más que una fugaz imagen suya durante días.

Había perdido peso. Bajo los ojos se adivinaban unas oscuras sombras. Aunque dormía, parecía cansado. ¿Hasta qué punto era justo castigarlo por cumplir el deseo de Albert? No, el castigo era por las seis semanas durante las que le había ocultado la verdad y, en cambio, la había seducido.

«Si lo conocieras mejor, creo que te gustaría», le había dicho su esposo en una ocasión. El problema era que le gustaba demasiado.

No iba a pedirle la casa de Cotswolds, porque Edward estaba en lo cierto, maldito fuera. Alberta pertenecía a Evermore. En ningún otro sitio sería más querida, más mimada, en ningún otro sitio estaría más protegida.

Desgraciadamente, Julia temía que en ningún otro sitio se sentiría ella más infeliz.

CAPÍTULO 17

El invierno había sido horrible. Edward soltó un juramento ante el viento glacial que lo azotaba mientras bajaba del caballo frente a la tienda de té del pueblo. A continuación se dedicó a sí mismo unos improperios aún más fuertes por desafiar a la que, sin duda, era la última tormenta antes de la primavera. Y todo por un capricho, por unas tartaletas de fresa. Y ni siquiera eran para él. Había pasado casi semana y media y Julia aún no se había comunicado con él de ninguna manera. Sabía que seguía llorando la muerte de su esposo y esperaba que las tartaletas de fresa pudieran animarla, disminuir el rechazo que sentía hacia él. O que al menos le abrieran el apetito. En cualquier caso, su ira era mejor que su tristeza.

La campanilla que había sobre la puerta sonó al entrar Edward en el salón, agradecido por el calor del interior. Solo había un cliente, un niño, descalzo y sin abrigo. ¿Qué clase de padres podían ser tan negligentes? Se propuso firmemente hablar con ellos.

—Por favor —suplicaba el muchacho mientras levantaba un puño que, al parecer, se cerraba sobre una moneda—. Mi madre tiene hambre.

—Lo siento, cielo —contestó la señora Potts—, pero un penique no bastará para comprar un pastel de carne.

—Pero se morirá.

—Estoy segura de que se pondrá bien —la mujer levantó la vista hacia Edward—. Buenos días, lord Greyling. ¿En qué puedo servirle?

Edward era consciente de que la señora Potts no recibiría ningún beneficio si regalaba comida, pero sin duda podría hacer alguna excepción. Por otra parte, si empezaba a regalar cosas, pronto tendría una procesión de mendigos ante su puerta.

Edward se arrodilló ante el niño, que tendría unos seis años según sus cálculos, sorprendido por lo sonrojado que tenía el rostro. No hacía tanto calor ahí dentro.

—¿Qué le pasa a tu mamá, chico?

—Está enferma.

—Seguramente gripe —intervino la señora Potts—. Hay mucha gente que la pilla estos días.

Él tocó la frente del niño.

—Está ardiendo.

—Pues entonces no debería estar aquí dentro. Márchate, muchacho. Vete a casa.

Edward alzó una mano para detener el ataque de histeria de la mujer mientras, con el otro brazo, rodeaba los huesudos hombros del pequeño.

—¿Cómo te llamas, chico?

—Johnny. Johnny Lark.

—¿Cuántos sois de familia?

—Cuatro.

—Pónganos cuatro pasteles de carne, señora Potts. Anótelos en mi cuenta —Edward se quitó el abrigo y envolvió con él a Johnny Lark antes de tomarlo en brazos. El chico pesaba menos que una pluma. Edward tomó la caja que la señora Potts había dejado sobre el mostrador—. Y póngame también cuatro tartaletas de fresa. Volveré enseguida a por ellas —de nuevo se centró en el chico—. Muéstrame dónde vives, Johnny.

Vivían en una pequeña cabaña al final del pueblo. A juzgar por la ropa tendida en la parte trasera, Edward supuso que la madre de Johnny era lavandera. Dejó al muchacho en el suelo y llamó a la puerta. Nadie contestó, de modo que la abrió y casi se tambaleó al ser asaltado por el fétido hedor de la enfermedad.

—Señora Lark —llamó mientras entraba.

En una cama en la esquina de la cabaña, una mujer de cabellos rojos se incorporó trabajosamente.

—¿Qué has hecho, Johnny?

Su voz sonaba ronca y débil. El rostro bañado en sudor. La mirada apagada.

—Le ha traído comida. Soy el conde de Greyling.

—¡Oh, milord!

Edward corrió hasta la cama y posó una mano sobre el hombro de la mujer, impresionado por el calor que desprendía su cuerpo a través de la ropa.

—No se levante. He venido para ocuparme de usted.

—Pero es un lord.

—Un lord más que impresionado por el arrojo de su hijo —Edward se giró y tomó el abrigo que había prestado al muchacho, colgándolo de una silla junto a la mesa. Abrió la caja y colocó sobre la mesa un pastel de carne—. Necesitas comer, Johnny.

—Pero mi mamá…

—Yo me ocupo de tu mamá.

De debajo de la cama surgió una niña de cabellos rojos, algo más pequeña que Johnny. Edward dispuso otro pastel de carne para ella y la subió a una silla. Después localizó cucharas para todos ellos. El cuarto miembro de la familia todavía estaba en la cuna. Iba a tener que triturar el pastel de ese pequeñín. También tenía que encontrar algo de leche.

Llevó uno de los pasteles hasta la cama y se lo ofreció a la mujer.

—No conseguiré aguantarlo en el estómago —ella sacudió la cabeza.

—Tiene que intentar comer, aunque solo sea un par de mordiscos. ¿Qué le ha dicho el médico?

—Aquí no viene. No tengo dinero para pagar.

—¿No ha estado aquí ni una sola vez?

Ella volvió a sacudir la cabeza.

—Ni siquiera vino cuando mi esposo se moría la semana pasada. Dijo que no había nada que hacer. Ben murió. El enterrador vino y se lo llevó, junto con mi última moneda. Y entonces enfermé yo. ¿Quién cuidará de mis pequeños cuando me haya ido?

—No va a ir a ninguna parte —Edward le puso el pastel en la mano—. Coma lo que pueda. Voy a buscar al médico —tomó el abrigo y echó a andar hacia la puerta.

—Ya le digo que... no vendrá.

Edward se detuvo y miró hacia atrás.

—Por mí, más le valdrá venir.

Salió corriendo a la calle, apenas consciente de la helada lluvia que había comenzado a caer. Al ver a la mujer enferma, el bebé en la cuna, la niña salir de debajo de la cama, había sentido una punzada de pánico, pues en su mente se le había aparecido Julia, sola y condenada a vivir en unas condiciones paupérrimas. Si decidía no permanecer en Evermore, no iba a vivir en ningún cuchitril. Tendría la casa de Cotswolds, un ejército de sirvientes y fondos suficientes para asegurar que ni a ella ni a Allie les faltara nunca de nada. Les asignaría un fideicomiso. Era lo primero que debía hacer. Y también iba a hacer testamento. Necesitaba asegurarse de que sus necesidades estuvieran cubiertas. No sentía enfado por el hecho de que Albert no hubiera considerado esos detalles. Era un hombre joven y fuerte. ¿Cómo iba a pensar que la muerte le iba a llegar antes de cumplir los treinta? Pero la Muerte no se fijaba en calendarios o relojes, y Edward no pensaba dejarse sorprender por ella sin tenerlo todo bien atado antes.

Se había ocupado de organizar todos sus bienes, de hacer inventario de todo lo que iba con el título. Su hermano había dejado todo en bastante buen estado, pero aún le quedaba mucho por aprender, mucho por entender. Aunque no era el señor de la localidad, no podía evitar sentir que tenía cierta responsabilidad para con los habitantes del pueblo. Era el mayor terrateniente de la zona, el único hombre con título en varios kilómetros a la redonda. Y esos dos detalles iban acompañados de responsabilidades que no tenía intención de sacudirse de encima.

Al llegar a la casa del médico, aporreó la puerta. Abrió una mujer de pequeña estatura con los cabellos del color de la mazorca de maíz. La mujer abrió los ojos desmesuradamente.

—Lord Greyling, no debería haber salido con este tiempo. Pase.

—¿Está su marido en casa? —Edward se quitó el sombrero y entró al descansillo.

—Está en casa del señor Monroe, sajando un forúnculo. Si desea esperarlo, no debería tardar mucho.

—Así lo haré, gracias.

—¿Le apetece una taza de té?

—No quisiera molestarla.

—No es ninguna molestia.

—Entonces sí, gracias, me vendría muy bien.

—Por favor, tome asiento.

—Estoy empapado, señora Warren. No quisiera estropearle la tapicería. Prefiero quedarme de pie.

—Como guste. No tardaré.

Warren, en cambio, parecía estar tomándose su tiempo. No fue hasta una hora, y dos tazas de té, más tarde cuando entró por la puerta. Sus ojos se abrieron desmesurados.

—Greyling, qué sorpresa tan agradable.

—No tan agradable. He estado en casa de la señora Lark. No está nada bien.

—Lo sé. Gripe.

—¿Y cómo puede saberlo? Ni siquiera la ha visto.

—La mitad del pueblo ha sucumbido —el médico alzó la barbilla.

—¿Cuál es el tratamiento?

—No hay ninguno salvo dejar que siga su curso.

—Su esposo murió.

Warren bajó esa barbilla que Edward desearía poder machacar de un puñetazo.

—Esta enfermedad puede resultar bastante… implacable.

—Tiene tres hijos pequeños. El muchacho también tiene fiebre.

—Me temo que es contagiosa.

—Entonces, ¿es falta de dinero o falta de coraje lo que le impide ir a visitarla?

La barbilla volvió a alzarse y la nariz describió un arrogante ángulo.

—No tolero que me acuse de ser un cobarde.

—Menos mal. Entonces se trata de dinero. Soy capaz de soportar a un hombre falto de compasión. Me acompañará a verla. Y acudirá a casa de cualquier persona que esté enferma. Si no pueden permitirse pagarle por su tiempo, vendrá a mí para cobrar. También quiero que haga saber que seré generoso con todo el que esté dispuesto a cuidar de quien no tenga quien le cuide.

—Juntar sanos con enfermos no hará más que extender la enfermedad —Warren sacudió la cabeza.

—¿La solución es dejarles morir?

—No mueren todos.

—Entonces puede que solo se sienta malestar durante un tiempo. Hará lo que le he pedido, de lo contrario en primavera habrá otro médico en el pueblo —independientemente de la respuesta de Warren, Edward ya había decidido que en primavera habría otro médico. Un poco de competencia solía sacar lo mejor de las personas—. ¿Nos vamos?

—Dado que el señor Lark acaba de morir —Warren suspiró—, no sé si conseguiré encontrar a alguien dispuesto a acudir a esa casa y cuidar de la señora Lark y sus hijos. La muerte tiende a incomodar a la gente, como si fuera a volver a visitar el mismo hogar.

—No hace falta que busque a nadie para esa mujer. No voy a pedir a otros lo que no esté dispuesto a hacer yo mismo. Yo me ocuparé de la señora Lark. Solo necesito que la examine y me indique qué puedo hacer para ayudarla.

Sentada en el sofá frente a la chimenea de su dormitorio, Julia consultó la hora en el reloj que descansaba sobre la repisa. La aguja pequeña casi marcaba las dos, y la grande casi las doce. No había recibido ninguna nota avisándole de la visita del conde a la habitación del bebé. ¿Daba por hecho que, después de diez días, el ritual había quedado establecido y que acudiría a ver a su hija sin avisar?

¿O acaso se había cansado de las visitas, harto de entregarle su tiempo a Alberta? ¿Había estado utilizando a Alberta para manipularla a ella ofreciéndole un cebo y, al fracasar, había decidido dejar tirada a la niña como un trasto inútil?

Incluso mientras pensaba en ello, Julia era incapaz de imaginárselo haciendo algo así, no después de haber visto dos noches atrás a Alberta, acurrucada, protegida, sobre el pecho de Edward.

Torrie sin duda era la culpable. Se habría entretenido con alguna tontería en lugar de atender sus obligaciones. Levantándose de un salto, atravesó la estancia y tiró del llamador. Después recorrió inquieta la habitación, preguntándose por qué estaba tan tensa como un arco. Cuando al fin oyó el golpe de nudillos sobre la puerta, sintió un inmenso alivio.

—Adelante.

—¿Ha llamado, milady? —Torrie entró e hizo una pequeña reverencia.

—¿No tienes ninguna nota que entregarme?

—No, milady.

Julia no estaba preparada para la decepción que sintió.

—¿El conde no te ha dado una nota para mí?

—No veo cómo iba a poder hacer tal cosa. No está aquí.

—¿Qué quieres decir con que no está aquí? —¿dónde estaba? ¿En Londres? ¿En otra de sus propiedades? ¿En Havisham Hall? No podía marcharse así sin más, sin avisar.

—Esta mañana se dirigió al pueblo a caballo y aún no ha regresado.

—¿Con este tiempo? —Julia levantó bruscamente la cabeza—. No hace falta que contestes. No somos quién para cuestionar sus decisiones.

Pero ¿por qué tenía ese hombre tanta afición a montar a caballo con mal tiempo? Sin duda por el aventurero que habitaba en su interior. Sintió lástima por su pobre esposa, que probablemente pasaría una gran parte de su tiempo preocupándose por él. No era que ella estuviera preocupada. Por ella como si se moría. Le estaría bien empleado por no decir una palabra cuando ella le susurraba obscenidades al oído. Aún se sentía mortificada al recordar que había oído cada una de esas palabras que ella había pronunciado.

—Eso será todo.

—¿Quiere que la avise cuando regrese?

—Eso sería espléndido. Voy a pasar media hora con lady Alberta, y luego me pondré a trabajar con las acuarelas —había estado imaginándose un nuevo personaje para su colección de animales y estaba ansiosa por ponerse manos a la obra.

La doncella sonrió como si Julia acabara de anunciar que iba a regalarle una casa y que ya no iba a tener que trabajar durante el resto de su vida.

—Muy bien, milady. Esa habitación ha estado muy solitaria sin usted.

—No seas absurda, Torrie. Una habitación no puede sentirse solitaria.

—Le sorprendería, milady.

Quizá no tanto, ya que por las noches sentía su propio dormitorio tremendamente solitario. La noche anterior, cerca de la medianoche, había acudido al dormitorio en busca de una paz que no lograba comprender. Al no encontrarla allí, había ido al dormitorio asignado a Edward en sus visitas. Los baúles seguían allí, sin que nadie los hubiera tocado desde la última vez que ella misma había estado allí. Dejándose caer al suelo, abrió el de Albert y lloró al percibir el familiar aroma de su esposo. Y, por razones que no alcanzaba a comprender, abrió el de Edward y lloró con mucha más fuerza.

Qué difícil tarea le había encomendado Albert a Edward. Todas las conversaciones mantenidas con él desde su regreso seguían grabadas en su mente y, bajo una luz distinta, percibió a un hombre esforzándose por permanecerle tan fiel como podía mientras, al mismo tiempo, la engañaba a ella.

Sacudió la cabeza para desprenderse de tan inquietantes pensamientos y, tras calzarse, bajó a la habitación del bebé. No había ninguna necesidad de evitar hacer ruido para no ser descubierta.

—Milady —la niñera se puso de pie de un salto.

—Baje a tomarse una taza de té. Yo vigilaré un rato a lady Alberta.

—¿El señor no vendrá, entonces? —la niñera frunció el ceño y desvió la mirada hacia la puerta.

—Quizás más tarde —Julia se acercó a la cuna y tomó a Alberta—. Hola, mi cielo —el rostro del bebé se arrugó como si estuviera a punto de estallar en llanto—. Ya sé que no soy quien esperabas, pero se ha retrasado. Estoy segura de que vendrá a verte en cuanto llegue a casa.

Abrazando a su hija, se sentó en la mecedora.

—No tengo el don de tu tío para contar cuentos. ¿Qué crees que estará haciendo la traviesa comadreja? ¿Sabes qué creo yo, Allie? Creo que la comadreja, que se supone es la villana de nuestra historia, puede que resulte ser el heroína.

Horas después, Julia dejó las acuarelas a un lado y se acercó a la ventana. Ya se había hecho de noche y él aún no había regresado. Empezaba a considerar la posibilidad de enviar a los muchachos de las cuadras en su busca cuando Torrie apareció y le entregó una nota.

Lady Greyling,

En el pueblo hay una viuda que requiere mi asistencia. No estoy seguro de cuándo podré regresar. Dale un beso a lady Alberta de mi parte y dile que la quiero.

Greyling

Tras soltar un bufido, ella arrugó la nota. ¿La creía estúpida? Sabía muy bien qué clase de asistencia estaba prestando a la viuda. Era un hombre y tenía sus necesidades, y sin duda quedarían satisfechas pasando la noche en brazos de una viuda. Menuda asistencia.

Julia cenó en el comedor por primera vez desde aquella fatídica noche cuando había descubierto la verdad. Su única compañía era el tictac del reloj sobre la repisa de la chimenea, y el lacayo que retiraba un plato y le servía otro. Aunque había cenado muchas veces sola en ese comedor durante la ausencia de Albert, no recordaba haberse sentido tan devastadoramente sola.

Después de la cena, tomó una copa de oporto en el estudio de Edward, sentada en un sillón mientras escuchaba el crujir de la leña al quemarse, imaginándolo allí solo noche tras noche, mientras ella permanecía en su dormitorio procurando que él comprendiera el desagrado que le había producido su comportamiento, esperando hacerle sentirse desgraciado. Pero al final era ella la que se sentía desgraciada.

Pasadas las diez acudió a la sala de billar y, utilizando una mano en lugar del taco, hizo rodar una bola tras otra por la mesa mientras recordaba con qué facilidad la había levantado para sentarla allí, la traviesa sonrisa que le había ofrecido. Recordó todas las ocasiones en que la había mirado con deseo, todas las ocasiones en que le había hecho sentir que no tenía ningún interés en otra mujer, en que le había hecho creer que ninguna otra mujer podría satisfacerle.

Qué estúpida había sido. No podía dejar de imaginárselo con la viuda. Ojalá fuera vieja, arrugada, sin apenas dientes. No, sin ningún diente. Aunque lo cierto, sospechaba, era que sería joven y bonita, y más que dispuesta a proporcionarle una noche de confort a un hombre tan fornido y atractivo como él.

De repente comprendió por qué bebía, por qué había buscado anular sus sentidos. Pues pensar en él en brazos de otra mujer hacía que le entraran ganas de llorar, a pesar de ser muy consciente de no tener ningún derecho a él, a pesar de no tener ningún motivo para esperar fidelidad de su parte.

El hecho de que estuviera con otra mujer no debería provocarle ese dolor en el pecho. No debería echarlo de menos.

Debería sentirse agradecida por esa noche, por su realidad, porque le había hecho comprender que quizás no fuera lo bastante fuerte para seguir viviendo allí.

Dos días más tarde, Julia estaba convencida de que la viuda no solo era joven, sino también tremendamente capacitada para complacer al conde y distraerle de sus obligaciones. Mientras lanzaba brochazos de acuarela contra el lienzo para crear un cielo tormentoso, sintió fugazmente la tentación de ir a caballo hasta el pueblo y recordarle al conde de Greyling sus responsabilidades. Quizás se había pasado a las mozas de taberna. Tenía que saciarse de sus vicios, ya fueran vino, mujeres o juego, hasta el exceso.

Había llegado a creer que había cambiado, que era distinto, pero era evidente que volvía a caer en sus antiguos vicios.

Torrie abrió la puerta y entró con una bandeja con el té. La dejó sobre una mesita frente al fuego.

—Le he traído el té.

Julia se sentó en el sofá y sonrió complacida al ver las cuatro tartaletas de fresa.

—Por favor, felicita a la cocinera de mi parte. No tenía ni idea de que fuera capaz de preparar unas tartaletas idénticas a las de la tienda de té del pueblo.

—En realidad, milady, son de la tienda de té del pueblo. El señor acaba de traerlas.

—¿Ha regresado el conde? —ella levantó bruscamente la cabeza.

—Sí, milady. Hará unos veinte minutos a lo sumo. Le dio las tartaletas al señor Rigdon, con órdenes de servirlas con su té, y corrió a sus aposentos.

Había regresado y le había comprado un obsequio. Julia se sintió conmovida por el hecho de que hubiera recordado lo mucho que le gustaban las tartaletas de fresa, casi tan conmovida como para pasar por alto que había pasado las tres últimas noches en compañía de una viuda.

Tomó un bocado del dulce y gimió ante el placer que le produjo su sabor. Resultaba tan decadente y, de repente, se sentía en deuda con él. Iba a tener que darle las gracias.

Torrie se volvió con intención de marcharse.

—Plancha mi vestido rojo. Esta noche cenaré con el conde.

La sonrisa de la doncella fue tan deslumbrante que casi resultaba cegadora.

—Sí, milady. Será un placer.

Prácticamente corrió fuera de la habitación mientras Julia seguía saboreando la tartaleta y se preguntaba si Edward acudiría a la habitación de las acuarelas más tarde, si iría a ver a Allie.

Edward se apoyó contra la pared junto a la ventana mientras su ayuda de cámara supervisaba los preparativos del baño y la preparación del fuego en la chimenea. Nunca en su vida se había sentido tan condenadamente cansado. La fiebre de la viuda al fin había remitido la noche anterior, y la de su hijo aquella misma mañana. Los otros dos niños al parecer habían escapado a la enfermedad, al menos de momento. Él mismo no creía haber corrido la misma suerte, pues los escalofríos le sacudían todo el cuerpo.

De vuelta a Evermore, había achacado su malestar a una mezcla de agotamiento y el mal tiempo. Pero en esos momentos ya no estaba tan seguro. Cuando los sirvientes concluyeron sus tareas, el ayuda de cámara se mantuvo en guardia junto a la puerta. Edward ya le había ordenado que se mantuviera a distancia.

—Una vez que salgas de aquí, no quiero que vuelvas.

—Milord, tengo la impresión de que no se encuentra bien.

—Muy observador. Voy a formar una bola con toda mi ropa y lanzarla por la puerta. Tócala lo menos posible. Y quémalo todo —seguramente era un poco exagerado, pero estaba empeñado en hacer todo lo necesario para que nadie más enfermara—. Cada dos horas dejarás junto a la puerta una jarra con agua y un cuenco con sopa. Si al cabo de dos días permanece todo intacto, entonces puedes entrar.

—Milord...

—Si entras antes, pagarás las consecuencias. Y ni se te ocurra decir una palabra de esto a la condesa.

Dudaba mucho que Julia preguntara por él, pero de nuevo toda precaución era poca. Y no le apetecía oírla rezar por su pronto fallecimiento.

—Esto no me parece bien, milord.

—No es más que gripe. Me encontraré fatal durante unos cuantos días y luego estaré bien. No hay motivo para preocupar a nadie más con esto.

—Como guste, milord.

—Eres un buen hombre. Y ahora márchate.

Con evidente reticencia, Marlow abrió la puerta y salió. Edward quitó la manta de la cama y la arrojó al suelo, tentado de tumbarse allí mismo. Sin embargo, comenzó por el laborioso proceso de quitarse la ropa.

Esperaba que Julia hubiera disfrutado de las tartaletas de fresa.

Cenó sola, maldito fuera ese hombre. No había acudido a la habitación donde ella trabajaba con las acuarelas. Ni había visitado a Allie. Su ausencia en el segundo caso resultaba chocante, ya que parecía adorar a la niña. ¿Había estado fingiendo con el fin de conseguir los favores de la madre?

No lo creía probable. Desde el instante del nacimiento de su hija, él se había mostrado imposiblemente tierno y sinceramente preocupado por el bienestar del bebé. Quizás no fuera más que el agotamiento posterior a la juerga. Por experiencia sabía cuánta energía, cuánto de sí mismo, entregaba a la causa del placer. Por mucho que lo intentara, Julia no lograba quitarse de la cabeza la imagen de ese magnífico cuerpo tensándose, flexionándose, mientras se deslizaba por su cuerpo.

Maldito fuera. Maldito fuera por hacerle saborear fugazmente todo lo que jamás podría tener. Maldita fuera ella misma por la debilidad de un cuerpo que deseaba ser agasajado.

Pasó la mayor parte de la noche dando tumbos en la cama. Cada vez que se adormilaba soñaba con él a su lado. Aunque Albert y Edward eran idénticos en aspecto, sabía que era Edward con quien soñaba por su sonrisa traviesa y tórrida mirada.

Despertó de un pésimo humor y con la necesidad de enfrentarse a él, pero temía que eso le produjera satisfacción, que adivinara que había encendido en ella la chispa de los celos al pasar varias noches con otra mujer. Lo cual era totalmente ridículo, ya que ella no poseía ningún control sobre el conde. Era una viuda de luto. Lo último en lo que debería estar pensando era en otro hombre.

Aun así, quería darle las gracias por las tartaletas. Resultaba inconcebible que no lo hubiera hecho aún. Desayunar en el comedor le daría la oportunidad de expresarle su agradecimiento.

Sin embargo, al entrar en el comedor, Rigdon le comunicó que el conde desayunaría en su habitación. ¿Primero la cena y luego el desayuno? Se estaba recluyendo, igual que había hecho ella. ¿Por qué?

—¿Va a hacer todas las comidas en sus aposentos?

—De momento sí —contestó Rigdon con evidente incomodidad, casi con expresión de culpabilidad.

—¿Qué es lo que no me estás contando? —Julia lo miró con los ojos entornados.

—Nada, milady.

Por supuesto que había algo. De lo contrario, el mayordomo no habría evitado su mirada. ¿Por qué permanecía Edward en sus aposentos? ¡Por Dios santo! ¿Tenía con él a la viuda alegre? ¿Se había recluido para poder intimar con ella?

¿Y qué si lo había hecho? No era asunto suyo. Ella no podía prohibirle llevar mujeres a su propia casa, no como cuando esa casa era suya. Salvo que todo el mundo creía que Albert le estaba siendo infiel. Y eso no podía tolerarlo. Ese hombre estaba despreciando a Albert y la relación que había mantenido con su esposa.

—No está bien lo que hace, milady —de repente Rigdon se cuadró de hombros y encajó la mandíbula—. El señor se está comportando de un modo estúpido en este aspecto.

De modo que estaba en lo cierto y los sirvientes estaban al corriente de que estaba con otra mujer. ¿Por qué demonios no se había mostrado más discreto? La ira que la invadió le provocó una oleada de calor e indignación.

—Nos ordenó que no le dijéramos nada. Pero temo por él.

Y no le faltaban motivos. Pues iba a asegurarse de que Edward no volviera a ser recibido en ninguna casa decente. Humillarla de ese modo era pasarse de la raya. Incluso se planteó clavarle un atizador en cierta parte de su cuerpo para asegurarse de que no pudiera complacer a ninguna otra viuda.

—Todavía no ha tocado el agua ni la sopa que Marlow le dejó junto a la puerta —continuó Rigdon.

¿Sopa? ¿Estaba agasajando a su amante con sopa? No podía decirse que fuera un método de seducción muy apropiado. Sin embargo a ella le había comprado tartaletas de fresa. Aquello no tenía ningún sentido. Julia sacudió la cabeza.

—¿Dónde dices que Marlow le ha dejado la sopa?
—En el pasillo, junto a la puerta del dormitorio del señor.
—¿Por qué?
—Porque ha prohibido que nadie entre, a no ser que la sopa permanezca intacta en el pasillo durante más de dos días, en cuyo caso sí podrá entrar alguien. Supongo que porque, en ese caso, significará que lord Greyling habrá fallecido.

¿Podía uno morirse por demasiado sexo? Julia supuso que

sí, y lo cierto era que no era un modo tan desagradable de marcharse...

—Rigdon, no estoy segura de comprenderlo.

—Claro que no, milady, porque nos ha prohibido contárselo.

—Pues yo sugiero que me lo cuentes.

—Me matará.

—Y, si no me lo cuentas, te mataré yo.

—De acuerdo —el mayordomo suspiró ruidosamente—. Lord Greyling está enfermo.

—¿Enfermo?

—Sí, señora. Gripe. Teme que si no permanece aislado...

El resto de las palabras quedaron sin registrar por parte de Julia, que ya corría pasillo abajo. Sus padres habían muerto de gripe. ¿Cómo había ocurrido? ¿Cómo había enfermado? Era demasiado fuerte, demasiado osado, demasiado joven para ser derrotado por una enfermedad como esa.

No fue hasta que llegó al ala ocupada por Edward cuando comprendió que no tenía ni idea de en qué habitación se alojaba. La sopa. No tenía más que encontrar el cuenco de sopa en el pasillo. Corrió escaleras arriba y, al llegar al descansillo, giró a la izquierda.

No le hizo falta localizar la sopa. Marlow permanecía sentado en una silla al final del pasillo. Al aproximarse ella, se puso en pie.

—Lady Greyling...

Ella pasó de largo.

—El señor no quiere...

Esas palabras también se perdieron mientras Julia abría la puerta y entraba en los aposentos, parándose en seco al ver a Edward tumbado sobre un revoltijo de sábanas. El tronco superior destapado y cubierto de sudor.

—No puedes estar aquí —él se irguió y sacudió una mano en el aire.

—Pues aquí estoy.

—Tienes que marcharte —Edward se derrumbó sobre la cama mientras ella se acercaba.

Julia lo ignoró y posó una mano sobre su frente.

—Estás ardiendo.

—Y por eso deberías marcharte.

Y eso era precisamente lo que no iba a hacer. Se volvió, agradecida al ver a Marlow de pie junto a la puerta.

—Que alguien vaya a buscar al doctor Warren.

—Él no podrá hacer nada —balbuceó Edward.

—¿Y desde cuándo te has convertido en un experto en medicina?

—Desde que cuidé de la señora Lark y su hijo.

¿Quiénes demonios eran la señora Lark y su hijo? ¿Y dónde estaba el señor Lark? Por Dios santo, ¿sería posible que no hubiera estado fornicando con una viuda, sino cuidándola?

—¿La señora Lark es viuda?

—Su esposo murió recientemente —él asintió—. Fiebre. Ella estaba enferma. El chico estaba enfermo. No debería haber regresado a Evermore. Debería haberme quedado en el pueblo, pero estaba tan cansado... Pensé que el frío que sentía se debía al mal tiempo.

—Da igual. Precisamente lo que deberías hacer si estás enfermo es regresar a casa. Pero ¿por qué estabas tú cuidando de esta mujer y su hijo?

—Porque nadie más quería hacerlo.

Se había quedado en el pueblo para hacer una buena obra, y ella había pensado lo peor. ¿Cuánto tiempo iba a tener que pasar hasta que aceptara que el hombre con el que llevaba conviviendo casi tres meses era el verdadero Edward Alcott?

Julia se volvió hacia Marlow.

—Que alguien vaya a buscar al doctor Warren. Que venga tan rápido como pueda.

Mientras Marlow partía a cumplir con el encargo, ella

devolvió su atención a Edward y rezó para que «tan rápido como pueda», fuera lo suficientemente rápido.

—Deberá prepararse para lo peor, lady Greyling —anunció el doctor Warren mientras se apartaba de la cama. Su expresión recordaba la de un cachorrito apaleado—. No es probable que su esposo sobreviva.

Podría haberle soltado un puñetazo, tanto daba. Julia era incapaz de respirar, incapaz de sentir sus dedos, sus pies.

—Tiene que haber algo que pueda hacer.

—Lo siento —el médico sacudió lentamente la cabeza—. No puedo ofrecer ningún remedio para esta enfermedad.

—La mujer a la que cuidó, la señora Lark, ¿murió?

—No.

—¿Su hijo?

—También se ha recuperado.

—¿Y qué hizo por ella?

—Lo que hagamos no importa. Algunos mueren, otros no.

—¿Entonces de qué demonios sirve, doctor Warren? —Julia se dio media vuelta, intentando contener los temblores que le provocaban la ira y el miedo que la inundaba. De repente se volvió de nuevo hacia él—. Lárguese de aquí.

—Siento…

—No quiero oírlo. Márchese.

El médico se dirigió apresuradamente hacia la puerta.

Julia quiso mostrarse compasiva. Ese hombre seguramente había permanecido impotente mientras muchas personas morían, pero no era capaz de mostrar compasión cuando ni siquiera estaba dispuesto a intentarlo. Miró a Marlow, silencioso centinela de pie junto a la puerta.

—Trae un barreño con agua fría, paños, trozos de hielo y sopa recién hecha.

Cuando Marlow estaba a punto de marcharse, a Julia se le ocurrió una idea.

—Y a la señora Lark.

—¿Disculpe? —él se volvió.

A diferencia del doctor Warren, ella no tenía la intención de permanecer como una inútil mientras la enfermedad devoraba a ese hombre, que era mucho más noble de lo que ella habría supuesto jamás. Para sus adentros le había acusado de fornicar cuando lo que había estado haciendo era cuidar de los enfermos. Julia se avergonzaba de sus pensamientos. Siempre esperaba lo peor de ese hombre, pero durante casi tres meses solo le había mostrado lo mejor de sí mismo.

—Que un lacayo se dirija al pueblo y le pregunte a la señora Lark exactamente cómo la cuidó lord Greyling. Que lo anote todo por escrito. Incluso los detalles más nimios pueden ser importantes.

—Mi madre siempre recomendaba un ponche caliente.

Eso sin duda le encantaría a Edward.

—Gracias, Marlow. Tráelo también.

Marlow se marchó y cerró la puerta. Julia devolvió su atención a Edward. Parecía haberse dormido, pero ella no podía evitar pensar que el tiempo era primordial. Estaban solos y ella podía dirigirse a él de un modo más íntimo.

—Edward, Edward, necesito que te despiertes un momento.

Él abrió los ojos y de inmediato los cerró.

—Escúchame. He enviado a un sirviente a hablar con la señora Lark. Pero ¿podrías tú decirme qué hiciste para que mejorara? —le sacudió por un hombro, pero él no respondió. Julia sacudió más fuerte—. Edward, ¿puedes contarme qué hiciste?

—Lo maté —él abrió los ojos y parpadeó—. Yo maté a Albert.

CAPÍTULO 18

Sin duda lo odiaría, más de lo que ya lo odiaba, tanto como él se odiaba a sí mismo. Julia se marcharía. Necesitaba que se marchara tanto como necesitaba que se quedara.

—Lo que te conté sobre cómo... murió Edward. Fue cómo murió Albert.

—Sí, eso ya lo había supuesto —contestó ella con dulzura.

Edward se sentía tan acalorado y sudoroso que bien podría estar caminando por la selva en ese mismo instante. Tenía que contárselo. Julia debía conocer la verdad, pero le resultaba muy difícil pensar, centrarse. Aun así, la sensación de culpa lo había estado devorando. No podía llevarse la verdad a la tumba. Jamás le contaría lo mucho que Albert había sufrido por su culpa. Pero tenía que comprender que lo sucedido no había sido culpa de Albert.

—No te conté exactamente qué ocurrió. Yo, y no Albert, era el que estaba jugando con el bebé gorila. Albert se limitó a apartarse a un lado y advertirme.

—«No te acerques tanto».

—«No pasa nada. Es un amor. Mira con qué alegría vino hacia mí».

—Pero, como de costumbre, no le hice caso. El enorme gorila que salió enfurecido de la jungla venía a por mí. Yo era su objetivo, porque me percibió como una amenaza. Salvo que Albert se interpuso en su camino. ¿Lo entiendes? Debería haber sido yo el que fuera lanzado por los aires, el que muriera. Yo nunca quise quitarle nada a Albert. Perdóname.

Sentada en el borde de la cama, Julia le tomó una mano. La suya era fresca, muy fresca, y Edward deseó sentirla sobre su frente, su pecho.

—No hay nada que perdonar —contestó ella en un susurro—. Tú eras su hermano menor. Por supuesto que tenía que intentar protegerte.

—Su hermano menor por tan solo una hora —él tragó con dificultad, ignorando el dolor de su garganta—. Debería haberlo salvado. Nunca debería haber insistido en que me acompañara a ese maldito safari.

—Él quería ir. Quería estar allí. Si quieres te leo su diario. Ya lo verás. Le parecía una aventura maravillosa, y no se la habría perdido por nada del mundo. Cada noche escribía cosas muy bonitas del tiempo que había compartido contigo.

—Cada noche hablaba de ti.

—Cuando te encuentres bien, me contarás qué te decía.

—Quería que te llevara a Suiza.

—¿Y por qué iba a querer que hicieras tal cosa? —Julia lo miró perpleja y sacudió la cabeza.

—Yo supuse que sería porque deseabas visitar ese lugar.

—No especialmente. A lo mejor quería darme una sorpresa llevándome allí, pero no es un lugar que yo deseara especialmente conocer.

Edward la miró fijamente y, entre la neblina de su mente, se esforzó por recordar las palabras exactas de Albert. ¿Las había malinterpretado?

—No tiene sentido.

—Tampoco lo tiene que te culpes de su muerte. Él se sentiría amargamente disgustado si sigues haciéndolo. Sucedió lo que sucedió. No fue culpa de nadie. Tuvisteis mil opciones a lo largo del viaje y elegir una en lugar de otra podía cambiarlo todo. Siempre creemos que de haber elegido otra opción nos habría ido mejor. Pero lo cierto es que también podría haber traído algo peor.

Julia tenía razón. En ese mismo instante él podría estarle llevando algo peor.

—Por favor, no te quedes aquí conmigo. Si caes enferma, si enferma Allie...

—No lo haremos. No lo permitiré. Y tampoco voy a permitir que mueras.

Edward no pudo evitar una irónica sonrisa.

—Esas fueron mis palabras.

—Tus palabras, en efecto. No me hagas quedar como una mentirosa.

Era evidente que no se iba a marchar. Edward censuró su lado más débil por alegrarse, por desear que su rostro fuera lo último que viera, su voz lo último que oyera, su caricia lo último que sintiera.

—«Hoy hemos visto una magnífica cascada. El rugido del agua al caer era impresionante. Estábamos al borde de un acantilado, observando la increíble fuerza cuando Edward dijo de repente, "¿No le gustaría esto a Julia? ¿No te gustaría compartir toda esta belleza con ella?".

No pude evitar pensar que se había contenido para no decir que esa belleza palidecería a tu lado.

Aunque te echo terriblemente de menos, he disfrutado de este viaje y no lamento haber accedido a emprenderlo. Tenías razón, en cuanto nazca nuestro hijo no seré capaz de dejar de lado mis responsabilidades por algo tan egoísta como esto, y aun así es una experiencia que siempre recordaré con gran cariño.

Por raro que parezca, Julia, todas las noches hablamos de ti. Al principio, compartía algunos de mis recuerdos preferidos de ti porque pensé que, si Edward lograba verte como yo, le importarías tanto como me importas a mí.

Pero, sentados frente al fuego, charlando hasta altas horas de la noche, si yo no te he mencionado, en algún momento es él quien lo hace».

Julia levantó la vista del diario que había estado leyendo en voz alta y observó al hombre, tumbado inmóvil, sobre la cama. Le había obligado a comer unos trocitos de hielo y algo de sopa. No le había tenido que obligar, en cambio, cuando le había insistido en que tomara un poco de ponche. Nada sorprendente. Sin embargo, parecía debilitarse por momentos.

Al otro lado de la ventana, el día dio paso a la noche, llegó el amanecer, y de nuevo la noche. De vez en cuando Julia dormía unos minutos de siesta en una silla. Abría una ventana para dejar entrar el aire fresco, pues, ¿cómo podía ser sano el aire viciado de la habitación? A veces permanecía junto a la ventana y respiraba profundamente, aplicando todo lo que había aprendido de los cuidados que Edward había proporcionado a la señora Lark y a su hijo. La viuda le había explicado al lacayo que Edward les había obligado a beber hasta que ella pensó que se ahogarían. Les había comprado naranjas para que las comieran. Y había preparado una sopa con pollo y verdura. Julia se preguntó cuántas cosas habría aprendido durante sus viajes, qué habría tenido que hacer en ocasiones para sobrevivir. Y en esa ocasión también iba a sobrevivir.

A veces permanecía despierto mientras ella leía, pero la mayor parte del tiempo estaba durmiendo. Julia había llegado a la última página escrita del diario, la última noche en que Albert había mojado la pluma en el tintero y plasmado sus pensamientos sobre el pergamino. No pudo leer esas palabras en voz alta. Necesitaba que permanecieran solo para ella, y no podía evitar pensar que así las había escrito su esposo, solo para ella.

Empiezo a sospechar que no le desagradas en absoluto. Pero aún no sé por qué se empeña tanto en fingir lo contrario.

Tengo que admitir que el descubrimiento me ha supuesto todo un alivio. He pospuesto la redacción de un testamento que iba a hacer movido por el miedo a que no se ocupara de ti tanto como yo. Sabía que se ofendería si no le nombraba tutor de mi heredero, y aun así, basándome en su imprudente comportamiento de los últimos años, ¿cómo podía dejar a mis seres queridos en sus manos?

Había pensado en Ashe, pero aunque sea mi hermano de corazón, no es de mi sangre. Aceptaría la carga que yo le impondría sin quejarse. Mi padre puso nuestro cuidado en manos de un amigo, que no lo hizo nada mal y, aun así, siempre eché de menos estar en Evermore.

Nunca quise eso para mi hijo, ni para ti. Pero para ti quiero más que un techo, comida y ropa. Quiero que seas feliz.

Y temí que, bajo los cuidados de Edward, solo encontrarías infelicidad.

Pero ahora estoy convencido de que no podría dejarte en mejores manos.

Julia acarició con un dedo las últimas palabras. ¿Sabía realmente que no iba a regresar a ella? ¿O simplemente había estado considerando aspectos generales?

Aunque sabía que no había nada más escrito, volvió la página. La tristeza que sintió fue casi sobrecogedora. Quería más palabras, más ideas, más absolución, la confirmación de que no le parecería mal que ella manifestara esos confusos sentimientos hacia su hermano.

«No podría dejarte en mejores manos».

En esas palabras, Julia leyó autorización. En todo el diario había leído amor. Albert la había amado exactamente igual que ella lo había amado a él. Había deseado que fuera feliz. Encontrar esa felicidad sin él le parecía, al mismo tiempo, imposible y una traición. Pero daba la sensación de que él casi se lo esperaba, que la animaba a ser feliz, a encontrar nuevamente el amor, a pasar página. Albert ya sabía lo que ella empezaba a descubrir: tenía que hacer lo que él sugería si quería ser la mejor madre posible para Alberta.

Dejó el diario a un lado y cerró las manos en torno al paño puesto en remojo en una palangana de agua sobre la mesilla de noche, lo escurrió y empezó a limpiar el sudor de la frente, cuello y hombros de Edward. Él estaba inmóvil, su respiración era tan superficial como si no existiera. Su piel ardía al contacto con la mano, tanto que casi daba miedo. Julia se agachó y susurró:

—Lucha por mí, Edward. Albert querría que lo hicieras. En realidad, insistiría en ello. Y lucha por Allie. Necesita saber cómo termina el cuento.

—En el cajón derecho de mi escritorio —Edward abrió lentamente los ojos—. El cuento está allí, escrito para ella, esperándola.

¿Cómo había pensado convencerla para siempre de que no oía lo que decía?

—Estabas tan quieto que me asustaste.

—Sé que tú también te mueres por saber cómo termina —él sonrió fugazmente—. Veía el borde de tu falda desde la mecedora en la que me sentaba en el cuarto del bebé.

De modo que la había pillado. Julia ladeó la cabeza.

—Podría haber sido una sirvienta.

—¿Por qué no entrabas?

Ella desvió la mirada y presionó el paño contra el cuello de Edward.

—No quería darte la satisfacción de saber que me interesaba tu estúpido cuento.

—Todos eran para ti, y lo sabes. Todos los cuentos que te contaba en el salón.

Julia observó atentamente los familiares rasgos de su rostro, deseando no verlo tan demacrado y preguntándose cómo podía ser que, siendo idéntico en aspecto a Albert, cuando lo miraba no veía a Albert. Lo cierto era que le sorprendía haberlo hecho alguna vez.

—Recupérate y te invitaré a contar más.

—No te marches a los Cotswolds.

—Este no es ni el momento ni el lugar.

—Estoy débil, gozo de tu simpatía. Es el momento perfecto.

Julia necesitaba ocuparse con algo y volvió a remojar el paño antes de escurrirlo.

—Aún no he decidido qué voy a hacer, y ahora mismo no te prometeré nada que no esté segura de poder cumplir. Me gustaría, sin embargo, que apresuraras tu recuperación.

—¿Y renunciar a tenerte en mi dormitorio?

Ella volvió la mirada bruscamente hacia él, agradecida al ver un brillo travieso en sus ojos cuando había temido, desde hacía dos días ya, que se perdería a medida que la vida lo abandonara.

—Tu comportamiento está siendo inapropiado.

—A ti te gusta que sea inapropiado.

Y era cierto, maldito fuera.

—Debe ser que te encuentras mejor.

—Un poco —Edward cerró los ojos—. No voy a morir, Julia.

—Los sirvientes se sentirán aliviados. Conocen a tu primo, el que lo heredaría todo.

—Tú también te sentirás aliviada —él rio por lo bajo.

—Un poco, supongo —Julia colocó el paño húmedo sobre el torso de Edward, cerca del corazón.

—Siento no haberte dicho quién era nada más nacer Allie —él la agarró de la muñeca—. Eso estuvo mal por mi parte. Quiero que sepas, necesito que comprendas que, si las cosas hubieran ido a más entre nosotros aquella noche, Edward habría seguido enterrado.

Julia se reclinó en el asiento, sin saber muy bien cómo interpretar esas palabras. Edward había estado dispuesto a seguir haciéndose pasar por Albert el resto de su vida para no tener que renunciar a ella. Quizás debería sentirse halagada. Pero se sintió furiosa. Habría permanecido eternamente atrapada en una traición.

—Debería ser yo quien decidiera.

—Con las leyes inglesas no hay elección posible.

Porque una mujer no podía casarse con el hermano de su esposo fallecido.

—Siempre hay una elección. Vivir según la ley o en contra. No deberías dar por hecho qué elegiría yo.

—Tienes razón. Solo pensaba en lo que quería yo, y en el mejor modo de mantenerte feliz. Ahora veo lo injusto que fue para ti.

—Fue injusto para los dos. ¿En serio te gustaría vivir con una mujer que pensaba que estaba entregando su amor a otra persona?

—Nunca había amado a nadie antes. No soy ningún experto en esas cuestiones.

Ella era su primer amor. De entre todas las mujeres con las que había estado, no había amado a ninguna. Julia lo encontró a la vez triste y halagador.

—Creo que habría sido una lección muy dura. Al final habrías terminado por odiar tanto a Alberta como a mí, y tu vida y la mía habrían sido miserables.

—Lo siento mucho.

—Eso ya no tiene importancia —ella posó un dedo sobre sus labios—. Lo que importa ahora es pasar página.

—¿Pasaremos página?

—Supongo que, para descubrirlo, tendrás que recuperarte.

—Qué bruja más antipática. ¿Nunca vas a darme esperanzas?

—Estoy aquí, ¿no?

La respuesta pareció agradarle, pues Edward cerró los ojos y se durmió. Julia estuvo tentada de meterse en la cama con él, apoyar la cabeza sobre su hombro y sucumbir al sopor, pero temía que, si no permanecía vigilante, podría morir sin que ella se diera cuenta. Recordó a sus padres. Parecían estar recuperándose, hablaban con ella, le aseguraban que todo iría bien. Y a la mañana siguiente, los dos se habían ido.

La fiebre empezó a remitir al amanecer. Julia casi lloró de alivio. Tras llamar al ayuda de cámara para que atendiera al conde en todas sus necesidades, se dirigió al dormitorio que había al otro lado del pasillo y se dejó caer en la cama. En su vida se había sentido tan cansada.

Julia durmió dos días enteros. Después se bañó dos veces. Echó un vistazo a Allie desde la puerta mientras la niñera la sujetaba en alto. No se atrevía a acercarse demasiado, por si estuviera a punto de caer enferma. Esperaría una semana, y luego permanecería abrazada a su hija durante dos días.

Disfrutó de un copioso desayuno, comiendo hasta apenas poder moverse. Pero había que moverse. Envolviéndose en el abrigo, se dirigió al mausoleo. Entre las paredes de mármol había vertido su alma y su corazón a Albert, llorado sin parar, secado las lágrimas, lo había insultado, se había insultado a sí misma, insultado a Edward.

Pero desde la última vez había sabido que no había muerto por ser tan imprudente como para ponerse a jugar con una criatura salvaje, sino por intentar salvar a su hermano. Posó una mano sobre su efigie.

—He terminado de leer el diario. Pensaste en mí cada día, como yo pensé en ti. Y sigo haciéndolo. Me despierto y pienso que ya has bajado a desayunar. Pero no es así. Nunca volverás a hacerlo, y tengo que seguir recordándomelo.

Julia suspiró antes de continuar.

—Es increíble pensar que nos despedimos hace poco más de siete meses. Poco más de siete meses han pasado desde que te besé por última vez, desde que te abracé, hablé contigo o te miré al adorable rostro. El dolor de la pérdida no ha disminuido. No sé si lo hará alguna vez. Forma parte de mi vida ahora, por mucho que desearía que fuera de otro modo.

Ella continuó volcando su corazón.

—No sé si presentiste que no ibas a regresar, pero quiero creer, de todo corazón, que entenderías todo lo que estoy sintiendo ahora mismo, sin necesidad de que te lo explique. Todo lo que siento por ti. Y todo lo que siento por Edward. Creo que lo aprobarías. Creo que intentabas decírmelo, que por eso me escribías. Para que yo tuviera claro que, por encima de todo, te preocupaba mi felicidad.

Pasó la mano sobre el frío mármol, deseando poder acariciarlo a él por última vez.

—Te amo, Albert. Siempre te amaré, y te echaré de menos.

Permaneció allí unos pocos minutos más antes de regresar a la residencia. No había visto a Edward desde que la fiebre había comenzado a remitir. Y ya era hora.

Lo encontró tumbado en el sofá de la zona de estar del dormitorio, frente a la ventana. Las cortinas estaban descorridas, permitiendo que entrara la luz del sol. Por lo que le habían informado los sirvientes, sabía que aún no había salido de sus aposentos, pero al ponerse en pie, llevando únicamente los pantalones y una camisa de lino suelta, supo que estaba casi restablecido, a punto de reanudar sus tareas.

—No hace falta que te levantes —protestó ella.

—Pues claro que sí.

Julia rodeó el sofá y se encaminó hacia una silla que había entre el sofá y la ventana.

—Por tu aspecto parece que te encuentras mucho mejor —observó ella mientras se sentaba.

—Y tú pareces cansada —él regresó al sofá, al extremo más alejado, como si temiera asustarla si se acercaba demasiado.

—He descansado. Me encuentro bien. De momento, nadie más ha enfermado en la residencia.

—Rezo para que todos os hayáis librado.

—Soy optimista —Julia miró el reloj, la chimenea, la cama perfectamente hecha—. Parece que vamos a disfrutar de un hermoso día.

—El invierno pronto debería quedar atrás.

Ella asintió. Pero no estaba allí para hablar del tiempo.

—¿Te apetece un poco de té? —preguntó él.

Y solo entonces se dio cuenta Julia de que había un servicio de té dispuesto en el centro de la mesa, y de la taza y el plato que descansaba en una esquina, cerca de la rodilla de Edward.

En realidad, lo que más le apetecía era una copa de brandy, pero era demasiado temprano.

—No, gracias —contestó mientras sacudía la cabeza.

Permanecieron varios minutos en silencio.

—Me alegra que vinieras a verme —fue Edward quien al fin rompió el silencio—. No he tenido la oportunidad de darte las gracias por cuidarme.

—Mis padres murieron de gripe.

—Sí, lo sé. Y lo siento.

—Fue hace muchos años.

—Aun así, no debió resultarte fácil estar aquí.

—Me habría resultado aún menos fácil no estar aquí. Siento que no me lo dijeras.

—No quería preocuparte —Edward sacudió la cabeza levemente y su sonrisa se borró del rostro—. Para ser sincero, creo que tenía más miedo de que no te preocuparas, de que te alegraras, de que pensaras que me lo tenía merecido.

—También lo siento yo. Siento que pensaras que me

agradaría tu sufrimiento —Julia odiaba esa cháchara inconsecuente—. ¿Tienes brandy?

—En esta habitación no —él enarcó las cejas—. Pero puedo pedir que traigan.

—No será necesario —ella sacudió la cabeza y agitó una mano en el aire—, pero ¿puedes concederme un momento?

—Por supuesto.

Aunque Julia tenía la mirada fija en sus propias manos enguantadas y firmemente entrelazadas sobre el regazo, sentía la mirada de Edward clavada en ella. Las palabras habían surgido con mucha más facilidad mientras las ensayaba de regreso del mausoleo.

—Creo que ya lo sabía.

—¿Sabías que no tenía brandy?

Ella lo fulminó con la mirada y Edward se echó atrás como si lo hubiera golpeado.

—Entiendo.

—No estoy segura de que lo entiendas realmente —Julia respiró hondo, apretó las manos hasta que le dolieron y los huesos corrieron serio peligro de romperse—. Sabía que había algo diferente. Me convencí a mí misma de que Albert y yo habíamos cambiado durante los meses que habíamos permanecido separados. Que era normal para alguien que no estaba en compañía de la otra persona a diario, olvidar exactamente cómo era esa persona. Que los recuerdos nos fallan con la ausencia. Pero sé que él jamás habría aprobado que yo leyera *Madame Bovary*.

—Puede que sí lo hubiera hecho.

—No, no lo habría hecho. Era bastante remilgado en sus ideas concernientes a lo que era apropiado o no. Jamás habría aceptado mis avances mientras se bañaba. Era bueno conmigo. Amable. Jamás lamenté haberme casado con él. Jamás. Jamás deseé no estar casada con él. Pero en ocasiones… —Julia respiró hondo y soltó lentamente el aire—. En ocasiones recordaba un beso que había recibido hacía años en un lejano jardín. Y me preguntaba cosas que una mujer casada no debería preguntarse. De modo que le aseguré a mi esposo que no quería que su hermano, con tantas malas costumbres, se alojara con nosotros. Era más fácil que admitir que su hermano provocaba un torbellino de confusas emociones en mi interior.

Con la mirada baja, ella continuó.

—Cuando regresaste de África siendo Albert, me sentía diferente contigo. Yo amaba a Albert. Lo sigo amando. No quería que estuviera muerto. Era más sencillo ignorar las inquietantes dudas. Y por ser demasiado débil para enfrentarme a la verdad, lo traicioné.

—Tú no...

—Sí, lo hice. He pasado varias horas en el mausoleo hablando con él, explicándome, aclarando mis ideas y mis sentimientos. Jamás deberás dudar de mi amor por él.

—Y no lo hago. Nunca lo he hecho.

Ella asintió. Todo eso resultaba condenadamente difícil.

—Verás, el problema es que me siento más profundamente enamorada del hombre que compartía últimamente la cama conmigo, el que me ayudó a traer a mi hija al mundo. De modo que, para ser completamente sincera, si quito la profundidad de mi amor por Albert cuando se marchó, tengo que admitir que lo que queda es tuyo.

—Jules...

—Por favor, no digas nada aún —ella alzó una mano.

Edward agachó ligeramente la cabeza, respetando sus deseos. Debería haber facilitado las cosas. Pero no fue así.

—Cuando caíste enfermo. Tan terriblemente enfermo, cuando el doctor Warren me dijo que me preparara, que mi esposo seguramente moriría, porque él cree que eres Albert, por supuesto... yo me pregunté cómo iba a poder seguir adelante si morías. Una parte de mí no estaba segura de querer seguir viviendo, y aun así sabía que debía hacerlo por Allie.

—Te prometí que nunca me marcharía.

—Pero yo te hice daño —las lágrimas ardían en los ojos de Julia—. Te hice creer que no te deseaba.

—Aun así, yo no me he desenamorado de ti todavía.

Un tremendo sollozo escapó de los labios de Julia que se tapó la boca con una mano y lo miró a través de la cortina de lágrimas.

—¿Qué piensas hacer?

Edward se acercó al otro extremo del sofá para estar más cerca de ella y extendió una mano. Ella se dijo a sí misma que debería levantarse y marcharse, terminar con esa locura. Pero antes, entrelazó los dedos de su mano con los de la suya.

—Soy el conde de Greyling —comenzó él—. Para los sirvientes, lores y ladies, eso es lo único que importa. El título. El que sea Albert o Edward quien lo ostente, les da igual. Tú eres la condesa de Greyling, casada con el conde de Greyling —se encogió de hombros—. No veo ningún motivo para contarle a nadie que no fue mi mano la que guio la pluma que firmó el contrato matrimonial.

—Eso resulta sórdido, injusto para ti.

—Si anunciamos que Albert está muerto —Edward le apretó la mano—, las leyes británicas no me permitirán casarme contigo.

—Sí, soy consciente —Julia suspiró ruidosamente.

—Cualquier hijo que podamos tener será un bastardo. Jamás tendré un heredero.

Ella liberó su mano y volvió a posar las dos sobre el regazo.

—Tenemos que terminar con esto ahora. Debes publicar un anuncio en el *Times*, explicando lo que ha sucedido.

—¿Y tu reputación?

—No importa. Necesitas un heredero.

—Jamás me casaré, Julia —Edward le dedicó una sonrisa

torcida—. No sería justo para ella cuando mi corazón siempre pertenecerá a otra.

—¿De modo que solo nos queda vivir una mentira?

—Una mentira que engloba una verdad. Te amo. Y quiero ser tu esposo.

—Necesito tiempo, Edward, para estar segura —ella sacudió la cabeza—. Si elegimos este camino, jamás podremos abandonarlo. Ya estamos arriesgando el futuro de Allie al posponer la verdad.

—Tenemos tiempo hasta la temporada de baile, hasta que vayamos a Londres. Pero, si allí nos presentamos como marido y mujer, viviremos como tal.

—¿Cuándo tenías pensado ir a Londres?

—Por mayo, pero podemos retrasarlo hasta junio. A fin de cuentas, estoy de luto por mi hermano.

Y ella lo estaba por su esposo. ¿Cómo iba a poder fingir otra cosa? Amaba a ese hombre, pero no sabía si lo amaba lo suficiente, o si lo que sentía era más debido a los dos meses durante los cuales ella había creído que se trataba de su esposo.

—Deberás permanecer en estos aposentos para que tu cercanía no me afecte.

—Quieres ser cortejada.

—Quiero estar segura.

—Y yo quiero que sepas una cosa, Julia. Si sientes por mí siquiera una pizca de lo que sentías por Albert, para mí será suficiente. Por estas tierras, estoy dispuesto a fingir ante el mundo que soy Albert. Pero jamás volveré a fingirlo ante ti.

CAPÍTULO 19

Julia no se sentía del todo cómoda sin vestir de negro, pero tampoco quería bajar a cenar con el austero vestido abotonado hasta el cuello y las muñecas. De modo que eligió otro, de seda negra, que dejaba los hombros al descubierto y que era, a la vez, elegante y discreto. Y también, debía admitir, resultaba seductor.

En la mirada de Edward se reflejó aprobación cuando la vio entrar en el estudio antes de cenar, y se mantuvo a lo largo de toda la cena. En el pequeño comedor, Julia se sentó en un extremo de la mesa con capacidad para ocho comensales, de manera que podía mirarlo de frente y no solo de perfil.

Quería, necesitaba, que la situación hacia la que se dirigían fuera diferente de la que estaban dejando atrás.

—Estaba pensando en reorganizar el ala familiar —anunció durante el tercer plato.

—Puedes reorganizar la residencia entera si te apetece —él asintió mientras la contemplaba por encima del borde de la copa.

—No me refiero tanto a los muebles como a las personas. Se me ha ocurrido que nos traslademos a otras estancias. Estancias que no albergaran ningún recuerdo de Albert, en las que todo sería nuevo y diferente.

—Estupendo —la mirada de Edward no abandonó la suya ni un instante—. Pero también quiero que te sientas libre de cambiar cualquier pieza del mobiliario, cualquier objeto decorativo, cualquier cosa que no sea de tu gusto. Ni mi hermano ni yo tuvimos nunca ningún apego emocional a los objetos que hay aquí. Nunca conocimos realmente la historia que se escondía detrás de cada uno de ellos. Sin duda consecuencia de no vivir aquí durante nuestra juventud.

—A mí esta residencia siempre me ha resultado acogedora. Lo único que quiero es trasladarme a otras estancias para cambiar un poco.

—Como quieras.

A Julia no le sorprendió que Edward accediera. No se lo imaginaba negándole nada que ella le pidiera.

La conversación durante la cena careció de los niveles de animación propios de otros tiempos. Ambos mostraban sumo cuidado al elegir las palabras. A Julia le preocupaba revelar algo que no debía delante de los sirvientes, le preocupaba meter la pata. Por ejemplo, no podía llamarlo Albert tras conocer la verdad. Pero, aunque sabía que muchas mujeres llamaban a sus esposos por el título, le resultaba un tanto extraño. Grey resultaba un apelativo distante y demasiado formal.

Cuando terminaron los postres, Edward la invitó a reunirse con él en el estudio. En aquella estancia que ya no le recordaba a Albert, sino a Edward, Julia se acercó a la librería y leyó los títulos de los libros, perfectamente alineados como soldados disciplinados.

—Quizás podría leer en voz alta esta noche.

Una distracción como esa eliminaría parte de la tensión generada por la necesidad de mantener una conversación.

De repente fue intensamente consciente de la mirada de Edward sobre su espalda, del calor que irradiaba de su cuerpo y que le caldeaba la piel que el vestido dejaba al descubierto. Contuvo el aliento y esperó, a pesar de que el frenético galope de su corazón hacía que la cabeza le diera vueltas. Edward alargó la mano hacia una de las estanterías y la chaqueta rozó sutilmente el hombro de Julia, como el susurro de una mariposa en el instante de aterrizar sobre un pétalo. Respiró hondo y absorbió el masculino aroma mientras se preguntaba cómo era posible que hubiera confundido ese olor con el de Albert. El de Edward era más fuerte, más atrevido. Desde luego no era un hombre dado a las sutilezas.

—Este podría ser interesante —anunció en un susurro con voz provocadora, hipnótica.

Julia quiso volverse hacia él, apoyar la mejilla contra su pecho, dejarse abrazar por sus fuertes brazos. Pero era demasiado pronto para tanta intimidad. Primero necesitaba aclarar sus sentimientos, asegurarse de que no estuvieran influidos por el dolor y la perspectiva de la soledad. De modo que optó por no moverse, limitándose a observar los movimientos de la mano de Edward al tomar el volumen encuadernado en cuero y colocarlo en sus manos.

—¿Un brandy? —le propuso mientras se apartaba de ella.

—Sí, por favor —¿por qué tenía que salirle la voz tan entrecortada, por qué conseguía ese hombre siempre alterar sus nervios?

Soltó un juramento para sus adentros ante la inestabilidad que sentía en las piernas y se acercó hasta un sillón situado junto a la chimenea. Él le ofreció una copa y Julia contempló el reflejo de las llamas en el cristal y el líquido ambarino.

—Por un nuevo comienzo —propuso Edward a modo de brindis mientras alzaba su propia copa.

Ella lo contempló, reclinado en el sillón, tranquilo, cómodo. Siempre a gusto consigo mismo. A gusto con su puesto, aunque ese puesto hubiera sido el de segundo hijo, el del hermano pequeño. Incluso cuando ese puesto había exigido hacerse pasar por Albert.

Tras tomar un sorbo de su copa, Julia la dejó a un lado y

centró su atención en el libro que descansaba en su regazo... antes de soltar una carcajada.

—¿*La crianza de las ovejas*?

—Posee un magnífico capítulo sobre la reproducción, de lo más excitante.

—¿Ya te lo has leído? —Julia no se molestó en ocultar su escepticismo.

—En Havisham Hall era la lectura más prohibida que uno podía encontrar. Se me daba muy bien adornar los párrafos cuando se los leía a los demás —Edward alargó una mano—. ¿Te gustaría que te hiciera una demostración?

—¿Cómo pude pensar siquiera un segundo que eras Albert? —ella sonrió y sacudió la cabeza.

—Porque la alternativa era inconcebible, y precisamente con eso contaba yo.

En esos momentos lo que le resultaba inconcebible a Julia era pensar que Edward podría haber muerto. Dejó el libro a un lado y tomó de nuevo la copa.

—¿Qué pasará si Allie es el único bebé sano y fuerte que sea capaz de traer al mundo?

—No te deseo por tus cualidades para concebir.

Y sin embargo debería hacerlo. Conocedor de las preocupaciones que la agobiaban era, sin duda, una pésima elección para él, para un hombre que necesitaba un heredero.

—Dicho lo cual —continuó Edward con calma—. Te deseo enormemente por el acto que lleva a concebir.

Hablaba de las relaciones íntimas como si fuera algo que no debería estar limitado a las camas y la oscuridad. Julia sintió cómo le ardía el rostro al pensar en terminar lo que apenas habían comenzado.

—Eres una mala influencia.

—Y eso es lo que te gusta de mí.

Así era, y mucho más.

—Hay aspectos de mí misma que me despiertan un sentimiento de vergüenza. Pero tengo la sensación de que, en similares circunstancias, tú ni siquiera experimentarías humillación.

Él se inclinó hacia delante y apoyó los codos en los muslos, sujetando la copa con ambas manos como si se tratara de una ofrenda.

—Siempre he sido de la opinión de que no es asunto de los demás lo que la gente haga en la intimidad.

La mirada era tan intensa, prácticamente taladrándola, que a Julia le costó mantenerla.

—¿Y qué pasaría si me apeteciera hacer algo que te resulte repulsivo?

—¿Por ejemplo?

¿Cómo había tomado la conversación ese derrotero?

—Ya estás familiarizado con mi afición a susurrar obscenidades.

—Basándome en mi reacción de aquella infausta noche, debería suponer que eres muy consciente de que no tengo ninguna objeción ante cualquier palabra que puedas susurrar. Algunas de mis palabras preferidas son obscenas. Las palabras no deberían producirte vergüenza. ¿Algo más?

Julia tomó otro sorbo y comprendió que no había pensado gran cosa en la reacción de Edward aquella noche. Estaba demasiado enfadada por su engaño, mortificada porque hubiera oído sus palabras, pero esa reacción había sido espoleada por su propia vergüenza. Edward nunca le había dado motivos para sentirse humillada. Nunca se había burlado de ella, ni la había regañado, por lo disparatadas de sus acciones. Julia deslizó un dedo por el borde de la copa.

—En ocasiones creo que abro la boca cuando no debo.

—¿Cuándo, exactamente?

—Cuando hablé de tu... —ella señaló con la cabeza hacia el regazo de Edward. Al menos lo intentó.

—¿Mi polla?

—Utilizas esa palabra tan tranquilamente —Julia lo fulminó con la mirada.

—Es una buena palabra. Confía en mí, no me ofendería si abrieses la boca sobre ella.

—No hablaba en sentido literal. Y no sé por qué me haces pensar en cosas así.

—Mírame.

Era mucho más sencillo mirar el fuego. Quizás debería saltar a la hoguera.

—Julia —insistió él.

Julia desvió la mirada. Edward estaba reclinado en el asiento, con el codo apoyado en el brazo del sillón, la barbilla en la mano, un dedo acariciándose el labio. Ella sintió deseos de besarle ese preciso lugar.

—No hay ningún punto de mi anatomía sobre el que no consideraría apropiado que posaras tu boca.

—No es decente.

—¿Te produciría placer, felicidad, satisfacción?

Ella se esforzó por no removerse inquieta.

—Eso creo. No lo sé con seguridad, dado que nunca he sido tan osada. Solo he pensado en hacerlo.

—Entonces no es indecente.

—¿Cómo se sabe qué es decente y qué no?

—Supongo que experimentando.

—Para los hombres es más fácil. Podéis frecuentar burdeles. Sospecho que has tenido a mil mujeres y, si haces el ridículo con una, no tienes más que pasar a otra.

—Tanto como mil no.

—¿Cien?

—Lo cierto es que no las he contado, pero sospecho que serán bastantes menos. Lo importante es que jamás te haría sentir ridícula —alzó las manos en un gesto de súplica—. Puedes hacer conmigo lo que quieras y te estaré eternamente agradecido por ello.

—¿Y si lo que me apetece es azotarte por ocultarme información?

—A eso seguramente me opondría —Edward hizo una mueca de disgusto—. No estoy de acuerdo con que el dolor produzca placer. Aunque creo estar relativamente a salvo, dado que he prometido no volver a ocultarte nada —desvió la mirada hacia el fuego—. Y aun así ya lo he hecho.

—¿Qué me has ocultado? —Julia sintió una súbita presión en el pecho.

—¿Lo quieres ahora? —él la miró con expresión traviesa.

—¿Es un objeto, no un secreto? —ella frunció el ceño.

—Es un secreto que aún no te he ofrecido.

—Estás siendo muy difícil.

—Cierto —Edward sonrió—. Y eso es precisamente lo que esperas de mí, ¿verdad?

Lo que esperaba de él era que la excitara, que se mostrara travieso, juguetón. Era curioso que los aspectos de su personalidad que siempre le habían irritado, de repente, le resultaban encantadores.

—Quizás no lo quiera.

—Y por eso aún no te lo he dado, por miedo a que lo arrojes al fuego.

Julia hizo un mohín con los labios, suspiró y puso los ojos en blanco.

—No lo arrojaré al fuego, pero no es justo que me hables de ello si no tienes la intención de dármelo.

—Supongo que ahí tienes razón. Espera aquí —Edward apuró la copa y se levantó del sillón. Se acercó al escritorio y abrió un cajón. Metió la mano y sacó un objeto alargado envuelto en papel marrón y atado con una cuerda. Regresando junto a ella, se lo ofreció—. Iba a regalártelo para Navidad, pero cambié de idea, temeroso de que me delatara.

Julia lo tomó de su mano, lo dejó sobre el regazo y contempló a Edward regresar a su sillón y sentarse completamente inmóvil, concentrado en ella, como si ese objeto y su reacción ante él fueran de monumental importancia. Tiró de la cuerda hasta que el lazo se soltó y el papel se abrió para revelar una brillante cajita de palisandro con una manivela en un extremo.

—¡Oh, Edward! Es preciosa.

—Se puede abrir.

Ella levantó la manivela y sonrió ante el mecanismo expuesto y protegido tras un cristal.

—¿Qué toca?

—Dale cuerda y compruébalo.

Lentamente, con delicadeza, Julia giró la pequeña manivela, temiendo que algo tan delicado pudiera romperse. Cuando la manivela ya no giró más la soltó y comenzó a sonar *Greensleeves*.

Recuerdos de salones de baile, de valses y abrazos inapropiadamente fuertes llenaron su mente. No había sido consciente de que aún conservaba esos recuerdos, pero allí estaban, tan claros como si los hubiera vivido la noche anterior.

—Siempre bailabas conmigo cuando la orquesta tocaba esta pieza —susurró ella.

—No estaba seguro de que te hubieras dado cuenta de que siempre era el mismo baile —Edward permanecía inmóvil, casi sin respirar.

—No sé por qué no me he dado cuenta hasta ahora mismo. ¿Por qué siempre la misma canción?

—Suponiendo que para ti fuera una experiencia agradable, quería que siempre la asociaras conmigo. Y, si no lo era, no quería ser el responsable de arruinarte todos los bailes.

Julia cerró la tapa y acarició la madera pulida, sintiendo la vibración de las notas.

—Siempre me gustó bailar contigo. Parecía ser el único momento en que no discutíamos. Yo creía que era porque nos estábamos esforzando por no pisarnos el uno al otro.

—Disfrutar de la oportunidad de bailar contigo es la única razón por la que asistía a los bailes.

Para Julia no se trataba tanto de una necesidad de ser seducida como de querer estar segura de entender claramente al hombre que era y no el que había estado fingiendo ser. Necesitaba asegurarse de poder separar uno de otro, que cualquier sentimiento que albergara por ese hombre que se encontraba sentado enfrente de ella fueran sentimientos que él se mereciera realmente. Pero, cuando pronunciaba palabras como las que acababa de dirigirle, ¿cómo no sentirse seducida, halagada, tentada? ¿Cómo podía permanecer su corazón impasible?

—Mientras bailábamos no hablábamos.

—No quería que nada me distrajera de la sensación de tenerte en mis brazos. Baila conmigo ahora.

Julia miró enloquecida a su alrededor, deseando aceptar, pero temerosa de que aceptar la llevara a la perdición.

—¿Cómo? ¿Aquí? ¿O acaso sugieres que nos traslademos al gran salón?

—El gran salón es demasiado grande —Edward se puso de pie y le ofreció una mano—. El vestíbulo sería mejor. Más íntimo, pero con espacio suficiente para que no choquemos contra nada. La cajita de música nos servirá de orquesta.

—Es una locura.

—Pues comete una pequeña locura.

La miraba muy serio, con solemnidad, y a la vez había desafío en sus ojos marrones. Ninguno de los dos se había puesto los guantes después de cenar. La mano de Edward no tenía nada que ver con la elegante mano de Albert. La suya tenía una apariencia mucho más fuerte. En la yema del dedo índice presentaba una callosidad. Habían pasado meses desde que hubiera regresado y aun así sus manos seguían siendo las de alguien que prefería el aire libre y el trabajo físico. Julia aceptó esa mano y él cerró los dedos mientras tomaba la cajita de música con la otra mano y tiraba de ella para que se levantara del sillón. Ella habría necesitado ambas manos para sujetar la cajita.

—No he vuelto a bailar desde que finalizó la pasada temporada —se excusó mientras se dejaba conducir fuera del estudio.

—Yo no he vuelto a bailar desde la última vez que bailé contigo.

—Y sin embargo bailaste con otras damas —puntualizó Julia.

Lo había visto bailar con ellas, y todas habían tenido una expresión encandilada en el rostro.

—Cierto, pero normalmente me retiraba a la sala de juegos después de bailar contigo. Me gustaba conservar tu olor a mi alrededor, lo cual, echando la vista atrás, resulta bastante masoquista por mi parte.

—No tenía ni idea.

—Ahí estaba el secreto de mi imperdonable comportamiento —llegaron al vestíbulo y Edward la soltó—. Ahora necesito que comprendas que ya no soy el hombre que solía ser.

Edward dio cuerda a la cajita de música, con la enorme mano empequeñeciendo el ya de por sí pequeño mecanismo, y la dejó sobre una mesa apoyada contra la pared. La música llenó todo el espacio mientras él se acercaba a Julia y la rodeaba con sus brazos.

A continuación comenzaron a bailar. Más pegados de lo que resultaba decoroso, con más firmeza de la que jamás había empleado con ella, como si no fuera a soltarla nunca. O quizás solo quisiera asegurarse de que no tirara ninguna mesa, estatuilla o florero. Cómo conseguía él esquivar todos esos objetos sin apartar la mirada de su rostro permanecía un misterio para ella.

De repente, Julia fue consciente de que siempre que había bailado con ella, le había concedido toda su atención. Hasta entonces no se había dado cuenta porque lo último que habría esperado de ese hombre era su devoción. Había dado por hecho que su único objetivo era burlarse de ella o hacerle sentir incómoda, y aun así había disfrutado bailando con él, uno de los bailarines más elegantes que hubiera conocido jamás. Quizás fuera debido a la necesidad de mantener el equilibrio en las peligrosas colinas o caminos por los que solía transitar. Había tenido que esquivar obstáculos para alcanzar su destino…

Pero aquella noche en el jardín se había marchado porque su hermano estaba enamorado de ella, y ella de su hermano. Y él amaba a Albert.

La música terminó, aunque parecía seguir flotando en el ambiente, reticente a marcharse del todo. Tan reticente como parecía Edward a soltar a Julia. De repente agachó la cabeza.

Julia posó un dedo sobre sus labios y él se detuvo, mirándola con expresión inquisitiva.

—Si me besas, me perderé —le advirtió.

—Yo te encontraré y te traeré de vuelta.

—Tengo que volver por mí misma. Edward, tengo que estar segura de que lo que siento no está influido por lo que ya no tengo.

—Prometí concederte tiempo y lo tendrás —Edward se apartó de ella y se acercó a la cajita de música.

Julia se sintió como una estúpida, pues lamentaba la distancia que los separaba, cuando había sido ella quien había insistido en mantenerla.

—Te acompañaré a tus aposentos —Edward le ofreció un brazo.

Subieron las escaleras en silencio, pero no se produjo ninguna sensación de incomodidad. Edward no parecía resentido ni enfadado, nada malo emanaba de él. Al llegar a la puerta del dormitorio, le entregó la cajita.

—Que duermas bien, Julia.

A continuación se marchó y bajó las escaleras corriendo, el eco de sus pisadas uniformes resonó en el piso superior. Julia entró en sus aposentos, se acercó a la ventana y se sentó en un sillón. Sostuvo la cajita de música abierta sobre el regazo y le dio cuerda mientras se echaba hacia atrás, cerraba los ojos y permitía que la música y los recuerdos la inundaran.

No había sido su intención comparar a los hermanos. Aun así, lo que sentía por Edward no se parecía a nada que hubiera experimentado jamás. Era vibrante, vivo, intenso. Y le asustaba. Edward parecía tener el poder de introducirse dentro de ella y arrancarle hasta el último de sus secretos, sin vergüenza, remordimiento ni culpa. Sin duda no podía ser sano, sin duda entrarían en combustión si cedían a sus deseos. Pero era mucho más que un roce de su piel, era el roce de las almas, una pasión común.

En una ocasión había amado, seguía amando, pero lo que se agitaba en su interior en relación a Edward era muy amplio, abarcaba más que la totalidad, parecía ir más allá de lo que parecía seguro. Y, sin embargo, ¿cómo podía considerar siquiera la posibilidad de no rendirse a ello?

CAPÍTULO 20

Edward apuró la copa de whisky mientras consideraba quedarse en paños menores y correr descalzo por colinas y valles hasta zambullirse en algún río helado, o toparse con un lobo o un jabalí contra el que poder luchar. El hecho de que Julia no fuera inmune a sus encantos, de que lo deseara, le producía cierto consuelo. De lo contrario no se mostraría tan escéptica sobre adónde podría conducirles el beso.

Directamente a su cama si se le presentaba la oportunidad.

Lo curioso era que comprendía las reticencias de Julia y no sentía el menor deseo de ser el sustituto de su hermano. Quería que los sentimientos que ella albergara fueran para él, sin que tuvieran nada que ver con lo que había sentido por Albert. No esperaba que esos sentimientos fueran tan fuertes, ni tan extensos, pero sí quería ser su único dueño.

No le importaba reconocer que nunca había sentido por una mujer lo que sentía por ella. Y desde luego lo aterrorizaba, aunque huir no era una opción. Su compañía en la distancia siempre era mejor que no disfrutar de su compañía.

La paciencia nunca había sido su fuerte, pero por Julia esperaría lo que fuera necesario. Por ella bebería menos. Por ella lo daría todo.

Por ella pasaría una buena parte de la noche dando tumbos

en la cama, y despertaría de un pésimo humor que requeriría una taza de café bastante más fuerte que el habitual. Había tomado el primer sorbo, que casi le había arrancado el paladar, cuando Julia entró en el comedor del desayuno, vestida con un traje negro con una excesiva cantidad de tela y botones. Estaba tensa, pero de todos modos despertó en él una sensación de alivio. Edward se levantó de la silla de un salto.

—Buenos días. ¿Sucede algo?

—He pensado que sería una estupidez por mi parte desayunar sola cuando puedo disfrutar de tu compañía —Julia sonrió con dulzura—. Suponiendo, claro está, que no te importe. Debería haber preguntado primero. A lo mejor prefieres comenzar el día a solas.

Por la manera de parlotear sin parar, Edward sospechó que estaba nerviosa, temerosa de que él no recibiera su presencia con agrado. Si por él fuera podría acompañarlo hasta en la bañera si así lo deseaba.

—Nunca he sido muy aficionado a la soledad. Por favor, acompáñame.

Julia se acercó al aparador, eligió lo que deseaba tomar y tomó asiento en su lugar en la mesa. Chica lista. Si se sentaba a su alcance, sin duda él la tocaría. Sería incapaz de contenerse. Bastaría con acariciarle una mano, la mejilla, para atemperar su deseo de poseerla.

«Idiota, nada puede atemperar este deseo».

Resistiéndose al impulso de tomar su plato y sentarse cerca de ella, Edward se sentó y bebió el café a sorbos, consciente de que, tras la considerable mejora de su estado de ánimo, resultaba excesivamente fuerte.

—¿Has dormido bien? —le preguntó.

—En realidad no. ¿Y tú?

—Fatal.

—Me pregunto por qué me agrada tanto saberlo —Julia le ofreció una sonrisa traviesa.

—Porque eres una brujilla, y sabes que eres la causa de mi noche en vela.

—Yo jamás pensaría…

—¿Me niegas un beso y no crees ser la responsable? —él soltó una carcajada.

Julia miró a su alrededor, como si tuviera la esperanza de que los sirvientes se hubieran vuelto repentinamente sordos. Edward deseó poder hacerle sentirse cómoda mientras hablaban del apasionado carácter de ambos. De repente todo el peso de la mirada azul se posó sobre él.

—¿Un beso lo habría resuelto?

—No —él suspiró ruidosamente—. Sospecho que no habría hecho más que empeorarlo todo, pero sería un precio muy pequeño a pagar por disfrutar del sabor de tus labios sobre mi lengua.

Incluso desde el otro extremo de la mesa la vio enrojecer violentamente. Sospechaba que el rubor se había iniciado en la punta de los dedos de los pies. Le gustaría besar esos pies, el empeine, los tobillos, y seguir hacia arriba hasta el paraíso que guardaba entre los muslos.

—Parece que va a hacer un buen día —Julia miró por la ventana.

El cambio de tema sin duda tenía como objeto apartar los pensamientos de Edward del incómodo camino por el que discurrían, aunque no confiaba en poder lograrlo. Aun así, no había ningún mal en hacerle creer que lo había distraído con tanta facilidad.

—Tenía pensado acercarme al pueblo esta mañana. Me gustaría comprobar cómo se encuentra la señora Lark, y su familia. A lo mejor te gustaría acompañarme. Creo recordar que te prometí un paseo.

—Me encantaría salir a montar —el rostro de Julia se iluminó—. Lo he echado mucho de menos.

—Podríamos parar a comprar unas tartaletas de fresa.

—Eso sería mejor aún —la sonrisa se hizo más amplia.
—¿Te parece bien salir después de desayunar?
—Necesito cambiarme.
—Thomas —llamó Edward, desviando su atención hacia el lacayo aludido—. Avisa en el establo para que tengan nuestros caballos preparados.
—Sí, milord.
Después de que Thomas se hubiera marchado, a pesar de que aún permanecían dos lacayos más en el comedor, Julia se inclinó hacia él.
—Y vas a comportarte como es debido —susurró.
—Seré un perfecto caballero.
Pero incluso el caballero perfecto era capaz de encontrar el modo de robar un beso si se lo proponía.

Era estupendo volver a montar a caballo, y la yegua color castaño de Julia parecía tan encantada como ella. Aunque uno de los mozos la había montado regularmente para que hiciera ejercicio, a Julia le gustaba creer que el animal la había echado de menos y se alegraba de que su dueña estuviera de nuevo sentada en la silla.

Al final el día había resultado ser inusualmente cálido y no hubo necesidad de abrigo o capa. Era la primera vez que montaba con Edward, que mantenía el paso tranquilo cuando a ella lo que le hubiera apetecido más era galopar por los prados. Pero no quería aparecer en casa de la viuda con los cabellos revueltos. Cuando regresaran ya se ocuparía ella del ritmo del paseo.

El pueblo apareció ante sus ojos. Avanzaron por la estrecha calle principal, que atravesaba el centro de la ciudad, bordeada de tiendas y edificios. Al llegar al otro extremo, se acercaron a una destartalada cabaña que había visto días mejores. La puerta era tan pequeña que Edward iba a tener que agacharse para cruzar el umbral. Julia se imaginó que sin duda llenaría la estancia con su presencia, pues no creía que tuviera más de una habitación.

Edward detuvo su montura y se bajó ágilmente mientras Julia lo contemplaba con la boca seca. ¿Por qué cualquier acción, hasta la más cotidiana, cuando era realizada por Edward la afectaba como si fuera obra del hombre más extraordinario que hubiera visto jamás?

Él se acercó a la yegua y extendió los brazos para ayudarla a bajar. Era el momento a la vez deseado y temido por Julia. Las fuertes manos abarcaban sin problema su cintura, los ojos marrones fijos en los suyos mientras ella posaba las manos sobre sus anchos hombros. La alzó ligeramente y la depositó en tierra dándole la sensación de que habría podido haberla llevado en brazos todo el día sin que sus músculos se resintieran lo más mínimo. Julia posó los pies sobre la tierra y sintió las rodillas débiles, sin duda porque hacía mucho tiempo que no montaba a caballo. Desde luego no tenía nada que ver con el hecho de que la mirara como si fuera muy capaz de entrar con ella en esa cabaña y disfrutar a placer de su cuerpo.

—¿Señor? —una voz juvenil sonó cerca de ellos.

En el rostro de Edward se dibujó una amplia sonrisa. Soltó a Julia y se volvió en el mismo instante en que un muchacho saltaba sobre él, rodeándole la cintura con las piernas, y el cuello con los escuálidos brazos. Edward abrazó al chiquillo, aunque no parecía ser necesario ya que difícilmente podría soltarle aunque él así lo intentara.

Una mujer delgada con un bebé en brazos y una niña aferrada a las faldas salió de la casa.

—¡Johnny Lark! Suelta a Su Señoría ahora mismo. No puedes trepar sobre tus mayores.

—No pasa nada, señora Lark —se apresuró a decir Edward—. Me alegra ver que parece estar bien.

—Demasiado bien si me pregunta. Es muy travieso. Sentí saber que había caído enfermo, milord.

—Ya estoy bien, completamente restablecido, sin consecuencias.

—Ha perdido peso. Se nota. Entre y tome un plato de estofado.

Julia era consciente de lo ridícula que resultaba la punzada de celos que sentía ante el hecho de que esa mujer de cabellos revueltos y manos rugosas, vestida con ropas desgastadas, conociera a Edward lo bastante bien como para haberse dado cuenta de que había perdido peso.

—Le agradezco la invitación, pero le he prometido unos pasteles a la condesa —Edward se volvió hacia ella—. Lady Greyling, permíteme presentarte a la señora Lark.

—Encantada —Julia sonrió amablemente.

La señora Lark hizo tres reverencias, como si no estuviera segura de haber rendido el debido respeto.

—Milady, siento mucho tener este aspecto. No esperaba visita. Pero hay suficiente estofado para ambos.

—Es muy amable por su parte, pero ya me había hecho a la idea de los pasteles. Soy más bien golosa.

La mujer le dedicó una agradable sonrisa, como si Julia y ella compartieran un secreto. Pero enseguida frunció el ceño y le sacudió un cachete a su hijo.

—Johnny, bájate de Su Señoría.

Como si fuera un monito, el niño se bajó ante la desolada mirada de su madre.

—¡Mira lo que has hecho! Le has ensuciado la ropa. Permítame lavarla, lord Greyling.

—En realidad, señora Lark, ese es parte del motivo por el que he venido hoy aquí. Por las cuerdas que se extienden en la parte trasera de su casa he deducido que es lavandera.

—Sí, milord. Para mí sería un placer y un honor lavarle la ropa sin coste alguno durante un mes para agradecerle sus cuidados.

—No será necesario. Sin embargo, en Evermore necesitamos una lavandera. Me preguntaba si estaría interesada en el trabajo.

—¿Quiere decir, trabajar para usted? —la mujer abrió los ojos desmesuradamente.

—Para la casa, sí. La condesa tuvo una hija recientemente y tengo entendido que la carga de la actual lavandera ha aumentado considerablemente. Usted podría ayudarla, vivir en la residencia, disponer de tres habitaciones para usted y sus hijos. Ellos serían nuestros pupilos. Su familia tendría ropa y comida. También necesito un lustrabotas, si a Johnny le interesa el puesto. Ambos recibirían un sueldo.

—¡Madre mía! ¡Caramba! —la mujer reculó trastabillando.

A Julia no le sorprendió su reacción. Edward les ofrecía una increíble oportunidad para mejorar de vida. Si bien el objetivo inicial había sido el de comprobar que se estaban recuperando, el principal al acudir a la cabaña había sido continuar ocupándose de la viuda y sus hijos.

—Sería un honor, milord.

—Muy bien. El jueves enviaré a un lacayo para que la ayude, a usted y a los niños, a hacer el equipaje y trasladarse a Evermore. Espero que sea tiempo suficiente para que se preparen.

—Desde luego será tiempo de sobra —los ojos de la mujer se llenaron de lágrimas—. No sabía cómo íbamos a salir adelante sin mi hombre. Apenas puedo permitirme el alquiler de la cabaña y la comida.

—Bueno, pues ya no tendrá que preocuparse por eso. Yo diría que hay que celebrarlo. ¿Qué le parece si Johnny nos acompaña al salón de té y se lleva unos pasteles de carne?

—A mí me gustan las tartas —anunció el pequeño.

—Johnny, no seas pedigüeño —lo reprendió su madre.

—No hay nada malo en ello, señora Lark —intervino Edward—. Lo peor que le podría pasar sería que yo dijera que no —guiñó un ojo a Johnny—. Claro que también podría decir que sí. Vamos, chico.

Tras agarrar las riendas de ambos caballos, Edward le ofreció un brazo a Julia.

—Ha sido un placer conocerla, señora Lark —Julia se despidió de ella antes de apoyar una mano en la parte interior del codo de Edward.

Johnny correteó saltando a la pata coja por delante de ellos antes de colocarse al lado de Edward y caminar a paso tranquilo.

—Puedo hacer algo más que sacarle brillo a las botas —aseguró el pequeño—. Puedo cuidar de los caballos y de los perros, si tiene perros. ¿Tiene perros?

—Tenemos perros de caza, sí.

—De los gatos no cuido. No me gustan los gatos.

—Los gatos suelen cuidarse bastante bien ellos solos. ¿Preferirías trabajar en los establos en lugar de en la casa?

—¿Puedo cuidar de su caballo? —el chico asintió con entusiasmo.

—Claro.

—Si trabajo duro, ¿me contará más historias?

Julia contempló el perfil de Edward y vio cómo se elevaban las comisuras de los labios.

—Puede que lo haga.

—La que más me gustaba era la comadreja.

—Ya supuse que sería así —Edward soltó una carcajada que resonó a su alrededor.

—Pero opino que debería tener una espada.

Edward se volvió hacia Julia.

—¿Qué opinas, condesa?

—Yo no lo veo con espada. Un espadín, quizás. O quizás necesitemos otro personaje totalmente distinto —ya había uno que empezaba a tomar forma en su mente—. Le has contado el cuento.

—Me pareció el mejor modo de tranquilizar a los niños.

Julia se preguntó a cuántos lores les habría importado un bledo que los niños fueran traviesos. Claro que, ¿cuántos lores habrían permanecido junto a una mujer recién enviudada para cuidarla?

Esperó hasta que quedó libre la misma mesa en la que se habían sentado en la anterior ocasión frente a unas tartaletas de fresa y dos tazas de té. Antes de despedirse de Johnny, Edward lo había cargado con pasteles de carne y tartas suficientes para que a toda la familia le diera dolor de tripa.

—¿Cómo conociste a la señora Lark? —preguntó Julia.

—Encontré a Johnny aquí dentro —él se encogió de hombros—. Intentaba comprar un pastel de carne para su mamá moribunda. No tenía dinero suficiente, de modo que se lo compré yo y luego lo acompañé hasta su casa, y descubrí que su madre estaba, en efecto, muy enferma.

—Y te quedaste para cuidar de ellos.

—Su esposo acababa de fallecer. La gente se vuelve desconfiada ante la muerte. Algunos creen que permanece en la casa, buscando otra víctima.

—Pero tú no lo crees.

—No hay muchas cosas que me den miedo. Perder a mis padres a tan temprana edad me volvió un poco temerario. Luego, claro está, vivir en Havisham, donde se nos decía que había un fantasma que nos atraparía por la noche si salíamos fuera, nos volvió bastante intrépidos. Solo se aguanta vivir con miedo cierto tiempo, luego lo mandas todo al infierno.

—¿Una faceta de la locura del marqués?

—Seguramente. Nunca se me había ocurrido, pero sí, supongo que es posible.

Julia bebió el té a sorbos mientras pensaba en lo que había sucedido hacía poco.

—Fue muy generoso por tu parte ofrecerle a la señora Lark un trabajo en Evermore.

—Podemos permitirnos ser generosos.

A Julia le conmovió que la incluyera a ella también en la afirmación, que le hiciera sentir que también se había comportado con generosidad, cuando lo cierto era que no había tenido nada que ver en todo el asunto.

—Creo que deberías publicar tus cuentos —sugirió.

—Solo si estás dispuesta a incluir tus acuarelas.

—No son lo bastante buenas —Julia se rio, encantada y avergonzada al mismo tiempo.

—Son muy buenas. Hacen que mis palabras cobren vida. Ojalá las hubiera tenido conmigo cuando les contaba los cuentos a Johnny y a sus hermanas.

—Nunca tuve intención de compartirlas con nadie que no fuera mi hijo —ella sacudió la cabeza.

Edward apoyó los codos sobre la mesa y se inclinó hacia delante.

—¿Por qué limitarte a hacer feliz a un solo niño cuando puedes hacer felices a muchos más?

—Nunca creí que te importaran tanto los niños —y sin embargo no se le había escapado la atención que prestaba a Allie y la camaradería que había desarrollado con un mocoso que no tenía el menor reparo en saltar a los brazos de un lord del reino.

—Es consecuencia de no haber madurado nunca —él sonrió.

Y sin embargo sí había madurado. Eso también resultaba evidente a ojos de Julia. Era un atento terrateniente. Cuidaba de la gente. Poseía una amabilidad que nunca había mostrado ante ella y que, sin embargo, había estado allí todo el tiempo mientras se aseguraba de que Albert jamás sospechara de sus sentimientos hacia ella. Cuando se permitía un comportamiento despreciable y antipático para protegerla a ella, y a Albert.

—Habría que buscar un título para el relato —observó Julia.

—*Los amigos aventureros de Havisham Hall.*
—Quizás deberíamos disimular un poco más —ella rio.
—Pues medita sobre ello.

Daba la impresión de que estuvieran haciendo planes de futuro. Decidieran o no pasar juntos el resto de sus vidas, siempre les quedarían los cuentos, permanecerían unidos por los libros. Tendrían algo creado por ellos dos. Pero Julia dudaba que bastara con eso.

Ella necesitaba más.

Mientras cabalgaban de regreso a Evermore, las palabras parecían resonar con cada golpeteo de los cascos de los caballos. Necesitaba más. Necesitaba más.

Necesitaba sentir el viento en la cara, la libertad, el peligro, la caza. Y antes de que él pudiera advertirle en contra.

—Te echo una carrera hasta lo alto de la colina —gritó mientras lanzaba su caballo al galope.

Era muy consciente de su comportamiento temerario, pero Edward parecía despertar ese lado de su personalidad. Había pasado toda su vida intentando ser una buena hija, una buena prima, una buena esposa. No lamentaba ni un solo instante, pero con él no sentía la necesidad de contemplar sus acciones antes de actuar. Experimentaba una especie de independencia que nunca antes había caracterizado su comportamiento. Al principio lo había atribuido a los cambios que se habían producido en ella durante la ausencia de su esposo, pero pasado cierto tiempo comprendía que tenía más que ver con el hecho de que Edward hubiera asumido un papel más preponderante en su vida, incluso antes de saber que era Edward.

Oyó el sonido de los cascos del caballo perseguidor y urgió a su montura a que acelerara. Se sentía joven, feliz, libre. Por primera vez en semanas, la tristeza no le pisaba los talones.

El cercano sonido de la respiración acelerada del caballo

de Edward, le indicó que le estaban dando alcance, pero Julia aceleró de nuevo. Y se alejó un poco más. Al coronar la colina, detuvo a la yegua y la hizo volverse. Su risa resonaba entre los árboles, ascendiendo hasta el cielo y sobre las tierras que la rodeaban.

—Bien hecho —anunció Edward, luciendo una amplia sonrisa, tras detener su montura.

—No recuerdo la última vez que monté con tanto abandono.

—Debemos permitir que los caballos descansen —Edward desmontó y se acercó a ella con los brazos extendidos.

La cercanía de ese hombre todavía le provocaba una sensación de mariposas en el estómago, pero su triunfo lo eclipsó todo. Había controlado a su caballo, por tanto podría controlarlo a él también. En cuanto sus pies tocaron tierra se apartó y, con una provocadora risita, corrió hasta un árbol cercano. La carcajada de Edward la siguió, así como el sonido de sus pisadas.

Julia se volvió y apoyó la espalda contra el árbol.

—Nada de tocar, nada de besar —ordenó, consciente de que ante la menor caricia le cedería todo el control de la situación.

Antes de que pudiera darse cuenta de sus intenciones, Edward se inclinó hacia ella y apoyó los brazos sobre el tronco, con la cabeza agachada y la mejilla casi rozando la suya.

—Nada de tocar —susurró con voz ronca y seductora, provocándole un estremecimiento—. Aunque, si se me permitiera tocarte —continuó—, empezaría por tus guantes, desabrochándolos lentamente antes de arrancarlos uno a uno y guardarlos en el bolsillo de mi chaqueta. Después besaría los nudillos de tu mano izquierda, y la palma de tu mano derecha.

Julia cerró los ojos mientras se imaginaba la ardiente boca de Edward humedeciendo su piel.

—Después desabrocharía dos botones de tu corpiño, solo dos, lo suficiente para poder alcanzar con mi lengua el hueco de tu garganta.

La respiración de Julia se aceleró y el calor le inundó todo el cuerpo.

—Te lamería la piel, tres veces, cuatro, antes de deslizar mis labios hasta tu barbilla. Aspiraría el olor a rosas que se esconde detrás de tu oreja y deslizaría mi boca hasta tu cuello, de un lado a otro, y vuelta a la garganta.

—Edward...

—Calla, aún no he acabado.

Pero ella casi estaba acabada. No estaba segura de poder seguir de pie sobre unas piernas tan inestables.

—Desabrocharía dos botones más. No, tres. Introduciría un dedo bajo la tela y lo deslizaría lentamente, suavemente, provocativamente, sobre tu escote, consciente de tu respiración entrecortada a medida de que los pechos ascendían cada vez más, anhelantes de una caricia más firme, una caricia producida por toda la mano hundida en el corpiño, la camisa, hasta cubrir el pecho...

—¡Oh, cielos! —exclamó ella en un susurro.

—Mi pulgar y dedo índice pellizcarían el tenso pezón erguido para mí.

Julia tragó nerviosamente. Había creído estar en posesión del control, pero ese hombre había hecho que sus papeles se intercambiaran con suma facilidad hasta que ella fue poco más que su marioneta. Entre sus muslos sentía acumularse la humedad. Los pezones no eran las únicas protuberancias que se extendían hacia él, desesperados por sentir la presión de su mano despertando sensaciones, eclipsando la fantasía con la realidad.

—Si tuviera permiso para tocarte...

—No lo hagas —suplicó ella con voz ronca, una voz que parecía pertenecer a otra mujer.

—Si tuviera permiso para tocarte, me arrodillaría y te levantaría la falda, dejando al descubierto el rosado núcleo de tu feminidad. Sé que ahora mismo brilla húmedo. Incluso sin poder tocarte, siento el calor de la pasión que irradia de tu cuerpo. Sospecho que tus pechos presionan contra la tela, desesperados por esa caricia que tú les niegas. Estás palpitando entre los muslos. Mi lengua podría hacer que cesara. Con la adecuada presión, podría hacerte gritar.

—Eres el mismísimo demonio —Julia abrió los ojos.

—Dime que me equivoco —él soltó una oscura carcajada.

—Sabes de sobra que no es así, maldito seas.

—Nunca he deseado a una mujer tanto como te deseo a ti. Me atormentas. Es justo que te atormente yo a ti.

—¿Y cuando me hayas hecho tuya?

—Te desearé de nuevo.

—¿Cómo lo sabes?

Edward apartó el rostro y la miró a los ojos.

—Porque te amo.

—¿Y si simplemente nos hemos dejado llevar por la usurpación?

—La usurpación ha terminado, pero las emociones persisten. ¿Por qué dudas?

—La mayoría de las personas son afortunadas de ser amadas una vez. ¿Por qué iba yo a ser tan afortunada como para ser amada dos veces, como para experimentar la felicidad en dos ocasiones? Tengo miedo de que el destino me arrebate esa felicidad si intento atraparla de nuevo.

—De manera que me rechazas porque no confías en el destino. Al infierno con el destino, Julia. Confía en mí.

Ella alargó una mano y le apartó los cabellos de la frente. En algún momento del paseo había perdido el sombrero.

—Dame un poco más de tiempo, Edward.

—Te mentiría si dijera que no tengo ninguna prisa. Te deseo con una desesperación que amenaza con convertirme en un salvaje, pero te deseo al completo, sin culpa, sin sombras, sin fantasmas. Y para eso esperaré con toda la paciencia que soy capaz de albergar.

Julia sentía que Edward la comprendía. Comprendía la lucha que se desataba en su interior. No quería perder su pasado, pero debía renunciar a él para poder aspirar a un futuro con ese hombre. Y siempre estaría inexorablemente unida a Albert.

—Estoy más cerca de decir adiós al pasado. Disfruto con tu compañía. Me alegra poder conocerte mejor. No eres como yo pensaba. Hasta puede que seas la persona menos egoísta que haya conocido jamás.

—Tampoco vayas a convertirme en un santo.

—Tranquilo. No estoy tan encandilada por ti como para confundirte con otra cosa que no sea un demonio. Pero empiezo a darme cuenta de que me gustan los demonios.

CAPÍTULO 21

El invierno al fin dio paso a la primavera. Mientras disfrutaba con Julia del paseo matutino, los primeros brotes llenaron a Edward de esperanza. Cada vez acudían menos al mausoleo. En ocasiones incluso pasaban de largo. Algunas mañanas, Julia indicaba su deseo de encaminarse en otra dirección.

Si bien durante el tiempo que compartían, su comportamiento era bastante casto, Edward no perdía la ocasión de deslizar un dedo por su piel mientras acudían al comedor para cenar, o besarle el cuello cuando se inclinaba para colocar las bolas de billar sobre la mesa, o rozarle la mejilla con los labios mientras le entregaba su copa de brandy antes de sentarse frente al fuego en el estudio.

—¿Irás hoy a visitar a algunos arrendatarios? —preguntó ella mientras se acercaban al mausoleo.

—Hace un día demasiado bonito para eso. Estaba pensando más bien en celebrar un pícnic.

—Vayamos por aquí —sugirió Julia marcando con ese gesto una jornada que estaría centrada únicamente en el presente, no en el pasado—. ¿Un pícnic?

—Sí. Había pensado que podríamos llevar a Allie a su primera comida campestre.

—No se va a acordar cuando sea mayor.

—Pero nosotros sí.

Como de costumbre, Julia apoyaba una mano sobre el brazo de Edward y la deslizó hasta el hombro.

—¡Oh, Edward! Un pícnic sería estupendo.

—Grey —le recordó él.

—Aquí no hay nadie que pueda oírnos.

—Pero si te acostumbras a llamarme por mi título habrá menos posibilidades de meter la pata, como me ocurrió a mí con lo de la sordera. Al menos hasta que hayas tomado una decisión sobre el camino a tomar.

—He sorprendido a un par de sirvientes mirándome de manera extraña. No sé si no se estarán planteando por qué ya no te llamo Albert.

—No es asunto suyo plantearse nada al respecto, ni deberíamos preocuparnos por lo que opinen.

—Lo sé, pero, si vamos juntos a Londres, creo que a los demás les resultará igualmente extraño.

Si iban juntos a Londres... Edward se preguntó cuánto tiempo faltaba para que ella anunciara cuándo irían juntos a Londres.

—Las personas se fijan mucho menos de lo que creemos.

—Los nobles no. Sobre todo las damas. Su vida consiste en chismorrear.

—¿Eso hacías tú?

Julia soltó una carcajada, el alegre sonido le llegó hasta el alma, como siempre. Cada vez le resultaba más difícil a Edward no tomarla en sus brazos y besarla. Quería darle el tiempo que le había pedido, pero, maldita fuera, mantener sus deseos a raya era un puro tormento. Por otra parte, la mayoría de las viudas guardaban luto durante dos años. La reina seguía llorando la pérdida de su esposo, y habían pasado casi veinte años desde su muerte.

—Pues claro que lo hacía. Sobre todo el año de mi presentación en sociedad. Ahora ya no tanto. Es un juego habitual entre las damas. Se trata de ver quién desvela el mejor secreto. La que descubra lo nuestro será la vencedora.

La risa había desaparecido y la voz estaba cargada de tristeza.

—Nadie podría sospechar nada sórdido de ti —le aseguró él—. Eres demasiado apreciada, demasiado respetada. Ni siquiera te mirarán.

—Si eso es lo que crees, no conoces a las damas tan bien como yo pensaba. Cuanto más alto es el pedestal de una, más decididas están a encontrar algo con que derribarla. Además, todo el mundo adora un buen escándalo.

—No hace falta que vayamos a Londres.

—Pues claro que hace falta —Julia se detuvo y lo miró a la cara—. Te sientas en la Cámara de los Lores —le tomó el rostro entre las manos ahuecadas—. Londres no me da miedo.

—¿Y qué te da miedo, entonces?

—Caminar por un sendero que conduzca a la ruina de Allie —Julia desvió la mirada hacia las onduladas colinas cubiertas de flores silvestres.

—Si es la mitad de fuerte que su madre, no habrá nada capaz de provocar su ruina.

—Espero que tengas razón —ella sonrió resplandeciente—. Llevémosla de pícnic, ¿te parece?

Edward eligió un lugar junto a un pequeño estanque donde Albert y él habían pescado de pequeños, estanque de gélidas aguas al que había lanzado a su hermano por decir que, por ser el pequeño, siempre iba a tener que obedecer sus órdenes. A Albert le había demostrado que no era alguien a quien se pudiera dar órdenes. Y él mismo se había demostrado que siempre estaría allí para sacar a su hermano de apuros, aunque hubiera sido él mismo el que le hubiera metido en esos apuros.

Cuando Albert perdió en parte la audición, Edward había aprendido que sus acciones tenían consecuencias. Pero no había aprendido esa lección tan bien como debería haberlo hecho.

De haberle revelado a Julia la verdad poco después del parto no habría perdido su confianza, y quizás en esos momentos no estaría tumbado, apoyado sobre una mano, con ella sentada a varios metros de distancia en lugar de acurrucada en sus brazos, y Allie tumbada boca abajo entre los dos, levantando la cabeza de vez en cuando para mirar a su alrededor. Tenía la sonrisa más dulce del mundo, y Edward sospechaba que iba a romper más de un corazón.

Desgraciadamente, también sospechaba que su madre iba a romper el suyo.

La niñera leía sentada a una buena distancia, con la espalda apoyada contra el tronco de un árbol. Edward se preguntó si la insistencia de Julia en que les acompañara se debía a la necesidad de que cuidara de Allie, o más bien para asegurarse de que él no se aprovechara. Por qué pensaba que sería capaz de hacerlo, cuando aún no lo había hecho, lo sobrepasaba. A lo mejor se daba cuenta de que se le estaba terminando la paciencia.

La deseaba. Desesperadamente.

Iba vestida con un vestido azul oscuro. Un sombrero de ala ancha la protegía del sol y le había ocultado de su vista una buena parte del rostro hasta que él se había tumbado, apoyándose sobre un codo con la excusa de querer estar más cerca de Allie. Pero, cuando acercaba el rostro al de su sobrina y le hacía sonreír, levantaba la mirada lo justo para poder observar la serena expresión de su madre.

Le gustaba su aspecto de felicidad, le gustaba pensar que, quizás, los días oscuros habían quedado atrás. No se engañaba a sí mismo hasta creer que ya no guardaba luto o que alguna vez se alegraría de haber perdido a Albert para así ganar a Edward. Era consciente del lugar que ocupaba en su corazón. Pero ser el segundo, sin esperanzas de llegar a ser el primero, era algo con lo que se sentía muy capaz de vivir.

Lo único importante para él era que Julia siempre sería lo primero en su vida. Ninguna otra mujer se acercaba a ella. Todas las demás ocupaban el último lugar. Edward no estaba dispuesto a aceptar menos de lo que deseaba, aunque le llevara toda la vida conseguirla. Sin ella, su vida carecía de ancla, de objetivo, de dirección. Incluso ser el conde de Greyling daba menos sentido a su vida que ella.

Por ella y su hija, gobernaría un reino. Sin ella, no era más que un trozo de tierra que cuidar.

Julia tomó un sorbo de vino y mordisqueó delicadamente un trozo de queso. Aunque parecía estar atenta a algo que discurría a lo lejos, desde su posición de ventaja, casi pegado al suelo, veía que su mirada se desviaba de vez en cuando hacia él. Julia no era tan inmune a su presencia como quería hacerle creer.

—Hoy hace un calor fuera de lo normal para la época —observó Edward.

—Pues a mí no me lo parece. Me resulta muy agradable. Espero que no te esté dando fiebre otra vez.

—Podría ser que me acalore por tenerte cerca.

Ella se rio y el sonido de campanillas podría haber abierto hasta las mismísimas puertas del cielo.

—Por favor, no estropees nuestra tarde con tan banales zalamerías.

—Desde hace dos meses, Julia, he sido el amigo más fiel posible. ¿Cómo puedo ganarte sin halagos, sin seducirte? ¿Durante cuánto más tiempo tendré que comportarme?

Ella desvió la mirada bruscamente hacia la niñera.

—No puede oírnos —le aseguró él—. Además, ella cree

que soy tu esposo. No le extrañaría nada que nos tomásemos alguna libertad.

Julia tomó otro sorbo de vino y se lamió el labio superior. Que Dios lo ayudara, pues Edward se moría por reducir la distancia que los separaba y posar su propia lengua sobre ese labio. Se incorporó para quitarse la chaqueta y arrojarla junto al sombrero que ya se había quitado antes.

—¿Qué haces? —preguntó Julia.

—Ya te he dicho que tengo calor. Muchísimo. Tengo la sensación de estar ahogándome —le aseguró mientras tironeaba del cuello de la camisa.

—Espera —la voz de Julia no encerraba ningún pánico, pero había algo primitivo en ella que hizo que el apéndice masculino se moviera inquieto. Aunque lo cierto era que tampoco necesitaba que ella hiciera gran cosa para que eso sucediera—. ¡Nanny! Llévate a lady Alberta a su cuarto. Temo que empieza a hacer demasiado calor para ella aquí fuera.

—Sí, milady —la niñera guardó el libro en el mismo bolso que contenía todos los objetos de Allie, se lo colgó del hombro y se acercó a ellos para tomar al bebé en brazos. Allie rio de felicidad—. Sí que estás coloradota, mi niña. Vamos a dejar que papá y mamá disfruten del pícnic mientras nosotras dos disfrutamos de una siesta.

Para Edward fue evidente que las últimas palabras de la niñera habían provocado un brusco cambio de humor en Julia, como si un velo hubiera caído sobre ella. Ninguno habló ni se movió hasta que la mujer hubo desaparecido al otro lado de la colina.

—¿Alguna vez vamos a hablarle de su padre? —preguntó ella con calma, con la mirada fija en el punto en el que habían desaparecido, como si tuviera la capacidad de seguirlas con la mirada hasta la mansión, hasta la habitación del bebé.

—Cuando sea lo bastante mayor para comprender la importancia de guardar el secreto.

—Y hasta que llegue ese momento creerá que tú eres su padre. ¿Cómo se sentirá cuando descubra la verdad?

—No hace falta contarle nada.

Ella lo miró y suspiró.

—Ven aquí —Edward se arrodilló y extendió una mano.

Julia se tomó su tiempo para quitarse el sombrero antes de dejarse envolver por sus brazos.

—No es una situación perfecta, Julia, pero la alternativa es no disfrutar de esto jamás —con dulzura y ternura, controlando el deseo que sentía, Edward apoyó la espalda de Julia contra su rodilla y se agachó hasta fundir los labios con los de ella.

Sintió que por fin había llegado a casa. Como si todos sus viajes, todas sus aventuras, no hubieran sido más que una búsqueda de algo que no era capaz de identificar. Pero allí estaba al fin, acariciándole la barbilla con los delicados dedos, llenándole los oídos con sus suspiros, moviendo los labios sobre los suyos con salvaje abandono.

Ninguna otra mujer le hacía sentir tan completo. Ninguna otra mujer le llegaba al alma. Ninguna otra mujer le hacía desear abandonar sus pícaros modales. Qué sencilla sería su vida si pudiera marcharse sin más, pero no podía hacer eso, como no podía dejar de respirar.

Julia se retorció en sus brazos, inclinándose para que el beso pudiera ser más intenso. Y eso hizo Edward, deslizando la lengua sobre la de ella, hundiendo los dedos en sus cabellos hasta sujetarle la cabeza. Edward deseaba tumbarla sobre la manta, tomarla como si le perteneciera. Pero ese paso debería darlo ella. Quería que no albergara ninguna duda, que no lo lamentara. Pues, cuando se hicieran uno, ya no habría vuelta atrás.

Julia no era mujer que se entregara fácilmente. Y eso hacía que la deseara aún más, le hacía querer ser la clase de hombre que ella se merecía.

Edward interrumpió el beso y la miró a los ojos, a esos pozos de agua limpia y azul.

—Podría pronunciar los votos.

Julia apartó la mirada de él mientras le acariciaba suavemente los cabellos.

—Quiero enseñarte algo que he pintado.

No era lo que se había esperado oír. Había soñado más bien con una manifestación de amor, no con el deseo de compartir con él unas criaturas fantásticas. Edward se censuró por su estúpido corazón, por juzgar erróneamente que ella estaba preparada, por creer que un beso y unas pocas palabras bien elegidas podrían hacer que la corriente se desviara a su favor.

—Me encantaría —mintió mientras la ayudaba a ponerse en pie.

—He percibido más entusiasmo en personas a las que estaban a punto de arrancarles una muela —Julia sonrió—. Pero confía en mí, te vas a alegrar de que te lo haya mostrado.

Julia observó a Edward recoger los restos del pícnic sin poder ya negar la solidez de sus sentimientos por él. Casi había soltado una carcajada al verlo intentar poner una mirada de inocencia, que a duras penas había conseguido, mientras se quitaba la chaqueta. Estaba bastante segura de que el pañuelo del cuello y el chaleco iban a formar parte enseguida del montón. Unos cuantos botones desabrochados, las mangas arremangadas hasta dejar al descubierto los musculosos brazos, y a Julia se le haría la boca agua.

No le desagradaba la idea de que la tomara sobre una manta en medio del campo y junto a un estanque, pero eso sería para otro día. En esos momentos necesitaba algo diferente.

Edward le ofreció su brazo y ella lo tomó. Era curioso

lo delicada y pequeña que le hacía sentir. Había recuperado el peso perdido durante la enfermedad. Todos los días salía a montar, a ocuparse de los arrendatarios cuando podía. Le encantaba estar al aire libre. Julia se preguntaba si podría ser realmente feliz sirviendo como el señor de la mansión, o si llegaría un tiempo en que su espíritu viajero volvería a imponerse.

—¿Tienes planificado algún viaje? —preguntó mientras la escalinata de la entrada a la residencia aparecía ante ellos.

—De momento no. ¿Hay algún sitio al que te apetecería ir? Dime a dónde y cuándo quieres ir, y reservaré pasajes.

—La idea de navegar por mar siempre me ha abrumado un poco. Miro a lo lejos y no veo nada ante mí —solo había visto el mar desde la costa y ni siquiera se imaginaba lo que sería estar en medio de él.

—Sí, pero, cuando de repente ves tierra, después de días o semanas de viaje, la felicidad que te embarga es capaz de hacerte llorar.

—Te tomaré la palabra.

—¿No sientes ningún deseo de viajar?

—No mientras Allie sea tan pequeña.

—Podríamos llevarla con nosotros.

Julia soltó una carcajada. Qué típica de un hombre había sido su respuesta.

—¿Tienes idea de todo lo que hace falta para viajar con un bebé? Incluso nuestro viaje a Londres va a requerir una planificación extraordinaria y mucho espacio para sus cosas.

—Podemos comprar todo lo que necesite cuando lleguemos a Londres.

—También va a necesitar cosas durante el viaje. A ti te gusta viajar a lugares remotos y aislados. ¿Cómo vas a satisfacer sus necesidades en un lugar así?

—Puedo resultar de lo más ingenioso.

Eso Julia no lo dudaba. Para ser sincera, le encantaría ir

con él a algún lugar lejano, bajo las estrellas, algún lugar en el que no fueran objeto de la censura de la sociedad. Decidiera lo que decidiera, habría un precio a pagar. Los chismorreos no atendían al sentido común, no hacían concesiones, no comprendían las circunstancias que habían llevado a un determinado comportamiento.

Una vez dentro de la residencia, se dirigieron por el pasillo hasta la que solía ser su estancia preferida. En esos momentos, su corazón estaba dividido entre el cuarto del bebé, el estudio de Edward, y la sala de billar. Y todas le agradaban por igual.

Aun así, la habitación de las acuarelas, y lo que hacía allí dentro, le proporcionaba una gran paz. Julia lo condujo hasta una mesa sobre la que se distribuían varios dibujos. El que buscaba estaba oculto debajo del todo. Lo extrajo del montón y lo colocó encima.

—Un nuevo personaje para los cuentos.

—Un lobo vestido con camisa de lino, pantalones bombachos y botas. Y le has puesto un espadín. Eso le va a gustar a Johnny.

La señora Lark y sus hijos ya se habían instalado en Evermore. De vez en cuando Edward llevaba al muchacho a dar una vuelta. Julia sospechaba que ese era el momento en que ideaba sus historias.

—Supongo que sí. ¿Qué te parece el nuevo miembro de la colección de fieras?

—A la gente no suelen gustarle los lobos. Son taimados. Doy por hecho que será otro villano.

—No, está al mismo nivel que el corcel. Es noble, protector, fuerte. Los demás lo respetan.

—Le haré un hueco en la próxima historia.

—¿No lo reconoces? —ella sonrió.

Edward sacudió la cabeza, claramente aturdido. Y Julia, por algún motivo, lo amó más ante su reacción.

—Y, sin embargo, te reconociste enseguida en la comadreja.

—¿Se supone que me representa?

—No se supone. Eres tú.

Edward la miró a los ojos y vio en ellos el tormento y la duda.

—Julia, yo no soy noble.

—Sí, lo eres —ella posó una mano sobre su barbilla—. Protector —deslizó los dedos hasta enredarlos entre los cabellos en la sien—. Fuerte. Me equivoqué. Tú no eres la comadreja. Nunca lo has sido. No era más que tu fachada. Eres un hombre bueno y honrado —dio un paso al frente hasta que sus pechos quedaron aplastados contra el fuerte torso y disfrutó al sentir el respingo de Edward, al ver cómo su mirada se oscurecía—. Si la única manera de tenerte es viviendo una mentira, entonces elijo vivir una mentira.

—Jules… —Edward la atrajo hacia sí y la rodeó con sus brazos antes de besarle el cuello, la mejilla, la sien.

Julia lo abrazó con fuerza. Le había costado tomar la decisión, pero sabía que era la correcta, la única. Quería a ese hombre en su lecho, quería darle hijos, quería ser su esposa.

Él se echó hacia atrás y le tomó el rostro entre las manos mientras la taladraba con la mirada.

—Yo, Edward Alcott, prometo amarte, honrarte y respetarte durante el resto de nuestras vidas. Seré el mejor esposo que un hombre pueda ser.

—Yo, Julia Alcott, prometo amarte, honrarte y respetarte durante el resto de nuestras vidas. Seré la mejor esposa que una mujer pueda ser.

Edward le tomó la mano izquierda y posó sus dedos sobre el anillo.

—¿Puedo?

Tras tragar nerviosamente, ella asintió mientras él le quitaba delicadamente el anillo y lo depositaba en la palma de su propia mano.

—Podría comprarte un anillo nuevo, pero sé cuánto amor representa este. No quiero arrebatártelo. Quiero añadir más. De manera que si no tienes ninguna objeción... —volvió a deslizar el mismo anillo en su dedo—. Con este anillo yo te desposo.

Los ojos de Julia se llenaron de ardientes lágrimas ante la generosidad de ese hombre, su voluntad por honrar lo que ella había tenido antes.

—Te amo, Edward.

Sus bocas se encontraron con tal pasión, tal fuerza, tal urgencia que ella se habría tambaleado de no haberla rodeado Edward con sus brazos. Su lengua se deslizó como el terciopelo sobre la de ella, removiendo todos los sentimientos que su corazón albergaba por él, hasta lanzarlos como un torbellino por todo el cuerpo. Julia sintió las piernas flojas, toda ella se sintió floja. Y al mismo tiempo no recordaba haberse sentido jamás tan fuerte.

Llevaban semanas seduciéndose, coqueteando. Era lógico que las emociones estuvieran a flor de piel, y aun así Julia tenía la sensación de haber encendido una cerilla junto a la hoguera de sus deseos.

Sin previo aviso, Edward la tomó en sus brazos y echó a andar hacia la habitación.

—Te quiero en una cama —gruñó en voz baja, como si estuviera hablando para sí mismo además de para ella.

Julia soltó una carcajada y se aferró a sus hombros, enterrando el rostro en el fuerte cuello que empezó a cubrir de besos mientras saboreaba su piel salada. Lo deseaba con una ferocidad incontrolada que la asustaba y excitaba. Edward le hacía sentir viva, desentumecida.

Cuando llegaron al dormitorio, continuaron con lo ya empezado. La ropa desapareció en un loco frenesí, quedando tirada en el suelo. Pero a la vez fue completamente distinto. Él era otro hombre, un hombre con el que Julia no había estado plenamente, pero con el que no se sentía incómoda. No sentía ninguna de las dudas que le habían asaltado la noche de bodas, quizás porque ya no era tan inocente. Quizás porque ya había compartido con Edward toda la intimidad posible sin unirse plenamente.

Edward se quitó los pantalones y se tensó visiblemente cuando Julia alargó una mano para acariciar la cicatriz de la cadera.

—No la conseguiste en África, ¿verdad?

—No. En oriente. Hace unos cuantos años.

Todavía le quedaban muchas cosas por aprender de él, pero había otras tantas que ya conocía. Dando un paso al frente, Julia se apretó contra él, le acarició los anchos hombros y los musculosos brazos. ¿Cómo había podido pensar que cuatro meses en África podían esculpir el cuerpo de un hombre hasta semejantes proporciones de perfección? Aquello era producto de años de caminar por terrenos escarpados, escalar montañas, cargar con peso. Edward era un hombre que pasaba el tiempo justo sentado a una mesa. Era la clase de hombre que la llevaría a remar al Támesis, a montar en Hyde Park, a galopar por las colinas. Que ayudaría a los arrendatarios a ocuparse del ganado, de los campos. Que cuidaría a una viuda y a su hijo hasta que se restablecieran.

Era la clase de hombre que se enfrentaría a las inclemencias del tiempo por llevarle unas tartaletas de fresa.

—Te amo, Edward —repitió ella, sabedora de que jamás se cansaría de decirlo, que nunca lo diría lo suficiente.

Él cerró los ojos con fuerza y echó la cabeza atrás. Cuando los abrió, en su mirada se reflejaba tanto amor que para ella supuso toda una lección de humildad. La empujó marcha atrás hasta que Julia sintió las corvas contra la cama. Con los labios fundidos, y envuelta en sus brazos, Edward despertaba en ella sensaciones jamás conocidas.

Enseguida cambió de postura y se instaló cómodamente

entre las piernas de Julia. Sujetándose sobre los brazos, se alzó sobre ella y la miró a los ojos.

—Dime algo sucio.

El ardiente calor de la vergüenza la inundó de pies a cabeza.

—Se suponía que no debías oír esas cosas.

—Pero lo hice, y me excitó —él se agachó, tomó su boca y la soltó—. Ya te dije que conmigo no tenías necesidad de fingir.

La víspera de Navidad. Desde ese día él conocía su sórdido secreto. Julia giró el rostro.

—Mírame cuando lo digas. Para que veas cuánto me gusta.

Ella deslizó los dedos por sus cabellos, le sujetó la cabeza y le lamió los labios.

—Quiero tu polla dentro de mí.

Con un salvaje gruñido, Edward basculó las caderas hacia delante hundiéndose en su interior, estirándola, llenándola. Y en ningún momento apartó los ojos de los de ella.

—Adoro lo ardiente y húmeda que estás, cómo te cierras en torno a mí.

Ella rio y tiró de él mientras abría la boca hasta que sus lenguas siguieron el mismo ritual que sus cuerpos. Estar con él resultaba liberador. Julia no sentía ninguna necesidad de contenerse, de guardar ningún secreto. Ese hombre la aceptaba por completo. Le arañó la espalda y él volvió a gruñir, aumentando el ritmo de sus embestidas.

Un mar de sensaciones la atravesó, sin dejar ni una parte de ella intacta, sin amar. Edward se estaba entregando por completo a ella, permitiéndole a ella hacer lo mismo. Julia ya había experimentado esa conexión durante el beso en el jardín, y le había aterrorizado. Pero en esos momentos la espoleaba.

Podía tocarle todo lo que quisiera, decir lo que le apeteciera. No tenía que contenerse por miedo a ser censurada. No tenía que reprimirse por miedo a ser juzgada.

Con él podía ser ella misma por completo.

Y lo era. Y cada vez más a medida que el mundo saltaba en pedazos. Era ella misma con él, con ese hombre que la aceptaba abiertamente, con sus obscenidades y todo. Que la hacía suya.

Gritando su nombre, Julia se dejó caer al vacío dominada por el placer. Fue una caída salvaje, su cuerpo arqueándose, aferrándose a Edward, que también se dejó ir mientras un fuerte gruñido se escapaba entre sus dientes encajados.

Aterrizaron juntos, un revoltijo de cuerpos sudorosos y respiraciones entrecortadas.

Edward rodó hacia un lado y la atrajo hacia sí con un brazo mientras le acariciaba el brazo con la otra mano. Permanecieron tumbados en silencio durante un largo rato, simplemente recuperando la respiración, deleitándose en el resplandor del placer.

—¿Has pensado en él? —preguntó Edward.

—No —contestó Julia mientras deslizaba una mano por su torso.

—¿Ni siquiera un poco?

—¿Qué quieres saber realmente? —Julia se apoyó sobre un codo y lo miró.

—Cuando me miras, ¿lo ves a él?

—Solo te veo a ti, Edward. Hace ya varias semanas que solo existes tú. Es verdad que vuestro aspecto es idéntico, pero veo pequeños detalles en ti que jamás noté antes, que él no tenía. Lo amo.

—Lo sé —Edward cerró los ojos—. No debería haber sacado el tema.

Julia posó un dedo sobre los labios de Edward.

—Abre esos hermosos ojos marrones que tienes —cuando él obedeció, ella prosiguió—. Lo amo y te amo. El amor que sentía por Albert es diferente del amor que siento por ti. No es ni mayor ni menor. Ni mejor ni peor. Es simplemente diferente. No sé expresarlo con palabras. Dijiste que si te amaba siquiera una pizca de lo que le amaba a él, te conformarías. Pues te amo mucho más que una pizca. No puedo comparar lo que siento por el uno y por el otro. Por supuesto que de vez en cuando pienso en él, pero no en momentos como este. Tú has estado con otras mujeres. ¿Pensaste en ellas?

—Pues claro que no.

—Pues ahí lo tienes.

—Ninguna de ellas me decía obscenidades —los labios de Edward se curvaron hacia arriba.

—Apuesto a que podrías enseñarme un montón.

—Te enseñaré lo que tú quieras.

—Temía que a él no le gustara, que yo le desagradara por decirlas, por eso solo se las susurraba al oído malo. Tú me conoces mejor de lo que lo hacía él, y temo que no fui justa con él.

—Albert te amaba, Julia. Amaba lo que tenía contigo. No dudes de ello ahora. El que lo que tenemos tú y yo sea diferente no quiere decir que sea mejor ni peor. Como bien dijiste, solo es diferente.

Julia se alegraba de tener algo con Edward que no hubiera tenido antes.

—Creo que te amo tres pizcas.

—Veamos si consigo que sean cuatro —él soltó una carcajada.

Y tumbándola sobre la espalda, aceptó con entusiasmo el desafío.

CAPÍTULO 22

Cuando el primero de los cuatro carruajes que llevaban se detuvo ante la puerta de la residencia londinense, Julia respiró hondo. Una cosa era fingir en un sitio en el que apenas recibían visitas y otra completamente distinta hacerlo allí. Cada día recibirían a alguien. Por no mencionar la locura de fiestas, bailes y cenas en las que su presencia era esperada.

Sintió la mano de Edward... de Greyling... de Grey, no debía olvidar pensar en él como en Grey, cerrarse en torno a la suya y apretarla.

—Aún no es tarde si has cambiado de idea. Puedo ayudaros a Allie y a ti a instalaros aquí, y luego dirigirme a la residencia que tengo alquilada desde el año pasado.

—No he cambiado de idea —ella se acercó a él y lo besó—. Estoy casada con el conde de Greyling.

—Nadie sospechará otra cosa.

El lacayo abrió la portezuela y Greyling se bajó del coche antes de ayudarla a bajar a ella también. Parecía seguro de sí mismo, confiado, pero Julia sospechaba que debía sentir cierto nerviosismo ante el desafío que él, que ellos, iban a vivir. Iba a haber muchísimas oportunidades para meter la pata, y que destruirían su única oportunidad de vivir juntos con la reputación intacta. Pero el amor que sentía por ese hombre hacía que el riesgo mereciera la pena.

Julia ya no era capaz de imaginar su vida sin él. Una relación marcada por la castidad no parecía posible cuando la pasión que existía entre ambos era evidente. Todavía le sorprendía que Edward hubiera podido controlarse durante tantos años.

—Milord, milady, bienvenidos a casa —los saludó el lacayo que abrió la puerta de la residencia.

—Gracias, John —contestó ella.

Edward había memorizado los nombres de los sirvientes, pero distinguir un lacayo alto y moreno de otro iba a llevarle tiempo, sobre todo porque ella no había sido capaz de proporcionarle ninguna descripción que le facilitara la tarea. Por otra parte, no necesitaba conocer el nombre de todos.

Julia entró en la residencia y respiró hondo, inhalando los familiares olores de la residencia de Londres. La entrada estaba adornada con flores, el suelo reluciente recién pulido, las escaleras, que nacían a ambos lados del vestíbulo, conducían a la planta superior.

—Lord y lady Greyling —saludó el mayordomo con una ligera reverencia—. Nos alegra tenerlos en su residencia. Permítanme ofrecerles en nombre de todo el servicio nuestro más sentido pésame por la pérdida del señor Alcott.

—Gracias, Hoskins —contestó Edward—. Voy a salir en breve. Asegúrate de que esté preparado un caballo para mí.

—Sí, milord.

Edward tomó a su esposa del brazo y la condujo hacia las escaleras que ascendían hacia los dormitorios.

—No sabía que tuvieras pensado marcharte tan pronto —observó ella.

—Necesito hablar con Ashe.

—Eso me parece bastante arriesgado. Si hay alguien capaz de descubrir la verdad…

—Ya lo ha hecho.

Julia se detuvo en lo alto de las escaleras y se volvió hacia él. Edward le ofreció una lacónica sonrisa.

—Él y Locke lo descubrieron el día del entierro. Lo cierto es que Ashe insistió en que te contara la verdad en ese mismo instante. Por eso es imprescindible que hable con él lo antes posible. Necesita saber que tú lo sabes antes de decidir tomar las riendas —le acarició una mejilla—. No pongas esa cara de preocupación. No pondrá ninguna objeción cuando se lo explique.

—Quizás debería acompañarte.

—Será mejor que vaya solo. Estoy seguro de que me dedicará algunas palabras especialmente escogidas, la clase que una dama nunca debería oír.

—¿Pensará mal de mí?

—No, a no ser que tenga ganas de que le sangre la nariz.

—¿Y Locke? —Julia se obligó a sonreír.

—No vendrá a Londres para la temporada. A lo mejor podríamos parar en Havisham en nuestro viaje de regreso a Evermore.

A Julia no se le había ocurrido que alguien más pudiera estar al corriente de lo que Edward y ella habían planeado, pero sabía que su esposo confiaba en sus amigos de la infancia.

—Cuando vuelva, iremos a dar una vuelta por el parque —le propuso él—. Facilitará nuestro regreso a la sociedad londinense.

—Me encantará —era una pequeña mentira, pues más bien la idea le aterraba, temía que pudieran descubrirse.

Edward se agachó y la besó en la boca, y Julia se derritió contra él. Siempre lo hacía. ¿Cómo podía ser que, tras cientos de besos, ese hombre aún tuviera el poder de desarmarla por completo con poco más que la persistente presión de sus labios y el baile de la lengua alrededor de la suya?

—Volveré lo antes posible —él se apartó y sonrió.

—Te estaré esperando.

—Cómo me gusta oírte decir eso.

Edward corrió escaleras abajo antes de que ella pudiera impedírselo, antes de que le pudiera sugerir que compartieran antes un rato en el dormitorio. Por Dios, qué brujilla estaba hecha. Esa mujer le hacía perder todo el sentido común.

Edward hizo trotar al caballo por las familiares calles mientras pensaba que ojalá el posterior paseo por el parque con Julia la tranquilizara, le hiciera ver que nadie iba a mirarlo y ver a Edward. No había ninguna razón para dudar de la veracidad de su identidad. Él no tenía ningún motivo para mentir. Era el conde de Greyling. Y eso sería lo que la gente iba a ver.

A medida que se acercaban a Londres, Julia se había puesto más y más tensa. Había intentado distraerla con sus besos, pero incluso eso había fallado en el momento en que habían entrado en la ciudad. Una de las cosas que adoraba de ella era lo pendiente que estaba de su reputación y su impacto en las perspectivas que tendría su hija de ser feliz. Un escándalo era un golpe que podría arruinar un futuro brillante y, desafortunadamente, a las damas no se les toleraba un comportamiento tan inadecuado como se toleraba en los hombres. Quizás fuera debido a que les preocupaba mucho más su posición, lógico dado que era mucho más importante para ellas. Había muy pocas con los medios suficientes para subsistir por ellas mismas. El matrimonio era su oficio.

Edward había adquirido posición, poder y riqueza. Las madres pasarían por alto sus transgresiones si con ello conseguían una buena boda para sus hijas. Pero una mujer solo podría aspirar a ser una amante solicitada, y los hombres se conformarían con ello cuando lo único que les movía era el deseo.

Sin embargo, a Edward le movía mucho más que el deseo

cuando se trataba de Julia. Admiraba su fortaleza, su empeño en seguir el buen camino, a pesar de estar dispuesta, por él, a pasar de puntillas por el camino equivocado. Y eso hacía que la amara todavía más.

Detuvo el caballo frente a la residencia de Ashe y ató rápidamente las riendas antes de correr escaleras arriba, subiendo los escalones de dos en dos. No tenía ganas de enfrentarse a su amigo, pero tenía que hacerlo. Llamó a la puerta y esperó. La puerta se abrió.

—Lord Greyling —saludó el lacayo.

Edward todavía sentía el impulso de mirar a su alrededor en busca de Albert cada vez que alguien pronunciaba su nombre. No estaba seguro de que fuera a acostumbrarse a que se dirigieran a él con ese título. Pero por Julia, y por el bien de su relación, debía hacerlo.

—¿Dónde puedo encontrar al duque? —preguntó Edward mientras le entregaba el sombrero, la fusta y los guantes.

La presencia del conde en aquella casa resultaba de lo más natural. El servicio sabía que no necesitaba ser anunciado.

—Se encuentra en el estudio, milord.

Edward se dirigió por el pasillo hasta el estudio, ante cuya puerta no había ningún sirviente. Mejor. No le apetecía que nadie oyera la conversación que iba a tener lugar, y sospechaba que una parte iba a incluir alguna frase airada. Sin embargo, no tenía la intención de caer en la trampa del griterío.

Ashe estaba sentado ante el escritorio, aparentemente en proceso de escribir una carta. Levantó la vista, empujó la silla hacia atrás y se levantó.

—Edward. Te estaba escribiendo una carta para preguntarte si tenías pensado venir a Londres.

—¿Y por qué no iba a hacerlo?

—¿Se lo contaste?

—Lo hice.

Con un brusco asentimiento, que Edward tomó como

una señal de aprobación, su viejo amigo se acercó al aparador y sirvió dos copas de whisky antes de ofrecerle una a Edward.

—¿Y cómo se lo tomó?

—Tal y como vaticinaste. Su corazón estalló en mil pedazos y deseó mi muerte, y luego volvió a retomar el luto.

—Me imagino que no debió resultar agradable para ninguno de los dos, pero hacer lo adecuado siempre es el camino menos complicado. Supongo que lo siguiente que harás será publicar una nota en el *Times*.

—Pues la verdad es que no —Edward tomó un trago de whisky sin apartar la mirada de Ashe—. Lo siguiente que haré será pedirte que guardes el secreto.

—¿Disculpa? —Ashe ladeó la cabeza y apretó los labios con fuerza.

—La amo, y ella me ama. Vamos a seguir viviendo como hasta ahora, haciendo creer a todo el mundo que Edward ha muerto y yo soy Albert.

—¿Os habéis vuelto locos?

—Nuestra posición en la sociedad no nos permite acudir a alguna capilla donde nadie nos conozca, para casarnos. Somos muy conocidos entre la nobleza. Por Dios, si hasta somos conocidos entre la realeza. La única manera de estar casados libremente es que Albert siga vivo. Dime que me equivoco.

—Pero tú no eres Albert. Esto no es legítimo. No estáis casados legalmente.

—Eso solo lo sabemos tú, Locke, Marsden, Julia y yo. Y así deberá permanecer.

Ashe se volvió, caminó por la estancia, se detuvo y se volvió.

—Si tan solo una persona sospechara...

—Nadie lo hará. ¿Por qué iban a hacerlo? ¿Por qué iba alguien a sospechar que yo no soy Albert? La idea de que yo vaya a fingir ser mi hermano es completamente ridícula. Que Edward pudiera desear a una mujer que aborrecía. ¿Por qué iba alguien a imaginarse un escenario en el que no fuera Edward quien reposara en una tumba en Evermore? Soy el legítimo heredero, Ashe. El único motivo de esta farsa es conservar a mi lado a la mujer que amo. ¿A quién hacemos daño si seguimos viviendo como llevamos algo más de medio año haciendo? Yo opino que causaríamos mucho más daño revelando la verdad.

—¿Estás seguro de que la amas? —Ashe se dejó caer en un sillón y agachó la cabeza.

—Es lo único de lo que estoy absolutamente seguro. La amo con todo mi corazón. ¿Vas a privarnos de una vida de amor por una estúpida ley?

—Podríamos intentar cambiarla —su amigo alzó la vista.

—¿Y cuánto tiempo llevaría eso? ¿Y si tenemos hijos antes de que se cambie la ley? ¿Vamos a tener que evitar estar juntos? ¿Le dirías tú a Minerva, «Algún día podremos estar juntos, pero de momento no»?

—Maldito seas.

Edward comprendió que debería haberle formulado esa pregunta desde el principio. No era ningún secreto que Ashe adoraba a su esposa y haría cualquier cosa por tenerla.

—Si la amas siquiera la mitad de lo que yo amo a Minerva... —Ashe se puso en pie.

Edward estaba dispuesto a apostar toda su fortuna a que amaba a Julia tanto como su amigo amaba a su esposa, incluso más.

El duque de Ashebury al fin alzó su copa y pronunció un brindis.

—Edward, os deseo a Julia y a ti toda la felicidad del mundo. Tenéis mi silencio y, a partir de este momento, te reconoceré como Grey. Rezo a Dios para que tengas más suerte guardando tus secretos de la que tuve yo guardando los míos.

Edward apuró la copa e ignoró el escalofrío de aprensión que le recorrió la columna.

—No pongas esa cara de terror, Julia.

Sentada sobre su caballo a la entrada de Hyde Park, ella se volvió hacia Edward.

—Me siento como si llevara colgado un enorme cartel en el que pone «Impostora».

—Tú no eres la impostora, lo soy yo —puntualizó él con naturalidad, como si no le preocupara lo más mínimo, claro que llevaba un tiempo representando ese papel.

—Temo delatarnos.

—Hemos intercambiado los votos. Soy tu esposo, todo lo que podría ser. No lo olvides. Y recuerda que te amo hasta la locura.

Ella alargó una mano y él la tomó, recibiendo un fuerte apretón.

—Yo también te amo. Muchísimo. Viendo nuestra adoración mutua, la gente sin duda no podrá sospechar la verdad.

—Te prometo que nadie busca encontrar a Edward.

Ella asintió y le soltó la mano.

—No olvides que eres sordo del oído derecho.

—Muy pocos se fijarán en eso. Albert era muy cuidadoso con su sordera. Solo los más cercanos conocían su problema.

Julia sonrió al recordar algo. Cada vez le resultaba más sencillo pensar en él sin sentir una punzada de tristeza.

—Ya me había olvidado de eso. A mí me lo contó justo antes de casarnos, como si su defecto auditivo pudiera disminuir mi amor por él.

—A mí me gustaba meterme con él.

—¡No! No serías tan cruel.

—Cuando estábamos con un grupo de personas —Edward asintió—, me daba cuenta de cuándo no había oído un comentario, porque solía limitarse a asentir y sonreír, de modo que yo solía hacer alguna ridícula observación, como si estuviera contestando a algo que alguien hubiera dicho, y Albert respondía en el mismo sentido hasta que nuestros contertulios pensaban que nos habíamos vuelto locos.

—Eso es horrible.

—Era divertido, pero había que estar allí para apreciarlo. Después él siempre se reía. «Me has vuelto a pillar, Edward», solía decir. Y luego yo descubría que me había llenado el vaso de whisky con alguna bebida amarga, o un té, que yo escupía. Por Dios, cómo disfrutaba con las bromas que nos gastábamos.

—Me gusta poder hablar tan abiertamente de él.

—Y a mí me alegra verte sonreír. Ya podemos continuar el paseo, creo.

Julia comprendió que había utilizado la anécdota sobre Albert para distraerla, para tranquilizarla. Con un sutil golpe de fusta, ella hizo que su caballo se adentrara en el parque y hacia la masa de personas que encontraban increíblemente importante dejarse ver a esa hora del día. Al día siguiente empezaría a hacer visitas matutinas, y las damas se las harían a ella.

Pero de momento solo le importaba lo mucho que disfrutaba de la compañía del hombre que montaba a su lado.

—¿Irás esta noche al club?

—No. Dudo que vuelva a ir al club alguna vez.

Julia le dedicó una sonrisa burlona y lo miró con desconfianza y escepticismo.

—Eso levantaría sospechas. Un caballero que no acude a su club. No es lo que se espera.

—Sí cuando el caballero está locamente enamorado de su esposa.

Julia se sentía, en efecto, como su esposa, de palabra y obra.

—Haces que me sonroje.

—Tengo la intención de hacerte sonrojar de pies a cabeza dentro de un rato.

—Siempre tienes la mente puesta en el dormitorio.

—¿Quién ha hablado del dormitorio? Yo estaba pensando en el escritorio del estudio.

—¡Grey! —Julia no estaba segura de acostumbrarse nunca a llamarlo así.

—O puede que en el jardín, entre las rosas —Edward sonreía travieso.

Julia se veía claramente a sí misma tumbada sobre la hierba, con él encima y las estrellas sobre ambos mientras ella...

—Lord y lady Greyling.

Julia casi gritó como un ratoncillo asustado al oír la voz gutural y tiró de las riendas. A duras penas consiguió detener a la yegua sin que se asustara e intentara apartarse de la pareja, montada en sendos caballos negros, que se había detenido a su altura. El duque y la duquesa de Avendale. Él, moreno y despertando malos presagios. Ella, rubia, pero con una agudeza en la mirada que dejaba claro que pocas cosas se le escapaban. Lo único que tranquilizaba a Julia era que Rosalind Buckland, plebeya de nacimiento, hacía poco que había ingresado en las filas de la nobleza y no conocía al conde de Greyling, ni a ella, lo suficiente para sospechar que había algo diferente en ellos. Eran la pareja perfecta para facilitar su regreso a la vida social.

—Excelencias —saludó Edward.

—Nuestro más sentido pésame por vuestra pérdida.

Ante el pésame del duque, Julia se preguntó a qué altura de la temporada dejarían de recibir las condolencias de la gente. Desde luego las apreciaba, pero le hacían sentirse incómoda, ya que ellos creían que era Edward quien había fallecido. Sus simpatías iban dirigidas al conde por la pérdida de su hermano, porque ninguno era consciente de que ella había perdido un marido.

—Gracias por vuestra amabilidad —contestó Edward.

—También tenemos entendido que hay motivo para la enhorabuena —intervino la duquesa con una amable sonrisa dirigida a Julia.

—Sí, la condesa alumbró a una preciosa niña justo antes de Navidad —contestó Edward.

A Julia no se le escapó el cuidado que había puesto en no nombrarla como su esposa. En aquella época, otro había sido su marido.

—Se parece mucho a su madre.

—Yo también veo algo de su padre en ella —les aseguró Julia—. Sobre todo desde que empieza a moverse más. Creo que va a ser bastante aventurera.

—¿Y viajar por el mundo? —preguntó el duque.

—Eso espero. Confío en que no le tema a nada.

—No hay ningún motivo para ello —puntualizó Edward, dejando claro lo que ella había sabido desde el principio: con él llevándola de la mano, su hija sería ferozmente independiente, capaz de mantener su postura en cualquier situación.

«¿Su hija? No solo suya. De ellos. De ella, de Albert, de Edward».

El duque y la duquesa siguieron conversando unos minutos más. Hablaron del tiempo y los jardines, y otros temas que de repente parecieron muy triviales. Temas en los que Julia solía explayarse encantada en otra época. Pero en esos momentos le faltaba el entusiasmo.

Mientras la pareja se alejaba, Edward la condujo en dirección contraria.

—¿Te molestan los pésames? —preguntó ella—. No saben a quién lloran.

—En realidad, no lloran a nadie. Simplemente están siendo amables.

Y sin embargo llorarían de verdad si supieran que habían perdido a uno de los suyos. Alguien de la familia real no habría dudado en asistir al entierro. Julia no quería seguir pensando en ello. No quería considerar lo injusto que había sido. La gente ofrecía sus palabras sin conocer la verdad.

—Julia, no pasa nada —la tranquilizó él.

Solo entonces se dio ella cuenta del ceño fruncido que lucía, y lo tensas que estaban sus manos cerradas en torno a las riendas.

—En el campo habíamos prescindido del luto. No sé por qué no caí en la cuenta de que aquí la gente no dejaría de recordarnos lo que pasó. Intento no preocuparme por ello.

—Dentro de un par de semanas todo habrá terminado.

Y entonces, por fin, podrían acomodarse en la mentira de ser marido y mujer.

CAPÍTULO 23

Aquella noche sería la de la prueba definitiva. Las damas eran mucho más agudas que los caballeros y, si bien él había logrado superar el desafío de la Cámara de los Lores sin liarla, y Julia había manejado las visitas matutinas con aplomo, Edward sabía que el baile de los Ashebury sería todo un reto, ya que aparecerían como pareja en una función repleta de público.

Especialmente inquietante resultaría que Albert mantuviera una conversación con alguien que esperara que supiera de qué estaban hablando cuando él no tendría maldita idea.

Mientras contemplaba a Julia ponerse los pendientes, decidió que preferiría mil veces arrancárselos de las orejas, junto al vestido, y quedarse en casa.

—No es obligatorio asistir.

Ella contempló su reflejo en el espejo.

—Se trata del primer baile después de casados del duque y la duquesa de Ashebury. A la gente le resultará extraño que el conde de Greyling no asista.

—Pues entonces iremos, pero no nos quedaremos mucho —Edward le besó la delicada nuca—. ¿Te parece bien?

—Puede que lo pasemos divinamente. Al menos quiero bailar dos piezas contigo.

—Solo valses.

—No esperaría menos.

Aquella noche estaba radiante, vestida con un traje entre negro y azul, según cómo se reflejara la luz sobre él. Le hacía parecer muy delgada, nada que ver con el cuerpo de una mujer que había dado a luz hacía poco más de seis meses. Edward conocía a algunas mujeres que ensanchaban con cada parto, pero Julia parecía que acababa de florecer. Delgada y esbelta.

—Si sigues mirándome con ese ardor puede que no logremos bailar esas dos piezas —bromeó ella.

—Conozco lo bastante bien la residencia de Ashe como para saber dónde están todos los rincones oscuros. Que no te sorprenda si decido hacer uso de uno o dos de ellos antes de que termine la velada.

—Creo que, como mínimo, deberían ser tres o cuatro —ella se levantó y le ofreció una mirada seductora.

—¿Cómo no iba a amarte? —Edward la abrazó.

Pero al agachar la cabeza se encontró con un dedo enguantado a modo de barrera hacia su destino.

—Ya sé en qué estás pensando, y sé adónde nos conducirá: a que yo tenga que volver a vestirme y peinarme. Llegaremos tarde. El conde de Greyling nunca llega tarde.

El conde de Greyling iba a tener que cambiar algunas de sus costumbres…

Quizás podría achacarlo a su nueva condición de padre.

—De acuerdo —él le ofreció un brazo—. Pero luego exijo que me resarzas gritando mi nombre hasta que los gritos resuenen entre estos muros.

Ella lo miró con los ojos entornados.

—Yo había pensado más bien que esta noche serías tú quien gritara mi nombre.

—¡Mierda! —Edward le tomó una mano y la arrastró

hacia la puerta—. Acabemos con esto cuanto antes. Quiero estar de regreso en esta habitación dentro de una hora.

La risa de Julia los siguió hasta la calle.

Julia sabía que no iban a poder marcharse tan pronto. Era uno de los primeros bailes de la temporada. Había que ponerse al día con muchos cotilleos, noticias que compartir, debutantes a las que analizar, parejas que predecir.

Consiguió bailar una vez con Edward antes de ser arrastrada por un trío de damas cuya presentación en sociedad, el año anterior, había sido bastante insignificante y que esperaban mejorarlo en la segunda temporada.

—Sentí mucho la muerte del señor Edward Alcott —se lamentó lady Honoria—. Quise asistir al funeral, pero mi madre dijo que no sería apropiado.

—Echaré de menos bailar con él —lady Angela suspiró.

—Y yo echaré de menos sus relatos —murmuró lady Sarah como si los hubiera narrado solo para ella—. Y ese físico tan deslumbrante que lucía.

—¿Cómo puedes echar de menos su físico deslumbrante cuando no tienes más que mirar a su hermano para verlo de nuevo?

—Supongo que ahí tienes razón.

—Esta noche estuve a punto de desmayarme cuando vi entrar a lord Greyling —admitió lady Angela con una risita que a Julia le resultó de lo más irritante—. Hasta que recordé que eran gemelos. Por un momento pensé que se trataba de un fantasma.

—Debe ser extraño tener a tu lado a alguien idéntico a ti —lady Sarah miró a Julia—. ¿Nunca los has confundido?

—No —mintió ella—. Cuanto más tiempo se pasaba con ellos, más sencillo resultaba distinguirlos.

—Era todo un bribón —observó lady Honoria mientras miraba a su alrededor como si esperara que el bribón saltara sobre ella en cualquier momento. A continuación inclinó la cabeza hacia las demás damas y susurró en tono conspiratorio—. Fue el que me dio mi primer beso.

—¡No! —exclamó lady Angela.

—Sí. En un rincón oscuro de una terraza durante un baile.

Julia no tenía ganas de oírlo. No quería oír los detalles de las hazañas de Edward, aunque para ser justa, tampoco le hubiera gustado oír las de Albert. Un poco de misterio entre marido y mujer no era nada malo.

—Ojalá me hubiera besado a mí —se quejó lady Sarah en un tono agudo que sonaba como si alguien arañara una placa de metal. A Julia le provocó un escalofrío en la columna.

—Puede que lo hubiera hecho esta temporada —sugirió lady Honoria—. Solo te llevaba al jardín si estaba convencido de que no lo ibas a atrapar en un matrimonio.

—Yo habría intentado atraparlo —admitió lady Sarah.

—Yo no —aseguró lady Honoria—. Era tremendamente divertido y disfrutaba mucho con su compañía, pero no poseía un título y no creo que fuera de los que se tomara en serio los votos.

—Se toma muy en serio los votos —balbuceó Julia antes de considerar la implicación de sus palabras—. Quiero decir que lo habría hecho en caso de tener la ocasión de contraer matrimonio.

—Pues yo no estoy tan segura de eso —insistió lady Honoria.

—Y yo estoy completamente segura —aseguró Julia, incapaz de soportar las opiniones de esas estúpidas que solo pensaban lo peor de Edward, que no comprendían lo buena persona que era, lo decente—. Era un hombre honorable. Y dado que soy, era, su hermana política, tuve la ocasión de conocerlo mucho mejor y observarlo en muchas más situaciones que vosotras.

—Pues desde luego no hubo nada honorable en su beso. Fue aterradoramente obsceno. Me prometió otro para esta temporada, y ahora me he quedado sin él —lady Honoria hizo un exagerado mohín mientras las otras dos chicas se reían tontamente.

Julia sintió un irrefrenable deseo de tirar de ese labio hasta que le colgara sobre las rodillas.

—Sí, bueno, desde luego es muy interesante centrar la conversación en lo inconveniente que ha resultado su muerte para ti.

—No pretendía ofender.

Y sin embargo ella se había sentido ofendida. Lo estaban menospreciando, burlándose de él, y no lo soportaba. No soportaba que no lo conocieran como lo conocía ella. Solo lo veían como alguien que ofrecía besos en el jardín.

—Os pido disculpas. Todavía estamos de luto por su fallecimiento.

En realidad no veía ningún motivo para disculparse. Lo único que quería era que esas mujeres desaparecieran de su vista antes de obligarla a decir alguna imprudencia, antes de que hiciera algo que amenazara la nueva vida que intentaba construirse.

—Solo queríamos expresar nuestro pesar por vuestra pérdida —aseguró lady Sarah antes de llevarse a sus amigas de allí, como si fuera la mamá gallina y las otras dos sus polluelos.

Menos mal. Julia necesitaba otro baile con Edward para calmar los nervios. O una copa de brandy. Se preguntó dónde podría conseguirla. Ya había estado en el salón de los refrigerios y solo había encontrado limonada y vino espumoso. Aun así, el vino era mejor que nada.

—Julia.

Volviéndose, sonrió al encontrarse con un rostro amistoso y familiar.

—Ashebury.

—Sin duda, después de todos estos años ya puedes llamarme Ashe.
—Lo intentaré.
—Bailemos, ¿quieres? —propuso él tras mirar a su alrededor como si buscara un rincón más aislado.
—Estás de suerte, pues mi carné de baile no está completo esta noche —antes de su matrimonio solía estarlo. Cada fiesta había consistido para ella en un sinfín de bailes. Pero aquella noche ni siquiera se había molestado en llevar consigo un par de zapatillas de repuesto.

Había bailado con Ashe una docena de veces, y siempre se había sentido cómoda en su presencia. Pero, por algún motivo, aquella noche no encontraba ningún tema de conversación. Él sabía la verdad, y ella no sabía muy bien cómo responder a eso.

—Una fiesta encantadora. Ha venido mucha gente, y eso dice mucho sobre el cariño que os profesan a ti y a tu esposa.
—Sospecho que obedece más a un sentimiento de curiosidad. Minerva y yo formamos una extraña pareja.
—A mí nunca me lo pareció.
—Y hablando de extrañas parejas...
—No lo hagas —le pidió Julia en un tono brusco.
—Nunca os imaginé juntos.
—Ha cambiado —solo que en realidad no lo había hecho, ¿o sí?

Ella simplemente lo veía de otra manera, lo veía como era realmente.

—No es eso —Julia sacudió la cabeza—. En realidad, no lo conocía. Y no creo que él me conociera realmente. Somos bastante compatibles. Más que compatibles. Lo amo.

Atrayéndola hacia sí, Ashe la hizo girar mientras le susurraba al oído:

—Él no es Albert.
—Soy muy consciente de ello. No se parece en nada a él.

No estaría con él si lo hiciera. No es el sustituto de… lo que tenemos es diferente. Pero es lo que quiero. Lo que necesito.

—No quisiera que resultaras lastimada. No quisiera que él resultara lastimado.

—La vida no nos ofrece ninguna garantía contra eso. Él no me hará daño, no a propósito.

—De eso no me cabe duda —Ashe sonrió con ironía—. Incluso en sus peores momentos, cuando está completamente borracho, hay mucho bueno en él.

—La gente no parece conocerlo realmente. Creo que es porque nunca quiso eclipsar a su hermano. Aceptó su puesto de segundo, el relevo. En su diario, mi esposo escribió que el destino se había equivocado al permitir que él naciera primero. Es curioso cómo a veces permitimos que la sociedad, y nuestra posición en ella, determine nuestro comportamiento aunque vaya a contracorriente. Tú eres su amigo, te criaste con él. Debes saber lo muchísimo que vale.

—Su valía no tiene nada que ver con mis dudas. Lo defendería con mi vida, y lo apoyaré en este asunto. Y a ti también. Si alguna vez me necesitas para algo, no dudes en hacérmelo saber.

—Aunque siento que perdieras a tus padres siendo un niño, me alegra que formaras parte de la vida de Albert y de Edward.

—Y ahora de la tuya.

—Y ahora de la mía.

La música se detuvo. Ashe le besó el dorso de la mano.

—Unos hombres afortunados, mis amigos.

—¿Por tener tu amistad? —Julia se rio y arqueó una ceja.

—Por tener tu amor.

Se sentía extraño. Estaba en un baile, pero no flirteaba con las jovencitas, no hacía sonrojar a las más mayores, no se reunía a escondidas con alguna en el jardín, aunque había pensado más de una vez en llevarse a Julia a los rosales.

Había bailado con ella porque era lo que más le gustaba hacer en un baile. Con Minerva había bailado por cortesía, y curiosidad. No parecía sospechar nada sobre su verdadera identidad. Había escuchado a algunos lores debatir algún asunto político, había hablado con otro lord sobre los cambios en la agricultura. Había presentado a un jovencito a una dama, aún más joven, que le había dejado una sensación de casamentero. Extrañamente, había disfrutado con todo eso. No echaba de menos a las jóvenes casaderas que aleteaban las pestañas y los abanicos en su dirección. No echaba de menos el flirteo o escabullirse a algún encuentro prohibido tras algún enrejado cubierto de hiedra.

Estaba feliz con su nuevo papel de conde y esposo.

Pero eso no significaba que se sintiera completamente satisfecho con las actividades que se desarrollaban en el salón de baile. Necesitaba una copa y una partida de cartas. Solo una.

Después de que Ashe se marchara, Julia recorrió el perímetro del salón de baile saludando a una persona tras otra, pero siempre evitando demorarse. No conseguía relajarse del todo. Al recordar su idea sobre la bebida y los beneficios del champán, decidió acudir al salón donde se servía el refrigerio. Casi había llegado cuando fue abordada por el duque de Lovingdon.

—Excelencia.

—Lady Greyling, tengo entendido que hay motivos para felicitarla. Hablé con su esposo hace un rato. Cualquiera diría que es el primer hombre en tener una hija.

Julia sonrió. Edward no podría sentir más amor por Allie si la hubiera engendrado. Sus sentimientos hacia la niña eran sinceros y auténticos.

—Adora a lady Alberta.

—No seré yo quien le culpe por ello. Las hijas consiguen adueñarse de nuestro corazón con suma facilidad. Le he hablado a Greyling de un proyecto de ley sobre el que estoy trabajando y que está destinado a proteger mejor a los niños. Me ha proporcionado algunas ideas muy buenas, y tengo la impresión de que está dispuesto a trabajar conmigo. Quizás alguna vez podamos cenar juntos. Prometo que no hablaremos de política durante la comida, pero no me disgusta conocer la opinión de un hombre mientras compartimos una copa de oporto.

Edward ya le había comentado que las cosas habían ido bien en el parlamento, pero no le había ofrecido ningún detalle específico. El que estuviera trabajando en un proyecto de ley con uno de los hombres más poderosos de Gran Bretaña era algo digno de mención, elevaría su estatus y buena opinión entre sus pares. En realidad, el conde de Greyling no necesitaba ser elevado de categoría, pero tras oír la conversación de esas niñatas poco antes, quería que Edward destacara, al margen del título, aunque nadie supiera que se trataba de Edward. Se sentía como si estuviera girando en círculos, como si no consiguiera saber qué era y qué debería ser.

De lo que sí era tremendamente consciente era de que el duque esperaba una aceptación tras su último comentario. No se hacía esperar a un duque perdiéndose en sus pensamientos.

—Nos encantará cenar con usted y su esposa.

—Recibirán una invitación en los próximos días. La protección de los menores es nuestra pasión. Ya tengo ganas de trabajar con Greyling. Aunando nuestros esfuerzos, sin duda podremos lograr mucho más. Por favor, disculpe mi grosería al no ofrecerle de entrada mis condolencias por el fallecimiento del señor Alcott. Siempre es una tragedia perder a alguien tan joven.

—Gracias, Excelencia. Agradezco su amabilidad.

—Y ahora, si me disculpa, debo encontrar a mi esposa. Creo que el siguiente baile le corresponde.

Mientras el duque se alejaba, Julia no podía dejar de pensar en la aportación de Edward al proyecto de ley. Sin embargo, no recibiría ningún reconocimiento porque, para el resto del mundo, descansaba en una tumba. Había aceptado una vida en la que jamás sería reconocido con el fin de poder tenerla a ella como esposa. Por mucho que lo deseara, por sencillo que hubiera resultado vivir esa vida en el campo, en la capital le estaba resultando tremendamente difícil aferrarse a la ilusión de ser su esposa. Allí estaba rodeada de constantes recordatorios de que era prácticamente la única persona que estaba al corriente de la verdadera valía del conde de Greyling. Una de las pocas que sabía que el séptimo conde había muerto y que el octavo era quien ostentaba el título.

Encontró la mesa con el refrigerio, una selección de diversos platos, pero ninguno le resultaba apetecible. Y el champán tampoco le satisfacía como antes solía hacer. En cuanto regresaran a su casa iba a tomarse un buen brandy. Estaba de pie junto a la ventana, buscando un momento de tranquila reflexión, pero viendo únicamente su propio reflejo en el cristal, sin estar segura de reconocerse a sí misma, cuando lady Newcomb apareció envuelta en tafetán rosa y el empalagoso aroma a lavanda rancia.

—Lady Greyling, cuánto me alegro de que acudiera a Londres para la temporada. Tras la muerte del señor Alcott no estaba segura de que lo hiciera. Un accidente en tierras salvajes, ¿no?

Julia apostaría su asignación mensual a que la mujer conocía exactamente las circunstancias de la muerte de Albert, pero lady Newcomb era aficionada a decir una cosa mientras daba a entender otra totalmente distinta. Un sencillo pésame habría bastado, no hacía falta sacar a relucir los desgraciados detalles de la muerte.

—Sí, desafortunadamente los animales salvajes no son dignos de confianza.

—Menos mal que no le sucedió a Greyling.

—Hubiera preferido que no le sucediera a ninguno de los dos hermanos.

—Por supuesto, por supuesto, pero debe dar gracias al cielo porque no se tratara de su esposo. Me atrevería a decir que, de soltero, ese hombre era un regalo para cualquier mujer, el más sobresaliente de los bribones, un ejemplo para todos ellos. Qué afortunada fue al atraparlo.

Y sin embargo había sido su esposo quien había muerto, y ella tenía que quedarse allí y hablar con esa mujer como si no hubiera sido así.

—Siempre me consideré afortunada.

—Ya sé que no está bien hablar mal de los muertos, pero, si tenía que morir uno de los hermanos, se marchó el que debía.

Las palabras tuvieron en Julia el efecto de un puñetazo en el estómago. Apenas lograba respirar y sentía unas ganas irrefrenables de sacudir a esa mujer.

—¿Cómo puede decir algo tan horrible?

—Querida, solo expreso en voz alta el pensamiento de mucha gente. Me atrevo a asegurar que todas las madres se sienten aliviadas porque ya no tendrán que vigilar a sus hijas tan de cerca esta temporada. Era cuestión de tiempo que deshonrara a alguna.

—Edward no se aprovechaba de las damas decentes, de modo que no veo cómo iba a poder deshonrar a ninguna. Pero caso de ceder a la tentación, después habría hecho lo correcto.

—No lo creo. Lo que le gustaba era la caza, no la captura. En mi juventud traté con más de un sinvergüenza como ese.

—Se equivoca. Era un hombre bueno y honorable.

Lady Newcomb sacudió la cabeza hasta que su papada se estremeció.

—Bueno, ya no podremos demostrar quién tiene razón. Fue un hombre incapaz de dejar huella. Una triste vida la suya. Incluso lo indicaba su esquela. Y ahora, si me disculpa...

Julia tuvo que contenerse para no adelantar un pie y ponerle la zancadilla a esa horrible mujer. ¡Cómo se atrevía lady Newcomb a pretender conocer a Edward! ¿Cómo se atrevían esas niñatas a chismorrear cosas tan desagradables sobre él? Lo odiaba. Odiaba lo que decía la gente, que opinaba que las circunstancias eran otras, que creía estar hablando de un hermano fallecido cuando en realidad estaba hablando del hermano que permanecía vivo.

Aire fresco. Necesitaba aire fresco. Abrió las puertas de la terraza y salió al exterior, acercándose a la barandilla y agarrándola con sus manos enguantadas. Respiró hondo en un intento de limpiar su mente de todos los desagradables pensamientos que había escuchado aquella noche. Sintió la descabellada necesidad de recordar la esquela. Apenas la había leído. ¿Qué ponía?

«Lo más triste es saber que no logró hacer nada digno de mención...».

¿Por qué los redactores de esquelas se sentían obligados a señalar los defectos? Recordó la esquela de un destacado poeta en la que se mencionaba que mejor hubiera hecho si no hubiera decidido tomar papel y lápiz. Intentaban ser condenadamente listos. Pero se equivocaban.

A ella le habían gustado las obras de ese poeta. Y Edward sí había hecho cosas dignas de mención. Había viajado por todo el mundo, escalado montañas, explorado regiones remotas. Había dirigido expediciones, visto cosas, experimentado cosas que pocas personas lograban hacer. Había compartido sus aventuras, entreteniendo a la gente con sus relatos. Se había apartado de su hermano para no interferir en la relación de Albert con ella. Había sido un amante hermano y, visto en retrospectiva, un amante cuñado, aunque lo había demostrado de manera poco afortunada bebiendo, con juergas, con su comportamiento odioso. Pero sus intenciones habían sido buenas.

A costa de pagar un elevado precio por ello, Edward había cumplido el juramento hecho a su hermano. Había ayudado a que naciera su hija. Y cuidaba de esa niña con tanto amor como podría haberle dado su propio padre. Iba a trabajar con un duque para modificar las leyes inglesas. Y no era más que el comienzo de lo que podría lograr. Nadie sabía lo lejos que podría llegar… como Albert, conde de Greyling.

No estaba bien. No era justo. Y con cada fibra de su ser, Julia supo que habían cometido un terrible error.

CAPÍTULO 24

La idea de Edward había sido jugar solo una baza, o dos, pero estaba teniendo tanta suerte que no era capaz de empujar la silla hacia atrás, despedirse de los caballeros y marcharse. Nunca solía pasar mucho tiempo en los salones de baile porque no era de los que gustaba de llamar la atención de las damas. Nunca bailaba con el patito feo, porque no quería darles esperanzas, y eso le dejaba solo a las que buscaban hacer una buena boda, y a él nunca le había apetecido pasar por el altar.

Tenía en la mano tres reinas cuando ella entró. En realidad no la vio, la presintió, sintió su mirada sobre él. Y cuando levantó la vista la vio de pie junto a la puerta, pálida y muy seria. Edward se puso en pie y arrojó las cartas sobre la mesa.

—Caballeros, me retiro.

Las damas y los caballeros que observaban las partidas se apartaron a su paso mientras él avanzaba hacia Julia. Algo iba mal, muy mal. Parecía a punto de echarse a llorar, y Julia no era de lágrima fácil.

—¿Qué sucede? —preguntó mientras posaba las manos sobre sus hombros.

—¿Podemos irnos? Me duele la cabeza.

—Sí, por supuesto. Ahora mismo —Edward se volvió hacia la puerta y empezó a seguirla.

—Greyling, ¡tus ganancias! —gritó uno de los lores.

Edward se volvió.

—Donadlas a alguna obra de caridad —sonrió y guiñó un ojo—. Pero asegúrate de no ser tú esa obra.

Las risas los siguieron mientras conducía a Julia fuera de la estancia. En el vestíbulo, recuperó la estola de ella, y su propio sombrero y bastón. Juntos salieron y esperaron mientras un lacayo corría a avisar al conductor de su deseo de marcharse.

No fue hasta que estuvieron sentados en el carruaje, con Julia acurrucada contra él, la cabeza apoyada sobre su hombro, rodeada por su brazo, cuando él se atrevió a preguntar.

—¿Qué ha pasado?

—Necesitaba marcharme, para reflexionar, para encontrar un poco de tranquilidad.

Edward se reclinó en el asiento para proporcionarle todo eso. Ya lo averiguaría después, antes de acostarse. Nada bueno podía salir de dormir con una mente inquieta.

Julia no pronunció ni una palabra mientras entraban en la residencia, y se mantuvo en silencio mientras echaban un vistazo a Allie, aunque sí parecía reacia a abandonar a la niña. ¿Había tenido alguna premonición? ¿Alguien había amenazado a su hija?

Al llegar a la puerta del dormitorio, Edward hizo intención de seguirla al interior, pero ella lo detuvo y se encaró con él.

—¿Podrías traerme un poco de brandy?

—Por supuesto. No tardaré ni un minuto.

—Dame tiempo para prepararme para acostarme.

—Julia...

—También necesito reflexionar.

Aquello no presagiaba nada bueno. De pie en el estudio, mientras bebía a sorbos su whisky, cada vez estaba más convencido de que aquello presagiaba algo muy malo. No debería haberla dejado sola en ese maldito baile. Algo que alguien había hecho o dicho la había alterado. Pero ¿qué esposo no se apartaba nunca del lado de su mujer?

Todos habrían pensado que estaba loco por ella. Y, si bien era cierto, no era propio del conde de Greyling seguir a su esposa a todas partes. Tampoco era propio del conde sentarse a jugar a las cartas, al menos no desde que se había casado, pero había solucionado el asunto anunciando que iba a jugar una baza en recuerdo de su hermano.

Por supuesto la baza se había convertido en unas cuantas. Debía tener más cuidado. Quizás habían cometido un error al ir a Londres nada más comprometerse Julia y él.

Con la copa de whisky en una mano y la de brandy en la otra, Edward se dirigió a su propio dormitorio y se desvistió hasta dejarse puesto únicamente el pantalón y la camisa. Al entrar en los aposentos de Julia, la vio sentada ante el tocador contemplando su reflejo en el espejo.

—Ven a la cama —susurró él con ternura tras soltar las copas.

Si pudiera abrazarla, consolarla, podría tranquilizarla y hacer que desaparecieran sus preocupaciones.

Julia se volvió sin levantarse del asiento y lo miró a los ojos. Edward no había visto tanta tristeza desde el día que había descubierto que era viuda.

—No puedo hacerlo, Edward. No puedo vivir en una mentira. Pensé que estaría preparada, pero no lo estoy y no debería estarlo. No es justo para ti, ni para Albert o para Allie.

—Julia, no sé qué pasó... —él cayó de rodillas frente a ella.

—Opinan que eres un sinvergüenza —ella sacudió la cabeza—. Edward, creen que Edward era un sinvergüenza.

—Y lo era. Yo lo era —resultaba confuso. La persona que había sido frente a la persona que era en esos momentos. Le acarició la mejilla—. Antes de tenerte a ti.

—No, no lo eras. Te gustaba divertirte. Eras soltero, joven, te divertías. Nunca ultrajaste a nadie. No es verdad eso de que «nunca logró hacer nada digno de mención», pero nadie lo sabrá nunca. Nadie te conocerá nunca como te conozco yo.

—No necesito que lo hagan. La única opinión que me interesa es la tuya.

La mirada de Julia reflejaba una profunda tristeza, y mucho remordimiento. Tenía el ceño fruncido y era evidente que estaba esforzándose por explicarle algo que él no tenía ningún deseo de comprender. No quería que cambiaran las cosas entre ellos. No quería perderla.

—El duque de Lovingdon me dijo que te ha propuesto ayudarlo con un proyecto de ley.

—Sí. Se le ocurrió que, habiendo sido padre recientemente, sentiría más empatía hacia los pobres y comprendería cómo hay que proteger a los niños.

—Harás cosas buenas y todo el mundo le concederá el crédito a Albert.

Si bien agradecía que le preocupara, que Julia deseara más reconocimiento para él, el que se merecía por derecho propio, Edward no estaba dispuesto a pagar el precio que supondría recibir ese reconocimiento en su propio nombre.

—Mientras se hagan cosas buenas —él suspiró—, ¿qué importa quién recibe el crédito por ellas?

—Precisamente por eso te amo, y por eso quiero que sepan qué clase de hombre eres. Lo que estás haciendo es legado tuyo, no de Albert.

—El único legado que me importa es vivir una vida contigo.

Julia sacudió la cabeza con violencia.

—Pero tampoco es justo para Albert. ¿No lo entiendes? Nunca tendrá un entierro o un funeral, ni siquiera su propia esquela. Nunca será llorado.

—Lo será cuando yo muera.

—El hombre al que llorarán será tu versión de Albert. No será él. Su vida, su legado, concluyó el año pasado. Todo lo que hizo hasta entonces se perderá en la vida que tú vivirás por él.

—Julia, no piensas con claridad.

Ella posó una gélida mano sobre su mejilla y el frío se extendió hasta el pecho de Edward.

—Estoy pensando con más claridad de la que he tenido desde que descubrí la verdad sobre tu identidad. Allie jamás conocerá a su verdadero padre, nunca sabrá cómo fue. Y todo por nuestro egoísmo.

Edward se puso en pie y se apartó de ella, paseando de un lado a otro de la habitación. Se alisó los cabellos y se volvió hacia ella de nuevo.

—Querer algo no es egoísmo.

—Es egoísmo si para lograrlo se hace daño a alguien. Le estamos robando a su padre, y a él le estamos robando a su hija.

—Cuando sea mayor se lo podremos contar, explicárselo.

—No tenemos ni idea de cómo va a reaccionar, qué daño podemos hacerle. Si decide que la hemos traicionado, que toda su vida ha sido una mentira y nos odia, o se lo cuenta a alguien… la vida que habremos llevado hasta entonces será desenmascarada. La gente sabrá que hemos vivido en pecado. Cualquier hijo que tengamos será declarado bastardo. Incluso si ella nos guarda el secreto, una cosa es que nosotros elijamos vivir una mentira, pero no está bien que elijamos que ella también viva esa mentira.

¿Por qué tenían que ser tan convincentes sus argumentos? ¿Por qué tenía que tener razón?

—Julia, nadie va a creerse que no ha sucedido nada entre nosotros. No después de presentarnos como el conde y la condesa de Greyling. No después de que nos hayan visto en el parque y en el baile. Al revelar la verdad, crearemos un escándalo sin precedentes que nos perseguirá durante años.

—Pero al menos será sincero —los ojos azules se llenaron de lágrimas que rodaron por sus mejillas—. No puedo vivir el resto de mi vida en una mentira. No puedo quedarme quieta mientras la gente piensa mal de ti y no te concede ningún crédito por ser el hombre decente que eres. No puedo permitir que la vida de Albert sea absorbida por la tuya. Ojalá fuera lo bastante fuerte como para decir que no me importa, pero sí me importa —un sollozo escapó de sus labios—. Sé que estoy renunciando a una vida con el hombre que amo, pero tú te mereces ser reconocido como algo más que un sinvergüenza. Lo siento, lo siento muchísimo, pero no puedo vivir esta mentira que estamos construyendo.

Y precisamente por eso Edward la amaba, maldito fuera el mundo entero.

Julia empezó a llorar desconsoladamente. Edward volvió a arrodillarse ante ella y la rodeó con sus brazos.

—Tranquila, mi amor. Tranquila.

—Nos van a odiar, nos harán el vacío...

—Calla. No, yo me ocuparé de eso. Lo arreglaré, encontraré el modo de minimizar los daños.

—¿Cómo? —Julia se apartó y se secó las lágrimas de la cara—. ¿Vas a escribir una carta al *Times*?

—Déjamelo a mí —él le apartó del rostro un mechón de cabellos—. Ya se me ocurrirá algo. Pasé una gran parte de mi juventud entrando y saliendo de diversos líos. Tengo mucha experiencia en la que apoyarme.

Le tomó una mano y se puso en pie.

—Y ahora ven a la cama y déjame que te abrace.

Únicamente cuando estuvieron tumbados bajo las mantas, Julia volvió a hablar.

—Ya sé que debes sentirte defraudado por mi debilidad.

—Este camino elegido será más duro en muchos aspectos, y lo sabes, pero aun así estás dispuesta a recorrerlo. Para eso hace falta muchísima fuerza.

—No tanta. En realidad soy más bien cobarde. No puedo vivir en pecado si todo Londres está al corriente.

—No esperaba que lo hicieras.

A los hombres se les perdonaba toda clase de mal comportamiento. A las mujeres no se les perdonaba nada. Incluso en ese momento debía idear algo para protegerla, para asegurarse de que no cargara con el peso de sus acciones.

—Debes prometerme que Allie se criará en Evermore. Yo no viviré allí, pero iré de visita de vez en cuando.

—Y tú debes prometerme que te casarás y proporcionarás un heredero para Evermore.

Edward había jurado no volver a mentirle, pero también había jurado hacerla feliz.

—Con el tiempo lo haré. Pero ahora permíteme ofrecerte una adecuada despedida.

Edward rodó hasta tenerla casi enterrada bajo su cuerpo y se apoyó sobre un codo para mirarla a los ojos. La lámpara, todavía encendida, le permitió verla claramente entre las sombras. Nunca había disfrutado tanto simplemente mirando a una mujer. Iba a echarla terriblemente de menos.

Era una mujer joven, demasiado joven para pasar sola el resto de su vida. Con el tiempo volvería a casarse. No quería pensar en ello, no iba a obsesionarse con lo que no podía tener. De momento iba a centrarse en lo que sí tenía: a Julia en sus brazos, en su cama una última noche. Iba a registrar cada uno de sus rasgos, cada aspecto de ella. Memorizarla para no olvidarla jamás, para que siempre pudiera regresar a ella en sus recuerdos, para revivirla.

—Te amo, Edward.

Había tenido intención de tomárselo con calma, pero las palabras de Julia lo empujaron a tomar sus labios con fuerza, a hundir su lengua posesivamente en su boca. Siempre pensaría en ella cada vez que probara las fresas, cada vez que oyera el sonido del viento, cuando sintiera la caricia del sol.

Esa mujer englobaba miles de sensaciones. Con ella, todo era más enriquecedor, más intenso, más atractivo.

Las manos de Julia se movían con la misma desesperación que las de él, arrancándole la ropa mientras él hacía lo mismo con su camisón. Al fin estuvieron piel con piel, de pies a cabeza. Edward sabía que, aunque le hubieran concedido cien años con ella, no se habría hartado jamás de ella, de aquello, pero solo le habían concedido unas pocas horas, hasta que la alondra cantara al amanecer. Entonces abandonaría su cama por última vez. No tenía ni idea de dónde iba a sacar las fuerzas para hacerlo, pero lo haría.

¿Cómo iba a poder renunciar a aquello? ¿Cómo iba a poder decirle adiós?

Julia rezó para que el sol no saliera nunca, para que el tiempo se detuviera, para que Edward y ella pudieran permanecer para siempre acurrucados el uno junto al otro. Unos pensamientos muy egoístas, pero, cuando se trataba de ella, parecía estar llena de necesidades egoístas. Era uno de los motivos por los que se había creído capaz de vivir una mentira, por los que no había considerado todas las implicaciones, todas las personas a las que afectaría.

Era consciente de que jamás volvería a experimentar una pasión tan desinhibida, de que jamás volvería a ser presa de unos deseos tan desenfrenados, jamás volvería a estar tan obsesionada con un hombre. Algo en él encajaba en un lugar en ella, un lugar que había permanecido inexplorado, sin descubrir. Podría haber vivido feliz toda su vida sin ser consciente de ello. Pero tras haberse revelado, ¿cómo olvidar su existencia? ¿Cómo ignorarla?

¡Cómo iba a echarlo de menos!

Y el modo en que su ardiente boca dejaba un rastro de humedad sobre su piel, en su cuello, sobre los pechos. El modo en que su boca se cerraba sobre un pezón y chupaba con delicadeza mientras sus manos continuaban con sus caricias, explorándola. El muslo de Edward imprimía la presión justa entre sus piernas, haciendo que ella se retorciera contra él.

Los gemidos de Edward eran música celestial para sus oídos, el olor almizclado llenaba su nariz. Su piel sabía salada. Se moría por acaparar cada sensación incluso mientras se perdía en ellas. ¿Cómo podía estar a la vez tan atenta y tan desorientada? Se sentía ascender y caer al mismo tiempo. Cada vez que se unían era lo mismo, y a la vez diferente.

Julia lo empujó con fuerza por los hombros hasta que él se tumbó de espaldas. Sentada a horcajadas sobre sus caderas, deslizó las manos por sus brazos hasta llegar a sus muñecas, que sujetó con firmeza. Llevó los brazos por encima de su cabeza y las sujetó contra la almohada.

—No las muevas —le ordenó.

—¿Qué vas a hacer?

—Voy a hacer contigo lo que me plazca.

—¡Por Dios, Ju…!

Julia cubrió los labios de Edward con su boca, absorbiendo sus palabras, su aliento. Era ella la que había decidido acabar con la farsa. Había capitulado por el amor de ese hombre por ella. Lo sabía. También sabía que Edward tenía el poder de hacerle cambiar de idea, y sabía que él lo sabía. Aun así, él se había rendido, aceptado la derrota porque su felicidad era para él más importante que la suya propia.

Julia quería que la gente supiera que ese hombre anteponía a los demás. No era un sinvergüenza, no se aprovechaba de nadie. Quería que la gente hablara de Edward con el respeto que se merecía. No estaba bien vivir una vida a la sombra de la vida de otro.

Deslizó los labios por la rugosa barbilla. Adoraba esa hora de la noche, cuando su rostro estaba cubierto por la incipiente barba, cuando su aspecto era menos civilizado, un poco bárbaro. Y tan, tan masculino.

Edward gimió y ella lo sintió vibrar en su pecho, donde tenía las rodillas apoyadas contra las costillas. Le encantaba el sonido de la tortura. Volvió a acercar su boca a la oreja de Edward.

—Voy a tomarte con mi boca.

—¡Jesús! —las caderas de Edward bascularon hacia arriba.

—¿Te gustaría? —preguntó ella con una voz sedosa a la vez que gutural.

—Sí.

—¿Qué quieres que haga? —ella se irguió y lo miró a los ojos.

—Que me tomes con la boca.

—Pues entonces no muevas las manos de donde están.

Por encima de su cabeza, él entrelazó los dedos de ambas manos con tanta fuerza que los nudillos se volvieron blanquecinos.

—Quiero que nunca olvides esta noche —susurró Julia.

—Recordaré cada instante que he pasado contigo.

Ella lo besó a conciencia, controlando la profundidad y el ritmo de sus movimientos. Se sentía poderosa, fuerte. Igual. Podía volverlo tan loco como la volvía él. Le mordisqueó la barbilla, el cuello, la garganta. Observó cómo se tensaban y relajaban los músculos de sus brazos, sumidos en la lucha por no tocarla a ella.

Julia se deslizó sobre el cuerpo de Edward hacia abajo. Él gimió. Ella deslizó la lengua sobre el endurecido pezón. Él gruñó.

Eso era. Podía excitarlo a placer. El otro pezón recibió la misma tortura. La respiración de Edward se volvió entrecortada, el estómago se tensó. Ella le besó las costillas, hasta el firme abdomen, que se estremeció bajo sus labios. La tensión que irradiaba entre ellos era palpable.

Julia continuó deslizando la boca sobre su cadera, sobre la cicatriz, a lo largo del exterior del muslo hasta la rodilla para luego subir por el lado interno del mismo muslo. Arriba, arriba, hasta alcanzar su destino y cerrar la boca sobre él. El gemido fue el de un hombre que sufría un tormento mientras ella permanecía cautiva entre sus piernas, estrujándolo delicadamente mientras él la acariciaba con los pies.

Julia alzó la vista y lo miró a los ojos. El intenso calor que emanaba de su brillante mirada le produjo una inmensa satisfacción.

—Eres una bruja.

Sonriente, ella se concentró de nuevo en revelar hasta qué punto podía ser una bruja. Edward soltó un juramento mientras ella se tomaba todo su tiempo en volverlo loco. Lamiendo su extensión, saboreando, chupando. Si aquella iba a ser la despedida, quería dejar su marca sobre cada centímetro de él.

A la mañana siguiente, Edward abandonaría su cama por última vez. Julia no sabía de dónde iba a sacar las fuerzas para dejarlo marchar, pero de algún modo lo haría. Aquella noche sería un punto de inflexión en su vida. El momento en que su vida se partiría en dos. Una mitad la constituiría su vida con él, y la otra su vida sin él. Una estaba marcada por la risa y el amor. La otra por la soledad.

Edward se casaría y ella encontraría el modo de sobrevivir a ello, de seguir adelante sabiendo que otra estaba viviendo su sueño de calentarle la cama y darle hijos. Una parte de ella pensaba que habría sido más fácil de no saber cómo sería vivir junto a él, pero ¿cómo lamentar un solo instante cuando esos recuerdos iban a alimentarla en los años venideros?

De repente sintió los fuertes dedos entre sus cabellos, masajeándole la cabeza.

—No puedo soportar seguir sin tocarte.

Edward se movió hasta quedar casi sentado y tiró de ella hasta que sus labios se fundieron. Después se dejó caer y ella se dio cuenta de que de nuevo estaba sentada a horcajadas sobre él. Alzando las caderas, Julia se dejó caer lentamente hasta que lo tuvo profundamente hundido en su interior. Y casi lloró ante la maravillosa sensación de ser llenada por ese hombre.

Inició un movimiento de vaivén contra Edward mientras él le masajeaba los pechos. Las sensaciones la inundaban como las olas al alcanzar la orilla. Estrellándose y retirándose. Fuerte, y luego suave.

Julia apoyó las manos a ambos lados de los anchos hombros y su larga melena cayó sobre ellos, creando una nueva intimidad, dejando el mundo fuera. Ojalá pudieran dejarlo fuera para siempre.

Edward le sujetó las caderas, proporcionándole el apoyo que ella necesitó cuando las embestidas se volvieron más fuertes, más rápidas. Él alzó la cabeza y su boca se aferró a un pecho, volviéndola loca mientras tironeaba. Y el placer se soltó como un torbellino hasta que ella gritó su nombre.

Él la levantó y salió de ella, apretándola contra su pecho hasta que la tuvo tumbada sobre él. El cuerpo de Edward siguió basculando hasta que gritó su nombre. Tembló mientras ella se estremecía, cediendo a las postrimerías del placer. Sus respiraciones por fin se calmaron, sus cuerpos se relajaron.

—¿Por qué lo hiciste? —preguntó ella—. ¿Por qué te saliste?

—No puedo correr el riesgo de que te quedes embarazada.

Julia cerró los ojos con fuerza. Era un aspecto de las relaciones íntimas que no había considerado hasta ese momento.

—¿Lo vuelve menos placentero?

—No —él le besó la cabeza.

Julia se mordisqueó el labio. Sospechaba que le había mentido.

—¿Lo vuelve menos satisfactorio?

—Si me estás preguntando si hubiera preferido estar dentro de ti, por supuesto que sí. Pero debemos hacer lo correcto.

—¿Existen otras maneras para asegurar que no me quede embarazada? —ella alzó la cabeza y lo miró.

—No hay ninguna manera que lo asegure. Lo que he hecho disminuye las probabilidades, pero no existen garantías.

Julia suspiró y volvió a apoyar la cabeza sobre su pecho, escuchando el fuerte latido de su corazón.

—Voy a echarte mucho de menos.

—No más de lo que voy a echarte de menos yo a ti.

—Quizás podamos pasar juntos nuestra vejez, en secreto —cuando fuera demasiado vieja para tener hijos.

—Me muero de ganas de hacerme viejo —él la abrazó con más fuerza.

Las lágrimas se acumularon en los ojos de Julia, que las dejó derramarse, porque ese hombre se merecía mucho más de lo que ella podía ofrecerle.

CAPÍTULO 25

Julia despertó sola. El otro lado de la cama, el de Edward, estaba vacío, y así permanecería durante el resto de su vida. Ya había sido bastante afortunada por amar a dos hombres. No habría un tercero.

Consultó la hora en el reloj que descansaba encima de la repisa de la chimenea y vio que era casi la una del mediodía. Ojalá Edward la hubiera despertado antes de marcharse, para una última despedida. Claro que, después querría otra. Él había hecho lo correcto. Lo mejor era pasar página.

En Evermore todo había resultado mucho más sencillo. Allí solo estaban ellos dos y no tenían que mantener conversaciones con miembros de la sociedad. Allí había sido mucho más sencillo olvidar lo que estaba en juego, lo que importaba para el estrato social que habitaban.

Salió de la cama. Y su estómago se encogió. Llevándose una mano a la boca pensó que no debería haberse tomado esa copa de brandy después del champán, sobre todo porque no había comido nada durante la velada. Nada le había resultado atractivo. Y la idea del desayuno tampoco le atraía en esos momentos.

Cuando se levantó para llamar a la doncella, otra oleada de náuseas la asaltó. Cruzó a la carrera la habitación y vomitó en la palangana. Al terminar, llenó un vaso de agua y se enjuagó la boca, tomó una toalla y se secó el sudor del rostro. Esperaba que al menos no estuviera cayendo enferma.

De nuevo se dirigió hacia el llamador, pero se detuvo a medio camino y apoyó una mano sobre la barriga. Por Dios santo. Cerró los ojos y empezó a contar hacia atrás. No había tenido el mes desde que había recibido a Edward en su cama.

Súbitamente se dejó caer al suelo. Aquello lo cambiaba todo. No podía alumbrar a un bastardo, no al de Edward. Pobre criatura. Poco importaría que su padre fuera un conde. No habría lugar para él en la sociedad. Y si era niña… mucho peor. No podría hacer una buena boda.

¿Iba a negar a un hijo conocer la identidad de su padre con el fin de proteger a otro? No tenía elección. Debía proteger a ambos. Edward estaría de acuerdo, estaba segura de ello. Tenía que encontrarlo, hablar con él.

Pero después de vestirse descubrió que no estaba por ninguna parte. Había salido a atender algún asunto. Cuando regresara, hablarían de cómo gestionar la situación. Hasta entonces no había motivo para la alarma o la preocupación.

Estaba repasando algunas de las cosas que Albert había dejado en el estudio, otro diario, notas concernientes a un proyecto de ley que pensaba presentar a la Cámara de los Lores, un ovillo, un penique retorcido, pequeñas cosas que ella quiso desesperadamente saber por qué se había empeñado en conservar, cuyo significado deseaba conocer, cuando el mayordomo anunció que tenía una visita mientras le entregaba las tarjetas de las duquesas de Ashebury, Avendale y Lovingdon.

Dirigiéndose hacia el vestíbulo, las encontró esperando de pie, un triunvirato de las damas más jóvenes, apreciadas y poderosas de la siguiente generación.

Adelantándose un paso, Minerva le tomó las manos.

—Querida, en cuanto tuvimos noticia de lo sucedido esta

tarde en la Cámara de los Lores quisimos venir aquí a ofrecerte nuestro apoyo.

El estómago de Julia dio un vuelco y por su mente surcaron un millón de posibilidades, todas implicando a Edward.

—¿Qué ha sucedido?

—El conde de Greyling se presentó ante la asamblea y anunció que era Edward Alcott. Que fue Albert quien murió en África.

Ella sacudió la cabeza incrédula, sintiendo aflojársele las rodillas. No tenía que haber sucedido así. Iba a escribir una carta al *Times*, no a enfrentarse públicamente a sus pares.

—Dijo que tú averiguaste la verdad anoche. Que ha llegado el momento de dar por finalizada la farsa.

—¿Farsa? —repitió Julia.

—Juró que no sucedió nada impropio entre vosotros —intervino Grace, duquesa de Lovingdon—. Que eres inocente.

—Pero mintió —Minerva le escrutó el rostro—, ¿verdad?

Julia solo fue capaz de sacudir la cabeza. Hasta conocer el plan de Edward, hasta saber exactamente qué estaba contando a los demás, no podía ni negar ni confirmar nada. ¿Por qué no lo había hablado con ella antes de hacer algo tan drástico?

—¿Pido que nos sirvan el té?

—Creo que deberíamos sentarnos.

—Sí —ella se sentó en un sillón y las damas se acomodaron en el sofá, con Minerva más cerca.

Aunque apreciaba el apoyo que le ofrecían, lo único que quería era que salieran por la puerta para poder seguir buscando a Edward.

—Estoy segura de que Ashe no tardará en aparecer —opinó Minerva—. Le dejé una nota explicándole que venía aquí, aunque seguramente se dirigiría aquí de todos modos. Grace fue la primera en tener noticias.

—¿Por qué ahora? —preguntó Rose, duquesa de Avendale—. ¿Por qué confesar ahora y no antes?

—Ahora mismo me siento bastante aturdida —Julia volvió a sacudir la cabeza—. No sé muy bien qué decir —no hasta que hubiera hablado con Edward.

El portazo de la puerta delantera le hizo ponerse de pie de un salto y prácticamente correr al encuentro de Edward. Iba a preguntarle qué demonios había hecho. Pero el que irrumpió en la estancia fue Ashebury.

—¿Dónde está? —exigió saber—. ¿Está aquí?

—No, no sé dónde está. ¿Qué ha sucedido exactamente?

—Se presentó ante todos en la Cámara de los Lores y declaró ser Edward. Confesó que su intención inicial había sido honrar un juramento hecho a Albert para asegurar que no perdieras el bebé. Pero luego se había dado cuenta de que le resultaba más beneficioso continuar con la mentira, ya que había contraído no pocas deudas de juego y sus acreedores no eran de los que perdonaban.

—¿Es eso cierto? —preguntó Minerva antes de que pudiera hacerlo Julia.

—En absoluto. Al menos no fue eso lo que me contó —contestó Ashe.

—De haber tenido problemas, ¿te lo habría contado? —insistió su esposa.

—Tratándose de Edward —él suspiró—, nadie sabe nada. Adora contar historias, pero no tengo ningún motivo para pensar que fuera un mentiroso.

—¿De modo que ha mentido a los otros lores? —Minerva parecía horrorizada.

—Eso parece.

—¿Y por qué iba a hacer algo así?

—Para protegerme —explicó Julia.

—¿Y cómo va a conseguirlo con su confesión después de que hayáis convivido durante meses?

No había respuesta para esa pregunta.

—Edward ofreció una explicación —empezó Ashe—, al asegurar a todo el mundo que su relación con Julia había permanecido dentro de los límites de la castidad. Por supuesto a nadie le resultó difícil entenderlo, dado que todos sabíamos que nunca le gustaste. Continuó explicando que empezabas a tener sospechas, de modo que pagó sus deudas y ahora es de nuevo libre. Al menos contó alguna estupidez como esa. Apenas podía creerme lo que estaba oyendo. Por supuesto, la cámara estalló en un clamor y él se marchó.

—Sin duda en busca de una copa de algo fuerte —sugirió Minerva.

Ashe sonrió a su esposa antes de mirar a Julia.

—Me sentí acosado cuando todos se lanzaron sobre mí para saber si yo estaba al corriente de sus intenciones y si todo era verdad.

—¿Y qué les dijiste? —preguntó ella.

—¿Qué podía decir? Que nunca le he conocido una mentira. Que ojalá me hubiera contado lo que pensaba hacer para haberme podido preparar y proporcionarle un mejor apoyo. Estoy casi seguro de que debía parecer un pez fuera del agua.

Y precisamente por eso, sospechaba Julia, Edward no le había contado nada. Quería que su reacción fuera sincera.

—No quería meterte en este lío.

—Pues debería haberlo hecho. Para eso están los hermanos. Ya sé que no soy su hermano de sangre, pero a los ojos de Dios, ¡soy su hermano!

—Querido —Minerva acarició el brazo de su esposo—, debes calmarte.

—Es que no entiendo cuál es su estrategia.

—¿Están hablando de mí? —preguntó Julia.

—No, todos... —Ashe suspiró—. Es de él sobre el que hablan. Y no en términos muy halagadores, me temo. Dicen que se ha escondido detrás de la muerte de su hermano, y de las faldas de una mujer. Lo cual, supongo que es lo que pretendía lograr: dibujarse a sí mismo como el villano.

—En uno o dos años le habrán perdonado —observó Minerva.

—Seguramente —confirmó su esposo antes de devolver su atención a Julia—. Caso de que sus palabras no bastaran para protegerte, sabes que Minerva, Locke, aunque no esté en Londres, y yo sí lo haremos. Te apoyaremos.

—Nosotras también —se apresuró a intervenir la duquesa de Lovingdon—. Y Avendale. Todas hemos sido objeto de escándalo de una u otra manera. Es más fácil capear el temporal cuando no navegas sola en el barco.

—Voy a servir una copa para todos —sugirió Ashebury.

—Escocés —pidieron las tres duquesas al unísono.

El duque enarcó una ceja en dirección a Julia.

—Nada para mí, gracias —contestó ella.

Si estaba embarazada, no iba a permitirse beber. Tampoco se lo iba a contar a Edward. Ya tenía bastante sobre sus hombros como para añadirle más carga. Regresaría a Evermore y, una vez allí, decidiría cómo manejar mejor la situación.

Sus invitados permanecieron sentados en el salón tomando sus copas a pequeños sorbos. Julia hizo que llevaran sándwiches y pasteles. De repente se hizo de noche.

—¿Dónde demonios está? —preguntó Ashebury mientras empezaba a recorrer la estancia de un lado a otro.

—¿En el club? —sugirió Minerva.

—No creo que esté de humor para disfrutar de la compañía de los lores. Lo más probable es que esté en algún lugar como St. Giles, intentando perderse —el duque desvió la mirada hacia Julia—. ¿Tienes alguna idea sobre dónde podría estar?

Julia tenía una idea bastante buena, pero el hecho de que Edward no estuviera allí, y de que Ashebury no supiera dónde buscarlo, le hizo pensar que no deseaba compañía.

—Me temo que no. Pero estoy segura de que regresará cuando esté preparado. Te avisaré en cuanto lo haga. No hay motivo para que echéis a perder la velada por hacerme compañía.

—¿Por qué tengo la sensación de que intentas deshacerte de nosotros? —él entrecerró los ojos.

—Porque eso es, precisamente, lo que intento hacer. No se gana nada con vuestra presencia aquí, y es más que probable que vuestros carruajes le estén impidiendo acercarse a la casa.

Ashebury la miró como si estuviera considerando la posibilidad de estrangularla.

—Tiene razón —apuntó su esposa mientras se ponía en pie—. Deberíamos irnos.

—Avísanos en cuanto aparezca —ordenó Ashe mientras señalaba a Julia con un dedo.

—Es de mala educación señalar así, querido —Minerva rodeó ese dedo con su mano.

—Quiero asegurarme de que está bien.

—Os avisaré —lo tranquilizó Julia.

El duque seguía pareciendo un poco contrariado mientras acompañaba a las damas a la salida.

Julia esperó media hora antes de pedirle a un lacayo que le preparara el coche.

Sabía que ella descubriría su escondite... al final. A las nueve y media de la noche, Julia entró en el estudio de la residencia que Edward tenía alquilada desde el año anterior. De inmediato se levantó del sillón situado junto a la chimenea.

—Te he preparado un brandy.

Sobre la mesita reposaba, en efecto, una copa.

—¿Por qué lo has hecho? —ella le acarició la mejilla y lo miró a los ojos.

—Te prometí que lo arreglaría.

—Pero con tanta publicidad y frente a todos tus pares...

—Era la única manera de protegeros a Allie y a ti, para ser visto como una comadreja. Dado que, según mi declaración, acabas de descubrir que estás de luto, no hay motivo alguno para que permanezcas en Londres. En realidad, para darle más crédito a mi historia, lo mejor sería llevarme a la doliente viuda a Evermore lo antes posible. La gente esperará que te encierres. Yo regresaré después para enfrentarme a las consecuencias.

Julia se puso de puntillas y le apartó los cabellos de la frente.

—No creo haberte amado nunca más que ahora.

Y lo besó.

Edward la rodeó con sus brazos y la sujetó con fuerza, ladeando la cabeza para aumentar la intensidad del beso. Cómo iba a echar de menos esos besos, el sabor de Julia, la sensación de su lengua, la presión de sus labios, los pequeños gemidos que escapaban de su boca antes de que la pasión tomara el mando y empezaran los gemidos más serios.

Julia se apartó y, acomodándose en el sillón, alzó su copa.

—Por mi lobo.

Edward no se sentía como un lobo. Aun así, tomó un sorbo de whisky.

—Ashebury está preocupado por ti —le anunció ella mientras dejaba la copa, casi intacta, sobre la mesa.

—Por eso vine aquí. Sabía que me buscaría, que me recordaría que meses atrás me instó a revelar la verdad. No quería oírle regodearse por cuánta razón tenía.

—No se estaba regodeando. Está muy preocupado, convencido de que necesitas un amigo.

Lo único que Edward necesitaba era a Julia, y no podía tenerla.

—¿Te contó él lo sucedido?

—No, recibí la visita de tres duquesas.
—Ashebury y... —él enarcó una ceja.
—Lovingdon y Avendale.
—Ah, claro.
—No voy a abandonar Londres y permitir que te enfrentes solo a todos ellos. Me quedaré a tu lado y confirmaré todos los detalles de la historia que cuentes.

Edward no deseaba verla allí durante el resto de la temporada de baile, durante el estallido del escándalo. Julia no corría ningún riesgo, pero durante un tiempo no iba a ser bien recibida en ningún lugar.

—Déjame que te lleve a Evermore. No me quedaré en Londres. Iré a alguna otra de mis propiedades. Para cuando hayas terminado oficialmente con el luto, todo esto ya se habrá olvidado.

—Eso dijo Minerva. Dijo que no tardarán en perdonarte.

—Esperemos que esté en lo cierto —Edward alzó su copa—. Me gustaría hacer una parada en Havisham si no tienes ningún inconveniente. Ya sé que supondrá desviarnos, pero quiero que Marsden conozca a Allie. Es lo más parecido a un abuelo que tiene.

—¿Resultará complicado explicarle las cosas?

—Locke ya le ha contado la verdad. Quería asegurarse de que su padre llorara la muerte del hermano acertado.

—De modo que allí seremos bien recibidos.

—Con los brazos abiertos.

—Será agradable. Entonces sí me gustará detenernos allí —Julia miró a su alrededor—. Nunca había estado en tu residencia, pero esto no me recuerda a ti.

—La mayoría de los muebles eran de Ashe. Como de costumbre, elegí el camino más sencillo. Me limité a comprar lo que ya estaba aquí.

—Tú no eliges el camino más sencillo, Edward —ella lo fulminó con la mirada—. No creo que lo hayas hecho nunca.

Te esfuerzas mucho por hacer creer a la gente que eres un holgazán, pero no lo eres.

—De modo que ya has descubierto cómo soy realmente, ¿eh?

—Sí, eso creo —Julia apuró la copa de brandy y dejó el vaso a un lado—. ¿Hay un dormitorio en tu residencia?

—¿Una noche más?

—Una noche más.

CAPÍTULO 26

La visión de Havisham en lo alto de la colina resultó reconfortante. Edward no se había dado cuenta de hasta qué punto había echado de menos ese lugar hasta que lo volvió a ver. Guardaba muchos buenos recuerdos de su estancia allí.

—Nos peleábamos —explicó con calma mientras el carruaje se adentraba en el camino que conducía a la mansión—. Albert y yo nos sacudimos durante todo el trayecto hasta aquí. Volvimos loco al procurador.

—¿Crees que tu padre sabía que Marsden estaba loco? —preguntó Julia.

Durante el largo viaje apenas habían hablado, limitándose a tomarse de la mano. Había tantas cosas que decir, tantas cosas que no debían ser dichas.

—Seguro que no. No creo que nadie se diera cuenta de lo mucho que le había afectado la muerte de su mujer, no hasta varios años después.

—Pero, volverse loco...

Edward optó por no confesar que lo entendía perfectamente. Él se había ahogado en alcohol, Marsden en el pasado, demasiado aferrado a los recuerdos. Si Julia no estuviera allí a su lado, seguramente él haría lo mismo.

Si bien su relación en el futuro sería casta, al menos podría hablar con ella de vez en cuando, podría bailar con ella en alguna fiesta, podría ir de visita en Navidad y disfrazarse de Papá Noel para su hija.

—Solo he estado aquí una vez —continuó ella—. No dormí ni un segundo.

Habían pasado varias noches hasta que él había logrado dormir en esa extraña residencia llena de homenajes al pasado y ecos fantasmagóricos.

—Los aullidos no son más que el viento.

—Pero suenan tan lastimeros...

El carruaje se detuvo. Antes de bajarse, Edward se inclinó hacia ella.

—Si esta noche te entra miedo, métete en la cama conmigo —le susurró.

El lacayo abrió la portezuela antes de que ella pudiera responder. Edward saltó a tierra y le tendió una mano para ayudarla a bajar.

—Lo mismo te digo —Julia lo miró con expresión seductora.

Edward consideró que merecía la pena aceptar. Al menos podría abrazarla. Aunque la última vez que habían estado juntos en la cama habían hecho mucho más que abrazarse. Ninguno parecía tener mucha fuerza de voluntad para resistirse al otro. Pero debía mostrarse fuerte, por ella, debía luchar contra la tentación.

—¡Hola! —gritó Locke.

Edward se volvió y vio a su amigo bajar corriendo las escaleras de la mansión. No recibían muchas visitas, y le había anunciado su llegada con antelación. Era evidente que Locke los había estado esperando.

Su amigo lo abrazó y palmeó con fuerza en la espalda.

—Bienvenido, Grey.

—Edward bastará —contestó él dando un paso atrás.

—De modo que ya lo sabes —después de mirar a Edward, Locke desvió la mirada hacia Julia.

—Todo Londres lo sabe —anunció ella.

—No debe haber resultado muy agradable —Locke hizo una mueca.

—Puede que pase algún tiempo antes de que me ponga de pie ante la Cámara de los Lores para hablar de nuevo —le aseguró Edward.

Su amigo sacudió la cabeza y soltó una carcajada.

—Pues yo no descarto que el año que viene les estés contando alguna de tus historias —se agachó y besó a Julia en la mejilla—. Bienvenidos a Havisham Hall. Mi padre está fuera de sí desde que supo que vendríais. De hecho, ha salido excepcionalmente de sus aposentos y nos espera en la terraza.

Cuando el marqués de Marsden se levantó del sillón, Edward se sintió conmovido por lo frágil de su aspecto, y al mismo tiempo sintió que apenas había cambiado. Sus cabellos blancos le llegaban por debajo de los hombros, colgando en unos lacios mechones, las mejillas tan hundidas como el día que lo había conocido. Y los ojos verdes tan agudos. Al contemplarlos uno podría llegar a pensar que ese hombre aún conservaba la cordura.

—Edward —el anciano abrió los brazos.

Y Edward acudió, dejándose abrazar. El abrazo del marqués resultó más fuerte y firme de lo que había esperado. Las manos artríticas de Marsden le palmearon la espalda.

—Lo siento, muchacho, lo siento —la voz del marqués se había vuelto permanentemente ronca después de años de gritar el nombre de su amada mientras corría por los páramos, convencido de haberla visto, de que iba a reunirse con ella.

Lágrimas de tristeza amenazaron a Edward, que seguía abrazado por el hombre delgado y encorvado que había sido como un padre para Albert y para él.

—Fue muy rápido —la mentira, a base de repetirla, empezaba a parecer una verdad.

Pero cuando se apartó vio en la mirada de Marsden que había reconocido la mentira como lo que era: un intento de ahorrarle el dolor de la verdad. El anciano asintió bruscamente y palmeó la mejilla de Edward, con los labios apretados en una fina línea de censura. Había olvidado que Marsden siempre sabía si alguno había mentido. Nunca había aprobado las mentiras, pero sabía que le guardaría el secreto, que comprendía que era por Julia.

—Querida —el hombre sonrió con tristeza y alargó una mano hacia ella.

Julia se acercó y tomó esa mano con la suya enguantada, que él se llevó a los labios.

—No resulta fácil ser el que se queda.

—No, no lo es —ella miró de reojo a Edward—, pero Edward ha demostrado una gran fortaleza.

—Albert estaba destinado a morir joven, ¿sabes? Tenía el alma vieja, como mi esposa. Lo veía en sus ojos. Pero eso no hará que lamentemos menos su pérdida, ¿verdad?

—Desde luego que no.

—Y sin embargo dejó un hermoso regalo —Marsden levantó un dedo retorcido.

—Sí, lo hizo —la sonrisa de Julia rivalizaba con el sol.

Tomó a Allie de brazos de la niñera y se volvió hacia el marqués.

—Me gustaría presentarle a lady Alberta.

—Qué hermosa criatura, preciosa —el hombre alzó una mirada esperanzada—. ¿Puedo tomarla en brazos? No se me va a caer.

—Sí, por supuesto —con mucho cuidado, Julia colocó a Allie en los brazos de Marsden.

—Hola, preciosa —Marsden agachó la cabeza.

Allie soltó un gritito agudo que se parecía mucho a una carcajada.

—Nunca había hecho eso, ¿verdad, Edward? —Julia rio, con los ojos muy abiertos.

—No, nunca. Al menos yo nunca se lo había oído.

—Tengo buena mano con las damas —el anciano guiñó un ojo y miró a Locke—. Una de estas es lo que te hace falta. Salvo que debería ser un niño. Así podrían casarse.

Locke puso la mirada en blanco y cruzó los brazos sobre el pecho mientras contemplaba la vasta propiedad, que se extendía hasta el horizonte, como si quisiera alejarse de su padre y sus directas palabras.

—Lady Greyling, tomemos el té y me cuentas todo sobre ella —insistió Marsden.

—Llámeme Julia —ella asintió mientras tomaba asiento.

Sin soltar a Allie, evidentemente no dispuesto a renunciar aún a ella, el marqués también se sentó. Edward y Locke se unieron a ellos, aunque el mayor peso de la conversación lo llevaron Marsden y Julia. El anciano parecía sentir una sincera curiosidad por saberlo todo de Allie, aunque, dada su corta edad, no había gran cosa que contar. Aun así, Julia contestó con todo lujo de detalles cualquier pregunta que le formuló.

Pasaron una tarde agradable en la que las preocupaciones parecían muy lejos y los sueños imposibles parecían posibles. Edward solo escuchaba la conversación a medias. Curiosamente se sentía más en su casa allí, claro que allí había vivido durante más tiempo que en Evermore. Cuando Allie fuera mayor la llevaría allí de nuevo para pasear por esas tierras mientras él le contaba anécdotas de su padre.

Julia tenía razón. No era justo negarle la posibilidad de conocer y apreciar a su verdadero padre. Edward no deseaba arrebatarle nada a Allie, ni a Albert.

La niña empezó a quejarse y Julia se apresuró a levantarse y tomarla de brazos de Marsden. Los tres hombres se pusieron en pie.

—Voy a llevarla a dar un pequeño paseo —anunció ella—. Así, caballeros, podréis poneros al día.

Con el bebé en brazos se alejó de la terraza en dirección al sol, seguida por la niñera.

—Tráenos un poco de whisky, Locke —pidió Marsden—. Odio el té. Siempre lo he odiado.

Cuando todos tuvieron su copa llena de un buen escocés, el marqués alzó la suya.

—Por el amor —tras tomar un sorbo, enarcó una ceja hacia Edward—. La amas, ¿verdad?

—¿Cómo puede alguien no amar a esa pequeñina?

—Me refería a su madre —Marsden sonrió y las arrugas de su rostro se elevaron.

A Edward no debería haberle sorprendido la habilidad de Marsden para reconocer sus sentimientos. Ese hombre estaría loco, pero no era ningún estúpido.

En cambio, Locke se irguió como si su padre le hubiera sacudido una colleja y se inclinó hacia delante.

—¿La amas? ¿Cómo demonios ha podido suceder? Esa mujer nunca te ha gustado.

—Más de lo que os hacía creer —Edward hizo una mueca.

—Pues eso sí que es una faena. ¿Qué vais a hacer?

—¿Y qué podemos hacer? La ley no nos permite casarnos. Cualquier hijo que tuviéramos sería un bastardo. Sería aislado de la sociedad. El futuro de Allie quedaría comprometido. De modo que voy a llevarla a Evermore. Ella y Allie vivirán allí y yo en alguna de las otras propiedades.

—Llévala a Suiza —sugirió Marsden.

Edward soltó una sonora carcajada.

—Albert me dijo lo mismo mientras se moría. «Llévala a Suiza». Pensé que quizás fuera un lugar que tuviera planeado visitar con Julia, un sitio que ella soñaba conocer, pero cuando se lo pregunté me dijo que Suiza no le despertaba ningún interés. ¿Por qué tanto él como tú habéis sugerido que la lleve a Suiza?

El marqués lo miró como si fuera él quien se hubiera vuelto loco.

—Porque allí podrás casarte con ella.

Aturdido por lo que acababa de oír, Edward solo pudo mirarlo boquiabierto.

El anciano rio.

—¿Crees que serías el primer hombre en casarse con la esposa de su hermano? —agitó una mano en el aire—. Algunas personas os mirarán con desdén, pero que se vayan al infierno. Esas leyes que prohíben que se casen dos personas que ya estaban emparentadas por otro matrimonio son absurdas. La creencia de que una pareja que mantiene relaciones sexuales convierte automáticamente a toda la familia en parientes consanguíneos es una locura.

La ironía del loco marqués de Marsden calificando otra cosa de locura no se le escapó a Edward.

—¿Es que no prestas atención a lo que sucede en el Parlamento? —el hombre golpeó con el puño sobre la mesa—. Pues claro que no. Acabas de ocupar tu lugar en la Cámara de los Lores. Muchas personas llevan años intentando cambiar esas leyes.

—¿Y tú cómo lo sabes? —preguntó Locke—. No has vuelto a la Cámara de los Lores desde que yo nací.

—Leo los periódicos —Marsden miró a su hijo y frunció el ceño antes de encogerse de hombros—. A veces alguien me enviaba una carta solicitando mi opinión. Y conozco a un par de caballeros que se llevaron a sus damas a Suiza.

Edward empujó ruidosamente la silla hacia atrás y se puso de pie.

—Pues entonces nos iremos a Suiza. Viviremos allí.

No le supondría ningún problema dirigir sus propiedades desde allí y, de vez en cuando, haría un viaje a Inglaterra.

—¡No! —exclamó el marqués con impaciencia—. Os casáis allí porque a ellos les da igual si la pareja ya está emparentada por otro matrimonio. Después volvéis a Inglaterra. Inglaterra reconoce ese matrimonio. Julia es legalmente tu esposa. Vuestros hijos son legítimos. Solo una cuestión: es caro.

Como si la falta de dinero pudiera ser un obstáculo cuando amaba tanto a Julia. ¿Por qué malgastaría Albert su último aliento en aconsejarle que la llevara a Suiza? ¿Por qué…?

Edward cerró los ojos con fuerza mientras la verdad casi lo hizo caer de bruces. Albert lo sabía. Conocía los sentimientos de su hermano hacia Julia. Y él que se había creído condenadamente hábil en ocultarlos. Toda esa bebida, los comentarios sarcásticos, no había engañado a su gemelo.

Con su último aliento, Albert no solo le había proporcionado la respuesta a una pregunta que Edward no había sido consciente de haber formulado, también le había dado su bendición.

Julia vio acercarse a Edward a grandes zancadas. Había disfrutado viéndolo sentado charlando con el marqués y el vizconde. Era evidente que para él ese era su hogar y ellos su familia. Compartían un vínculo muy especial, y ella se alegraba muchísimo de que así fuera. Seguramente le haría falta su apoyo en los meses venideros, sobre todo si vivir sin ella le resultaba tan difícil como a ella vivir sin él.

—Demos un paseo —propuso Edward cuando la alcanzó.

Ella pasó al bebé dormido en sus brazos a la niñera, entrelazó su brazo con el de Edward y le permitió conducirla hacia lo que supuso en una ocasión debía haber sido un hermoso jardín, pero que en esos momentos consistía en poco más que malas hierbas. El tiempo y los años de abandono se habían cobrado factura en los enrejados y bancos, quedando únicamente la madera podrida.

—Una mujer de gran carácter y creatividad podría divertirse arreglando ese lugar —observó ella.

—Primero tendría que convencer a Marsden para que le permitiera cambiarlo todo. Cada decrépito rincón de ese lugar es un monumento a su esposa.

—¿Y cómo soporta ver derrumbarse todo?

—No creo que lo haga. Creo que lo ve exactamente como estaba cuando ella vivía. Al no permitir que nadie lo tocara, se aseguró de no ver nada distinto a como era.

—Debió haberla amado muchísimo.

—Ella lo era todo para él. No estoy seguro de si eso es bueno o malo.

Julia ni siquiera se atrevió a contestar a la pregunta.

—¿Está enterrada aquí?

—En un pequeño cementerio, detrás de esa colina —Edward señaló hacia su izquierda.

—Supongo que ya explorasteis aquel lugar.

—Lo exploramos todo.

Edward la ayudó a pasar por encima de unos pequeños matorrales para dirigirse a lo que una vez había sido un sendero. Las ramas de los árboles proporcionaban sombra. Julia supuso que al conde le preocupaba que el sol hiciera que le salieran pecas, aunque no había tenido ni una sola en toda su vida. O a lo mejor quería llevarla a un lugar más oculto entre los árboles, para besarla.

Pero de ser el caso, se estaba tomando su tiempo ya que, como mucho, no había hecho más que mirarla a los ojos.

—Albert lo sabía —anunció él con calma—. Sabía lo que yo sentía por ti.

Julia parpadeó perpleja, sacudió la cabeza e intentó encontrar algún sentido a lo que acababa de oír.

—¿Cómo lo sabes?

—Porque me dijo que te llevara a Suiza.

—No lo entiendo. Ya te dije que nunca tuve deseos de viajar a ese país. Él y yo nunca hablamos de ello. ¿Por qué iba a decir algo así?

—Porque allí podré casarme contigo.

El corazón de Julia inició un alocado galope mientras el resto de su ser se detuvo en seco. Había entendido las palabras, pero no tenían sentido.

—Marsden conoce a más personas en nuestra situación que fueron a Suiza para casarse. ¿Por qué iba Albert a sugerirme que te llevara allí a no ser que supiera que querría casarme contigo?

—A lo mejor solo pretendía que cuidaras de mí y pensó que te resultaría más fácil si estuviéramos casados. Confiaba en ti, Edward, y no dejó testamento.

—A lo mejor.

—Pero no lo crees.

—Creo que lo sabía —Edward sacudió la cabeza—. Creo que siempre lo supo. Siempre me estaba animando a pasar más tiempo con él, contigo. Creo que era consciente de lo mucho que me estaba costando mantener las distancias. De lo que le estaba costando a él, incluso a ti, quizás. Sabía que mi amor por él era una garantía de que nunca haría nada inapropiado con respecto a ti. Intentaba darme permiso para poder ser yo mismo.

Seguramente. Julia recordó la última entrada en el diario, cómo la había leído en silencio en lugar de compartirla con Edward.

—En su diario escribió que aún no había redactado testamento porque había estado sopesando a quién nombrar guardián de su hijo. Durante el tiempo que pasasteis en África llegó a la conclusión de que no había nadie mejor que tú para cuidar de sus seres queridos.

—Debo reconocer, Julia, que todo el tiempo que hemos estado juntos mi conciencia no estaba tranquila. Una parte de mí me decía que estaba traicionando a mi hermano.

—Pues yo también debo ser sincera contigo y admitir que tampoco estaba tranquila del todo —confesó ella—. Quizás por eso Londres me abrió los ojos a las muchísimas razones por las que estaba mal lo que hacíamos.

—Pero, si interpreto bien las palabras de Albert, entonces él aprobaría que estuviésemos juntos —Edward tomó la mano de Julia y llevó una rodilla al suelo—. Así pues, Julia Alcott, ¿me harías el honor de convertirte en mi esposa? Nuestro matrimonio será legal y nuestros hijos legítimos.

Los ojos de Julia se inundaron de ardientes lágrimas, y se tapó la boca con la mano que tenía libre.

—No todo el mundo lo aprobará —continuó él—. Puede que se produzca cierto escándalo, chismorreos…

—No me importa. Sí, me casaré contigo. Te amo, Edward. Cada vez que pensaba en que ibas a dejarme sola en Evermore me sentía miserable.

—Prometí que no te dejaría —de pie, la atrajo hacia sí y le tomó el rostro entre las manos ahuecadas—. Te amo, Julia. Creo que te he amado desde la noche que te besé en el jardín.

Sin darle tiempo para respirar, capturó sus labios y la abrazó como si no fuera a soltarla nunca. Y Julia tampoco deseaba que la soltara jamás, no quería soltarlo a él. Nunca.

Vivirían juntos en Evermore. Tendrían hijos juntos. Serían felices juntos. Quizás él estuviera en lo cierto. Quizás Albert lo había sabido. A lo mejor lo aprobaba. Lo único que importaba era que Marsden y él les habían proporcionado la manera de permanecer juntos.

Cuando Edward se apartó, en la mirada de Julia ya no vio ningún rastro de tristeza ni de pena.

—¿Entonces quieres casarte? —insistió él.

—Lo antes posible.

—Comenzaré con los preparativos en cuanto regresemos a Evermore —Edward le tomó la mano y echó a andar hacia la casa.

—Quiero que sepas, Edward, que me caso contigo porque te amo.

—No lo he dudado ni por un momento —él sonrió.

—Me alegro, porque también quiero que sepas que estoy embarazada.

Eso detuvo en seco al conde.

—¿Por qué no me lo habías dicho?

—Lo sospeché por primera vez la tarde que hiciste tu anuncio ante la Cámara de los Lores. Contártelo solo habría servido para preocuparte más.

—¡Por Dios, Julia! —él la abrazó.

—La iba a tener de todos modos. La habría amado. Habría hecho todo en mi poder para protegerla.

—¿La? —Edward se apartó y la miró perplejo.

—Vamos a tener una hija. Lo siento claramente.

Él soltó una carcajada y la hizo girar en círculos.

—¡Edward!

Al fin la dejó en el suelo, pero la sonrisa permanecía fija en su rostro.

—Voy a apostar una gran cantidad de dinero a que tendremos un varón.

—Pero si ya te lo he dicho. Es una niña. Una mujer sabe de estas cosas.

Siete meses y medio después, Edward Albert Alcott, heredero del condado de Greyling, hizo su aparición en el mundo.

EPÍLOGO

Londres
Unos años después

Edward permanecía en el pasillo, con la rodilla derecha flexionada, el pie apoyado en la pared, esperando. Llevaba esperando toda la mañana. No, lo cierto era que llevaba esperando unos cuantos años, anticipando y temiendo ese momento.

Su matrimonio con Julia había sido fuente de innumerables cotilleos. Su hijo y heredero, Edward Albert, que había llegado al mundo pocos meses después de la boda de sus padres, había alimentado aún más esos cotilleos y especulaciones. Pero no hizo falta mucho tiempo para que su amor por Julia y el de ella por él lograra que incluso los más estrictos y reticentes entre la nobleza admitieran que quizás se habían apresurado un poco al censurarlos.

A fin de cuentas, ¿cómo podía rechazarse un amor tan puro, tan generoso y grandioso como el suyo?

Poco a poco habían sido readmitidos entre la élite de la sociedad. Sin embargo, habían tenido que pasar años para que admitieran que la autora e ilustradora, tan querida entre los niños, J. E. Alcott no era una lejana prima de Louisa May Alcott, como a menudo se sugería, sino el seudónimo de la condesa y el conde de Greyling. Lo que más le gustaba a Edward de los cuentos era que siempre tenía la sensación de haber sido inmortalizado, junto a su hermano, Ashe y Locke, y que sus aventuras continuarían después de que todos ellos hubieran exhalado su último aliento. Greymane era el preferido de todos los niños, que a menudo llamaban así a sus caballos. Y eso era lo que más le gustaba a Edward, que su hermano seguía siendo querido por tantos.

A su lado, Edward Albert suspiró, se removió y hundió las manos en los bolsillos del pantalón.

—Ya sé que te mueres de ganas por marcharte, pero el Kilimanjaro no va a moverse de donde está.

Su hijo, casi un calco de su padre, sonrió.

—Casi diría que te apetece venir con nosotros.

Los hijos de Ashe y de Locke formaban parte de la expedición que partiría al día siguiente. Edward rio.

—Soy demasiado viejo para escalar montañas. Además, alguien tiene que quedarse aquí y evitar que tu madre se preocupe.

—De todos modos va a preocuparse, aunque no tanto como lo haría si Allie nos acompañara. A ella también le apetecía venir.

—Ya tiene bastante ocupación con sus propias aventuras —si algo podía decirse de Allie era lo mucho que le gustaban las aventuras.

—Volveremos para Navidad.

—Procura que sea así —Edward no estaba dispuesto a admitir que también estaba preocupado, cosa que le sucedía cada vez que uno de sus hijos se marchaba a algún lugar. Se preguntó si Albert y él habrían visto tanto mundo si sus padres no hubieran muerto. Desde luego sus vidas habrían sido diferentes, ni mejores ni peores, solo diferentes. Aun así, Julia y él no habían querido retener a sus hijos. Y los dos habían nacido con un espíritu aventurero.

La puerta del dormitorio se abrió y Edward se apartó de la pared al ver salir a Julia. Después de tantos años juntos, su corazón aún daba un brinco cada vez que la veía. Iba vestida en tonos lavanda y los cabellos entrecanos le hacían parecer aún más hermosa.

Se acercó a él y le acarició la mejilla.

—Voy a llorar mucho hoy.

—Llevo pañuelos de sobra.

—Siempre cuidando de mí —los labios de Julia dibujaron una dulce sonrisa.

—Es una de mis mayores alegrías.

—Sinceramente, si seguís así —intervino su hijo—, la gente va a pensar que sois vosotros dos los que os casáis hoy.

—Con suerte, algún día vivirás un amor tan grande como el nuestro —vaticinó Edward.

—Todavía falta mucho.

—Cuando menos te lo esperes —insistió su padre con calma, sin apartar la mirada de Julia, hundiéndose en esos ojos azules que seguían hechizándolo—. Donde menos te lo esperes.

—Eso desde luego se ha cumplido en el caso de Allie —afirmó Edward Albert—. Nunca pensé que fuera a casarse.

—Lo ama —aseguró Julia—. Y él a ella.

—Aun así, ha sido una sorpresa.

No para los que habían conocido el amor.

—Enseguida saldrá —explicó ella—. Solo necesitaba un minuto más.

—Yo la esperaré —contestó Edward—. Hijo, acompaña a tu madre hasta el carruaje y dirigíos a la iglesia. Nosotros llegaremos enseguida— Allie y él iban a llegar en un carruaje blanco abierto, tirado por seis caballos blancos, el primero de los cuales lucía una larga crin gris.

Observó a madre e hijo bajar la escalera tomados del brazo. Con todo habían tenido una buena vida. Su trabajo en la

Cámara de los Lores le había granjeado el respeto entre sus pares. Contaba con que la iglesia estuviera abarrotada de todas las personas que querían que se supiera que tenían amistad con el conde y la condesa de Greyling.

La puerta se abrió una vez más y otra belleza salió del dormitorio. Llevaba un vestido de satén y seda blanco, y a él le pareció que nunca la había visto tan hermosa.

—Hola, papi —la joven sonrió con serenidad.

«Papá» era el tratamiento reservado para Albert. A los siete años, Allie había anunciado que «tío Edward» no era un nombre apropiado.

—Eres más que mi tío. También eres mi papá. Voy a llamarte «papi», porque se parece a «papá», pero no es lo mismo. Es especial.

—Hola, mi querida niña —la saludó—. ¡Qué guapa estás!

—Apuesto a que les dices lo mismo a todas las damas —contestó ella con descaro.

—Solo a ti y a tu madre —Edward rio—. Tengo una cosita para ti —hundió la mano en el bolsillo de la chaqueta y sacó una cajita de cuero.

Ella la tomó y la abrió, revelando un medallón de oro con su cadena de oro también.

—¡Oh, papi! Es precioso.

—Dentro, protegido por un cristal, hay unos mechones de cabellos de tu padre.

Tras su muerte había sentido el inexplicable impulso de cortarle unos cuantos mechones de cabello a Albert. Y en esos momentos se alegraba de haberlo hecho.

—Pensé que te gustaría llevarlo puesto hoy para recordar que siempre está contigo.

Allie se volvió, le dio la espalda y sujetó el medallón en alto. Edward echó el velo a un lado y le abrochó la cadena. Ella se volvió de nuevo y, poniéndose de puntillas, lo besó en la mejilla.

—No lo conocí, y aun así lo amo. Tú te encargaste de que fuera así. Y porque lo hiciste, te amo. No todas las chicas son bendecidas con dos padres maravillosos.

—No todos los tíos son bendecidos con una sobrina que es también una hija.

—Y ahora me vas a entregar.

—Jamás. Te dejaré a su cuidado, pero no te equivoques, sigues siendo nuestra.

—Te amo, papi.

—No más de lo que yo te amo a ti. Y ahora será mejor que nos marchemos —le indicó mientras le ofrecía su brazo—. El conde de Greyling nunca llega tarde.

Era una de las costumbres de Albert que nunca había cambiado.

Allie y él bajaron las escaleras. Un lacayo abrió la puerta y, al salir al exterior, Edward casi quedó cegado por el brillo del sol. Al alzar una mano para proteger sus ojos, juró haber oído un susurro.

«Bien hecho, hermano. Bien hecho».

—Papi, ¿estás bien?

Edward bajó la mano y descubrió que la luz se había desvanecido. Sin duda había sido el ángulo de su cabeza que había capturado el sol.

—Estoy bien. Vamos.

La ayudó a subir al carruaje y luego se sentó a su lado. Mientras el conductor ponía en marcha a los caballos, Edward levantó la vista al cielo azul. Qué día tan bonito.

—¿Sabes qué, papi? He estado pensando, sin duda porque estoy locamente enamorada, pero creo que en vuestra siguiente historia, Stinker la Comadreja debería encontrar el amor.

—Ya lo ha hecho, cariño —contestó Edward con una sonrisa—. Ya lo ha hecho.

www.ingramcontent.com/pod-product-compliance
Lightning Source LLC
LaVergne TN
LVHW091618070526
838199LV00044B/840